Piccola Biblioteca Oscar

Niccolò Ammaniti

Ti prendo
e ti porto via

OSCAR MONDADORI

© 1999 Arnoldo Mondadori Editore S.p.A., Milano

I edizione Scrittori italiani e stranieri maggio 1999
I edizione Piccola Biblioteca Oscar aprile 2000

ISBN 88-04-47679-6

Questo volume è stato stampato
presso Mondadori Printing S.p.A.
Stabilimento NSM - Cles (TN)
Stampato in Italia - Printed in Italy

Ristampe:

18   19   20   21   22   23   24

2005   2006   2007   2008

www.librimondadori.it

Ti prendo e ti porto via

a Nora

Il grande Gatsby

... e ripensavo ai primi tempi, quando ero innocente, a quando avevo nei capelli la luce rossa dei coralli, quando ambiziosa come nessuna, mi specchiavo nella luna e l'obbligavo a dirmi sempre sei bellissima.

Sei bellissima, Loredana Berté

Pecché nun va cchiù a tiempo 'o mandolino?
Pecché 'a chitarra nun se fa sentì?

Guapparia, Rodolfo Falvo

Alegría es cosa buena.

La macarena

18 giugno 199...

1

È finita.

Vacanze. Vacanze. Vacanze.

Per tre mesi. Come dire sempre.

La spiaggia. I bagni. Le gite in bicicletta con Gloria. E i fiumiciattoli di acqua calda e salmastra, tra le canne, immerso fino alle ginocchia, alla ricerca di avannotti, girini, tritoni e larve d'insetti.

Pietro Moroni appoggia la bici contro il muro e si guarda in giro.

Ha dodici anni compiuti, ma sembra più piccolo della sua età.

È magro. Abbronzato. Una bolla di zanzara in fronte. I capelli neri, tagliati corti, alla meno peggio, da sua madre. Un naso all'insù e due occhi, grandi, color nocciola. Indossa una maglietta bianca dei mondiali di calcio, un paio di pantaloncini jeans sfrangiati e i sandali di gomma trasparente, quelli che fanno la pappetta nera tra le dita.

Dov'è Gloria? Si chiede.

Passa tra i tavolini affollati del bar Segafredo.

Ci sono tutti i suoi compagni.

E tutti ad aspettare, a mangiare gelati, a cercarsi un pezzetto d'ombra.

Fa molto caldo.

Da una settimana sembra che il vento sia sparito, che abbia traslocato da qualche altra parte portandosi appresso tutte le nuvole e lasciando un sole enorme e incandescente che ti bolle il cervello nel cranio.

Sono le undici di mattina e il termometro segna trentasette gradi.

Le cicale strillano come ossesse sui pini dietro il campo di pallavolo. E da qualche parte, non molto lontano, dev'essere morta una bestia, perché a tratti arriva un tanfo dolciastro di carogna.

Il cancello della scuola è chiuso.

I risultati non sono stati ancora affissi.

Una paura leggera si muove furtiva nella pancia, spinge contro il diaframma e riduce il respiro.

Entra nel bar.

Nonostante si schiatti di caldo, ci sono un sacco di ragazzini assiepati intorno all'unico videogioco.

Esce.

Eccola!

Gloria se ne sta seduta sul muretto. Dall'altra parte della strada. La raggiunge. Lei gli dà una pacca sulla spalla e gli chiede: «Hai paura?».

«Un po'.»

«Pure io.»

«Smettila» fa Pietro. «Ti hanno promosso. Lo sai.»

«Che fai dopo?»

«Non lo so. E tu?»

«Non lo so. Facciamo qualcosa?»

«Occhei.»

Rimangono in silenzio, seduti sul muretto, e se da una parte Pietro pensa che la sua amica è più bella del solito con quella maglietta di spugna azzurra, dall'altra sente il panico crescere.

Se ci riflette sa che non c'è nulla da temere, che la cosa, alla fine, si è sistemata.

10

Ma la sua pancia non la pensa allo stesso modo.

Ha voglia di andare in bagno.

Davanti al bar c'è movimento.

Tutti si risvegliano, attraversano la strada e si accalcano contro il cancello chiuso.

Italo, il bidello, con le chiavi in mano avanza nel cortile urlando. «Piano! Piano! Così vi fate male.»

«Andiamo.» Gloria si avvia verso il cancello.

Pietro ha la sensazione di avere due cubetti di ghiaccio sotto le ascelle. Non riesce a muoversi.

Intanto tutti che spingono per entrare.

Ti hanno bocciato! Una vocina.

(Cosa?)

Ti hanno bocciato!

È così. Non è un presentimento. Non è un sospetto. È così.

(Perché?)

Perché è così.

Certe cose si sanno e non ha nessun senso chiedersi il perché.

Come ha potuto credere di essere promosso?

Vai a vedere, che aspetti? Vai. Corri.

Rompe finalmente la paralisi e s'incunea tra i compagni. Il cuore gli rulla una marcetta furibonda sotto lo sterno.

Sgomita. «Fatemi passare... Voglio passare, per favore.»

«Piano! Sei scemo?»

«Stai calmo, imbecille. Dove credi di andare?»

Riceve un paio di spinte. Cerca di superare il cancello, ma essendo piccolo quelli più grandi lo ributtano indietro. Si accuccia e passa, a quattro zampe, tra le gambe dei compagni, superando lo sbarramento.

«Calma! Calma! Non spingete... Piano, mann...» Italo sta al lato del cancello e quando vede Pietro gli muoiono le parole in bocca.

Ti hanno bocciato...

È scritto negli occhi del bidello.

Pietro lo fissa un istante e si lancia di nuovo, a rottadicollo, verso le scale.

Sale i gradini a tre a tre ed entra.

In fondo all'ingresso, accanto a un busto di bronzo di Michelangelo, c'è la bacheca con i risultati.

Sta succedendo una cosa strana.

C'è uno, mi sembra della seconda A, che si chia... uno che non mi ricordo il nome che se ne stava andando e mi ha visto, e si è bloccato, come se davanti non ci fossi io ma ci fosse, che ne so, un marziano, e ora mi guarda e sta dando una gomitata a un altro, che si chiama Giampaolo Rana, questo me lo ricordo, e gli sta dicendo qualcosa e Giampaolo pure si è voltato e mi sta guardando, ora però guarda i quadri e poi mi guarda di nuovo e sta parlando con un altro che mi guarda e un altro mi guarda e tutti mi guardano e c'è silenzio...

C'è silenzio.

Il capannello si è aperto lasciandogli spazio fino ai tabelloni. Le gambe lo portano avanti, tra due ali di compagni. Avanza e si ritrova a pochi centimetri dalla bacheca, pressato da quelli che arrivano dopo di lui.

Leggi.

Cerca la sua sezione.

B! Dov'è!? B? La sezione B? Prima B, seconda B. Eccola!

È l'ultima a destra.

Abate. Altieri. Bart...

Comincia a scorrere con lo sguardo l'elenco dall'alto in basso.

Un nome è scritto in rosso.

C'è un bocciato.

Più o meno a metà colonna. Roba di M, N, O, P.

Hanno bocciato Pierini.

Moroni.

Strizza gli occhi e quando li riapre intorno tutto è sfocato e ondeggia

12

Rilegge il nome.

| MORONI PIETRO | NON AMMESSO |

Rilegge.

| MORONI PIETRO | NON AMMESSO |

Non sai leggere?
Rilegge di nuovo.
M-O-R-O-N-I. MORONI. Moroni, Mor... M...
Una voce gli rimbomba nel cervello. *Come ti chiami tu?*
(Eh, che c'è?)
Come ti chiami?
(Chi? Io...? Io mi chiamo... Pietro. Moroni. Moroni Pietro.)
E lì c'è scritto Moroni Pietro. E proprio accanto, in rosso,
in stampatello, grosso come una casa, NON AMMESSO.
Allora la sensazione era giusta.
Eppure aveva sperato che fosse la solita sensazione del ca-
volo che prova quando gli consegnano un compito in classe,
ed è sicuro al novantanove per cento che è andato malissimo.
Una sensazione che viene sempre smentita perché lui lo sa
che quel microscopico uno per cento vale molto più del resto.
Gli altri! Guarda gli altri.

PIERINI FEDERICO	AMMESSO
BACCI ANDREA	AMMESSO
RONCA STEFANO	AMMESSO

Cerca del rosso in tutti gli altri fogli, ma è tutto blu.
*Non posso essere stato bocciato solo io in tutta la scuola. La
Palmieri mi aveva detto che mi avrebbero promosso. Che le co-
se si sarebbero risolte. Me lo aveva prom...*
(No.)
Ora non ci deve pensare.
Ora deve solo andarsene.
Perché a Pierini, Ronca e Bacci li hanno ammessi e a me no?
Eccolo.

13

Il groppo.

Una spia nel cervello lo informa: *Caro Pietro, è meglio che te ne vai di corsa, stai per metterti a piangere. E non vorrai farlo davanti a tutti, vero?*

«Pietro! Pietro! Allora?!»

Si gira.

Gloria.

«Mi hanno promossa?»

La faccia della sua amica spunta dietro il capannello.

Pietro cerca Celani.

Blu.

Come tutti gli altri.

Vorrebbe dirglielo, ma non ci riesce. In bocca ha uno strano sapore. Rame. Acido Prende fiato e deglutisce.

Devo vomitare.

«Allora? Sono stata promossa?»

Pietro fa segno di sì.

«Ah! Che bello! Sono stata promossa! Sono stata promossa!» urla Gloria e incomincia ad abbracciare quelli che le stanno intorno.

Perché fa tutte queste scene?

«Tu? E tu?»

Rispondile, forza.

Si sente male. Gli sembra che dei calabroni tentino di entrargli nelle orecchie. Ha le gambe molli molli e le guance infuocate.

«Pietro!? Che hai? Pietro!»

Niente. È che mi hanno bocciato, vorrebbe risponderle. Si appoggia contro il muro e lentamente si affloscia a terra

Gloria si fa spazio tra la ressa e lo raggiunge.

«Pietro, che hai? Ti senti male?» gli domanda e guarda tabelloni.

«Non ti hanno amm...?»

«No...»

«E gli altri?»

«S...»

E Pietro Moroni si rende conto che tutti lo fissano e gli stanno addosso, che lui là in mezzo è il giullare, la pecora nera (rossa) e che anche Gloria è dall'altra parte, insieme a tutti gli altri e non importa niente, assolutamente niente, che lo stia guardando con quegli occhi da Bambi.

SEI MESI PRIMA...

9 dicembre

2

Il 9 dicembre, alle sei e venti di mattina, mentre una bufera d'acqua e vento infieriva sulla campagna, una Uno turbo GTI nera (vestigia di un'epoca in cui, per qualche lira in più rispetto al modello base, ci si comprava una bara motorizzata che filava come una Porsche, beveva come una Cadillac e si accartocciava come una lattina di cocacola) imboccò lo svincolo che portava dall'Aurelia a Ischiano Scalo e proseguì su una strada a due corsie che tagliava i campi di fango. Superò la Polisportiva e il capannone del Consorzio agrario ed entrò in paese.

Il breve corso Italia era ricoperto di terra trascinata dall'acqua. Il cartellone pubblicitario del Centro estetico Ivana Zampetti era stato strappato dal vento e buttato in mezzo alla strada.

In giro non c'era un'anima, tranne un cagnaccio sciancato che aveva più razze nel sangue che denti in bocca e rovistava tra l'immondizia di un cassonetto rovesciato.

La Uno gli passò accanto, sfilò davanti alle serrande abbassate della macelleria Marconi, della tabaccheria-profumeria e della Cassa dell'Agricoltura e proseguì fino a piazza XXV aprile, il nucleo dell'abitato.

Cartacce, sacchetti di plastica, giornali e pioggia si rincorrevano sul piazzale della stazione. Le foglie ingiallite della vecchia palma, al centro del giardinetto, erano tutte piegate da un lato. La porta della piccola stazione, un edificio squadrato e grigio, era chiusa ma l'insegna rossa dello Station Bar era accesa, segno che era già aperto.

Si fermò davanti al monumento ai caduti di Ischiano Scalo e rimase lì col motore acceso. Il tubo di scappamento sputava fuori un fumo denso e nero. I vetri fumé non lasciavano vedere all'interno.

Poi, finalmente, lo sportello del guidatore si spalancò con un gemito ferroso.

Prima uscì fuori *Volare* nella versione flamenca dei Gipsy King e, immediatamente dopo, apparve un uomo grande e grosso con una lunga chioma bionda, occhiali da mosca e giacca di pelle marrone con un'aquila apache di perline ricamata sulla schiena.

Il suo nome era Graziano Biglia.

Il tipo stirò le braccia. Sbadigliò. Si sgranchì le gambe. Tirò fuori un pacchetto di Camel e se ne accese una.

Era di nuovo a casa.

L'albatros e la cubista

Per capire perché Graziano Biglia decise di tornare proprio il 9 dicembre, dopo due anni d'assenza, a Ischiano Scalo, il luogo dove era nato, dobbiamo risalire un po' indietro nel tempo.

Non tanto. Sette mesi prima. E dobbiamo fare un salto, dall'altra parte dell'Italia, sulla costa orientale. E precisamente in quella zona chiamata riviera romagnola.

L'estate sta cominciando.

È un venerdì sera e siamo al Carillon del mare (detto anche il Calzino del Mario per via della puzza che produce il cuoco casertano), un ristorantino economico sulla spiaggia, a pochi chilometri da Riccione, specializzato in piatti di pesce e gastroenterite batterica.

Fa caldo, ma dal mare spira un vento leggero che rende tutto più sopportabile.

Il locale è affollato. Soprattutto stranieri, coppie di tedeschi, olandesi, gente del Nord.

Ed ecco Graziano Biglia. Appoggiato al bancone del bar, si sta scolando il suo terzo Margarita.

Pablo Gutierrez, un ragazzo scuro, con la frangetta e una carpa tatuata sulla schiena, entra nel locale e gli si avvicina.

«Cominciamo?» domanda lo spagnolo.

«Cominciamo.» Graziano guarda il barista con un gesto d'intesa, quello si piega sotto il bancone, tira fuori una chitarra e gliela passa.

Questa sera, dopo tanto tempo, ha di nuovo voglia di suonare. Si sente ispirato.

Saranno i due Margarita che si è appena buttato giù, sarà quel venticello, sarà l'atmosfera intima e amichevole di quella rotonda sul mare, chi può saperlo?

Si siede su uno sgabello al centro della piccola pista illuminata da calde luci rosse. Apre la custodia di pelle ed estrae la chitarra come un samurai la sua katana.

Una chitarra spagnola costruita dal famoso liutaio barcellonese Xavier Martinez apposta per Graziano. La accorda e ha l'impressione che tra lui e il suo strumento scorra un fluido magico che li rende complici, capaci di produrre accordi meravigliosi. Poi guarda Pablo. È in piedi dietro a due congas.

Una scintilla d'intesa si accende nei loro occhi.

E senza perdere altro tempo attaccano con un pezzo di Paco de Lucia, poi passano a Santana, un paio di pezzi di John McLaughlin e per finire gli intramontabili Gipsy King.

Le mani di Graziano corrono agili sulla tastiera della chitarra come possedute dallo spirito del grande Andrés Segovia

Il pubblico approva. Applausi. Grida. Fischi d'assenso

Li ha in mano. Soprattutto il reparto femminile. Le sente squittire come coniglie in estro.

Dipende un po' dalla magia della musica spagnola e molto dal suo aspetto.

È difficile non perdere la testa per uno come Graziano.

La chioma bionda, leonina, che gli arriva alle spalle. Il petto massiccio, coperto da un morbido tappeto castano. Gli occhi arabi di Omar Sharif. I jeans stinti e strappati sulle ginocchia. La collana di turchesi. Il tatuaggio tribal sul bicipite gonfio. I piedi nudi. Tutto complotta per mandare in frantumi il cuore delle sue ascoltatrici.

Quando il concerto finisce, dopo l'ennesimo bis di *Samba pa ti*, dopo l'ennesimo bacio alla tedesca ustionata, Graziano saluta Pablo e se ne va al cesso a svuotare la vescica e a ricaricarsi con una bella pippata di tiramisù boliviano.

Sta per uscire quando una morona abbronzata come un biscotto al cioccolato, un po' passata d'età ma con due tette che sembrano palloni aerostatici, entra nel bagno.

«È degli uomini...» le fa presente Graziano, puntando la porta.

La donna lo blocca con una mano. «Ti vorrei fare un pompino, ti dispiace?»

Da che mondo è mondo un pompino non si rifiuta mai.

«Accomodati» le dice Graziano indicando il gabinetto.

«Prima però voglio farti vedere una cosa» dice la mora. «Guarda lì, al centro del locale. Vedi quello con la camicia hawaiana? È mio marito. Veniamo da Milano...»

Il marito è un tipo smilzo e imbrillantinato, che si sta ingozzando di cozze pepate.

«Salutalo.»

Graziano fa ciao con la mano. Il tipo solleva il calice di champagne e poi applaude.

«Ti stima tantissimo. Dice che suoni come un dio. Che hai il dono.»

La donna lo spinge nel gabinetto. Chiude la porta. Si siede

22

sul cesso. Gli sbottona i jeans e dice: «Ora però gli facciamo le corna».

Graziano si appoggia al muro, chiude gli occhi.

E il tempo svanisce.

Questa era la vita di Graziano Biglia a quei tempi.

Una vita al massimo, come direbbe un titolo di un film. Una vita fatta d'incontri, di felici imprevisti, di energie e flussi positivi. Una vita sulle note di un merengue.

Cosa c'è di più bello del sapore amaro della droga che t'intorpidisce la bocca e di un miliardo di molecoline che ti circolano nel cervello come un vento che infuria e non fa male? Di una lingua sconosciuta che ti accarezza l'uccello?

Cosa?

La mora lo invita a unirsi alla cena.

Champagne. Calamari fritti. Cozze.

Il marito ha una fabbrica di alimenti zootecnici a Cinisello Balsamo e una Ferrari Testarossa nel parcheggio del ristorante.

Chissà se si drogano? si domanda Graziano.

Se riesce a rifilargli qualche grammo e a vedere qualche lira, da buona questa sera può diventare magica.

«Tu devi avere una vita pazzesca: una vita tutta sesso, droga e rock'n' roll, eh?» gli domanda la mora con una chela di aragosta tra i denti.

Graziano si deprime quando gli dicono così.

Perché la gente apre la bocca e sputa parole, inutili *palabras*?

Sesso, droga e rock'n' roll... Ancora con 'sta storia.

Ma durante la cena continua a pensarci.

In fondo è un po' vero.

La sua vita è sesso, droga e... no, rock'n' roll non si può proprio dire, e flamenco.

23

E allora...?

Certo, a molti farebbe schifo una vita come la mia. Senza boe. Senza punti fermi. Ma a me va bene così e me ne sbatto di quello che pensano gli altri.

Una volta, un belga, seduto in meditazione su una scalinata di Benares, gli aveva detto: «Mi sento come un albatros portato dalle correnti. Da correnti positive che controllo con un leggero battito d'ala».

Anche Graziano si sentiva un albatros.

Un albatros con un grande impegno: non fare male né agli altri né a se stesso.

Secondo alcuni, spacciare è un male.

Secondo Graziano, dipende da come lo fai.

Se lo fai per campare e non ti ci vuoi arricchire, va bene. Se vendi agli amici, va bene. Se vendi roba di qualità e non merda, va bene.

Se potesse vivere solo suonando, smetterebbe in quel preciso momento.

Secondo alcuni, drogarsi fa male. Secondo Graziano, dipende da come lo fai. Se esageri, se ti fai fottere dalla droga, non va bene. Non ha bisogno di medici e preti che gli spieghino che la polverina ha sgradevoli controindicazioni. Se ti fai una botta ogni tanto, non c'è assolutamente niente di male.

E il sesso?

Il sesso? È vero, ne faccio tanto, ma che ci posso fare se piaccio alle donne e se loro piacciono a me? (Gli uomini mi fanno schifo, sia chiaro.) Il sesso si fa in due. Il sesso è la cosa più bella del mondo se fatto in modo giusto, senza troppe pippe (Graziano non ha mai riflettuto molto sull'ovvietà di questa affermazione).

E poi cosa piaceva a Graziano?

La musica latina, suonare la chitarra nei locali (*quando mi pagano!*), abbrustolirsi su una spiaggia, cazzeggiare con gli amici davanti a un enorme sole arancione che muore in mare e

24

... e basta.

Non bisogna credere a quelli che ti dicono che, per apprezzare le cose della vita, bisogna farsi il culo. Non è vero. Ti voglio no fottere. Il piacere è una religione e il corpo è il suo tempio

E Graziano si era organizzato per questo.

Risiedeva in un monolocale al centro di Riccione da giugno a fine agosto, a settembre si spostava a Ibiza e a novembre se ne andava in Giamaica a svernare.

A quarantaquattro anni suonati, Graziano Biglia diceva di essere uno zingaro di professione, un vagabondo del dharma, un'anima migrante alla ricerca del proprio karma.

Così diceva, almeno fino a quella sera, a quella maledetta sera di giugno in cui la sua esistenza s'intrecciò con quella di Erica Trettel, la cubista.

Ed ecco lo zingaro di professione due ore dopo l'abboffata al Carillon del mare.

È nella galleria dell'Hangover schiantato su un tavolino, come se qualche infame gli avesse fregato la colonna vertebrale. Gli occhi ridotti a fessure. La bocca semiaperta. In mano regge un Cuba libre che non riesce a bere.

«Madonna, come sto cotto» continua a ripetere.

Il mix di coca, ecstasy, vino e fritto di paranza lo ha rovinato.

Il fabbricante di mangimi e la moglie gli siedono accanto.

La discoteca è stipata peggio di un espositore di un supermarket.

Ha l'impressione di essere in crociera perché la discoteca s'inclina a destra e a sinistra. Il posto in cui stanno seduti fa schifo, anche se c'è chi sostiene che quella è la zona Vip. Un'enorme cassa acustica, appesa sopra la sua testa, gli sta disgregando il sistema nervoso. Ma piuttosto che alzarsi e andare a cercare un altro posto, si farebbe amputare il piede destro.

25

Il fabbricante di mangimi continua a strillargli nell'orecchio cose. Cose che Graziano non capisce.

Guarda in giù.

La pista sembra un maledetto formicaio.

In testa gli sono rimaste solo semplici verità.

Che casino. È venerdì. E il venerdì è un casino.

Gira la testa lentamente, come una frisona svizzera al pascolo.

E la vede.

Balla.

Balla nuda su un cubo al centro del formicaio.

Le conosce a memoria le cubiste dell'Hangover. Ma questa non l'ha mai vista.

Dev'essere nuova. È proprio una gran figa. E come balla.

Gli altoparlanti vomitano drum'n'bass su un tappeto di corpi e teste e sudore e braccia e lei è lassù, sola e inarrivabile come la dea Kalì.

Le luci stroboscopiche la fissano in una infinita sequenza di pose plastiche e sensuali.

La osserva con quella fissità tipica da abuso di stupefacenti.

È la femmina più figa che abbia mai visto.

Pensa essere il suo fidanzato... Avere una così accanto. Pensa come ti invidiano. Ma chi è?

Vorrebbe domandarlo a qualcuno. Magari a quello del bar. Ma non ce la fa ad alzarsi. Ha le gambe paralizzate. E poi non può smettere di guardarla.

Dev'essere proprio il massimo perché, normalmente, a Graziano la vitella giovane (la chiama così...) non gli interessa.

Un problema di comunicazione.

Il suo territorio di caccia è, come dire, più âgé. Preferisce la donna matura, generosa, che sa apprezzare un tramonto, una serenata al chiaro di luna, che non si fa mille problemi come una ventenne e che si fa una chiavata senza caricarla di paranoie e aspettative.

Ma in questo caso ogni distinzione, ogni categoria è da buttare al cesso.

Di fronte a una così i froci tornano uomini.

Pensa scoparsela.

Un'immagine sbiadita di un amplesso su una spiaggia bianca di atollo gli attraversa la mente. E come per magia l'uccello gli si incomincia a indurire.

Ma chi è? Chi è? Da dov'è uscita?

Dio, Buddha, Krishna, Principio Primo, chiunque tu sia, l'hai fatta materializzare su quel cubo per darmi un segno della tua esistenza.

È perfetta.

Non che le altre ragazze-cubo, ai lati della pista, non siano perfette. Tutte hanno il culo sodo e gambe mozzafiato, tette tonde e abbondanti e il ventre piatto e muscoloso. Ma nessuna è come lei, lei ha qualcosa di speciale, qualcosa che Graziano non riesce a definire con parole sue, qualcosa di animale, qualcosa che gli è capitato di intravedere solo nelle negre di Cuba.

Il corpo di questa ragazza non reagisce alla musica, è la musica. L'espressione fisica della musica. I movimenti sono lenti e precisi come quelli di un maestro di tai-chi. Riesce a rimanere immobile su un piede facendo ondeggiare il bacino e muovendo sinuosamente le braccia. Le altre sono spasti che, in confronto a lei.

Eccezionale.

E la cosa incredibile è che nessuno nella discoteca sembra rendersene conto. Quei trogloditi continuano ad agitarsi, a parlare quando davanti a loro sta avvenendo un miracolo.

A un tratto, come se Graziano le avesse inviato una scarica di onde telepatiche, la ragazza si ferma e si gira verso di lui. Graziano ha la certezza che lo sta guardando. È immobile, lì, sul cubo, e guarda proprio lui, lui in mezzo a quel casino, lui in mezzo a quel delirio di gente, lui e nessun altro.

Finalmente riesce a vederla in faccia. Con quei capelli corti, quella bocca, quegli occhi verdi (riesce a vederle anche il colore degli occhi!) e quell'ovale perfetto assomiglia da morire a un'attrice... a un'attrice che Graziano ha sulla punta della lingua...

Come si chiama? Quella che ha fatto Ghost?

Quanto gli piacerebbe se qualcuno gli suggerisse: Demy Moore.

Ma Graziano non può chiederlo a nessuno, è incantato, come un cobra davanti all'incantatore. Allunga le dita verso di lei e dieci piccoli raggi color aranciata gli scaturiscono dai polpastrelli. I raggi si uniscono insieme e proseguono serpeggiando come una scarica elettrica attraverso la discoteca, al di sopra della massa ignorante e giungono fino a lei, al centro della pista, le entrano nell'ombelico e la fanno risplendere come una Madonna bizantina.

Graziano comincia a tremare.

Sono uniti da un arco voltaico che fonde le loro individualità, che li trasforma in metà imperfette di un essere completo. Solo insieme saranno felici, come angeli con un'ala sola, dal loro abbraccio ci sarà il volo e il paradiso.

Graziano sta per mettersi a piangere.

È sopraffatto da un amore senza fine, mai provato prima, un amore che non è volgare arrapamento, ma un sentimento purissimo, un sentimento che spinge alla riproduzione, alla difesa della propria donna dai pericoli esterni, alla costruzione di una tana per l'allevamento dei marmocchi.

Allunga le mani cercando un ideale contatto con la ragazza.

I due milanesi lo guardano sconcertati.

Ma Graziano non li può vedere.

La discoteca non c'è più. Le voci, la musica, il bordello, sono stati inghiottiti dalla nebbia.

E poi lentamente il grigio si dirada e appare una jeanseria.

Sì, una jeanseria.

Non una jeanseria di merda come quelle di Riccione, ma una che assomiglia in tutto e per tutto agli store che ha visto in Vermont e ci sono pile ordinate di maglioni dei pescatori norvegesi, file di scarponi dei minatori della Virginia e cassetti di calze fatte a mano dalle vecchie di Lipari e barattoli di marmellata del Galles ed esche Rapalà e c'è lui e la ragazza del cubo, ormai sua moglie, in evidente stato interessante dietro il bancone che poi non è un bancone ma una tavola da surf. E questa jeanseria è a Ischiano Scalo, al posto della merceria di sua madre. E tutti quelli che passano si fermano, entrano e vedono sua moglie e lo invidiano e comprano mocassini con il penny e giacche a vento di goretex.

«La jeanseria» sussurra estasiato Graziano a occhi chiusi.

Ecco che cosa c'è nel suo futuro!

Lo ha visto.

Una jeanseria.

Quella donna.

Una famiglia.

E basta con questa vita randagia, con le stronzate fricchettone, basta con il sesso senza amore, basta con la droga.

Redenzione.

Ora ha una missione nella vita: conoscere quella ragazza e portarsela a casa perché la ama. E lei ama lui.

«Amooore» sospira Graziano, e si solleva dalla sedia e si sporge oltre la ringhiera a braccia protese per raggiungerla. Fortuna che c'è la milanese che lo afferra per la camicia e gli evita di finire di sotto e rompersi l'osso del collo.

«Ti ha dato di volta il cervello?» gli domanda la donna.

«Gli piaceva la troietta là in mezzo.» Il fabbricante di alimenti zootecnici si sganascia dalle risate. «Si voleva suicidare per lei. Hai capito? Hai capito?»

Graziano è in piedi. Spalanca la bocca. È senza parole.

Chi sono questi due mostri? E come si permettono? Soprattutto, di cosa ridono? Perché prendono per il culo un amore puro e fragile sbocciato a dispetto di tutte le brutture e le schifezze di questa società corrotta?

Il milanese sembra che debba schiattare dalle risate da un momento all'altro.

Adesso questo figlio di puttana muore. Graziano lo afferra per il collo della camicia hawaiana e quello smette di ridere immediatamente e mette su un sorriso con troppe gengive. «Scusami, mi dispiace... Veramente, scusami. Non volevo...»

Graziano sta per assestargli un cazzotto sul naso, ma poi lascia perdere, questa è la notte della redenzione, non c'è spazio per la violenza e Graziano Biglia è un uomo nuovo.

Un uomo in amore.

«Che potete capire, voi... Esseri senza cuore» dice sottovoce, e si avvia barcollando verso l'amata.

La storia d'amore con Erica Trettel, la ragazza-cubo dell'Hangover, si rivelò una delle imprese più disastrose della vita di Graziano Biglia. Probabilmente quel mix di cocaina, ecstasy, fritto di paranza e Lancers che aveva assunto al Carillon del mare fu la causa occasionale del colpo di fulmine che mise in corto circuito la mente del Biglia, ma l'ostinazione e la cecità congenita furono le cause remote.

Normalmente, quando ci si risveglia da una notte all'insegna dell'abuso di alcol e sostanze psicotrope, si fa fatica a ricordare perfino come ci si chiama, infatti Graziano aveva cancellato dalla memoria i successi del Carillon, i fabbricanti di mangimi, e...

No!

La ragazza che ballava sul cubo, no.

Quella non se l'era dimenticata.

Quando, il giorno dopo, Graziano riaprì gli occhi, l'immagine di lui e lei nella jeanseria gli si era annidata come un polpo tra i neuroni e, come Actarus dentro Goldrake, gli manovrò la mente e il corpo per tutta l'estate.

Sì, perché quella maledetta estate Graziano fu cieco e sordo, non volle vedere e non volle sentire che Erica non era adatta a lui. Non volle capire che quella fissazione era irragionevole e foriera di dolore e infelicità.

Erica Trettel aveva ventun anni ed era di una bellezza mozzafiato.

Veniva da Castello Tesino, un paese vicino a Trento. Aveva vinto un concorso di bellezza sponsorizzato da un salumificio ed era fuggita da casa insieme a uno dei giurati. Aveva lavorato al Motor Show di Bologna come ragazza Opel. Qualche foto per il catalogo di un'azienda produttrice di costumi di Castellammare di Stabia. E un corso di danza del ventre.

Quando ballava sul cubo dell'Hangover riusciva a concentrarsi, a dare il meglio di sé, a fondersi con la musica, perché nella sua mente si accendevano, come lucine dell'albero di Natale, immagini positive: lei nel corpo di ballo di *Domenica In* e le foto su «Novella 2000» mentre esce da un ristorante con uno come Matt Weyland e il quizzone e le telepromozioni della grattugia elettrica Moulinex.

La televisione!

Lì dentro era il suo futuro.

Erica Trettel aveva desideri semplici e concreti.

E quando conobbe Graziano Biglia, provò a spiegarglielo.

Gli spiegò che tra questi desideri non c'era quello di sposarsi un vecchio fricchettone con la fissa per i Gipsy King e che assomigliava a Sandy Marton dopo la Parigi-Dakar, né tanto meno di rovinarsi il punto vita dando alla luce marmocchi frignanti e ancora meno quello di aprire una jeanseria a Ischiano Scalo.

Ma Graziano non voleva capire e le spiegava, come un maestro a uno scolaro testardo, che la televisione è la peggiore mafia. Lui lo sapeva bene. Aveva suonato un paio di volte al Planet Bar. Le diceva che il successo in tv è effimero.

«Erica, tu devi crescere, devi capire che gli esseri umani non sono fatti per mettersi in mostra, ma per trovare uno spazio dove vivere in armonia con il cielo e la terra.»

E quello spazio era Ischiano Scalo.

Aveva anche una ricetta per toglierle dalla testa *Domenica In*: partire per la Giamaica. Sosteneva che una vacanza ai Caraibi le avrebbe fatto bene, quello era un posto dove la gente si diverte e sta tranquilla, dove tutte le stronzate di questa società di merda non contano, dove vale l'amicizia e ci si sdraia sulla spiaggia a non fare un cazzo.

Lui le avrebbe insegnato quello che c'era da sapere della vita.

Forse queste stronzate avrebbero fatto breccia su una fanatica di Bob Marley e della liberalizzazione delle droghe leggere, ma non su Erica Trettel.

Quei due avevano l'affinità che c'è tra un paio di scarponi da sci e un'isola greca.

Perché, allora, Erica gli diede delle speranze?

Questo frammento di conversazione tra Erica Trettel e Mariapia Mancuso, altra ragazza-cubo dell'Hangover, mentre si preparano nei camerini, può aiutarci a capire.

«È una cazzata che dicono che ti sei fidanzata con Graziano?» chiede Mariapia mentre si strappa con una pinzetta un pelo superfluo piantato accanto all'areola del capezzolo destro.

«Chi te l'ha detto?» Erica sta facendo stretching al centro del camerino.

«Lo dicono tutti.»

«Ah... dicono così?»

Mariapia si controlla allo specchio il sopracciglio destro e poi lo aggredisce con le pinzette. «È vero?»

«Cosa?»

«Che ti ci sei fidanzata.»

«Un po'... Diciamo che si sta insieme.»

«In che senso?»

Erica sbuffa. «Che noia che sei! Graziano mi vuole bene. Sul serio. Non come quello stronzo di Tony.»

Tony Dawson, il dj inglese dell'Antrax, aveva avuto una breve storia con Erica e poi l'aveva lasciata per la cantante dei Funeral Strike, un gruppo death-metal marchigiano.

«E tu gli vuoi bene?»

«Certo che gli voglio bene. Non dà fregature. È una persona a posto.»

«Questo è vero» concorda Mariapia.

«Lo sai che mi ha regalato un cucciolo? Tenerissimo. Un Fila brasilero.»

«Che è?»

«Un cane rarissimo. Una razza speciale. Lo usavano in Brasile per dare la caccia agli schiavi che fuggivano dalle piantagioni. Però lo tiene lui, io non lo voglio. L'ho chiamato Antoine.»

«Come il parrucchiere?»

«Esatto.»

«E la storia che racconta in giro che vi sposate e andate a vivere al suo paese dove aprite un negozio d'abbigliamento?»

«Ma sei scema!? È che l'altra sera eravamo sulla spiaggia e lui comincia con 'sta storia di casa sua, di questa jeanseria con i maglioni norvegesi, della merceria di sua madre, che vuole fare figli e sposarmi, che mi ama. Io gli ho detto che come idea era carina...»

«Carina?!»

«Aspetta. Sai quando si parla tanto per parlare Sul momento mi sembrava un'idea carina. Ma lui non se l'è più tolta dalla testa. Però glielo devo dire che non può andare in giro a raccontare a tutti questa storia. Ci faccio una brutta figura. Mi fa arrabbiare sul serio, se continua.»

«Diglielo.»

«Certo che glielo dico.»

Mariapia passa all'altro sopracciglio. «Ma sei innamorata di lui?»

«Non lo posso dire... Te l'ho detto, è gentile. È una persona carinissima. Mille volte meglio di quel bastardo di Tony. Ma è troppo superficiale. E poi questa storia della jeanseria... Se a Natale non lavoro, ha detto che mi porta in Giamaica. È una figata, no?»

«E... gliela dai?»

Erica si mette in piedi e si stiracchia. «Che domande fai? No. Di solito no. Però lui insiste, insiste e così ogni tanto, alla fine... Gliela do con...? Come si dice?»

«Cosa?»

«Quando dai una cosa ma non tanto, che la dai e però un po' ti dispiace.»

«Che ne so.. Calma?»

«Ma che calma e calma. Che dici? Come si dice, dài? Con...?»

«Tirchieria?»

«Noo!»

«Parsimonia?»

«Esatto! Parsimonia. Gliela do con parsimonia.»

Graziano stando dietro a Erica si umiliò come non mai, fece figure di merda colossali aspettandola per ore dove tutti sapevano che non sarebbe mai andata, visse appiccicato al telefonino cercandola per Riccione e dintorni, fu ingannato da Mariapia che copriva l'amica quando usciva con quel bastardo del dj e s'indebitò fino al collo per regalarle un cucciolo di Fila brasiliano, una canoa superleggera, una macchina americana per fare la ginnastica passiva, un tatuaggio sulla chiappa destra, un gommone con un motore fuoribordo venticinque cavalli, uno stereo Bang & Olufsen, un mucchio di vestiti griffati e scarpe con i tacchi di venti centimetri e una quantità imprecisata di cd.

Chi gli voleva un po' di bene gli diceva di piantarle, che era patetico. Che quella ragazza lo avrebbe massacrato.

Ma Graziano non ascoltava. Smise di scoparsi le tardone e di suonare, e continuò testardo, senza parlarne più perché Erica s'innervosiva, a credere nella jeanseria e che prima o poi l'avrebbe cambiata, le avrebbe sradicato dalla testa quell'erba maligna che era la televisione. Non era lui che aveva deciso tutto ciò, era stato il fato a volerlo, quella notte, quando aveva posato Erica su un cubo dell'Hangover.

E ci fu un momento che tutto questo sembrò, come per magia, realizzarsi.

A ottobre i due sono a Roma.

In un monolocale in affitto a Rocca Verde. Un buco all'ottavo piano di un palazzone strizzato tra la tangenziale est e il raccordo anulare.

Erica ha convinto Graziano a seguirla. Senza di lui nella metropoli si sente sperduta. Deve aiutarla a trovare lavoro.

Ci sono un mucchio di cose da fare: cercare un bravo fotografo per il book. Un agente sveglio con i contatti giusti. Un insegnante di dizione che le levi l'aspro accento trentino e uno di recitazione che la sciolga un po'.

E i provini.

Escono presto, la mattina, passano il giorno in giro tra Cinecittà, uffici di casting, produzioni cinematografiche e tornano a casa, la sera, distrutti.

A volte, quando Erica è a lezione, Graziano si carica Antoine in macchina e se ne va a Villa Borghese. Attraversa il parco dei daini, prosegue fino a piazza di Siena e poi va giù, al Pincio. Cammina rapido. Gli piace passeggiare nel verde.

Antoine gli arranca dietro. Con quelle zampone fa fatica a tenere il passo. Graziano lo tira per il guinzaglio. «Dài, muoviti. Pigrone. Forza!» Niente. Allora lui si siede su una pan-

china e si fuma una sigaretta e Antoine comincia a morder-
gli le scarpe.

Graziano non assomiglia più al latin lover del Carillon del
mare. Quello che faceva cadere svenute le tedesche.

Sembra invecchiato di dieci anni. È pallido, con le borse
sotto gli occhi, la ricrescita nera, la tuta da ginnastica, la barba sfatta e bianca, ed è infelice.

Infelice da morire.

Sta andando tutto di merda.

Erica non lo ama.

Sta con lui solo perché le paga le lezioni, l'affitto, i vestiti,
il fotografo, tutto. Perché le fa da autista. Perché la sera va a
prendere il pollo in rosticceria.

Erica non lo ama e non lo amerà mai.

Non gliene frega un cazzo di lui, diciamola la verità.

*Ma che ci faccio qui? Odio questa città. Odio questo traffi-
co. Odio Erica. Me ne devo andare. Me ne devo andare. Me ne
devo andare.* È una specie di mantra che si ripete ossessivamente.

E perché non lo fa?

In fondo è facilissimo, basta prendere un aereo. E chi s'è
visto s'è visto.

Magari riuscirci.

C'è un problema: se sta lontano da Erica per mezza giornata, si sente male. Gli viene la gastrite. Gli manca l'aria. Comincia a fare rutti.

Come sarebbe bello spingere un bottone e ripulirsi il cervello. Levarsi dalla testa quelle labbra morbide, quelle caviglie sottili, quegli occhi perfidi e ammaliatori. Un bel lavag-
gio del cervello. Se Erica fosse nel cervello.

Ma non è là.

Gli si è piantata come una scheggia di vetro nello stomaco.

È innamorato di una bambina viziata.

E stronza. E cagna. Quanto è brava a ballare, così è negata a recitare, a stare davanti a una telecamera. S'impappina. Le parole le muoiono in bocca.

In tre mesi è riuscita a fare un paio di comparsate in un telefilm.

Ma Graziano l'ama anche se è negata. Anche se è l'attrice peggiore del mondo.

Mannaggia...

E la cosa tremenda è che più lei è stronza, e più lui l'ama.

Quando non ci sono provini da fare, Erica passa la giornata davanti alla televisione mangiando pizze surgelate e Viennette Algida. Non vuole fare niente. Non vuole uscire. Non vuole vedere nessuno. È troppo depressa, dice, per uscire.

La casa è una merda.

I mucchi di vestiti sporchi gettati da una parte. Spazzatura. Pile di piatti incrostati di sugo. Antoine che piscia e caga sulla moquette. Erica sembra starci a suo agio, nella merda. Graziano no, Graziano s'incazza, urla che lui si è scocciato di vivere così, come un barbone, che basta, che se ne va in Giamaica, ma invece prende il cane e va al parco.

Come si fa a starle accanto? Neanche un monaco zen riuscirebbe a reggerla. Piange per un nonnulla. E si arrabbia. E quando si arrabbia dalla bocca le escono cose orrende. Proiettili che affondano nel cuore di Graziano come nel burro. È gonfia di veleno e appena può lo schizza fuori.

Sei una merda. Mi fai schifo! Io non ti amo, lo vuoi capire? Vuoi sapere perché continuo a stare con te? Lo vuoi sapere veramente? Perché mi fai pena. Ecco perché. Ti odio. E lo sai perché ti odio? Perché tu speri solo che le cose mi vadano male.

È vero.

Ogni volta che un provino va male Graziano, dentro, esulta. È un piccolo passo verso Ischiano. Ma poi si sente in colpa.

Non fanno l'amore.

Lui glielo fa presente. E allora lei allarga le gambe e le braccia e dice: «Accomodati. Se ti piace, scopami così». E un

37

paio di volte, disperato, se l'è pure fatta, ed è come farsi un cadavere. Un cadavere caldo che ogni tanto, quando c'è la pubblicità, prende il telecomando e cambia canale.

Tutto ciò dura fino all'8 dicembre.

L'8 dicembre muore Antoine.

Erica è in una profumeria con Antoine. La commessa le dice che i cani non possono entrare. Erica lo lascia fuori, deve comprare un rossetto, ci mette un attimo. Ma un attimo è sufficiente ad Antoine per vedere un pastore tedesco sul marciapiede di fronte, attraversare la strada e in quell'attimo finire sotto una macchina.

Erica torna a casa piangendo. Dice a Graziano che non ha avuto il coraggio di andare a vedere. Il cane è ancora là. Graziano esce di corsa.

Lo trova a lato della strada. In una pozza di sangue. Respira appena. Dalle narici e dalla bocca gli cola un rivolo di sangue nero. Lo porta dal veterinario che lo finisce con un'iniezione.

Graziano ritorna a casa.

Non ha voglia di parlare. Ci teneva, a quel cane. Era buffo E si facevano compagnia.

Erica incomincia a dire che non è colpa sua. Che ci ha messo un attimo a comprare il rossetto. E il cretino che gui dava la macchina non ha frenato.

Graziano esce di nuovo. Prende la Uno e, per calmarsi, si fa un giro del raccordo anulare a centottanta.

Ha sbagliato a venire a Roma.

Ha sbagliato tutto.

Ha preso una cantonata grossa come una casa. Quella, in realtà, non è una donna ma una punizione mandata da Dio per distruggergli la vita.

Nell'ultimo mese hanno litigato praticamente tutti i giorni.

Graziano non può credere a quello che lei riesce a dirgli. Lo offende mortalmente. E ci sono delle volte che lo aggredisce con una tale violenza che non è nemmeno in grado di difendersi. Di risponderle per le rime. Di dirle che è un'incapace.

L'altro giorno, per esempio, lo ha accusato di portare sfiga e che se Madonna avesse avuto accanto uno come lui sarebbe rimasta solo e soltanto Veronica Luisa Ciccone. E ha aggiunto che a Riccione tutti dicevano che è una sega a suonare la chitarra e che è buono solo a vendere pasticche svaporate. E, per finire, come ciliegina sulla torta, ha detto che i Gipsy King sono una banda di froci.

Basta! La lascio.

Deve farcela.

Non morirà. Sopravviverà. Anche i tossici sopravvivono senza roba. Ti fai la rota, soffri come una bestia, pensi che non ce la farai mai, ma alla fine ce la fai e sei pulito.

Almeno la morte di Antoine è servita a farlo rinsavire.

Deve lasciarla. E il modo migliore è con un discorso freddo, distaccato, senza incazzarsi, il discorso di un uomo forte ma con il cuore a pezzi. Tipo Robert De Niro in *Lettere d'amore* quando molla Jane Fonda.

Sì, basta così.

Torna a casa. Erica sta guardando Lupin III e mangiando un panino con il formaggio.

«Puoi spegnere la televisione?»

Erica spegne la televisione.

Graziano si siede, si schiarisce la gola e attacca. «Volevo dirti una cosa. Credo che a questo punto sia arrivato il momento di finirla. Lo sai tu e lo so io. Diciamocelo francamente.»

Erica lo guarda.

Graziano riparte. «A questa storia ci rinuncio. Io ci ho creduto molto. Sul serio. Ma ora basta. Non ho più una lira. Litighiamo tutto il giorno. E poi non ci posso più stare a Roma. Mi fa schifo, mi deprime. Io sono come i gabbiani, se non migro, muoio. Io a qu...»

«Guarda che i gabbiani non migrano.»

«Brava. Come le maledette rondini, sei più contenta? Io a quest'ora dovevo essere in Giamaica. Domani me ne vado a Ischiano. Rimedio qualche soldo e poi parto. E non ci vedremo mai più. Mi dispiace che le cose...» Il discorso alla De Niro muore così.

Erica rimane in silenzio.

Come parla Graziano?

Che tono strano che ha. Di solito fa scenate, urla, s'incazza. Ora no, è freddo, rassegnato. Sembra un attore americano. La morte di Antoine deve averlo sconvolto.

A un tratto le viene da pensare che non sta facendo la solita patetica scenata. Che questa volta parla sul serio.

Se se ne va, che succede?

È un vero casino.

Erica vede solo nero davanti a sé. Non riesce neanche a immaginarselo, un futuro senza di lui. Così la vita è uno schifo, ma senza Graziano sarebbe una merda. Chi pagherà l'affitto della casa? Chi andrà a comprare il pollo in rosticceria? Chi pagherà la rata del corso di recitazione?

E poi non è più tanto sicura che ce la farà. Tutto sembra dirle che non ci sono possibilità per lei. Da quando è arrivata a Roma ha fatto una marea di provini e nessuno è andato bene. Forse Graziano ha ragione. Non è fatta per la televisione. Non è capace.

Il pianto comincia a premerle sotto la gola.

Senza una lira sarebbe costretta a tornare a Castello Tesino e piuttosto che tornare in quel posto gelido, con quei due genitori che si ritrova, si mette a battere.

Prova a ingoiare un boccone di panino. Ma le rimane là, in bocca, amaro come fiele. «Parli sul serio?»

«Sì.»

«Te ne vuoi andare?»

«Sì.»

«E io che faccio?»

«Non so che dirti.»

Silenzio.

«Hai deciso?»

«Sì.»

«Sul serio?»

«Sì.»

Erica inizia a piangere. Zitta zitta. Il panino tra i denti. Le lacrime che le sciolgono il trucco.

Graziano gioca con lo Zippo. Lo accende e lo spegne. «Mi dispiace. Ma è molto meglio così. Almeno avremo un bel ricor...»

«Vo... vo... voglio ve... venire con te» singhiozza Erica.

«Cosa?»

«Vo... Voglio venire con te.»

«Dove?»

«A Ischiano.»

«E che ci vieni a fare? Non hai detto che ti fa schifo?»

«Voglio conoscere la tua mamma.»

«Vuoi conoscere mia madre?» ripete a pappagallo Graziano

«Sì, voglio conoscere Gina. Però poi ce ne andiamo in Giamaica a fare una vacanza.»

Graziano non parla.

«Non vuoi che venga?»

«No. È meglio di no.»

«Graziano, non mi lasciare. Ti prego.» Gli afferra una mano.

«È meglio così... Lo sai pure tu... Oramai...»

«Non mi puoi lasciare a Roma, Grazi.»

Graziano sente che le viscere gli si sciolgono. *Che vuole?*

Non può fare così. Non è giusto. Ora vuole andare con lui.

«Graziano, vieni qua» dice Erica con una vocina triste triste.

Graziano si alza. Le si siede accanto. Lei gli bacia le mani e gli si stringe addosso. Gli appoggia la faccia contro il torace. E ricomincia a piangere.

Graziano ora sente l'intestino animarsi, un boa si è risvegliato dal letargo. La trachea gli si stura di colpo. Inspira ed espira.

La stringe tra le braccia.

Lei è scossa dai singhiozzi. «Mi di... spia... ce. Mi dis... pia... ce.»

È così piccola. Indifesa. È una bambina. Una bambina che ha bisogno di lui. La bambina più bella del mondo. La sua bambina. «D'accordo. Va bene. Andiamocene via da questa cazzo di città. Non ti lascio. Non ti preoccupare. Tu vieni via con me.»

«Sììì, Graziano... Portami con te.»

Si baciano. Saliva e lacrime. Lui le pulisce il rimmel colato con la maglietta.

«Sì, domani mattina partiamo. Però devo chiamare mia madre. Così ci prepara la stanza.»

Erica sorride. «Va bene.» Poi si rannuvola. «Sì, partiamo... Solo che dopodomani, porca miseria, devo fare una cosa.»

Graziano è subito sospettoso. «Cosa?»

«Un provino.»

«Erica, sei la solita...»

«Aspetta! Ascolta. Ho promesso all'agente che ci andavo. Ha bisogno di ragazze della sua agenzia che facciano finta di fare un provino, il regista ha già deciso chi sceglierà, una raccomandata, ma la cosa deve sembrare vera. Le solite schifezze.»

«Non ci andare. Mandalo a cagare, lo stronzo.»

«Ci devo andare per forza. Gliel'ho promesso. Dopo tutto quello che ha fatto per me.»

«Ma che ha fatto per te? Niente. È riuscito solo a spillarci dei soldi. Mandalo a cagare. Dobbiamo partire, noi.»

Erica gli prende le mani. «Facciamo così, senti. Tu parti domani. Io vado al provino, chiudo casa, faccio le valige e il giorno dopo ti raggiungo.»

«Non vuoi che ti aspetti?»

«No, vai. Roma ti ha stressato. Io prendo il treno. Così quando arrivo tu hai preparato tutto. Compra tanto pesce. Mi piace il pesce.»

«Chiaro che lo compro. Ti piace la coda di rospo?»

«Non lo so. È buona?»

«È buonissima. E le vongole, le compro?»

«Le vongole, Grazi. La pasta con le vongole. Buonissima.»
Erica tira fuori un sorriso che rischiara tutta la casa.

«Mia madre è la maga della pasta con le vongole. Vedrai. Staremo bene.»

Erica gli salta tra le braccia.

Quella notte fanno l'amore.

E per la prima volta da quando stanno insieme, Erica glielo prende in bocca.

Graziano è steso, su quel letto sfatto e pieno di golf, magliette puzzolenti, custodie di cd e briciole di pane e guarda Erica lì, in mezzo alle sue gambe che gli succhia l'uccello.

Perché ha deciso di fargli un pompino?

Ha sempre detto che le fa schifo, fare i pompini.

Cosa vuole fargli capire?

È semplice. Che ti ama.

Graziano è travolto dall'emozione e viene.

Erica gli si addormenta nuda tra le braccia. Graziano, immobile per non svegliarla, la stringe e non può credere che quella ragazza così bella sia la sua donna.

I suoi occhi non si stancano mai di guardarla. Le sue mani di accarezzarla e il suo naso di odorarla.

Quante volte si è chiesto come può essere nata una creatura così perfetta in quel paesino dimenticato da Dio. È un miracolo della natura.

E quel miracolo è suo. Nonostante le incomprensioni, nonostante il carattere di Erica, nonostante il modo diverso che hanno di vedere il mondo, nonostante le colpe di Graziano. Sono uniti. Uniti da un legame che non si spezzerà mai.

D'accordo ha sbagliato, è stato debole, indeciso, codardo, ha assecondato Erica in tutti i suoi capricci, ha lasciato che la situazione si deteriorasse al punto da diventare invivibile, ma lo scatto di reni che ha avuto è stato provvidenziale. Li ha liberati dalle ragnatele che li stavano soffocando.

Erica ha sentito che lo avrebbe perso per sempre, che questa volta non faceva per finta. E non lo ha lasciato andare.

Il cuore di Graziano trabocca d'amore. La bacia sul collo.

Erica mormora: «Graziano, mi porti un bicchiere d'acqua?».

Le prende l'acqua. Lei si mette seduta e a occhi chiusi, reggendo il bicchiere con due mani, beve avidamente sbrodolandosi sul mento.

«Erica, dimmi una cosa, ma tu mi vuoi bene sul serio?» le domanda rinfilandosi nel letto.

«Sì» risponde lei, e gli si riaccuccia addosso.

«Sul serio?»

«Sul serio.»

«E... e mi vuoi sposare?» si sente dire. Come se uno spirito malvagio gli avesse messo in bocca quelle parole terribili. Uno spirito che vuole mandare tutto a puttane.

Erica si accoccola meglio, tira il piumone più in su e dice: «Sì».
Sì!?

Graziano rimane un istante senza parole, sopraffatto, si mette una mano sulla bocca e chiude gli occhi.

Cos'ha detto? Ha detto che lo vuole sposare?

«Sul serio?»

«Sì.» Erica parlotta nel dormiveglia.

«E quando?»

«In Giamaica.»

«Giusto. In Giamaica. Sulla spiaggia. Ci sposeremo sulle scogliere di Edward Beach. È un posto magnifico.»

44

Questa è la ragione per cui Graziano Biglia partì il 9 dicembre alle cinque di mattina da Roma, nonostante il temporale, per andare a Ischiano Scalo.

Con sé aveva armi, bagagli e una buona notizia da dare alla mamma.

3

Un viaggiatore armato di binocolo che si trovasse a bordo di una mongolfiera potrebbe vedere meglio di chiunque altro lo scenario della nostra storia.

Subito noterebbe una lunga cicatrice nera che taglia la pianura. È l'Aurelia, la statale che parte da Roma e arriva fino a Genova e oltre. Per quindici chilometri va dritta come una pista d'atterraggio, poi lentamente curva a sinistra e raggiunge la cittadina di Orbano, tutta affacciata sulla laguna.

Da queste parti la prima cosa che ti insegna la mamma non è: "non accettare caramelle dagli sconosciuti" ma "sta' attento all'Aurelia". Bisogna guardare a destra e a sinistra almeno un paio di volte prima di attraversare. Sia a piedi che in automobile (Dio non voglia che ti si spenga il motore al centro della carreggiata). Le macchine sfrecciano come siluri. E d'incidenti mortali se ne sono visti troppi, negli ultimi anni. Ora hanno messo i cartelli che dicono che la velocità massima è di novanta chilometri all'ora e l'autovelox, ma la gente se ne frega.

Su questa strada, durante i fine settimana di bel tempo e soprattutto d'estate, si formano file lunghe chilometri. Sono quelli della capitale che vanno su e giù per i luoghi di villeggiatura più a nord.

E se ora il nostro viaggiatore spostasse il binocolo a sinistra vedrebbe la spiaggia di Castrone Il mare ci arriva dritto dritto contro e, quando ci sono le mareggiate, la sabbia si ammucchia sul bagnasciuga e per entrare in acqua bisogna scalare le dune. Non ci sono stabilimenti balneari. In realtà uno c'è, qualche chilometro più a sud, ma quelli del posto non ci vanno, dev'essere perché è pieno di romani fichetti che mangiano linguine all'astice e bevono Falanghina. Niente ombrelloni. Niente sdraio. Niente pedalò. Neanche ad agosto.

Strano, eh?

Questo è possibile perché la zona è una riserva naturale, area protetta per la ripopolazione dell'avifauna migratoria (uccelli).

In venti chilometri di litorale ci sono solo tre accessi al mare, vicino ai quali, d'estate c'è il solito delirio di bagnanti ma basta fare trecento metri e d'incanto non c'è più nessuno.

Proprio dietro la spiaggia c'è una lunga striscia verde. È un groviglio di rovi, spine, fiori, aculei, erbe coriacee piantate nella sabbia. Attraversarlo è impossibile, a meno di non volersi ridurre come san Sebastiano. Subito dopo cominciano i campi coltivati (grano, mais, girasoli, a seconda dell'annata).

Se il nostro viaggiatore spostasse il binocolo a destra, vedrebbe una lunga laguna salmastra a forma di fagiolo, divisa dal mare da una strisciolina di terra. Si chiama laguna di Torcelli. È recintata e il divieto di caccia è assoluto. Qui a primavera arrivano gli uccelli stremati dall'Africa. È una palude piena di zanzare assatanate, pappataci, bisce d'acqua, pesci, aironi, folaghe, roditori, tritoni, rane e rospi e mille animaletti adattatisi a vivere tra canne, piante acquatiche e alghe. La ferrovia ci passa accanto, corre parallela all'Aurelia e collega Genova con Roma. Durante il giorno, più o meno ogni ora, passa sferragliando l'Eurostar.

Ed ecco finalmente, accanto alla laguna, Ischiano Scalo.

È piccolo, lo so.

Si è sviluppato, negli ultimi trent'anni, intorno a quella stazioncina dove due volte al giorno si ferma un locale.

Una chiesa. Una piazza. Un corso. Una farmacia (sempre chiusa). Un negozio di alimentari. Una banca (ha pure il bancomat). Un macellaio. Una merceria. Un giornalaio. Il Consorzio. Un bar. Una scuola. Un circolo sportivo. E una cinquantina di casette a due piani con il tetto di mattoni abitate da un migliaio di anime.

Fino a non tanto tempo fa qui c'era solo palude e malaria poi il Duce ha bonificato.

Se ora il nostro impavido viaggiatore si facesse spingere dai venti dalla parte opposta dell'Aurelia vedrebbe altri campi coltivati, uliveti e prati da pascolo e una frazione di quattro case chiamata Serra. Da qui parte una strada bianca che prosegue verso le colline e il bosco di Acquasparta, famoso per i cinghiali, le vacche dalle lunghe corna e, quando l'annata è buona, per i porcini.

Questo è Ischiano Scalo.

È uno strano posto, il mare è così vicino ma sembra lontano mille miglia. È perché i campi lo respingono oltre quella barriera di spine. Ogni tanto ne arriva l'odore e la sabbia portata dal vento.

Dev'essere per questo che il turismo si è sempre tenuto alla larga da Ischiano Scalo.

Qui non c'è da divertirsi, non ci sono case da affittare, non ci sono alberghi con piscina e aria condizionata, non c'è un lungomare su cui passeggiare, non ci sono locali dove andare a bere la sera, qui d'estate la pianura si infuoca come una graticola e d'inverno ci soffia un ventaccio che taglia le orecchie.

Ora però il nostro viaggiatore dovrebbe scendere un po' di quota, così potrebbe vedere meglio la costruzione moderna dietro quel capannone industriale?

È la scuola media Michelangelo Buonarroti. Nel cortile c'è una classe che sta facendo ginnastica. Tutti giocano a pallavolo e a basket, tranne un gruppo di femmine sedute su un muretto, che chiacchierano di cose loro e un ragazzino che se ne sta in disparte, a gambe incrociate, in uno spicchio di sole, a leggere un libro.

Quello è Pietro Moroni, il vero protagonista di questa storia.

4

A Pietro non piaceva giocare a basket, né a pallavolo e ancora meno a calcio.

Non che non ci avesse mai provato. Ci aveva provato, eccome, ma tra lui e la palla doveva esserci un problema di comprensione. Lui desiderava che la palla facesse una cosa e quella faceva esattamente la cosa opposta.

E secondo Pietro, quando capisci che c'è un problema di comprensione tra te e qualcosa, è meglio lasciar perdere. Poi lui aveva altre cose che gli piacevano.

Per esempio la bicicletta. Adorava andare in bici nelle stradine del bosco.

E adorava gli animali. Non tutti. Certi.

Quelli che la gente dice che sono schifosi a lui piacevano moltissimo. Serpenti, rane, salamandre, insetti, questo genere di animali. Se poi vivevano nell'acqua, era ancora meglio.

Tipo la tracina. D'accordo, fa un male bestiale quando ti pizzica, ha una brutta faccia e vive nascosta nella sabbia, ma il fatto che con quel pungiglione che contiene un veleno (che gli scienziati non hanno ancora ben capito di cosa sia fatto esattamente) sia pronta a paralizzarti un piede, gli piaceva.

Ecco, se lui avesse potuto scegliere tra essere una tigre o una tracina, avrebbe certamente preferito essere quest'ultima.

E un altro animale che gli piaceva era la zanzara.

Erano dovunque. E non potevi fregartene.

Per quello aveva scelto di farci la ricerca di scienze insieme a Gloria. La malaria e la zanzara. E quel pomeriggio sarebbe andato con la sua amica a Orbano da un dottore amico del padre di lei a fargli un'intervista sulla malaria.

Ora stava leggendo un libro sui dinosauri. E anche qui si parlava di zanzare. Grazie a loro avrebbero un giorno ricreato i dinosauri. Avevano trovato delle zanzare fossili e gli avevano tirato fuori il sangue succhiato ai dinosauri e scoperto il codice genetico dei dinosauri. Insomma, non gli era chiarissimo, fatto sta che senza le zanzare niente *Jurassic Park*.

Pietro era contento perché l'insegnante di educazione fisica quel giorno non l'aveva obbligato a giocare con gli altri.

«Che dici? Allora lo sai cosa dobbiamo chiedere a Colasanti?»

Pietro sollevò la testa.

Era Gloria. Teneva la palla in mano e ansimava.

«Credo di sì. Più o meno.»

«Bene. Perché io non so niente.» Gloria diede un pugno alla palla e corse di nuovo verso il campo di pallavolo.

Gloria Celani era la migliore amica di Pietro, in realtà l'unica.

Aveva provato a farsi degli amici maschi, ma senza grande successo. Si era visto un paio di volte con Paolino Anselmi, il figlio del tabaccaio. Erano stati al campone, a fare cross con le bici. Ma non era andata bene.

Paolino insisteva a fare le gare ma a Pietro non piaceva gareggiare. Ne avevano fatte un paio e Paolino aveva vinto sempre. Poi non si erano più visti.

Che poteva farci? Le gare erano un'altra delle cose che gli facevano schifo.

Perché anche quando arrivava in fondo alla pista per primo, lanciato come una scheggia verso la vittoria e c'era tutta, quella vittoria, aveva condotto la gara dall'inizio, poi non poteva fare a meno di girare la testa e se lo vedeva dietro, un essere che lo inseguiva digrignando i denti e allora le gambe gli cedevano e si lasciava raggiungere, superare e battere.

Con Gloria non bisognava fare le gare. Non bisognava farci il duro. Si stava bene e basta.

Secondo Pietro, e tanti altri che condividevano la sua opinione, Gloria era la più carina della scuola. Ce n'erano, certamente, un altro paio niente male, ad esempio quella della terza B, con quei capelli neri che le arrivavano fino al sedere, o quella della seconda A, Amanda, che stava con il Fiamma.

Ma, secondo Pietro, quelle due non erano degne nemmeno di leccarle i piedi, paragonate a Gloria erano tracine. Lui non glielo avrebbe mai detto, ma era sicuro che Gloria da grande sarebbe finita su quei giornali di moda o a vincere il concorso di Miss Italia.

E lei, per di più, faceva di tutto per sembrare meno bella di quello che era. Si tagliava i capelli corti, da maschio. Si metteva delle salopette jeans sporche e stinte e delle vecchie camicie scozzesi e le Adidas consumate. Aveva le ginocchia perennemente sbucciate e qualche ferita nascosta da un cerotto che si era fatta arrampicandosi su un albero o scavalcando un muro. Non aveva paura di fare a botte con nessuno, neanche con quella palla di lardo di Bacci.

Pietro in vita sua l'aveva vista sì e no due volte vestita da femmina.

I grandi, quelli della terza (e a volte anche quelli più grandi, quelli che stavano davanti al bar), ci facevano i cretini. Ci provavano. Volevano fidanzarsi con lei e le portàvano regalini e la volevano accompagnare a casa con il motorino, ma lei non li guardava nemmeno di striscio.

Per Gloria, quelli valevano meno di una cacata di vacca.

Perché la più bella del reame, la corteggiatissima Gloria, la disperazione dei ragazzi ischianesi, quella che nella classifica della supergnocca, incisa sulla porta del bagno de' maschi, non era mai scesa sotto la terza posizione, era la migliore amica del nostro Pietro, del perdente nato, dell'ultimo della fila, dello scricciolo senza amici?

Una ragione c'era.

La loro amicizia non era nata tra i banchi di scuola.

In quella scuola esistevano delle caste chiuse (e ditemi se nella vostra scuola non esistevano), un po' come in India. I poveracci (*Cagasotto Fifoni Cazzoni Merdacce Finocchi Negri e così via*). I normali. E i fighi.

I normali potevano finire nel fango e diventare poveracci, oppure elevarsi e trasformarsi in fighi, stava a loro. Ma se il primo giorno di scuola ti prendevano la cartella e te la buttavano fuori dalla finestra e ti nascondevano i gessetti nel panino allora eri un poveraccio, non c'erano santi, lì dovevi rimanerci per i successivi tre anni (e se non stavi attento, per i successivi sessanta), e potevi scordartelo, di diventare normale.

Così andavano le cose.

Pietro e Gloria si erano conosciuti quando avevano cinque anni.

La madre di Pietro andava tre volte alla settimana a fare le pulizie alla villa dei Celani, i genitori di Gloria, e portava con sé il figlio. Gli dava un foglio di carta, i pennarelli e gli diceva di rimanere seduto al tavolo di cucina. «Stai buono là, capito? Fammi lavorare, così ce ne torniamo a casa presto.»

E Pietro se ne stava anche due ore su quella sedia, zitto, a fare scarabocchi. La cuoca, una vecchia zitella di Livorno che viveva in quella casa da un sacco di tempo, non ci poteva credere. «Un angelo sceso dal paradiso, ecco cosa sei.»

Quel marmocchio era troppo bravo e bello, non accettava nemmeno un pezzo di crostata, se sua madre non gli diceva che poteva prenderla.

Altro che la figlia dei padroni. Una peste viziata a cui una sana scarica di sculacciate non avrebbe fatto che bene. I giocattoli in quella casa avevano una vita media di due giorni. E per farti capire che non voleva più la mousse di cioccolato, quel demonio te la sbatteva tra i piedi.

Quando la piccola Gloria aveva scoperto che in cucina c'era un giocattolo vivo, di carne e ossa, chiamato Pietro, era andata in visibilio. Lo aveva preso per mano e se lo era portato nella sua camera. A giocare. All'inizio lo aveva un po' strapazzato (MAMMAAA! MAMMAAA! Gloria mi ha messo un dito nell'occhio!), ma poi aveva imparato a considerarlo un essere umano.

Il signor Celani era così felice. «Meno male che c'è Pietro. Gloria si è un po' calmata. Povera, ha bisogno di un fratellino.»

Solo che c'era un piccolo problema: la signora Celani non aveva più l'utero e quindi... di adozioni non se ne parlava e poi c'era Pietro, l'angelo sceso dal paradiso.

Insomma, a farla breve, i due bambini cominciarono a vivere assieme, ogni giorno, proprio come fratelli.

E quando Mariagrazia Moroni, la madre di Pietro, cominciò a non stare più bene, a soffrire di una cosa strana e incomprensibile, che la lasciava così, senza forze e senza desideri («è come... non lo so, come se mi si fossero scaricate le pile»), di una cosa che il medico della mutua definiva depressione e che il signor Moroni chiamava voglia di non fare un cazzo e non sentirsela più di andare a faticare alla villa, il dottor Mauro Celani, il direttore del Banco di Roma di Orbano e presidente del circolo velico di Chiarenzano, era intervenuto tempestivamente e aveva pianificato la questione con la moglie Ada.

1) La povera Mariagrazia bisognava aiutarla. Doveva farsi visitare immediatamente da uno specialista. «Domani chiamo il professor Candela... Come chi? Dài, il primario della clinica Villa dei Fiori a Civitavecchia, te lo ricordi...? Ha quello splendido dodici metri.»

2) Pietro non poteva rimanere con la madre tutto il giorno. «Non fa bene né a lui né a lei. Dopo la scuola starà qui insieme a Gloria.»

3) Il padre di Pietro era un alcolizzato, un pregiudicato, un violento che stava rovinando quella poveretta e quel figlio adorabile. «Speriamo che non dia problemi. Altrimenti, il mutuo se lo scorda.»

E tutto aveva funzionato perfettamente.

La povera Mariagrazia era stata messa sotto l'ala protettrice del professor Candela. Il luminare le aveva prescritto un bel cocktail di psicofarmaci che finivano tutti in "il" (Anafranil, Tofranil, Nardil ecc.) che l'avevano fatta entrare per la porta principale nel magico mondo degli inibitori delle monoamminossidasi. Un mondo opaco e confortevole, fatto di colori pastello e di grigie distese, di frasi mormorate e non finite, di un sacco di tempo passato a ripetersi: "Oddio, non mi ricordo più cosa volevo preparare per cena".

Pietro era finito sotto l'ala materna della signora Celani e aveva continuato ad andare alla villa tutti i pomeriggi.

Strano a dirsi, anche il signor Moroni era finito sotto un'ala, quella enorme e rapace del Banco di Roma.

Pietro e Gloria avevano fatto le elementari nella stessa scuola, ma non nella stessa classe. E tutto era andato liscio come l'olio. Ora che erano alle medie, nella stessa classe, le cose invece si erano complicate.

Stavano in caste differenti.

La loro amicizia si era adattata alla situazione. Assomigliava a un fiume sotterraneo che scorre invisibile e compresso sotto le rocce, ma appena trova uno spiraglio, una crepa, sgorga con tutta la sua impressionante potenza.

Così, a prima vista, quei due potevano sembrarti due totali estranei, ma dovevi avere gli occhi foderati di prosciutto, se non riuscivi a vedere come si cercavano sempre, come si sfioravano e come si mettevano, neanche fossero due spie, in un angolo a parlottare tra loro durante l'intervallo e come, stranamente, all'uscita Pietro rimaneva lì, in fondo alla strada, finché non vedeva Gloria montare in bicicletta e seguirlo.

5

La signora Gina Biglia, la mamma di Graziano, soffriva di ipertensione. Di minima aveva centoventi e di massima oltre centottanta. Le bastava un'agitazione, un'emozione e subito veniva assalita da palpitazioni, vertigini, sudori freddi e stordimenti.

Generalmente, quando suo figlio tornava a casa, la signora Gina si sentiva male dalla gioia e doveva mettersi a letto per un paio d'ore. Ma quando, quell'inverno, Graziano arrivò da Roma, dopo due anni che non si faceva vedere e sentire, raccontandole che aveva incontrato una ragazza del Nord e che voleva sposarla e tornare a vivere a Ischiano, il cuore le schizzò nel petto come una molla e la povera donna, che stava preparando le fettuccine, si schiantò a terra, svenuta, trascinandosi dietro tavolo, farina e matterello.

Quando si rianimò, non parlava più.

Se ne stava sul pavimento come una testuggine cappottata tra le fettuccine e mugugnava cose incomprensibili come se fosse diventata sordomuta o peggio.

Un ictus, pensò Graziano disperato. Per un istante il cuore aveva smesso di battere e il cervello aveva subito un danno.

Graziano corse in salotto a chiamare l'ambulanza, ma quando tornò trovò sua madre in perfetta forma. Lavava con il Cif il pavimento della cucina e appena lo vide gli diede un foglio su cui aveva scritto:

Sto bene. Ho fatto il voto alla Madonnina di Civitavecchia che se ti sposavi non parlavo per un mese. La Madonnina nella

54

sua infinita misericordia ha accolto le mie preghiere e ora non posso parlare per un mese.

Graziano lesse il biglietto e sconsolato si buttò su una sedia. «Ma mamma, è assurdo. Te ne rendi conto? Come farai a lavorare? E poi come faccio con Erica, cosa penserà, che sei completamente pazza? Smettila. Ti prego.»
La signora Gina scrisse:

Tu non ti preoccupare. Glielo spiego io alla tua fidanzata. Quando arriva?

«Domani. Ora però, mamma, ti scongiuro, smettila. Non si sa ancora quando ci sposiamo. Piantala, per favore.»
La signora Gina cominciò a zompettare come un folletto isterico per la cucina emettendo guaiti e infilandosi le mani nella voluminosa permanente che aveva in testa. Era una donna piccola e tondetta, con due occhi vivaci e una bocca che sembrava lo sfintere di un pollastro.
Graziano le correva dietro cercando di afferrarla. «Mamma! Mamma! Fermati, per favore. Che diavolo ti prende?»
La signora Gina si sedette al tavolo e ricominciò a scrivere:

La casa fa schifo. Devo pulire tutto. Devo portare le tende in lavanderia. Passare la cera in salotto. E poi devo andare a fare la spesa. Esci. Lasciami lavorare.

S'infilò la pelliccia di visone, si caricò la borsa con le tende sulle spalle e uscì di casa.

Per intenderci, una sala operatoria del Policlinico era meno pulita della cucina della signora Gina. Neanche usando il microscopio elettronico si scovava un acaro o un granello di polvere. Sui pavimenti di casa Biglia ci si poteva mangiare e nel water tranquillamente bere. Ogni soprammobile aveva il suo centrino, ogni formato di pasta il suo barattolo, ogni angolo della casa era controllato quotidianamente e passato con l'aspirapolvere. Quando Graziano era bambino non si poteva sedere sui divani perché li rovinava, doveva usare le pattine e guardare la tv seduto su una sedia.

La prima ossessione della signora Biglia era l'igiene. La seconda, la religione. La terza e più grave di tutte, cucinare.

Preparava quantità industriali di cibo sopraffino. Sformati di maccheroni. Ragù tirati per tre giorni. Cacciagione. Parmigiane di melanzane. Sartù di riso alti come pandori. Pizze farcite di broccoli, formaggio e mortadella. Tortini ripieni di carciofi e béchamel. Pesce al cartoccio. Calamari in umido. E cacciucco alla livornese. Vivendo da sola (suo marito era morto oramai da cinque anni), tutto quel ben di Dio finiva o nei congelatori (tre, zeppi come uova) o regalato alle clienti.

A Natale, a Pasqua, a Capodanno e a ogni festa che meritasse un pranzo speciale, perdeva completamente il senno e rimaneva chiusa in cucina anche tredici ore al giorno a scodellare, a ungere teglie, a sgranare piselli. Paonazza, gli occhi indemoniati, una cuffia per non ungersi i capelli, fischiava, cantava con la radio e sbatteva uova come un'invasata. Durante il pranzo non si sedeva mai, galoppava come un tapiro birmano avanti e indietro tra sala e cucina sudando, sbuffando e lavando piatti e tutti s'innervosivano perché non è piacevole mangiare con un'assatanata che ti controlla ogni espressione del volto per capire se la lasagna è buona, che non ti lascia finire e già ti ha riempito ancora il piatto e sai che, nelle sue condizioni, le potrebbe prendere un coccolone da un momento all'altro.

No, non è piacevole.

Ed era difficile capire perché si comportava così, cos'era quel furore culinario che la tormentava. Gli invitati, alla dodicesima portata, si domandavano sottovoce cosa voleva fare, dove voleva arrivare. Voleva ucciderli? Voleva cucinare per il mondo intero? Sfamarlo con risotti ai quattro formaggi e scaglie di tartufo, linguine al pesto e ossobuco con il purè?

No, questo alla signora Biglia non interessava.

Del Terzo Mondo, dei bambini del Biafra, dei poveracci della parrocchia alla signora Biglia non fregava proprio niente. Lei si accaniva senza compassione su parenti, amici e conoscenti. Voleva solo che qualcuno le dicesse: "Gina cara, gli gnocchi alla sorrentina che fai tu non li sanno fare nemmeno a Sorrento".

Allora si commuoveva come una bambina, balbettava dei ringraziamenti, abbassava la testa come un grande direttore d'orchestra dopo un'esecuzione trionfale e prendeva dal congelatore un contenitore pieno di gnocchi e diceva: «Tieni, mi raccomando non li mettere in acqua così, sennò vengono cattivi. Tirali fuori almeno un paio d'ore prima».

Quella donna ti ingozzava senza pietà e, se imploravi di smetterla, ti rispondeva di non fare complimenti. Uscivi da casa sua barcollando, mezzo ubriaco, con la patta dei pantaloni sbottonata e con la voglia di andare a Chianciano a fare una cura disintossicante.

Graziano, quando tornava a casa, in una settimana metteva su, come minimo, cinque chili. La mamma gli preparava i rognoni trifolati (il suo piatto preferito!) e siccome lui era una buona forchetta lei si sedeva e lo guardava mangiare in estasi, ma a un certo punto non ce la faceva più, doveva chiederglielo, se non glielo chiedeva moriva. «Graziano, dimmi la verità, come sono questi rognoncini?»

E Graziano: «Buonissimi, mamma».

«C'è qualcuno che li fa meglio di me?»

«No, mamma, lo sai. I tuoi rognoncini sono i più buoni del mondo.»

Felice e beata, se ne tornava in cucina e si metteva a lavare i piatti perché non si fidava delle macchine.

Figuriamoci un po' che razza di banchetto si apprestava a cucinare per la futura nuora.

Per quell'acciuga di Erica Trettel che pesava quarantasei chili e diceva di essere una orrenda cicciona e che quando era di buon umore si nutriva di Jocca, farro e barrette Energy e quando era depressa divorava Viennette Algida e pollo di rosticceria.

6

Graziano passò una mattinata in pace con se stesso e con il mondo.

Uscì a fare una passeggiata.

Il tempo era incerto. Faceva freddo. Aveva smesso di piovere ma i nuvoloni non annunciavano niente di buono per il pomeriggio. A Graziano non importava. Era beato di essere finalmente a casa.

Ischiano Scalo gli sembrò più bello e accogliente che mai.

Un piccolo mondo antico. Un comune rurale ancora incontaminato.

Era giorno di mercato. I venditori avevano piazzato i loro banchi nel parcheggio davanti alla Cassa dell'Agricoltura. Le donne del paese con le loro sporte e gli ombrelli facevano acquisti. Le mamme spingevano le carrozzine. Un camioncino, fermo davanti al giornalaio, consegnava i pacchi di riviste. Giovanna, la tabaccaia, dava da mangiare a un branco di gatti obesi e viziati. Un gruppo di cacciatori si era dato appuntamento davanti al monumento ai caduti. I bracchi al guinzaglio si agitavano nervosi. E i vecchi seduti ai tavolini dello Station Bar cercavano, come rettili artritici, di acchiappare un raggio di quel sole che non si decideva a uscire. Dalla scuola elementare provenivano le urla dei bambini che giocavano nel cortile. Nell'aria c'era un odore buono di legno bruciato e del merluzzo, freschissimo, disteso sul banco del pescivendolo.

Questo era il luogo in cui era nato.

Semplice.

Ignorante, forse.

Ma vero.

Era orgoglioso di far parte di quella piccola comunità timorata di Dio e fiera del proprio umile lavoro. E pensare che fino a qualche tempo prima si vergognava, e quando gli chiedevano da dove veniva rispondeva: «Maremma. Non lontano da Siena». Gli sembrava più fico. Più nobile. Più elegante.

Che stupido. Ischiano Scalo era un posto magnifico. Bisogna essere felici di essere nati qui. E lui all'età di quarantaquattro anni cominciava a capirlo. Forse tutto quel peregrinare da un capo all'altro del mondo, tutte quelle discoteche, tutte quelle nottate a suonare nei locali erano servite a far glielo capire, a fargli tornare la voglia di essere un ischianese convinto. Bisogna fuggire per ritrovare. Dentro le vene gli scorreva sangue contadino. I suoi nonni si erano spezzati la schiena per tutta la vita su quella terra avara e dura.

Passò davanti alla merceria di sua madre.

Un negozietto modesto. Dietro la vetrina erano disposti in ordine collant e mutande. Una porta a vetri. Un'insegna.

Là sarebbe sorta la sua jeanseria.

Già la vedeva.

Il fiore all'occhiello del paese

Doveva cominciare a riflettere su come arredarla. Forse avrebbe avuto bisogno di un architetto, un architetto di Milano o addirittura americano che lo aiutasse a realizzarla nel migliore dei modi. Non avrebbe badato a spese. Doveva parlare con la mamma. Convincerla a fare un mutuo.

Anche Erica lo avrebbe aiutato. Aveva un gran gusto.

Dopo queste considerazioni positive, prese la Uno e la portò all'autolavaggio. La fece scivolare tra le spazzole e poi passò l'aspirapolvere nell'abitacolo tirando via mozziconi di canne, scontrini, resti di patatine e mille altre schifezze che erano finite sotto i sedili.

Si guardò un attimo nello specchietto e capì di non avere rispettato la prima legge: "Tratta il tuo corpo come un tempio".

Fisicamente stava a pezzi.

Il soggiorno romano lo aveva abbrutito. Non si era più curato del suo aspetto e ora sembrava un uomo delle caverne, con tutta quella barba e quei capelli a porcospino. Doveva assolutamente, prima dell'arrivo di Erica, rimettersi in forma.

Risalì in macchina, imboccò l'Aurelia e dopo sette chilometri si fermò davanti al Centro estetico Ivana Zampetti, un enorme capannone che si trovava a lato della statale, tra un vivaio e il mobilificio degli artigiani brianzoli.

7

Ivana Zampetti, la proprietaria, era una donnona tutta curve e tette, con capelli neri alla Liz Taylor, una bocca da cernia, due incisivi leggermente separati, un naso rifatto e due occhietti voraci. Girava con un camice bianco che lasciava intravedere carne soda e pizzi, un paio di sandali del dottor Hermann ed era avvolta da una nube di sudore e deodorante.

Ivana era arrivata a Orbano da Fiano Romano alla metà degli anni Settanta e lì aveva trovato lavoro come manicure in un salone. In un anno era riuscita a sposarsi il vecchio barbiere proprietario e aveva preso in mano la gestione del locale. Lo aveva trasformato in un Parrucchiere, rinnovandone l'arredo, togliendo quella brutta carta da parati e sostituendola con specchi e marmi e aggiungendo lavandini e caschi per la messa in piega. Due anni dopo, il marito era morto in mezzo al corso di Orbano stroncato da un infarto. Ivana aveva venduto le case che le aveva lasciato in eredità a

San Folco e aveva aperto altri due negozi di parrucchiere nella zona, uno al Casale del Bra e uno a Borgo Carini. Alla fine degli anni Ottanta, un'estate era andata a trovare dei lontani parenti emigrati a Orlando e lì aveva visto i centri di fitness statunitensi. Templi del benessere e della salute. Cliniche attrezzate che si occupavano del corpo, dalla punta dei piedi alla cima dei capelli. Fanghi. Lettini solari. Massaggi. Idroterapie. Linfodrenaggio. Peeling. Ginnastica. Stretching e pesi.

Era tornata con grandi idee in testa che aveva subito realizzato. Aveva liquidato i tre locali di parrucchiere e si era comprata un capannone sull'Aurelia che vendeva macchine agricole e lo aveva trasformato in un centro polispecialistico per la cura e il benessere del corpo. Ora ci lavoravano dieci persone tra istruttori, estetiste e paramedici. Era diventata ricca sfondata e molto desiderata dagli scapoli della zona. Ma lei diceva di essere fedele alla memoria del vecchio barbiere.

8

Quando Graziano entrò, Ivana lo accolse felice, se lo strinse fra le tettone odorose e gli disse che sembrava un cadavere. Lo avrebbe rimesso a nuovo lei. Gli studiò un programmino. Prima tutta una serie di massaggi, bagni in alghe rassodanti, lettino solare integrale, tintura dei capelli, manicure e pedicure e, dulcis in fundo, quello che lei chiamava terapia ricreativo-rivitalizzante.

Graziano, quando tornava a Ischiano, si sottoponeva sempre volentieri alla terapia di Ivana.

Una serie di massaggi di sua invenzione, che praticava esclusivamente in orario di chiusura e su persone che riteneva degne di tale privilegio. Massaggi che tendevano a rivitalizzare e risvegliare organi ben specifici del corpo e che, per un paio giorni, ti lasciavano come Lazzaro quando è uscito dal sepolcro.

Quel giorno, però, Graziano declinò l'offerta. «Ivana, sai com'è, scusami ma mi sto per sposare.»

Ivana lo abbracciò e gli augurò una vita felice e un sacco di bambini.

Tre ore dopo, Graziano uscì dal Centro e fece un salto alla Scottish House di Orbano a comprare qualche capo d'abbigliamento che lo avrebbe fatto sentire più in sintonia con la vita di campagna che si apprestava a iniziare.

Spese novecentotrentamila lire.

E finalmente eccolo, il nostro eroe, davanti alle porte dello Station Bar.

Era pronto.

I capelli lucidi e vaporosi color savana odoravano di balsamo. La mascella rasata profumava di Egoiste. L'occhio era nero e vivace. La pelle si era riappropriata della melanina e finalmente aveva quel colore tra il nocciola e il bronzo che faceva perdere la testa alle scandinave.

Sembrava un gentleman del Devon dopo una vacanza alle Maldive. La camicia di flanella verde. I pantaloni di velluto marrone a coste larghe. Il gilè scozzese con i colori del clan Dundee (glielo aveva detto il commesso). Una giacca di tweed con le toppe. E un paio di scarponcini Timberland.

Graziano spinse la porta, fece due passi lenti e misurati alla John Wayne e si avvicinò al bancone.

Barbara, la barista ventenne, per poco non si sentì male vedendolo apparire. Così, in una giornata qualsiasi. Senza trombe né fanfare che lo annunciavano. Senza araldi che ne preannunciavano l'arrivo imminente.

Il Biglia!

Era tornato.

Lo sciupafemmine era tornato

Il sex symbol di Ischiano era lì. Era lì per riattizzare ossessioni erotiche mai spente, per riaccendere invidie, per far parlare di sé.

Dopo le performance di Riccione, Goa, Port France, Battipaglia, Ibiza, era di nuovo lì.

L'uomo che era stato invitato al *Maurizio Costanzo Show* a raccontare le sue esperienze di latin lover, l'uomo che aveva vinto la Coppa Trombadour, che aveva suonato al Planet Bar insieme ai fratelli Rodriguez e che aveva avuto un love affair con l'attrice Marina Delia era tornato (la pagina di «Novella 2000» con le foto di Graziano che, sulla spiaggia di Riccione, massaggiava la schiena di Marina Delia e le baciava il collo era rimasta appesa vicino al flipper per sei mesi e ancora oggi regnava incontrastata nell'officina del Roscio tra i calendari con le modelle nude), l'uomo che aveva battuto il record di rimorchio detenuto dal famoso Peppone (trecento donne in un'estate, così diceva il giornale) era di nuovo lì.

Più splendido e in forma che mai.

I suoi coetanei, diventati dei padri di famiglia, spenti da una vita monotona e piatta, assomigliavano a dei bulldog spelacchiati e canuti mentre Graziano...

(*Quale sarà mai il suo segreto?*)

... con gli anni diventava più bello e affascinante. Come gli donava quella pancetta. E quelle zampe di gallina attorno agli occhi, quelle rughette ai lati della bocca, quella leggera stempiatura gli davano un certo non so che...

«Graziano! Quando sei torn...» disse Barbara la barista, rossa come un peperone.

Graziano si mise un dito davanti alla bocca, prese una tazza e la sbatté violentemente sul banco e poi urlò: «Che succede in questo locale del cazzo? Non si saluta un vecchio paesano che torna a casa? Barbara! Da bere per tutti».

I vecchi seduti a giocare a carte, i ragazzini davanti ai videogiochi, i cacciatori e i carabinieri si voltarono tutti insieme.

C'erano anche i suoi amici. I suoi amichetti del cuore. I vecchi compagni di scorribande. Il Roscio, i fratelli Franceschini, Ottavio Battilocchi se ne stavano a un tavolino a compilare la schedina, a leggere il «Corriere dello Sport» e quando lo videro si alzarono in piedi, lo abbracciarono, lo baciarono, gli scompigliarono i capelli e intonarono cori: «Perché è un bravo ragazzo. Perché è un bravo ragazzo. Nessuno lo può negar». E altri più coloriti e camerateschi sui quali è meglio sorvolare.

Da quelle parti si festeggia così il ritorno del figliol prodigo.

Ed eccolo ancora, mezz'ora dopo, nella zona ristorante dello Station Bar.

La zona ristorante era una stanza quadrata nel retro del locale. Con il soffitto basso. Un lungo neon giallo. Pochi tavoli. Una finestra sulla ferrovia. Alle pareti litografie di treni antichi.

Era seduto a un tavolo con il Roscio, i due fratelli Franceschini e il giovane Bruno Miele che era arrivato apposta. Mancava solo Battilocchi che doveva portare la figlia dal dentista a Civitavecchia.

Davanti avevano cinque piattoni fumanti di tagliatelle al ragù di lepre. Una brocca di vino rosso. E un piatto di affettati e olive.

«Ragazzi, questa sì che è vita. Non sapete quanto mi è mancata questa roba» disse Graziano indicando con la forchetta la pasta.

«Allora, che fai stavolta? Il solito mordi e fuggi? Quando riparti?» domandò il Roscio riempiendosi un bicchiere.

Fin da piccolo, Roscio era l'amico del cuore di Graziano. Allora era un ragazzetto magro con un casco di ricci color carota, lento di lingua ma veloce come un furetto con le mani. Il padre aveva uno sfasciacarrozze sull'Aurelia e smerciava ricambi rubati. Il Roscio viveva tra quelle montagne di ferraglia smontando e ricomponendo motori. A tredici anni girava in sella a una Guzzi mille e a sedici faceva le gare sul viadotto dei Pratoni. A diciassette, una notte aveva avuto un incidente mostruoso, la moto aveva grippato e si era inchiodata a centosessanta chilometri all'ora e lui era stato sbalzato fuori dal viadotto come un missile. Senza casco. Lo avevano ritrovato il giorno dopo, cinque metri sotto la strada, in uno scolo delle fogne, mezzo morto e acciaccato come una formica a cui è finito in testa un vocabolario. Era rimasto otto mesi in trazione con ventitré fra ossa fratturate e lussate e più di quattrocento punti sparsi un po' dovunque. Sei mesi su sedia a rotelle e sei mesi con le stampelle. A vent'anni zoppicava vistosamente e non piegava più bene un braccio. A ventuno aveva messo incinta una ragazza di Pitigliano e se l'era sposata. Ora aveva tre figli e dopo la morte del padre era diventato proprietario dell'impresa e aveva messo su anche un'officina. E probabilmente, come il padre, aveva giri loschi. Graziano non ci si trovava più, dopo l'incidente. Il carattere gli era cambiato, era diventato ombroso, aveva improvvisi attacchi di rabbia, beveva e in paese si diceva che picchiasse la moglie.

«Con chi te la fai adesso, vecchio marpione? Stai ancora con quella lì, la fica, l'attrice...?» Bruno Miele parlava a bocca piena. «Come si chiama? Marina Delia? Non ha fatto un film nuovo?»

Bruno Miele nei due anni di assenza di Graziano era diventato grande e faceva il poliziotto. Chi se lo sarebbe mai aspettato? Uno come il Miele, un noto testadicazzo, che metteva giudizio e diventava un tutore della legge? La vita, a Ischiano Scalo, andava avanti, lenta ma inesorabile, anche senza Graziano.

Miele lo venerava come un Dio dopo aver saputo che il suo amico aveva avuto una storia con un'attrice famosa.

Ma quella vicenda era un nervo scoperto per il povero Graziano. Le foto su «Novella 2000» gli erano servite moltissimo, era diventato un mito locale ma nello stesso tempo lo facevano sentire un po' in colpa. Tanto per cominciare, lui non era mai stato fidanzato con la Delia. La Delia prendeva il sole allo stabilimento Aurora di Riccione e, quando aveva visto aggirarsi per la spiaggia un paparazzo di «Novella 2000» alla frenetica ricerca di Vip, era entrata in fibrillazione. Si era subito tolta il reggiseno e aveva cominciato a urlare. Era sola. L'attorucolo francese con cui se la faceva in quel periodo era chiuso in albergo con trentanove di febbre per un'intossicazione alimentare. Solo un giovane francese e coglione può mettersi a staccare le cozze dalle cime di ormeggio del porto di Riccione e mangiarsele così, crude, dicendo che suo padre era un pescatore bretone. Ben gli stava. Ma ora Marina era nella merda. Doveva trovare subito qualcuno che le facesse da spalla. Era corsa sulla riva del mare a cercare un giovane di bella presenza con cui posare. Aveva velocemente passato in rivista tutti i tozzi, fusti e bagnini della spiaggia e alla fine aveva scelto Graziano. Gli aveva chiesto se gli dispiaceva spalmarle la crema sulle tette e baciarla appena quell'omino lì, quello con la macchina fotografica, passava davanti a loro.

Questa era la storia delle famose fotografie.

E probabilmente sarebbe finita lì se Marina Delia non fosse diventata, dopo un film con un comico toscano, una delle star più amate d'Italia e non avesse deciso di non mostrare mai più un solo quadratino di pelle nemmeno per un milione di dollari. Quelle erano le uniche foto disponibili delle tette della Delia. Graziano ci aveva campato sopra per almeno un paio d'anni, raccontando di averla fatta godere davanti e dietro, in ascensore e nella jacuzzi, con il bello e il brutto tempo. Ma ora bisognava smetterla. Erano passati cinque anni. E invece ogni volta che tornava a Ischiano tutti con 'sta storia di Marina Delia, di che porca che è.

Che palle!

66

«Ho letto da qualche parte che si è fidanzata con uno stronzo di calciatore» continuò Miele con la testa infilata nelle fettuccine.

«Ti ha mollato per un centrocampista della Sampdoria. Della Sampdoria? Ti rendi conto?» sghignazzò Giovanni, il maggiore dei due fratelli Franceschini.

«Se almeno fosse stato della Lazio» gli fece eco Elio, il minore.

I fratelli Franceschini possedevano un allevamento di spigole nella laguna di Orbano. Le spigole dei Franceschini si riconoscevano perché erano tutte lunghe venti centimetri, pesavano seicento grammi, avevano l'occhio opaco e sapevano di trota d'allevamento.

Quei due erano inseparabili, vivevano in una cascina piena di zanzare accanto alle vasche con mogli e figli e nessuno si ricordava mai quali erano la moglie e i figli dell'uno o dell'altro. Con le spigole ci campavano, ma certo non ci si arricchivano se erano costretti a litigarsi il furgone per uscire la sera a bere una birra.

Graziano decise che era venuto il momento di liquidare la Delia.

Era incerto se raccontare agli amici le novità sul suo futuro. Era meglio non parlare della jeanseria. Le idee te le rubano in un attimo. In un paese poi le notizie volano e che ne sai che qualche figlio di puttana non ti fotta sui tempi. Prima doveva impiantarsi per bene, chiamare l'architetto milanese e poi avrebbe potuto parlarne. Però l'altra novità, quella più bella, perché non raccontargliela? Quelli non erano i suoi amici? «Ascoltatemi, ho qualcosa da dirv...»

«Sentiamo. Chi ti sei fatto ancora? Ce lo dici o dobbiamo scoprirlo dai giornali?» lo interruppe il Roscio riempiendogli il bicchiere fino all'orlo di quel vinello traditore che si faceva bere come una gazzosa ma poi ti afferrava la testa e te la strizzava come un limone.

«Si sarà scopato Simona Raggi. Chi si sarà fatto?» disse Franceschini junior. «No, secondo me, è più probabile Andrea Mantovani. Ora vanno di moda i froci» concluse senior agitando una mano.

E tutti a ridere come idioti.

«Fate un attimo di silenzio, per favore.» Graziano, che si stava innervosendo, batté la forchetta sul bicchiere. «Piantatela di dire stronzate. Ascoltatemi. Il periodo delle attricette e dei record è finito. Definitivamente finito.»

Pernacchie. Risate. Gomitate.

«Oramai ho quarantaquattro anni, non sono più un ragazzino, d'accordo, nella vita mi sono divertito, ho girato il mondo, mi sono portato a letto così tante donne che di molte non ricordo neanche più la faccia.»

«Ma il culo, sì, scommetto» disse il Miele felice come un bambino per quella splendida battuta che gli era uscita.

Altre pernacchie. Altre risate. Altre gomitate.

Graziano cominciava a rompersi i coglioni. Con quegli imbecilli non si poteva fare un discorso serio. Basta. Doveva dirglielo. Senza tanti preamboli. «Ragazzi, mi sposo.»

Partirono applausi. Cori. Fischi. Dal bar entrò altra gente che fu subito informata. Per un buon quarto d'ora non si capì più niente.

Graziano che si sposava? Impossibile! Assurdo!

La notizia uscì dal bar e si diffuse come un virus e nell'arco di qualche ora tutto il paese sapeva che il Biglia si sposava.

Poi, finalmente, dopo i baci, gli abbracci e i brindisi la situazione si ricompose.

Erano di nuovo loro cinque e Graziano poté riprendere il discorso interrotto. «Si chiama Erica. Erica Trettel. Tranquilli, non è tedesca, è di vicino Trento. Fa la ballerina. Domani arriverà qui, ha detto che i paesi non le piacciono, ma non conosce Ischiano Scalo. Sono sicuro che le piacerà. Voglio che si trovi bene, che si senta a proprio agio. Quindi mi raccomando, mi dovete aiutare...»

«E che dobbiamo fare?» chiesero in coro i fratelli Franceschini.

«Niente... Per esempio potremmo organizzare qualcosa di divertente per domani sera.»

«Che cosa?» domandò smarrito il Roscio.

Questo era uno dei problemi di quel posto, quando si cercava di fare qualcosa di divertente si era presi come da un incantamento, e niente, il cervello ti si svuotava e il QI ti si abbassava di qualche punto. La verità era che a Ischiano Scalo non c'era un cazzo da fare.

Sul gruppo calò un silenzio preoccupante, ognuno era preso nel proprio vuoto pneumatico.

Che diavolo potremmo fare? Qualcosa di divertente, rifletteva Graziano, *qualcosa che possa piacere a Erica.*

Stava per dire: potremmo andare alla solita merdosa Pizzeria del Carro, quando fu folgorato da una visione, una visione semplicemente inebriante.

È notte.

Lui ed Erica escono dalla Uno. Lui indossa un costume Sandek da windsurf, lei un microscopico bikini arancione. Tutti e due alti, tutti e due tonici, tutti e due belli come dèi greci. Meglio dei bagnini di Bay-Watch. Attraversano il piazzale fangoso. Mano nella mano. Fa freddo ma non importa. Fumo. Odore di zolfo. Entrano nelle pozze e s'immergono nell'acqua calda. Si baciano. Si toccano. Lui le sfila il reggiseno. Lei gli sfila il Sandek.

Tutti li guardano. Non importa.

Anzi.

E poi lo fanno, davanti a tutti.

Spudoratissimi.

Ecco cosa dovevano fare.

Saturnia.

Certo.

Nelle pozze di acqua sulfurea. Erica non c'era mai stata. *Impazzirà a fare il bagno, di notte, sotto quella cascata bollente che, non dimentichiamocelo, fa pure bene alla pelle.* E quanto gli roderà il culo a tutti.

Quando vedranno il fisico da pin-up di Erica, quando confronteranno i lombi cellulitici delle loro consorti con le chiappe lisce e sode di Erica, quando paragoneranno le mammelle flaccide delle loro donne con le tette di marmo di Erica, quando opporranno alle gambe da gazzella di Erica quei tronchi tozzi delle loro scorfane, quando lo vedranno montare quella giovane puledra, davanti a tutti, si sentiranno delle vere merde e capiranno, una volta per tutte, per quale cazzo di ragione Graziano Biglia aveva deciso di sposarsi.

Giusto?

«Ragazzi, ho avuto un'idea geniale. Potremmo mangiare ai Tre Galletti, la taverna vicino a Saturnia, e poi andare a fare il bagno alle cascate. Che ne dite?» propose entusiasta, come se gli avesse, che ne so, parlato di un viaggio tutto spesato ai Tropici. «Non è una gran ficata?»

Ma la risposta non fu adeguata.

I fratelli Franceschini storsero la bocca. Miele espresse solo un: «Bah!» scettico e il Roscio dopo aver guardato gli altri disse: «Ma, non mi sembra questa gran genialata. Fa freddo».

«E piove» aggiunse Miele sbucciandosi una mela.

«Ma siete diventati delle larve, cazzo! Mangiate, dormite e lavorate. È questo che fate? Siete dei cadaveri. Dei morti di sonno. Non vi ricordate le mitiche serate, quando passavamo la notte in giro per le campagne a sbronzarci e poi andavamo a buttare le bombe nel laghetto artificiale di Pitigliano e alla fine ci lessavamo sotto la cascatella...»

«Che bello...» disse Giovanni Franceschini con gli occhi puntati verso il soffitto. Il volto gli si era ammorbidito e gli occhi erano sognanti. «Vi ricordate quando il Lambertelli si ruppe la testa tuffandosi in una pozza? Che ridere. E io mi rimorchiai una di Firenze.»

«Non era una, era uno» lo apostrofò il fratello. «Si chiamava Saverio.»

«E ti ricordi quando tirammo le pietre contro il pulmino di quei tedeschi e poi lo buttammo giù dal dirupo?» rievocò il Miele estasiato.

Tutti risero trasportati dal turbine dei bei ricordi di gioventù.

Graziano sapeva che era il momento d'insistere, di non mollare l'osso. «Allora forza, facciamo 'sta pazzia. Domani sera prendiamo le macchine e andiamo a Saturnia. Ci sbronziamo ai Tre Galletti e poi tutti a fare il bagno.»

«Ma costa un occhio della testa, quel posto» ribatté il Miele.

«Dài, mi sto o non mi sto sposando? Che spilorci!»

«Va bene, per una volta faremo una pazzia» dissero i Franceschini.

«Però dovete portare anche mogli e fidanzate, capito? Non possiamo andare come una banda di froci, Erica si spaventerebbe.»

«Ma la mia ha la sciatica...» disse il Roscio. «Quella rischia che ci affoga nell'acqua.»

«E Giuditta l'hanno appena operata di ernia» aggiunse Elio Franceschini preoccupato.

«Basta, prendete le vecchie e obbligatele a venire. Chi porta i pantaloni in casa, voi o loro?»

Fu stabilito che la comitiva sarebbe partita dalla piazza alle otto della sera dopo. E nessuno avrebbe potuto rinunciare all'ultimo momento, perché come disse bene il Miele: «Chi si estranea dalla lotta è un gran figlio di mignotta».

Graziano s'incamminò verso casa brillo e felice come un bambino a Gardaland.

«Meno male che me ne sono andato da quella cazzo di

città, meno male. Roma, ti odio. Mi fai schifo» ripeteva ad alta voce.

Come si stava bene a Ischiano Scalo e che amici magnifici aveva. Era stato uno stupido a non cagarseli più per tutti quegli anni. Sentì un moto d'affetto crescergli dentro. Forse erano un po' invecchiati, ma ci avrebbe pensato lui a rimetterli in piedi. In quel momento si sentiva capace di fare di tutto per quel paese. Dopo la jeanseria, avrebbe potuto aprire un pub, genere inglese, e poi... E poi c'erano un mucchio di cose da fare.

Salì le scale reggendosi al corrimano ed entrò in casa.

C'era un odore acre di cipolla da far rizzare i capelli.

«Cazzo che puzza, ma'. Che stai combinando là dentro?» Si affacciò in cucina.

La signora Biglia, con un coltellaccio, squartava uno gnu o un somaro, visto che la carcassa ci stava appena, sul tavolo di marmo.

«Avvvvaaaaaaavvvvvaaaa» mugolò sua madre.

«Che dici? Non ti capisco, ma'. Non ti capisco proprio» disse Graziano appoggiato allo stipite della porta. Poi si ricordò: «Ah, già. Il voto». Si voltò e si trascinò nella sua stanza. Crollò sul letto e prima di addormentarsi decise che l'indomani sarebbe andato da padre Costanzo (*chissà se c'è ancora padre Costanzo? Sarà bello che morto*) a parlare del voto di sua madre. Forse poteva scioglierlo. Non doveva far vedere a Erica sua madre in quello stato. Poi si disse che in fondo non c'era niente di male, sua madre era una cattolica osservante e da bambino anche lui ci aveva creduto parecchio in Dio.

Erica avrebbe capito.

Si addormentò.

E dormì il sonno dei giusti sotto un poster di John Travolta ai tempi della *Febbre del sabato sera*. I piedi che spuntavano fuori dal lettino. La bocca spalancata

9

Vola. Vola. Vola.

Vola che è tardi.

Vola e non ti fermare.

E Pietro volava. Giù per la discesa. Non vedeva niente, che buio, *ma che m'importa*, pedalava nelle tenebre, a bocca aperta. Il debole faro della bicicletta serviva a poco.

Si piegò, mise giù il piede e affrontò la curva derapando sulla ghiaia, poi si raddrizzò e sgommando riprese a pedalare. Il vento gli fischiava nelle orecchie e gli faceva lacrimare gli occhi.

La strada la sapeva a memoria. Ogni curva. Ogni buca. L'avrebbe potuta fare anche senza faro, a occhi chiusi.

C'era un record da battere, lo aveva stabilito tre mesi prima e non era mai più riuscito a eguagliarsi. Ma che aveva quel giorno? Chi lo sa.

Un fulmine. Diciotto minuti e ventotto secondi dalla villa di Gloria a casa.

Forse perché avevo cambiato il copertone alla ruota di dietro?

Quella volta, da quanto aveva spinto, appena arrivato si era sentito male e aveva vomitato in mezzo al cortile.

Stasera però non doveva battere il record per sport o perché gli andava, ma perché erano le otto e dieci ed era tardissimo. Non aveva chiuso Zagor nel canile e non aveva portato l'immondizia al cassonetto e non aveva chiuso la pompa dell'orto e...

... *e mio padre mi ammazza.*

Vola. Vola. Vola.

E come al solito, è tutta colpa di Gloria.

Non lo lasciava mai andare via. «Lo vedi che fa schifo così. Aiutami almeno a dipingere le lettere... Ci mettiamo un attimo. Che palle che sei...» insisteva.

E così, Pietro si era messo a dipingere le lettere e poi a fare la cornice blu alla foto della zanzara che succhiava il sangue e non si era accorto che intanto il tempo passava.

Certo era venuto proprio bene il cartellone sulla malaria.

La professoressa Rovi lo avrebbe sicuramente appeso in corridoio.

Però era stata una gran giornata.

Dopo la scuola, Pietro era andato a mangiare da Gloria Nella villa rossa sulla collina.

Pasta con le zucchine e l'uovo. Cotoletta alla milanese. E patatine fritte. Ah, giusto, il budino di crema.

Tutto gli piaceva lì: la sala da pranzo con le vetrate da cui si vedeva il prato tagliato all'inglese e più in là i campi di grano e il mare in fondo e i mobili grandi e quel quadro della battaglia di Lepanto con le navi infuocate. E c'era la cameriera che serviva.

Ma quello che gli piaceva di più era la tavola apparecchiata. Come al ristorante. La tovaglia bianchissima, appena lavata. I piatti. Il cestino con i panini, la focaccia e il pane nero. La caraffa con l'acqua gassata.

Tutto perfetto.

E gli veniva naturale mangiare bene, educato, con la bocca chiusa. Niente gomiti sul tavolo. Niente scarpetta nel sugo.

A casa sua, Pietro si doveva prendere la roba dal frigo, o la pasta avanzata da sopra il fornello.

Ti prendi il piatto e il bicchiere e ti siedi al tavolo di cucina davanti alla tele e mangi.

E quando c'era Mimmo, suo fratello, allora neanche poteva vedere i cartoni animati, perché quel prepotente prendeva il telecomando e si vedeva le soap opera che a Pietro facevano schifo.

«Mangia e non rompere» tagliava corto Mimmo.

74

«A casa di Gloria si mangia tutti insieme» Pietro aveva raccontato ai suoi una volta che era più loquace del solito. «Seduti a tavola. Come nel telefilm della famiglia Bradford. Si aspetta che il papà di Gloria torni dal lavoro, per incominciare. Bisogna sempre lavarsi le mani. Ognuno ha il proprio posto e la mamma di Gloria mi domanda sempre come vanno le cose a scuola e dice che sono troppo timido e si arrabbia con Gloria che parla tanto e non mi fa parlare. Una volta Gloria ha raccontato che quel cretino di Bacci ha appiccicato le caccole nel quaderno di Tregiani e suo padre si è arrabbiato perché non bisogna dire schifezze a tavola.»

«Certo, quelli non hanno niente da fare tutto il giorno» aveva detto suo padre continuando a ingozzarsi. «Che ti credi, ci piacerebbe anche a noi avere la cameriera. E ricordati che tua madre ci faceva le pulizie in quella casa. Tu sei più vicino alla cameriera che a loro.»

«Perché non te ne vai a vivere lì, visto che ci stai così bene?» aveva aggiunto Mimmo.

E Pietro aveva capito che era molto meglio non parlare della famiglia di Gloria a casa sua.

Ma oggi era stato un giorno speciale perché erano andati, dopo mangiato, a Orbano con il papà di Gloria.

Con la Range Rover!

Con lo stereo e l'odore buono dei sedili di pelle. Gloria cantava come Pavarotti facendo il vocione.

Pietro se ne stava seduto dietro. Le mani in mano. La testa contro il finestrino e l'Aurelia che gli scivolava davanti. Guardava fuori. Le pompe di benzina. I laghetti dove allevavano le spigole. La laguna.

Gli sarebbe piaciuto andare avanti così, senza fermarsi mai, fino a Genova. Dove, gli avevano detto, c'era l'acquario più grande d'Europa (e ci stavano pure i delfini). Invece il signor Celani aveva messo la freccia e aveva svoltato per Orbano. In piazza Risorgimento aveva lasciato il fuoristrada in seconda fila, tranquillo, come se fosse sua la piazza, proprio davanti alla banca.

«Maria, se disturba fammi chiamare» aveva detto alla vigilessa e quella aveva fatto segno di sì con la testa.

Suo padre diceva che il dottor Celani era una grandissima testa di cazzo. «Tutto gentile. Tutto chiacchiere. Un signore. Si accomodi... come va? Vuole un caffè? Quant'è simpatico suo figlio Pietro. È diventato tanto amico di Gloria. Certo... Certo... Come no. Bastardo! Con quel mutuo mi ha strozzato. Quando sarò morto non avrò ancora finito di pagarlo. Quelli così ti succhierebbero pure la merda dal culo, se potessero...»

Pietro non se lo vedeva proprio il signor·Celani che succhiava la merda dal culo di suo padre. A lui piaceva, il padre di Gloria.

È gentile. E mi regala i soldi per comprare la pizza. E ha detto che una volta mi porterà a Roma...

Pietro e Gloria erano andati all'ospedale a cercare il dottor Colasanti.

L'ospedale era una palazzina a tre piani, di mattoni rossi, proprio davanti alla laguna. Con un piccolo giardino e due grandi palme ai lati dell'ingresso.

C'era stato già una volta, al pronto soccorso. Quando Mimmo era caduto facendo cross con la moto dietro il Fontanile del Marchi e aveva cominciato a bestemmiare dentro l'ambulatorio perché gli si era storta la forcella della moto.

Il dottor Colasanti era un signore alto, con la barba grigia e due sopracciglia folte e nere.

Se ne stava seduto alla scrivania dell'ambulatorio. «E così, ragazzi, volete sapere chi è la famigerata Anopheles?» aveva detto accendendosi la pipa.

Aveva parlato a lungo e Gloria lo aveva registrato. Pietro aveva imparato che non sono le zanzare che ti fanno venire la malaria ma dei microrganismi che vivono dentro la loro saliva che ti iniettano quando ti succhiano il sangue. Delle specie di microbi che ti si infilano nei globuli rossi e lì si moltiplicano. Era strano pensare che anche le zanzare erano ammalate di malaria.

Con tutte queste notizie era impossibile non fare una bella figura all'interrogazione.

Buio e freddo

Il vento spazzava i campi e spingeva la bicicletta fuori strada e Pietro faceva fatica a tenerla dritta e, quando si apriva uno spiraglio tra le nuvole, la luna allagava di giallo i campi che arrivano lontano, fin giù, all'Aurelia. Onde nere s'inseguivano sull'erba argentata.

Pietro pedalava, inspirava e cantava tra i denti: «Uhh cella ccio non anda re via! Ta rara...».

Svoltò a destra, percorse una stradina sconnessa che tagliava a metà i campi ed entrò a Serra, un piccolo borgo agricolo.

Lo attraversò sparato.

Di notte quel posto non gli piaceva per niente. Faceva paura.

Serra: sei case vecchie e malconce. Un capannone trasformato da qualche anno in un circolo dell'Arci. I contadini e i pastori della zona ci vanno a rovinarsi il fegato e a giocare a briscola. C'è pure uno spaccio, ma è sempre vuoto. E una chiesa costruita negli anni Settanta. Un parallelepipedo di cemento armato con feritoie al posto delle finestre e il cam panile che sembra un silos, a lato. Sulla facciata un mosaico con un Cristo asceso se ne cade a pezzi e le scale sotto la porta sono piene di tessere dorate. I bambini le usano per la fionda. Un lampione fioco al centro del piazzale, un altro sulla strada e le due finestre dell'Arci. Questa è la luminaria di Serra.

«Fagia na ccio, non anda re via... Na na na...»
Assomigliava alle città fantasma dei western.

Quei vicoli stretti e le ombre delle case che si allungavano minacciose sulla strada, quel cancello che sbatacchiava spinto dal vento e un cane che si sgolava dietro un cancello.

Tagliò il piazzale e rientrò sulla strada. Cambiò marcia e spinse di più sui pedali inspirando ed espirando ritmicamente. La luce del faro illuminava pochi metri di strada e poi c'era il buio, il vento che frusciava tra gli ulivi, il suo respiro e il rumore del copertone sull'asfalto bagnato.

Mancava poco a casa.

Ce la poteva fare ad arrivare prima di suo padre e non beccarsi una strigliata. Sperava solo di non incontrarlo che rientrava sul trattore. Quando era troppo ciucco rimaneva al circolo fino alla chiusura, russando su una sedia di plastica vicino al flipper, e poi si trascinava sul trattore e se ne tornava a casa.

In lontananza, a un centinaio di metri, avanzavano zigzagando tre luci fioche. Scomparivano e riapparivano.

Risate.

Biciclette.

«Cinghialo...»

Chi può essere a quest'ora?

Rallentò.

«... tto non andare...»

A quest'ora, nessuno va più in bicicletta, tranne...

«... via...»

... loro.

Addio record.

No. Non sono loro...

Avanzavano piano. Tranquilli.

«E E E EHHHH EE E EEHHHHH EH EH EH»

Sono loro.

Quella risata del cavolo, stridula come un'unghiata sulla

lavagna e balbettante come il raglio di un asino, odiosa, fuori luogo e forzata...

Bacci...

Il respiro gli morì in gola.

... Bacci.

Solo quell'idiota di Bacci rideva così. Perché per ridere così bisognava essere idioti come Bacci.

Sono loro. Mannaggia la miseria...

Pierini.

Bacci.

Ronca.

L'ultima cosa al mondo che ci voleva in quel momento.

Quei tre lo volevano vedere morto. E la cosa più assurda era che Pietro non sapeva perché.

Perché mi odiano? Io non gli ho fatto niente.

Se avesse saputo che cos'era la reincarnazione, avrebbe potuto credere che quei tre fossero spiriti maligni che lo punivano per qualcosa che aveva commesso in un'altra vita. Ma Pietro aveva imparato a non lambiccarsi a lungo sul perché la sfortuna lo perseguitava con quella costanza.

Tanto non serve a niente, alla fine. Se le botte te le devi prendere, le prendi e basta.

A dodici anni Pietro aveva deciso di non perdere troppo tempo a ricamare sul perché delle cose. Era peggio. I cinghiali non si chiedono perché il bosco brucia e i fagiani non si chiedono perché i cacciatori sparano.

Scappano e basta.

È l'unica cosa da fare. In casi come questi devi telare più veloce della luce e se non puoi, se ti mettono in un angolo, allora ti devi chiudere come un riccio e lasciarli sfuriare fino a che non sono soddisfatti, come la grandine che ti colpisce durante una passeggiata in campagna.

Ma ora che faccio?

Prese in considerazione rapidamente le varie possibilità.

Nascondersi e lasciarli passare.

Certo poteva nascondersi nei campi e aspettare.

Pensa che bello essere invisibile. Come la femmina dei Fantastici Quattro. Ti passano davanti e non ti vedono. Tu te ne stai là e loro non ti vedono. Il massimo. Oppure, ancora meglio, non esistere nemmeno. Non esserci proprio. Non essere nemmeno nato.

(*Piantala. Pensa!*)

Mi nascondo nel campo.

No, era una stronzata. Lo avrebbero visto. *E se ti beccano che ti nascondi come un coniglio sono guai seri. Se gli fai vedere che hai paura, è veramente la fine.*

Forse la cosa migliore era tornare indietro. Scappare fino al circolo dell'Arci. No. Lo avrebbero inseguito. Come lui aveva visto i loro fari, loro avevano visto il suo. E per quei ritardati mentali non c'era niente di più divertente di una bella caccia notturna al Cazzone.

Li faceva felici.

Un inseguimento?

Sapeva di essere veloce. Più veloce di chiunque altro della scuola, ma se gareggiava perdeva. E ora, oltretutto, era sfinito.

Era sfinito, aveva le gambe a pezzi e i polpacci duri come legno.

Non avrebbe retto a lungo. Avrebbe mollato e allora...

L'unica cosa era andare avanti, (apparentemente) tranquillo, passargli accanto, salutarli e sperare che lo lasciassero in pace.

Sì, devo fare così.

Oramai erano a cinquanta metri. Avanzavano rilassati, parlando e ridendo e si stavano probabilmente chiedendo di chi fosse quella bicicletta che arrivava. Ora sentiva la voce bassa di Pierini, quella in falsetto di Ronca e la risata di Bacci.

80

Tutti e tre.

In formazione di battaglia.

Dove stavano andando?

Sicuramente a Ischiano Scalo, al bar, dove possono andare?

10

Ci aveva preso, i tre stavano andando proprio là.

Ma che altro potevano fare? Ammazzarsi di pizzichì, prendersi a capocciate, giocare alle belle statuine, fare i compiti? L'unica era sbattersi al bar, a guardare quelli più grandi che giocavano a stecca e provare a fottersi qualche gettone da dietro il bancone del bar e spararsi un paio di partitelle a Mortal Kombat.

Sacrosanto.

Questo pensiero era condiviso da tutti e tre.

Il problema era che solo Federico Pierini poteva permettersi di fare ciò che voleva, di mandare a cagare suo padre, non tornare a casa e rimanere in giro fino a notte tarda. Andrea Bacci e Stefano Ronca, invece, avevano qualche difficoltà in più a gestire il rapporto figli-genitori, ma, stringendo i denti e beccandosi strilli e pedate nel culo, seguivano il loro capo naturale.

Avanzavano paralleli, nel buio, pedalando piano, al centro della strada.

Tranquilli come un branco di giovani licaoni a caccia.

I licaoni, i canidi delle praterie africane, vivono in branchi. I giovani però formano dei gruppi a sé, fuori del nucleo familiare. Nella caccia collaborano e si sostengono, ma hanno una gerarchia rigida che viene stabilita con scontri rituali. Il capo, più grosso e audace (alfa), e sotto i gregari. Vagabondano rapaci per le savane alla ricerca di cibo. Non attaccano mai gli animali più in salute. Solo le bestie malate, quelle vecchie e i piccoli. Accerchiano lo gnu, lo frastornano abbaiandogli contro, poi l'azzannano tutti insieme, con le loro mascelle potenti e i denti aguzzi fino a quando non cade a terra e, al contrario dei felini che prima gli spezzano la colonna vertebrale, i licaoni se lo mangiano così, vivo.

Federico Pierini, il licaone alfa, aveva quattordici anni.

Faceva ancora la seconda media essendo stato bocciato due volte.

Alcuni neurofisiologi americani hanno fatto delle ricerche sulle popolazioni carcerarie degli Stati Uniti. Hanno preso gli individui più violenti e cattivi (picchiatori, stupratori, assassini ecc.) e hanno analizzato i tracciati dei loro elettroencefalogrammi. Non hanno usato un elettroencefalografo (EEG) standard (che analizza l'attività elettrica media del cervello), ma uno più sofisticato, capace di registrare le attività elettriche specifiche di ogni regione corticale. Gli hanno coperto il cranio di elettrodi e poi li hanno messi a vedere un documentario sulla produzione industriale di scarpe da ginnastica.

I neurofisiologi hanno notato che nella maggior parte dei casi l'attività della zona frontale di questi individui era scarsa e più debole rispetto a quella di persone normali (buone).

La zona frontale del cervello è deputata all'assorbimento di notizie provenienti dall'esterno. In altre parole, lì risiede la capacità di concentrarsi, ad esempio di mettersi a guardare un film e, anche se è una noia mortale, vederlo dall'inizio alla fine senza distrarsi né agitarsi né cominciare a disturbare il vicino, ma al massimo sbuffare e ogni tanto guardare l'orologio.

Con questa ricerca si è giunti a formulare l'ipotesi che le persone violente abbiano una scarsa capacità di concentrazione e che questo sia in certo qual modo correlato alle loro esplosioni di aggressività. È come se i soggetti violenti fossero soggiogati da una smania che non riescono a sedare e gli attacchi di aggressività fossero una sorta di valvola di sfogo.

Quindi se per sbaglio avete tamponato una macchina e il guidatore scende con il cric in mano, intenzionato a spaccarvi la testa, non cercate di rabbonirlo regalandogli un libro sulle stelle comete o un abbonamento al cineforum, non servirebbe a niente. In un caso come questo è meglio, come direbbe Pietro Moroni, telare.

Tutto ciò per dare una spiegazione a due fatti.

1) Federico Pierini era il ragazzo più cattivo della zona.

2) Federico Pierini a scuola era una frana. I professori dicevano che non si concentrava, dando implicitamente ragione ai neurofisiologi americani.

Era alto, secco e proporzionato. Si radeva i baffi e aveva l'orecchino. Un naso aquilino gli separava due occhi piccoli e neri come pezzi di carbone e sempre socchiusi. Una frezza bianca gli cadeva sulla fronte insieme alla frangetta corvina.

Aveva tutte le qualità necessarie per essere un capobranco.

Ci sapeva fare.

Spavaldo, i gesti sicuri, decideva tutto lui ma dava l'impressione ai sottoposti che le scelte le facesse con loro. Non aveva dubbi su niente. Tutte le cose, anche le più terribili, sembravano sfiorarlo appena, come se fosse immune alla sofferenza.

«Io, del mondo, me ne frego» ripeteva.

Ed era abbastanza vero. Se ne fregava del padre, che diceva essere un povero idiota fallito e senza palle. Se ne fregava della nonna, che era una povera demente. Se ne fregava della scuola e di quel branco di rincoglioniti dei professori.

«Non mi devono rompere il cazzo» era, in definitiva, la sua frase preferita.

Stefano Ronca era piccoletto, scuro, con i capelli ricci e la bocca sempre umidiccia. Arzillo come una pulce strafatta di anfetamine, instabile, pronto a mostrare la gola appena qualcuno lo aggrediva e a saltargli addosso appena gli girava le spalle. Aveva una voce acuta, da saputello castrato, un tono petulante e isterico che dava sui nervi e la lingua più lunga e affilata della scuola.

Andrea Bacci, detto il Merenda data la sua passione per la pizza al taglio, aveva due problemi.

1) Era figlio di un poliziotto. «E tutti i poliziotti devono morire» sosteneva Pierini.

2) Era tondo come un caciocavallo. Il viso coperto di lentiggini. I capelli biondicci tagliati a zero. I denti, piccoli e distanti, erano ancorati a un gigantesco apparecchio argentato. Quando parlava non si capiva un accidente. Mischiava parole e sputi, arrotava le erre e sibilava le zeta.

La cosa che veniva più spontanea, vedendolo così bianco e tondo, era prenderlo per il culo, ma era una grossa stronzata.

Qualche sprovveduto ci aveva provato, gli aveva fatto notare che era una palla di lardo coperta di lenticchie ma si era ritrovato a terra con Bacci che lo tempestava di cazzotti in faccia, ci erano volute quattro persone per staccarglielo di dosso e per un quarto d'ora quel ciccione aveva continuato a sputare e a urlare insulti incomprensibili, tirando calci alla porta del bagno in cui lo avevano rinchiuso.

Soltanto Pierini poteva permettersi di prenderlo in giro, perché all'offesa «Lo sai che sei una vera fogna, quando mangi!?» alternava l'elogio più dolce e centrato. «Sei sicuramente il più forte della scuola e secondo me, se ti arrabbi sul serio, potresti pestare di brutto pure il Fiamma.» Lo manteneva in uno stato di costante insicurezza e insoddisfazione. Alle volte gli diceva di essere il suo migliore amico e poi tutt'a un tratto gli preferiva Ronca.

Ogni giorno, a seconda dell'umore e del tempo, la classifica dei suoi migliori amici cambiava. Altre volte, invece, spariva abbandonandoli tutti e due e se ne andava con i grandi.

Insomma, Pierini era volubile come una giornata di novembre e inafferrabile come una poiana e Ronca e Bacci si litigavano, come due amanti rivali, l'amore del loro capo.

Bacci si avvicinò a Pierini. «E adesso come facciamo? Che gli diciamo domani alla Rovi?»

Si erano fatti assegnare dalla professoressa di scienze una ricerca sulle formiche e i formicai. Avevano deciso di fare delle foto ai grossi formicai che si trovavano nel bosco di Acquasparta, solo che i soldi della pellicola li avevano investiti in sigarette e in un fumetto porno. Poi erano andati a sfondare un distributore automatico di preservativi dietro la farmacia di Borgo Carini.

L'avevano sradicato dal muro e piazzato sulle rotaie del treno. Quando era passato l'Intercity, il distributore aveva preso il volo come un missile terra-aria ed era finito cinquanta metri più in là.

L'unico risultato era che ora possedevano un quantità di preservativi che gli sarebbe bastata per farsi tutte le ragazzine della zona tre volte. La cassetta con i soldi era ancora là, chiusa e impenetrabile come un caveau svizzero.

Si erano nascosti dietro un albero e avevano cominciato a provarseli.

Ronca aveva infilato l'uccello nel preservativo e aveva cominciato a masturbarsi velocemente saltando e urlando: «Io con questo coso posso scoparci le negre?».

Già, perché Pierini diceva che si scopava le negre sull'Aurelia. Raccontava che andava con Riccardo, il cameriere del Vecchio Carro, e con il Giacanelli e con il Fiamma dalle puttane negre. E che lo aveva fatto su un divano, sul bordo della strada, e che quella urlava in africano.

E chi lo sa, poteva pure essere vero.

«Le negre non sentono neanche i pali della luce, rotte come sono. Si mettono a ridere se vedono quel cosetto» aveva detto Pierini studiandogli l'uccello.

Ronca aveva implorato in ginocchio Pierini di fargli vedere il suo.

E Pierini si era acceso una sigaretta, aveva strizzato gli occhi e aveva tirato fuori il pezzo.

Ronca e Bacci erano rimasti impressionati. Ora finalmente gli era chiaro perché le negre andavano con il loro capo.

Quando era stata la volta di Bacci, questo aveva detto che non ne aveva tanta voglia. «Frocio! Sei frocio!» urlava Ronca in estasi. E Pierini aveva aggiunto: «O ce lo fai vedere o te ne vai 'affanculo».

E il povero Bacci era stato costretto a tirarlo fuori.

«Quant'è piccolo... Guarda...» aveva cominciato a prenderlo per il culo Ronca.

«Perché sei ciccione» gli aveva spiegato Pierini. «Se dimagrisci, ti cresce.»

«Mi sono già messo a dieta» disse Bacci fiducioso.

«L'ho visto come ti sei messo a dieta. Ieri ti sei mangiato cinquemila lire di pizza» aveva rintuzzato Ronca.

Il gioco dei preservativi era degenerato quando Ronca aveva cominciato a pisciarci dentro e a girare tutto felice con quella palla gialla attaccata all'uccello. Pierini gliel'aveva bucata con la cicca e Ronca si era bagnato tutti i pantaloni e per poco non si era messo a piangere.

Comunque, dopo erano andati a cercare i formicai nel bosco ma erano solo riusciti a prendere delle blatte grosse come saponette, a cospargerle di benzina e lanciarle come bombardieri in fiamme sui formicai.

La buona volontà ce l'avevano messa.

«Alla Rovi possiamo dire... che non abbiamo trovato formicai. Oppure che le foto non sono venute bene» ansimò Bacci.

Nonostante pedalassero piano e facesse un freddo cane, Bacci riusciva a sudare.

«Figurati se se la beve...» obbiettò Ronca. «Forse potremmo copiare qualcosa. Tagliare le foto del libro.»

«No. Domani non si va a scuola» dichiarò Pierini dopo aver preso una boccata dalla sigaretta che gli pendeva dalle labbra.

Ci fu un secondo di silenzio.

Ronca e Bacci stavano considerando l'idea.

In effetti era la soluzione più semplice e precisa.

Solo che: «Nooo. Io non posso proprio. Domani viene mio padre a prendermi a scuola e se non mi trova... E poi l'altra volta, quando siamo andati al mare, le ho prese» disse Bacci timidamente.

«Pure io non posso» aggiunse Ronca facendosi serio all'improvviso.

«Siete i soliti cagoni...» Pierini lasciò passare qualche secondo perché assimilassero il concetto e poi aggiunse: «Comunque non dovete fare sega. Domani è giorno di festa, nessuno va a scuola. Ho avuto un'idea».

Era un'idea che gli ronzava in testa già da qualche tempo. Ed era ora di metterla in pratica. Pierini aveva spesso idee geniali. Ed erano sempre e comunque a sfondo teppistico.

Eccone una manciata: a Capodanno aveva messo una bomba nella cassetta delle lettere, un'altra volta aveva sfondato la porta di servizio dello Station Bar e si era fregato le sigarette e le caramelle. Aveva anche bucato le ruote della macchina della professoressa Palmieri.

«Come? In che senso?» Ronca non capiva. Il giorno dopo era un normalissimo mercoledì. Niente scioperi. Niente feste. Niente di niente.

Pierini prese tempo, finì la cicca e poi la gettò lontano, caricando i suoi compagni di aspettative.

«Allora, ascoltatemi bene. Adesso andiamo a scuola, poi prendiamo la tua catena e la chiudiamo intorno al cancello» e indicò la catena che pendeva sotto il sellino della bicicletta di Bacci. «Così, domani mattina, nessuno potrà entrare e ci rimanderanno tutti a casa.»

«Grandioso! Geniale!» Ronca era ammirato. Come gli uscivano quelle idee a Pierini?

«Capito? Non ci va nessuno...»

«Be', sì. Solo che...» Bacci non sembrava completamente soddisfatto della pensata. A quella catena ci teneva parecchio. Aveva una Graziella, piccola e sgangherata e senza il parafango davanti, quando pedalava le ginocchia gli finivano in bocca e quella catena che gli aveva regalato suo padre era l'unica cosa bella della bicicletta. «... Non mi va di buttarla così. Costa un sacco di soldi. E poi mi potrebbero fregare la bici.»

«Sei completamente idiota? La tua bici ai ladri fa schifo. Se un ladro la vede si mette a vomitare. È giusto, la polizia te la potrebbe prendere e usare come test per beccare i ladri. Acchiappano uno e gli fanno vedere la tua Graziella, se quello vomita vuol dire che è un ladro» sghignazzò Ronca.

Bacci gli mostrò il pugno. «Vaffanculo, Ronca! Mettici la tua di catena!»

«Ascoltami, Andrea» intervenne Pierini, «la mia catena e quella di Stefano non sono abbastanza resistenti. Domani mattina il preside chiamerà il fabbro che ci mette un attimo a spezzarla e noi entriamo subito, se invece trova la tua, col cazzo che la apre. Te lo immagini, noi che ce ne stiamo tutti tranquilli al bar mentre quello non sa che fare e i professori che bestemmiano come turchi. Dovranno chiamare i pompieri da Orbano. E tutto questo grazie alla tua catena. Capito?»

«E così neanche ci dobbiamo preoccupare della ricerca sulle formichine del cazzo» aggiunse Ronca.

Bacci era combattuto.

Certo, pensare che la sua catena teneva in scacco una scuola e i pompieri di Orbano era bello. «Va be'. Usiamola. Chi se ne frega. Alla bici rimetterò quella vecchia.»

«Bene! Andiamo.» Pierini era soddisfatto.

Ora avevano da fare.

Ma Ronca cominciò a ridere e a ripetere: «Che idioti! Che idioti che siete! Che cretini! Non funziona...».

«Che c'è ora? E che cazzo ti ridi, imbecille» lo apostrofò Pierini. Prima o poi gli avrebbe fatto ingoiare tutti i denti.

«Non avete pensato a una cosa... ah ah ah.»

«Cosa?»

«Una cosa bruttissima. Ah ah ah.»

«Che cosa?»

«Italo. Ci vedrà quando la mettiamo... Dalla finestra della sua casa si vede benissimo il cancello. Quello spara...»

«E allora? Che cazzo ridi a fare, eh? Non c'è nulla da ridere. È un casino, cazzo. Non capisci che se non la mettiamo domani dobbiamo portare la ricerca. Solo un idiota come te può mettersi a ridere per una cosa del genere.» Pierini mollò uno spintone a Ronca che per poco non cadde dalla bicicletta.

«Scusami...» mugugnò a occhi bassi.

Ma Ronca aveva ragione.

Il problema c'era.

Quel rompicoglioni del bidello poteva mandare a monte tutta l'operazione. Viveva di fianco al cancello. E da quando erano entrati i ladri sorvegliava la scuola come un mastino napoletano.

Pierini era affranto.

La cosa diventava pericolosa, Italo poteva vederli e dirlo al preside e poi era pazzo, pazzo come un cavallo. Dicevano che tenesse una doppietta carica accanto al letto.

Come si fa? Bisogna lasciar perdere... no, non esiste.

Non si poteva mandare al diavolo un'idea così geniale per quel vecchio stracciacazzi. A costo di arrivarci scavando, come larve nella merda, avrebbero messo la catena a quel cancello.

Io non ci posso andare, rifletté. *Ho beccato una sospensione un mese fa. Ci deve andare Ronca. Solo che è talmente cretino che si fa vedere al cento per cento.*

Perché si era trovato come amici i più idioti di tutto il paese?

Ma in quel momento apparve in lontananza un faro di bicicletta.

11

Calmo.

Stai calmo.

Devi sembrare normale. Non far vedere che hai paura. E neanche che hai fretta, si ripeteva Pietro come un'Avemaria.

Avanzava lentamente.

Nonostante si fosse imposto di non chiederselo, continuava a tormentarsi sul perché quei tre ce l'avessero con lui.

Era il loro giocattolo preferito. Il topolino su cui imparare a usare gli artigli.

Che gli ho fatto di male?

Lui non rompeva. Se ne stava per conto suo. Non parlava con nessuno. Li lasciava fare.

Volete essere i capi, va bene. Siete i più duri della scuola, va bene.

Allora perché non lo lasciavano in pace?

E Gloria, che li odiava più di lui, gli aveva detto mille volte di stargli alla larga, che prima o poi lo avrebbero...

(*massacrato di botte*)

... preso.

Calmo.

Ce li aveva davanti. A pochi metri.

Ora non poteva più scansarli, nascondersi, niente.

Diminuì la velocità. Incominciò a scorgere le sagome scure dietro i fari delle bici. Si mise di lato, per lasciarli passare. Il cuore gli batteva in petto, la saliva gli era scomparsa e la lingua era secca e gonfia come un pezzo di gommapiuma.

Stai calmo.

Non parlavano più. Fermi in mezzo alla strada. Dovevano averlo riconosciuto. E si stavano preparando.

Avanzò ancora.

Erano a dieci otto cinque metri...

Stai calmo.

Fece un bel respiro e si costrinse a non abbassare gli occhi e a guardarli in faccia.

Era pronto.

Se tentavano di accerchiarlo, lui doveva prenderli in contropiede e passargli in mezzo. E se non lo pigliavano, erano costretti a girare le bici dandogli un po' di vantaggio. Forse sarebbe stato sufficiente per tornare a casa sano e salvo.

Ma invece successe una cosa incredibile.

Una cosa assurda, più assurda che incontrare un marziano in groppa a una mucca che gorgheggia *'O sole mio*. Una cosa che Pietro non si sarebbe mai aspettato.

E che lo spiazzò completamente.

«Ohí, Moroni, ciao. Sei tu? Dove stai andando?» si sentì domandare da Pierini.

La cosa era incredibile per varie ragioni.

1) Pierini non lo aveva chiamato Cazzone.

2) Pierini gli stava parlando con un tono gentile. Un tono che le corde vocali di quel bastardo non erano mai state in grado di produrre fino a quella sera.

3) Bacci e Ronca gli stavano facendo ciao. Agitavano la mano come bambini buoni ed educati che salutano la zia.

Pietro era senza parole.

Stai attento. È una trappola.

Se ne stava fermo, come uno scemo, in mezzo alla strada. Oramai solo qualche metro lo divideva dai tre.

«Ciao!» fecero in coro Ronca e Bacci.

«Cia... o» si ritrovò a rispondere.

Probabilmente questa era la prima volta che Bacci lo salutava.

«Dove stai andando di bello?» ripeté Pierini.

«... a casa.»

«Ah. A casa...»

Pietro, piede sul pedale, era pronto a scattare. Se era una trappola, prima o poi gli sarebbero andati contro.

«L'hai fatta la ricerca di scienze?»

«Sì...»

«E su cosa?»

«Sulla malaria.»

«Ah, bella la malaria.»

Nonostante il buio, Pietro vide Bacci e Ronca, alle spalle di Pierini, che annuivano. Come se fossero diventati improvvisamente tre microbiologi esperti in malattie tropicali.

«L'hai fatta insieme a Gloria?»

«Sì.»

«Ah, bene. È brava, no?» Pierini non attese risposta e continuò. «Noi abbiamo fatto una ricerca sulle formiche. Molto peggio della malaria. Senti, ma ci devi andare per forza a casa?»

Ci devo andare per forza a casa? Che razza di domanda è?

Cosa doveva rispondere?

La verità.

«Sì.»

«Ah, che peccato! Noi stavamo pensando di fare una cosa... una cosa bella. Potresti venire con noi, poi riguarda anche te. Peccato, ci saremmo divertiti di più se c'eri anche tu.»

«È vero. Ci saremmo divertiti di più» sottolineò Ronca.

«Molto di più» ripeté Bacci.

Una gran bella commedia. Tre attori scadenti che interpretavano un copione scadente. Pietro lo capì subito. E se stavano cercando d'incuriosirlo, si sbagliavano. A lui della loro cosa bella non poteva fregare di meno.

«Mi dispiace, ma devo andare a casa.»

«Lo so, lo so. È che da soli non possiamo farcela, abbiamo bisogno di un quarto e pensavamo che tu... ecco, potevi aiutarci...»

Il buio nascondeva la faccia di Pierini. Pietro sentiva solo la sua voce flautata e il vento che frusciava tra gli alberi.

«Dài, ci mettiamo poco...»

«A fare cosa?» Pietro finalmente lo sputò fuori, ma a voce talmente bassa che nessuno capì. Fu costretto a ripetere. «A fare cosa?» Pierini lo spiazzò ancora. Con un salto scese dalla bici e gli afferrò il manubrio.

Bravo. Ecco fatto. Ti ha fregato.

Ma, invece di picchiarlo, si guardò in giro e gli mise un braccio intorno al collo. Una via di mezzo tra un laccio da wrestling e un abbraccio fraterno.

Bacci e Ronca si fecero più vicini anche loro. Pietro non ebbe nemmeno il tempo di reagire che si trovò accerchiato e si rese conto che se volevano ora potevano farlo a pezzettini.

«Ascoltami. Vogliamo chiudere il cancello della scuola con una catena» gli bisbigliò Pierini in un orecchio come se gli rivelasse l'ubicazione di un tesoro.

Ronca dondolò la testa soddisfatto. «Geniale, eh?»

Bacci gli mostrò la catena. «Con questa. Non riusciranno mai a spezzarla. È mia.»

«E perché?» chiese Pietro.

«Così domani niente scuola, capisci? Noi quattro la chiuderemo e ce ne torneremo a casa felici. Tutti si domanderanno: chi è stato? E saremo stati noi. E per un sacco di tempo saremo gli eroi. Pensa quanto si può incazzare il preside e la vicepreside e tutti gli altri.»

«Pensa quanto si può incazzare il preside e la vicepreside e tutti gi altri.» Ripeté Ronca come un pappagallo.

«Che ne dici?» gli chiese Pierini.

Pietro non sapeva che rispondere.

La cosa non gli piaceva per niente. Lui a scuola ci voleva andare. Era pronto per l'interrogazione e voleva mostrare alla Rovi il cartellone.

E immaginati se ti scoprono... Se vogliono che ci vai pure tu, da qualche parte c'è di sicuro la fregatura.

«Allora ti va di venire con noi?» Pierini tirò fuori il pacchetto di sigarette e gliene offrì una.

Pietro fece segno di no con la testa. «Non posso, mi spiace.»

«Perché?»

«Mio padre... mi sta... aspettando.» Poi si fece coraggio e domandò: «Ma perché volete che venga con voi?».

«Così. Visto che è una cosa fica... Potevamo farla insieme. In quattro è più facile.»

Come puzzava la faccenda!

«Mi dispiace, ma devo andare a casa. Non posso, veramente.»

«Ci mettiamo poco. E pensa a domani, pensa che diranno di noi gli altri.»

«Veramente... non posso.»

«Che hai, eh? Ti cachi in mano, come al solito? Hai paura, eh? Devi correre da papà, a casetta, a mangiare i biscottini Plasmon e a farla nel vasino?» s'intromise Ronca con quella vocetta fastidiosa come il ronzio di un moscone.

Ecco qua, adesso ti prenderanno in giro e poi ti meneranno. Finisce sempre così.

Pierini lanciò uno sguardo di fuoco a Ronca. «Stai zitto, tu! Non ha paura! È solo che deve tornare a casa. Anch'io devo tornare a casa presto.» E accomodante. «Sennò a nonna le rode il culo.»

«E che dovrà mai fare a casa di così importante?» insistette ottusamente Ronca.

«Ma sono cazzi tuoi? Deve fare quello che deve fare.»

«Ronca, sempre a farti i cazzi degli altri» rincarò Bacci.

«Basta. Lasciatelo decidere in santa pace...»

La situazione era questa: Pierini gli stava offrendo un paio di possibilità.

1) Dire di no e quelli, ci poteva scommettere su un milio-

ne, avrebbero cominciato a prenderlo a spinte e poi, appena fosse caduto a terra lo avrebbero riempito di calci.

2) Andare con loro alla scuola e vedere quello che succedeva. Lì poteva accadere di tutto: lo avrebbero menato oppure sarebbe riuscito a scappare oppure...

Per essere sincero, tutti quegli "oppure" li preferiva di gran lunga a essere picchiato subito.

Il Pierini buono stava svanendo. «Allora?» gli domandò più duro.

«Andiamo. Ma facciamo presto.»

«In un lampo» gli rispose l'altro.

12

Pierini era contento. Molto contento.

Il Cazzone aveva abboccato. Li stava seguendo.

Se l'è bevuta.

Doveva essere completamente idiota per pensare che avevano bisogno di uno come lui.

È stato facile. Me lo sono intortato proprio bene. Dài, vieni con noi. Saremo degli eroi. Eroi di questo cazzo.

Coglione!

Lo avrebbe mandato a mettere la catena a calci in culo. Gli veniva da ridere. Non sarebbe stato male se Italo avesse visto il Cazzone armeggiare sul cancello.

Quella era roba da una, forse due, settimane di sospensione.

Gli sarebbe piaciuto tirare un urlaccio così forte da farlo saltare sul letto, quel vecchio scemo. Solo che poi sarebbe andato a puttane tutto l'affare.

Quel mentecatto di Bacci gli si era affiancato e faceva dei versi d'intesa.

Pierini lo fulminò con lo sguardo.

E se non ci vuole andare, a metterla?

Sorrise.

Speriamo. Ti prego, Dio, ascoltami, fa' che dica che non ci vuole andare. Allora sì che ci divertiamo.

Si avvicinò al Cazzone. «Sarà uno scherzetto.»

E il Cazzone gli fece segno di sì con la sua testa di cazzo. Quanto lo disprezzava.

Per quel modo molliccio di piegare il capo.

Gli faceva venire delle strane voglie. Voglie violente. Sì, gli veniva voglia di fargli del male, di prendergli la testolina e fracassargliela su uno spigolo.

Tanto a quello andava bene tutto.

Se gli avesse detto che la madre era una grande troia e pigliava in culo i cazzi dei camionisti di giorno e di notte, quello avrebbe fatto segno di sì con la testa. *È vero. È vero. Mia madre è una grande rottinculo.* Tutto era uguale per Moroni. Non reagiva davanti a niente. Era peggio dei due idioti che si portava appresso. Almeno quel ciccione di Bacci non si faceva mettere i piedi in testa e Ronca, ogni tanto, lo faceva ridere (e Pierini non aveva un gran senso dell'umorismo).

Era quell'arietta superiore che metteva su che gli faceva prudere le mani.

Moroni è uno che in classe non parla mai, che a ginnastica non gioca con gli altri e che cammina a tre metri da terra e non è nessuno. Non sei proprio nessuno, anzi sei l'ultimo, hai capito, bello?

Solo una fichetta puttanella come Gloria Celani, la signorina ce-l'ho-solo-io, poteva avere quell'essere insulso come

(*fidanzato?*)

amico. Quei due facevano di tutto per non darlo a vedere, ma Pierini lo aveva capito, che stavano insieme, o roba del genere, insomma che se la intendevano e poteva pure essere che scopassero.

La storia della signorina Gloria ce-l'ho-solo-io gli era rimasta piantata in gola come una spina.

A volte gli capitava di svegliarsi la notte e non riuscire più ad addormentarsi ripensando a quella troietta. Un tarlo che lo stava facendo impazzire e se impazziva era capace di fare cose di cui poi si sarebbe pentito.

Qualche mese prima quel cesso di Caterina Marrese, una della terza A, un sabato pomeriggio aveva organizzato una festicciola di compleanno a casa sua. Né Pierini né Bacci né tanto meno Ronca erano stati invitati (e nemmeno Pietro, per la verità).

Ma da che mondo è mondo i nostri bravi non avevano mai avuto bisogno di un invito per andare a una festa.

Per l'occasione aveva fatto l'onore d'intervenire anche il Fiamma, un sedicenne microcefalo che aveva il carattere e il QI di un pit-bull troppo selezionato. Un povero disadattato che scaricava cassette alla Coop di Orbano e rideva come un cerebroleso quando sparava con la pistola alle pecore e a qualunque organismo vivente che avesse avuto la sfortuna di capitare sulla sua strada. Una notte era entrato nel recinto dei Moroni e aveva sparato un colpo in fronte all'asino perché il giorno prima aveva visto alla televisione *Schindler's List* e si era innamorato del nazista biondo.

Per scusarsi di essere intervenuti al party senza invito, si erano presentati con un regalo.

Un gatto morto. Un gran bel gattone soriano trovato spiaccicato sull'Aurelia.

«In verità, se non puzzasse in quel modo forse Marrese ci si potrebbe pure fare una pelliccia. Le starebbe bene. Ma anche così potrebbe andare, la puzza del gatto si confonderebbe con quella di Marrese formando una puzza nuova» aveva detto Ronca studiando attentamente il cadavere.

Quando i quattro erano entrati, avevano trovato un'atmosfera a dir poco da far cascare i coglioni a terra. Luci basse. Sedie contro le pareti. Musichetta per froci. E coppiette d'imbranati che ballavano e si strusciavano.

Come prima cosa il Fiamma aveva cambiato musica e aveva messo su una cassetta di Vasco Rossi. Poi aveva cominciato a ballare, da solo, al centro del salotto, e questo sarebbe anche potuto passare se non avesse fatto roteare il felino come una mazza chiodata, colpendo chiunque gli capitasse a tiro.

Non contento, aveva preso a schiaffi tutti i maschi mentre Bacci e Ronca si erano gettati su patatine, pizzette e bibite.

Pierini se ne stava seduto su una poltrona a fumare e a guardare soddisfatto il lavoro d'intrattenimento dei suoi amichetti.

«Complimenti, sei venuto con tutta la banda di disadattati.»

Pierini si era girato. Seduta sul bracciolo c'era Gloria. Non indossava i soliti jeans e maglietta ma un vestitino rosso corto che le stava incredibilmente bene.

«Tu non sei capace di muoverti da solo, vero?»

Pierini ci era rimasto come un coglione. «Certo che sono capace...»

«Non ti credo.» Lo guardava con un sorrisetto da puttanella che gli faceva rimescolare le budella. «Ti senti perso senza gli idioti al seguito.»

Pierini non sapeva che rispondere.

«Sai almeno ballare?»

«No. Ballare mi fa schifo» aveva detto lui tirando fuori dalla giacca di pelle una lattina di birra. «Vuoi?»

«Grazie» aveva detto lei.

Pierini sapeva che Gloria era una tosta. Era diversa da tutte le altre cretine che scappavano come tante oche appena lui s'avvicinava. Una che sapeva bere una birra. Una che ti guardava negli occhi. Ma era anche la più stronza figliadipapà di tutto il circondario. E lui i figli di papà li voleva vedere tutti appesi. Le aveva passato la birra.

Gloria aveva storto la bocca. «Che schifo, ma è calda...» e poi gli aveva chiesto: «Vuoi ballare?».

Ecco perché gli piaceva.

98

Non si vergognava. Una ragazzina che ti chiede di ballare era una cosa che a Ischiano Scalo non si era mai vista. «Ti ho già detto che mi fa schifo...» In realtà non gli sarebbe dispiaciuto per niente farsi un lento con quella ragazzetta e stropicciarsela un po'. Ma non aveva detto una cazzata, a ballare era una frana e poi era una figura di merda.

Quindi non si poteva. Punto e basta.

«Hai paura?» aveva insistito lei, spietata. «Hai paura che ti prendano per il culo perché balli?»

Pierini si era guardato in giro.

Il Fiamma stava al piano di sopra e Bacci e Ronca erano in un angolo a sghignazzare tra loro e c'era buio e quella canzone bellissima, *Alba chiara*, che era proprio adatta a spararsi un lento.

Si era infilato la sigaretta in bocca, si era alzato e, come fosse una cosa che aveva sempre fatto, con una mano le aveva cinto la vita, l'altra se l'era infilata nella tasca dei jeans e aveva incominciato a ballare muovendo le anche. Se l'era stretta e aveva sentito l'odore buono che aveva addosso. Un odore di pulito, di bagnoschiuma.

Cazzo, se gli piaceva ballare con Gloria.

«Visto che lo sai fare?» gli aveva sussurrato lei in un orecchio, facendogli rizzare i peli del collo. Lui non aveva fiatato. Il cuore gli batteva come un tamburo.

«Ti piace questa canzone?»

«Molto.» Bisognava assolutamente che ci si fidanzasse, aveva riflettuto. Era fatta apposta per lui.

«Parla di una ragazzina che sta sempre sola...»

«Lo so» aveva mugugnato Pierini e a un tratto lei aveva cominciato a strusciargli il naso sul collo e per poco lui non si era sentito male. Un'erezione dolorosa gli era cresciuta nei jeans e insieme una voglia irresistibile di baciarla.

E l'avrebbe fatto se le luci non si fossero accese.

La polizia!

Il Fiamma aveva preso a gattate il padre della Marrese e quindi bisognava darsela a gambe. L'aveva lasciata là ed era scappato, senza poterle dire ciao, ci vediamo, niente.

Dopo, al bar, gli aveva preso proprio male. Aveva odiato quel coglione del Fiamma che aveva rovinato tutto. Se n'era tornato a casa e si era chiuso nella sua stanza a rigirarsi nella mente il ricordo del ballo come fosse una pietra preziosa.

Il giorno dopo, davanti a scuola, era andato deciso da Gloria e le aveva chiesto: «Ti va di uscire insieme?».

E lei prima lo aveva guardato come se non lo avesse mai visto, poi era scoppiata a ridere. «Sei scemo? Io, piuttosto che uscire con te, uscirei con Alatri (il prete che insegnava religione). Tu stai bene con i tuoi amichetti.»

Lui le aveva afferrato con violenza un braccio (*perché allora hai voluto ballare con me?*), ma lei si era divincolata. «Non ti permettere di toccarmi, capito?»

E Pierini era rimasto lì, senza nemmeno darle uno schiaffo.

Ecco perché gli stava sul culo Moroni, l'amichetto del cuore della signorina ce-l'ho-solo-io.

Ma perché a una così...

così come?

... bella (quant'era bella! Se la sognava la notte. S'immaginava di levarle quel vestitino rosso e poi le mutande e di poterla vedere finalmente nuda. E se la sarebbe toccata tutta come una bambola. Non si sarebbe stancato mai di guardarla, d'ispezionarla dovunque perché, lui ne era certo, era perfetta. In tutte le sue parti. *Quelle tette piccole e quei capezzoli che s'intravedono dietro la maglietta e l'ombelico e quel po' di peli biondi sotto le ascelle e le gambe lunghe e la fica poco pelosa con i riccioli disordinati e chiari e morbidi come la pelliccia di coniglio... Basta!*) le piaceva un poveretto così?

Non riusciva a smettere di pensare, senza sentire un

crampo allo stomaco, senza desiderare di spaccarle la faccia per come lo aveva trattato: peggio di una merda.

E a quella zoccoletta piaceva uno che quando lo meni non dice niente, non si lamenta nemmeno, non chiede pietà e non piange, come tutti gli altri, ma se ne sta fermo, immobile, e ti guarda con quegli occhi... quegli occhi da cucciolo sfortunato, da Gesù di Nazareth, occhi odiosi che ti rimproverano.

Uno di quelli che crede nella grandissima stronzata che raccontano i preti: se ti danno uno schiaffo, porgi l'altra guancia.

Se mi dai uno schiaffo, io ti do un cazzotto che ti rincalco il naso nella faccia.

Gli andava il sangue alla testa, quando lo vedeva seduto buono buono al suo banchetto a disegnare stronzatine mentre in classe tutti urlavano e si tiravano il cancellino.

Ecco, se avesse potuto, gli sarebbe piaciuto trasformarsi in un bastardo assetato di sangue solo per inseguirlo per valli, fiumi e monti e stanarlo come una lepre e poi vederselo davanti, che striscia e arranca nel fango, e allora prenderlo a calci e spezzargli le costole e vedere se non chiedeva pietà e perdono ed era finalmente come tutti gli altri, non una specie di ET del cazzo.

Una volta, d'estate, il piccolo Pierini aveva trovato nell'orto una grossa tartaruga. Mangiava la lattuga e le carote tranquilla, come se fosse a casa sua. L'aveva presa e l'aveva portata in garage, dove c'era il tavolo da lavoro di suo padre. L'aveva chiusa nella morsa. Aveva aspettato pazientemente che l'animale tirasse fuori gambe e testa e cominciasse ad agitarle e allora, con il martello, quello grosso per spaccare i mattoni, l'aveva colpita proprio al centro della corazza.

Stok.

Era stato come rompere un uovo di pasqua ma molto, molto, più duro. Una lunga crepa si era aperta tra le piastre del ca-

101

rapace. E ne era uscita una poltiglia rossastra e molliccia. La tartaruga però sembrava non essersene accorta, continuava ad agitare le gambe e la testa e a starsene muta tra le ganasce.

Pierini si era avvicinato e le aveva cercato qualcosa negli occhi. Ma non ci aveva trovato niente. Niente. Né dolore, né stupore, né odio.

Niente di niente

Due palline nere e cretine.

L'aveva colpita ancora e ancora e ancora fino a quando non gli aveva fatto troppo male il braccio per continuare. La tartaruga giaceva con il carapace trasformato in un puzzle di ossa che grondava sangue, ma gli occhi erano gli stessi. Fissi. Idioti. Senza segreti. L'aveva tolta dalla morsa e l'aveva messa a terra, nel garage, e quella aveva preso a camminare lasciandosi dietro una striscia di sangue e lui aveva preso a urlare.

Ecco, il Cazzone assomigliava da morire a quella tartaruga.

13

Graziano Biglia si risvegliò verso le sette di sera ancora gonfio per l'abbuffata. Si fece un paio di Alka-Seltzer e decise che avrebbe passato il resto del pomeriggio a casa. A godersi il dolce far niente.

Sua madre gli preparò il tè con i pasticcini in salotto.

Graziano afferrò il telecomando, ma poi si disse che poteva fare qualcosa di meglio, qualcosa che avrebbe dovuto cominciare a fare con regolarità, visto che la vita di campagna ha lunghe pause da colmare e non bisogna abbrutirsi davanti alla scatola infernale. Poteva leggere un libro.

La biblioteca di casa Biglia non offriva granché.

L'Enciclopedia degli animali. Una biografia di Mussolini di Mack Smith. Un libro di Enzo Biagi. Tre manuali di cucina. E la *Storia della filosofia greca* di Luciano De Crescenzo.

Optò per De Crescenzo.

Si mise sul divano, lesse un paio di pagine e poi rifletté sul fatto che Erica non lo aveva ancora chiamato.

Guardò l'orologio.

Strano.

Quando quella mattina era partito da Roma, Erica, mezza addormentata, gli aveva detto che lo avrebbe chiamato appena finito il provino.

E il provino era alle dieci.

A quest'ora dovrebbe essere bello che finito.

Provò sul cellulare.

L'utente non era al momento raggiungibile.

Come mai? Lo tiene sempre acceso.

Provò a chiamarla a casa, ma anche lì non rispose nessuno.

Chissà dov'è finita?

Cercò di concentrarsi sulla filosofia greca.

14

Erano a cinquanta metri dalla scuola.

Le biciclette gettate in un fosso, i quattro se ne stavano accucciati dietro una siepe di alloro.

Faceva freddo. Il vento era aumentato e scuoteva gli alberi neri. Pietro si chiuse meglio nel giubbotto jeans e si soffiò sulle mani cercando di scaldarle.

«Allora, come facciamo? Chi va a mettere la catena?» chiese Ronca sottovoce.

«Potremmo fare la conta» propose Bacci.

«Niente conta.» Pierini si accese una sigaretta e poi si rivolse a Pietro. «Allora, che cosa lo abbiamo portato a fare il Cazzone?»

Cazzone...

«Giusto. È il Cazzone che deve mettere la catena. Un bel

Cazzone ripieno di merda e vomito che non ha coraggio e che deve tornare da mammina bella» commentò Ronca soddisfatto.

Eccola.

Ecco la sacrosanta verità.

Il motivo per cui lo avevano fatto venire.

Tutta quella recita perché avevano paura di andare a mettere la catena al cancello.

Nei film di solito i cattivi sono persone eccezionali. Combattono contro l'eroe, lo sfidano a duello e fanno cose incredibili tipo far saltare i ponti, sequestrare famiglie di brava gente, rapinare le banche. Sylvester Stallone non si era mai scontrato con dei cattivi che devono fare la recita come questi tre cagasotto.

Questo fece sentire meglio Pietro.

Gli avrebbe fatto vedere lui. «Datemi la catena.»

«Attento a Italo. Quello è pazzo. Spara. Ti riempie il culo di buchi e così avrai sei buchi di culo che spruzzano sciolta» rise sguaiato Ronca.

Pietro non lo ascoltò nemmeno, superò la siepe e si avviò verso la scuola.

Hanno paura di Italo. Fanno tanto i duri e non sono capaci nemmeno di mettere un lucchetto a un cancello. Io non ho paura.

Si concentrò su quello che doveva fare.

La sagoma nera e lugubre della scuola sembrava galleggiare nella nebbia. Via Righi di notte era deserta, non essendoci abitazioni. Solo un giardinetto trascurato, con le altalene arrugginite e una fontana piena di fango e canne, il Bar Segafredo con le scritte sulla serranda e un lampione che crepitava producendo un ronzio fastidioso. Macchine non ne passavano.

L'unico pericolo era quel pazzo di Italo. La casetta in cui vive era proprio là, accanto al cancello.

Pietro si fermò con la schiena contro il muro. Aprì il lucchetto. Ora doveva solo strisciare fino al cancello, chiuderlo e tornare indietro. Era una stronzata, lo sapeva, ma il suo cuore non era d'accordo, gli sembrava di avere dentro il petto una locomotiva a vapore.

Un rumore alle spalle.

Si girò. I tre stronzi si erano avvicinati e lo osservavano da dietro la siepe. Ronca si sbracciava, facendogli segno di muoversi.

Si buttò giù e cominciò a strisciare, puntellandosi su gomiti e ginocchia. Strinse tra i denti la chiave e nella mano la catena. A terra faceva schifo, c'erano fango, foglie marce e carta fradicia. Si stava sporcando tutto il giubbotto e i pantaloni.

Da dove si trovava non era facile capire se Italo fosse dietro la finestra. Ma notò che dalle feritoie degli scuri non trapelava luce e neanche il bagliore bluastro del televisore. Trattenne il respiro.

C'era un silenzio totale.

Ruppe gli indugi, si tirò su e con un salto agile si attaccò al cancello e lo scalò fino in cima. Guardò oltre la casa, dove Italo teneva la 131 Mirafiori e...

Non c'è. Non c'è la 131.

Italo non c'è! Non c'è!

Doveva essere a Orbano, oppure, più probabile, era andato alla cascina che non era molto lontana dalla casa di Pietro.

Con un salto scese giù dal cancello e con tutta tranquillità girò la catena attorno alla serratura e chiuse il lucchetto.

Fatto!

Se ne tornò indietro, camminando più rilassato e molleggiato di Fonzie e sentendo una voglia irresistibile di fischiettare. Attraversò invece le frasche ed entrò nel giardinetto a cercare i cagasotto.

15

Il panda ha una dieta senza troppe pretese: a colazione mangia foglie di bambù, a pranzo mangia foglie di bambù e a cena mangia foglie di bambù. Ma se gli mancano è fottuto, in un mese è morto di fame. Poiché il bambù non è facile da reperire, solo gli zoo più ricchi si possono permettere di ospitare nella loro popolazione carceraria il grande orso bianco e nero.

Esseri specializzati che l'evoluzione ha spinto in piccole nicchie ecologiche dove la loro esistenza si regge precaria in un fragile rapporto con l'ambiente che li circonda. Basta levare un tassello (le foglie di bambù per il panda, le foglie di eucalyptus per il koala, le alghe per l'iguana marina delle Galapagos e così via) e per queste bestie l'estinzione è certa.

Il panda non si adatta, il panda muore.

Anche Italo Miele, il padre di Bruno Miele il poliziotto amico di Graziano, era, per un certo verso, un essere specializzato. Il bidello della scuola Michelangelo Buonarroti era il classico tipo che, se non gli davi un piatto di bucatini ben conditi e non lo facevi andare a puttane, si spegneva come un cero.

Anche quella sera cercava di soddisfare le sue necessità vitali.

Se ne stava, tovagliolo al collo, a un tavolo del Vecchio Carro e si abbuffava della specialità della casa, pappardelle mare & monti. Un intruglio fatto con sugo di cinghiale, piselli, panna e cozze.

Felice come una perla nell'ostrica. O meglio, come una polpetta nel sugo di pomodoro.

Peso di Miele Italo: centoventi chili.

Altezza: un metro e sessantacinque.

Va detto però, a onor del vero, che la sua ciccia non era flaccida, anzi era compatta come un uovo sodo. Aveva mani tozze con dita corte. E quella testa pelata, tonda e grossa come un'anguria, era incassata tra le spalle spioventi e lo faceva assomigliare a una mostruosa matrioska.

Soffriva di diabete, ma non ci voleva credere. Il medico gli aveva detto che doveva seguire una dieta equilibrata, ma lui se ne fotteva. Ed era pure sciancato. Il polpaccio destro era tondo e duro come una pagnotta e sotto la pelle le vene gli si torcevano, gonfie, una sull'altra, formando un groviglio di lombrichi blu.

C'erano giorni, e questo era uno di quelli, in cui il dolore era così forte che il piede gli diventava insensibile, gli saliva un intorpidimento fin su all'inguine e Italo desiderava solo amputarsi quella gamba del cazzo.

Ma le pappardelle del Vecchio Carro lo rimettevano in pace con il creato.

Il Vecchio Carro era un locale immenso, costruito in uno stile rustico-messicano, recintato da fichidindia e ossi di vacca e piazzato accanto all'Aurelia, pochi chilometri dopo Antiano. Era anche albergo a ore, disco-pub-paninoteca, sala da biliardo, pompa di benzina, elettrauto e supermarket. Qualsiasi cosa cercavi, lì la trovavi e, se non la trovavi, trovavi qualcosa che le assomigliava.

Era frequentato soprattutto da camionisti e gente di passaggio. Una delle ragioni per cui era il ristorante preferito di Italo.

Non ci sono scassacazzi da salutare. Si mangia bene e si spende poco.

Un'altra ragione era che si trovava a un tiro di schioppo dallo Zoccolificio.

Lo Zoccolificio, come veniva chiamato dalla gente del luogo, era un pezzo di strada asfaltata lungo cinquecento metri che partiva dall'Aurelia e finiva in mezzo ai campi e, nell'intenzione di qualche ingegnere megalomane, sarebbe dovuto diventare il nuovo svincolo per Orvieto. Ma per il momento era solo lo Zoccolificio.

Aperto ventiquattr'ore su ventiquattro per trecentosessantacinque giorni all'anno, niente feste e niente giornate di riposo. I prezzi erano modici e calmierati. Non si accettavano carte di credito né assegni.

Le puttane, tutte nigeriane, stavano ai lati della strada, sedute su degli sgabellini e, quando pioveva o batteva il sole, tiravano fuori gli ombrelli.

A cento metri, sulla statale, c'era anche un furgone dove facevano il famoso panino Bomber, con petto di pollo alla piastra, formaggio, melanzane sott'olio e peperoncino.

Ma Italo non si accontentava del Bomber e, una volta alla settimana, si concedeva il massimo, la sua serata de luxe.

Prima lo Zoccolificio e poi il Vecchio Carro. Un'accoppiata imbattibile. Una volta aveva provato a invertire. Prima il Vecchio Carro e poi lo Zoccolificio.

Una stronzata. Si era sentito male. Mentre scopava gli erano ritornate su le pappardelle mare & monti e aveva fatto uno schifo sul cruscotto della macchina.

Da circa un anno Italo aveva smesso di cambiare prostituta ed era diventato cliente affezionato di Alima. Italo arrivava alle sette e mezzo precise e lei lo stava già aspettando al solito posto. Se la caricava nella 131 e parcheggiavano dietro un cartellone pubblicitario lì vicino. Il tutto durava circa una decina di minuti, così che alle otto spaccate era a tavola.

Alima, diciamocelo pure, non era Miss Africa.

Piuttosto in carne, con un culo grosso come una boa di ormeggio, la cellulite e due tette piatte e vuote. In testa aveva una parrucca bionda e stopposa da bambola. Italo ne aveva viste di meglio ma Alima era, usando le sue parole, *un'aspiracazzi professionale*. Quando glielo pigliava in bocca, si applicava con la massima serietà. Lui non ci avrebbe messo una mano sul fuoco, ma era abbastanza sicuro che le piacesse.

Qualche volta ci aveva pure scopato, ma essendo tutti e due di taglia forte (e c'era di mezzo pure la gamba sciancata), dentro la 131 ci stavano stretti e diventava più una sofferenza che un piacere. E poi faceva cinquantamila.

Così, invece, era perfetto.

Trentamila per il pompino e trentamila per la cena. Duecentoquarantamila lire al mese buttate benissimo.

Almeno una volta alla settimana bisogna fare la vita dei signori, sennò che si campa a fare?

Italo aveva fatto anche una scoperta. Alima era una buona forchetta. Amava la cucina italiana. E non era antipatica per niente. Riusciva a parlarci meglio che con la sua vecchia con cui non aveva un cazzo da dire più o meno da vent'anni. E quindi se la portava al Vecchio Carro, alla facciaccia delle malelingue.

Quella sera erano stranamente seduti a un tavolo diverso dal solito, accanto alla finestra che si affacciava sull'Aurelia. I fari delle macchine balenavano per un attimo nel ristorante e sparivano risucchiati dal buio.

Italo aveva davanti un piatto stracolmo di pappardelle e Alima uno di orecchiette al ragù.

«Tu mi devi spiegare come mai il tuo Allah non vuole che mangi il maiale e che bevi il vino e poi ti permette di battere in mezzo alla strada» domandò Italo continuando a masticare. «Secondo me, è una stronzata, non dico che dovresti smettere di battere ma, visto che tanto non hai una vita così da santa, almeno mangiati una bella braciola o due salsiccette. No?»

Alima oramai non rispondeva neanche più.

Le aveva fatto quella domanda un milione volte. All'inizio aveva provato a fargli entrare in testa che Allah capiva tutto e che a lei non costava fatica rinunciare al vino e al maiale, ma non poteva fare a meno di prostituirsi, che i soldi li mandava ai suoi figli, in Africa. Ma Italo faceva segno di sì e poi la volta dopo gliela rifaceva tale e quale. Alima aveva capito che lui, in realtà, non pretendeva risposte e che la domanda aveva un valore rituale, tipo buon appetito.

Ma quella sera l'attendevano delle sorprese.

«Com'è il ragù? È buono?» chiese Italo soddisfatto. Si era praticamente già finito una bottiglia di Morellino di Scansano.

«Buono, buono!» fece Alima. Aveva un bel sorriso, grande, che si apriva sui denti bianchi e regolari.

«È buono, eh? Lo sai che quello non è ragù di manzo ma è salsiccia?»

«Non ho capito.»

«C'è carne... di ma... maiale là dentro.» Italo parlava con il boccone in bocca e intanto indicava il piatto di Alima con la forchetta.

«Maiale?» Alima non capiva.

«Ma-ia-le. Porco.» Italo cominciò a grugnire per essere più esplicito.

Alima finalmente comprese. «Tu mi hai fatto mangiare maiale?»

«Brava.»

Alima si alzò in piedi. Gli occhi le si erano improvvisamente accesi. Cominciò a urlare. «Tu stronzo. Tutto stronzo. Non ti voglio vedere più. Fai schifo.»

I clienti, intorno, smisero di mangiare e puntarono su di loro uno sguardo da pesci in acquario.

«Non fare tutto 'sto casino. La gente ci guarda. Siediti. È uno scherzo, dài.» Italo parlava a bassa voce, spalmato sul tavolo come un cane.

Alima tremava e balbettava e faceva fatica a trattenere le lacrime. «Lo sapevo che eri tutto stronzo e che... ma pensavo... VAFFANCULO!» poi sputò nel piatto, prese la borsetta, la giacca di pelliccia e si avviò come un pachiderma offeso verso l'uscita.

Italo la rincorse e l'afferrò per un braccio. «Dài, vieni qua. Ti regalo trentamila lire.»

«Lasciami. Stronzo.»

«Era uno scherzo...»

«LASCIAMI.» Alima si liberò.

Ora tutto il ristorante si era zittito.

«Va bene, scusami. Scusami. D'accordo. Hai ragione. Me la mangio io la salsiccia. Pigliati le mie pappardelle. Ci sono le cozze e il cinghia... che non è un maia...»

«Vaffanculo.» Alima si allontanò e Italo si guardò intorno e, quando vide che tutti lo osservavano, cercò di darsi un contegno, gonfiò il petto, allungò una mano e inveì in direzione della porta. «E allora vuoi sapere che ti dico? Vattnaffangulotu!» Si girò e tornò al tavolo a finire di mangiare.

16

«Ecco.» Pietro gli porse la chiave.

I tre stavano seduti sulle altalene.

«Ho fatto. Prendetela.» Ma nessuno si alzava.

«Italo non ti ha visto?» domandò Bacci.

«No. Non c'è.» Pietro provò un piacere intenso e appagante mentre lo disse, come fare una pipì a lungo trattenuta.

Avete capito quanto siete cacasotto? Tutta 'sta storia e quello neanche c'è. Bravi. Gli sarebbe piaciuto tanto poterglielo dire.

«Come non c'è? Spari balle» lo accusò Pierini.

«Non c'è, te lo giuro! Non c'è la 131. Ho guardato... Ora posso andare a ca...?»

Non ebbe il tempo di finire la frase che volò all'indietro e sbatté a terra con violenza.

Non riusciva a respirare. Stava lì, steso nel fango e si dibatteva. Il colpo alla schiena. Era stato quello. Spalancava la bocca, gli occhi schizzati fuori dalle orbite, provava a respirare ma era inutile. Come se a un tratto si trovasse su Marte.

Era successo in un attimo.

Pietro non aveva avuto neanche il tempo di reagire quando se l'era visto davanti.

Pierini era scattato dall'altalena e con tutto il peso gli si era lanciato addosso spingendolo via come fosse una porta da spalancare.

«Dove devi andare? A casa? Tu non vai da nessuna parte.»

Pietro stava morendo, o almeno questa era la sensazione che provava. Se non avesse ricominciato a respirare entro tre secondi, sarebbe morto. Ce la mise tutta. Succhiò. Succhiò. Emettendo dei sordi rantoli. E finalmente cominciò a respirare di nuovo. Giusto un po'. Il necessario per non morire. I muscoli del torace avevano finalmente deciso di collaborare e lui pigliava e buttava aria. Bacci e Ronca ridevano.

Pietro si domandò se anche lui un giorno sarebbe stato capace di diventare come Pierini. Di spingere a terra qualcuno con tutta quella cattiveria.

Spesso sognava di picchiare il cameriere dello Station Bar. Ma nonostante ci mettesse tutta la forza e la rabbia possibili e lo colpisse in faccia con pugni violentissimi, non gli faceva niente.

Ce l'avrò mai il coraggio? Perché a spingere uno o a dargli un cazzotto in faccia ce ne vuole molto.

«Cazzone, sei sicuro?» Pierini era di nuovo seduto sull'altalena. Sembrava che non si fosse neanche accorto che lui era stato lì lì per schiattare.

«Sei sicuro?» insistette Pierini.

«Di cosa?»

«Sei sicuro che non c'è la 131?»

«Sì. Te lo giuro.»

Pietro provò a tirarsi su, ma Bacci gli si gettò sopra. Gli si sedette sullo stomaco, con tutti i suoi sessanta chili.

«Come si sta comodi qua...» Bacci faceva finta di stare su una poltrona. Incrociava le gambe, si allungava, usava le ginocchia di Pietro come braccioli. E Ronca gli saltava intorno felice. «Scorreggiagli addosso! Dài, Bacci, scorreggiagli addosso!»

112

«Ci pro-vo! Ci pro-vo!» mugugnava Bacci. Quel faccione che sembrava una luna piena diventò bordeaux per lo sforzo.

«Fagli i capelli biondi! Fagli i capelli biondi!»

Pietro si dibatteva senza nessun risultato se non quello di stancarsi. Non smuoveva Bacci di un millimetro, respirava a fatica e l'odore acre del sudore di quel trippone lo stomacava.

Rimani calmo. Più ti agiti e peggio è. Calmo.

In che cavolo di situazione era finito?

Sarebbe già dovuto essere a casa. Dentro il letto. Al calduccio. A leggere il libro sui dinosauri che gli aveva prestato Gloria.

«Allora andiamo dentro.» Pierini si alzò dall'altalena.

«Dove?» chiese Bacci.

«Nella scuola.»

«Come?»

«È una stronzata. Scavalchiamo il cancello ed entriamo dai bagni delle femmine, vicino al campo di pallavolo. La finestra non chiude bene. Basta spingerla» spiegò Pierini.

«È vero» confermò Ronca. «Una volta da lì ci ho visto la Alberti cagare. Faceva un puzza... Sì, entriamo. Entriamo. Fichissimo.»

«Ma se ci beccano? Se Italo torna? Io...» si preoccupò Bacci.

«Io niente. Non torna. E hai rotto con le tue paure.»

«E con il Cazzone che facciamo? Lo meniamo?»

«Viene con noi.» Lo fecero alzare.

Gli facevano male lo sterno e le costole ed era tutto sporco di fango.

Non provò a scappare. Tanto era inutile.

Pierini aveva deciso.

Meglio seguirli e stare zitto.

113

17

Graziano Biglia aveva abbandonato la filosofia di De Crescenzo e cercava di guardare il video della partita Italia-Bra-
sile dell'82. Ma non riusciva a esaltarsi, continuava a pensare
dove poteva essere finita Erica.

Riprovò a chiamare per l'ennesima volta.

Niente.

Sempre quell'odiosa voce registrata.

Un'ansia leggera stava solleticandogli, come una piuma
d'oca, i resti semidigeriti delle fettuccine al ragù di lepre, del
tris di salumi e della crème caramel che stazionavano nello
stomaco e che, per tutta risposta, avevano cominciato ad agitarsi.

L'ansia è una brutta cosa.

Tutti, prima o poi, hanno avuto a che fare con questo spia-
cevole stato emotivo. Di solito è passeggera ed è legata a situazioni esterne capaci di produrla, in alcuni casi però si genera
spontaneamente senza un'apparente causa. In certi individui
diventa addirittura cronica. C'è gente che ci convive tutta la
vita. Che riesce a lavorare, a dormire, ad avere rapporti sociali con questo senso di oppressione addosso. Altri invece ne rimangono sopraffatti, sono addirittura incapaci di alzarsi dal
letto e hanno bisogno di farmaci per alleviarla.

L'ansia ti butta a terra, ti svuota e ti inquieta, sembra che
una pompa invisibile ti stia aspirando l'aria che cerchi disperatamente di ingoiare. La parola "ansia" deriva dal verbo lati-
no *angere*, "stringere", ed è proprio questo che fa: ti strizza le
budella e ti paralizza il diaframma, è un massaggio sgradevole
al basso ventre e spesso si accompagna a brutti presentimenti.

Graziano aveva una scorza dura, refrattaria a molte delle
angosce più comuni del vivere moderno, aveva un intestino
capace di digerire i sassi ma ora, a ogni minuto che passava,
l'apprensione cresceva e si trasformava in panico.

Sentiva che quel silenzio era un pessimo segno.

Si mise a guardare un film con Lee Marvin. Peggio della partita.

Riprovò a chiamarla. Niente.

Doveva calmarsi. Cos'era adesso quella paura?

Non ti ha ancora telefonato e allora? Hai paura che...

Scacciò via quella vocina odiosa.

Erica ha la testa tra le nuvole. È una scema. Sicuramente sarà andata a fare shopping con il cellulare scarico.

Appena tornata a casa, lo avrebbe certo chiamato.

18

«Stronzo, fai schifo. Ma come ti permetti? Che figura di merda mi hai fatto fare. E tutti a guardarmi con certi occhi... Ma che cosa vi guardate? Pensate un po' a voi, invece... In questo paese nessuno che si faccia gli affari suoi. E poi dài, le ho fatto solo uno scherzo. E che sarà mai? Se a me mi danno da mangiare che ne so, al posto dell'ostia la cosa bianca del torrone, chi se ne frega. È proprio una troia. E poi si offende troppo. Va bene, va bene, ho sbagliato. L'ho detto. HO SBAGLIATO. Non l'ho fatto apposta. Mi dispiace e che cazzo!» Italo Miele guidava e parlava a voce alta.

Quella zoccola gli aveva rovinato la cena. Dopo che se n'era andata, la fame gli era scomparsa. Aveva lasciato a metà la spigola all'acqua pazza. In compenso si era scolato un altro litro di Morellino ed era ubriaco. Guidava con il naso appiccicato al parabrezza e ogni tanto lo doveva spannare con la mano.

Si sentiva tutto pesante: la testa, le palpebre, l'alito.

«Chissà dov'è finita? Certo che ha proprio un carattere...»

La cercava, ma non sapeva per dirle esattamente cosa. Da una parte voleva scusarsi e dall'altra rimetterla al suo posto.

Era tornato allo Zoccolificio. Aveva chiesto alle altre, ma nessuna l'aveva vista.

Svoltò sulla litoranea che correva sopra un crinale parallelo alle rotaie del treno. Con il buio si era alzato un vento freddo di tramontana. In cielo le nuvole si erano stracciate e si inseguivano rotolando e le onde, sulla spiaggia, avevano pennacchi bianchi di schiuma.

Accese il riscaldamento.

«... Vabbe', chi se ne frega. Io il mio dovere l'ho fatto. E ora? Torno a scuola o me ne vado alla cascina?»

Improvvisamente si ricordò che aveva promesso alla moglie di cambiare la serratura della porta e non lo aveva fatto. Doveva sostituirla ogni sei mesi, sennò la vecchia non riusciva a dormire.

«E adesso, chi la sente a quella? Mi farà passare una notte d'inferno... Domani. Domani gliela monto. Meglio che me ne vado a scuola.»

Ida Miele da due anni viveva nel costante terrore dei ladri.

Una notte, mentre Italo era a scuola, un furgone si era fermato davanti alla cascina. Ne erano scesi tre tipi, avevano sfondato la finestra della cucina ed erano entrati in casa. Avevano cominciato a caricarsi tutti gli elettrodomestici e i mobili e a metterli nel furgone. Ida, che dormiva al piano di sopra, era stata svegliata dai rumori.

Chi poteva essere?

In casa non c'era nessuno. Suo figlio era a Brindisi a fare il militare, sua figlia era a Forte dei Marmi dove faceva la cameriera. Doveva essere Italo che aveva deciso di tornare a casa a dormire.

Ma cosa stava facendo?

Alle tre di notte aveva deciso di cambiare la disposizione dei mobili in cucina? Era impazzito?

In camicia da notte, pantofole, senza la dentiera e treman-

116

te come una foglia, era scesa. «Italo? Italo, sei tu? Che stai fac...?» Era entrata in cucina e...

Mancava tutto. Il frigo. La tavola di marmo. Perfino il vecchio forno a gas che bisognava cambiare.

E a un tratto, come un pupazzo a molla, da dietro la porta aveva fatto capolino un uomo con un passamontagna in testa che le aveva ruggito in un orecchio: «CUCUSETTETTE!».

La povera Ida era crollata in preda a un infarto coronarico in piena regola. Italo l'aveva trovata la mattina dopo ancora là, a terra, accanto alla porta, più morta che viva e mezza assiderata.

Da quella notte non c'era stata più tanto con la testa.

Era invecchiata di colpo di vent'anni. Aveva perso i capelli. Non voleva rimanere sola in casa. Vedeva uomini neri dovunque. E si rifiutava di uscire dopo il tramonto. Ma questo era il meno, la cosa peggiore era che oramai parlava ossessivamente di antifurti a ultrasuoni e a raggi infrarossi, del Salvalavita Beghelli, di dispositivi telefonici che chiamavano automaticamente i carabinieri e di porte blindate («Scusami tanto, ma perché non vai a lavorare da Antonio Ritucci, quello ti prende subito?» le aveva detto una volta Italo che non ce la faceva più. Antonio Ritucci era il tecnico degli antifurti di Orbano).

Italo sapeva benissimo chi erano quei tre che avevano incasinato il cervello di sua moglie e distrutto la sua pace.

Loro.

I sardi.

Solo i sardi sono capaci di entrarti in casa così, fottendosene di chi c'è dentro e fregarti tutto. Neanche gli zingari si sarebbero attaccati a un forno che non funziona. Ci potrei scommettere la testa di mia figlia che sono stati loro.

Se a Ischiano Scalo oramai si viveva nel terrore, con le grate alle finestre, con la paura di uscire di notte e di essere rapiti o stuprati, secondo la modesta opinione di Italo Miele, era tutta colpa dei sardi.

117

«Sono arrivati qui senza permesso. Hanno allungato le loro mani zozze sulla nostra terra. Le loro pecore malate mangiano nei nostri pascoli e fanno quel pecorino di merda. Selvaggi senza religione. Ladri, banditi e spacciatori. Rubano. Credono che questa è terra loro. E hanno riempito le scuole dei loro piccoli bastardi. Devono andarsene.» Quante volte lo aveva ripetuto a quelli del bar?

E quei rammolliti che stavano piantati intorno ai tavolini gli davano ragione, lo facevano parlare, gonfiare come un tacchino, gli dicevano che bisognava organizzare delle ronde e beccarli ma poi, alla fine, non facevano niente. E li aveva visti che quando lui se ne andava si davano le gomitate e ridevano.

E ne aveva parlato anche con suo figlio.

Il poliziotto!

Quello era buono solo a chiacchierare, a lucidarsi la pistola e a girare per il paese come un Cristo sceso in terra, ma non era riuscito ad acchiapparne neanche uno, di sardo.

Italo non sapeva chi fosse peggio: quei vecchi senza palle, quell'idiota di suo figlio, sua moglie o i sardi.

Con Ida non ce la faceva proprio più.

Sperava che desse di matto completamente, così se la sarebbe caricata in macchina e l'avrebbe portata al manicomio, così 'sta storia finiva e lui ripigliava a vivere come un cristiano. Non provava nessun rimorso per le sue avventure extraconiugali. Quella mezza scema oramai era buona per farci il salame e lui, nonostante avesse già da un po' superato la sessantina e avesse una gamba conciata male, aveva in corpo ancora tanta energia da fare invidia a gente molto più giovane di lui.

Italo si fermò al passaggio a livello di Ischiano Scalo.

Oh, mai una volta che lo trovassi alzato!

Spense il motore, si accese una sigaretta, buttò la testa indietro, chiuse gli occhi e si mise ad aspettare il treno.

«Maledetti sardi... Quanto vi odio. Quanto vi odio... Oddio come sono ubriaco...» prese a mugugnare, e si sarebbe addormentato se il pendolino, lanciato a palla verso il Nord, non gli fosse passato davanti sferragliando. Le sbarre si sollevarono. Italo rimise in moto ed entrò in paese.

Quattro strade buie. Silenzio. Poche luci nelle case basse. Nessuno in giro. Al bar tabacchi e alla sala giochi c'era tutta la vita di Ischiano.

Non si fermò.

Aveva il pacchetto di sigarette ancora mezzo pieno. E non aveva nessuna voglia di giocare a tressette, di parlare del bracco del Persichetti o della prossima schedina. No, era stanco e desiderava solo infilarsi a letto, con il caldobagno al massimo, il *Maurizio Costanzo* e la borsa dell'acqua calda.

Quelle due stanzette vicino alla scuola erano una benedizione del Signore.

Fu allora che la vide.

«Alima!»

Avanzava a piedi lungo l'Aurelia in direzione sud.

«Eccoti. Alla fine ti ho beccata.»

19

Era vero.

Pierini come al solito aveva ragione. La finestra del bagno non chiudeva bene. Bastava spingerla.

Per primo entrò Pierini, poi Ronca e Pietro e infine Bacci che ci passava a malapena e lo dovettero tirare dentro in due.

Nel bagno non si vedeva un accidente. Ci faceva freddo e c'era l'odore forte del disinfettante all'ammoniaca.

Pietro se ne stava di lato, appoggiato alle mattonelle umide.

«Non accendete le luci. Ci potrebbero vedere.» La fiammella traballante dell'accendino disegnava una mezzaluna sul volto di Pierini. Nell'oscurità gli occhi brillavano come quelli di un lupo. «Seguitemi. E zitti. Mi raccomando.»

E chi parla?

Nessuno osava chiedergli dove stavano andando.

Il corridoio della sezione B era così buio che sembrava che qualcuno lo avesse tinto di nero. Avanzavano in fila indiana. Pietro sfiorava le pareti con una mano.

Le porte erano tutte chiuse.

Pierini aprì quella della loro aula.

La luce smorta della luna entrava pigra dalle grandi vetrate e tingeva tutto di giallo. Le sedie messe in ordine sopra i banchi. Il crocefisso. In fondo, su una mensola, una gabbia con dentro dei criceti appallottolati, un ficus e il manifesto con lo scheletro umano.

Se ne stavano tutti e quattro fermi, sulla porta, incantati. Così vuota e silenziosa, non sembrava nemmeno la loro classe.

Ripresero la marcia.

Zitti e intimoriti come profanatori di luoghi sacri.

Pierini apriva la fila facendo luce con l'accendino.

I passi rimbombavano cupi, ma se i quattro si fermavano e rimanevano senza parlare, sotto quella pace apparente c'erano rumori, sibili e cigolii.

Lo sciacquone del bagno dei maschi che gocciolava. *Plik... plik... plik...* Il ticchettio dell'orologio in fondo al corridoio. Il vento che spingeva contro le finestre. Il legno degli armadi che scricchiolava. I termosifoni che borbottavano. I tarli che si mangiavano le cattedre. Suoni che di giorno non esistevano.

Nella mente di Pietro quel posto era sempre stato un tutt'uno con la gente che ci stava dentro. Un'unica, enorme creatura fatta di studenti, insegnanti e muri. E invece no, quando tutti se ne andavano e Italo chiudeva a chiave il portone, la scuola continuava a esistere, a vivere. E le cose si animavano e parlavano tra loro.

Come in quella favola in cui i giocattoli (i soldatini che avanzano in fila, le macchinine che sfrecciano sul tappeto, l'orsacchiotto di peluche che...) prendono vita appena i bambini escono dalla stanza.

Arrivarono alle scale. Di fronte, oltre la porta a vetri, c'erano la presidenza, la segreteria e l'ingresso.

Pierini illuminò le scale del seminterrato che s'inabissavano nel buio. «Andiamo giù.»

20

«Alima! Dove stai andando?»

La donna camminava sul bordo della strada senza guardarlo. «Lasciami stare.»

«Dài, fermati un attimo.» Italo le si era affiancato e sporgeva la testa dal finestrino.

«Vattene.»

«Un attimo solo. Per favore.»

«Che vuoi?»

«Dove stai andando?»

«A Civitavecchia.»

«Sei pazza? Che ci vai a fare con questo tempo?»

«Io vado dove mi pare.»

«D'accordo. Ma perché a Civitavecchia?»

Rallentò e lo guardò. «Ci abitano i miei amici, va bene? Devo farmi dare un passaggio all'Agip.»

«Fermati. Fammi scendere dalla macchina.»

Alima smise di camminare e si appoggiò le mani sui fianchi. «Allora? Mi sono fermata.»

«Ecco... Io... Io... Vaffanculo! Ho sbagliato. Tieni. Guarda.» Le porse un pacchetto di stagnola

«Che roba è?»

«Del tiramisù. Me lo sono fatto dare proprio per te al ri-

121

storante. Non hai mangiato niente. Ti piace il tiramisù, vero?
E non c'è neanche il liquore. È buono.»

«Non ho fame.» Ma lo prese.

«Assaggiane un pochino e vedrai che lo finisci. O sennò te
lo mangi domattina, a colazione.»

Alima ci infilò un dito e se lo mise in bocca.

«Com'è?»

«Buono.»

«Senti. Perché questa notte non vieni a dormire da me?
Nella casetta. Si sta in grazia di Dio. C'è il divano letto como-
do. Ci fa caldo. Ho pure le pesche sciroppate.»

«A casa tua?!»

«Sì. Dài, ci guardiamo la televisione, Maurizio Costanzo.
Uno vicino all'...»

«Guarda che io non ci scopo con te. Mi fai troppo schifo.»

«E chi vuole scopare? Io no. Giuro. Non mi va per niente.
Dormiamo e basta.»

«E domani mattina?»

«Domani mattina ti accompagno ad Antiano. Presto però.
Che se mi beccano sono fottuto.»

«A che ora?»

«Alle cinque?»

«Va bene» sbuffò Alima.

21

Pierini sapeva esattamente dove andare.

Nell'aula di educazione tecnica. Dove c'era un bel televisore Philips da ventotto pollici e un videoregistratore VHS
Sony.

Quello era stato il suo obiettivo da quando aveva saputo
che Italo non c'era.

L'apparecchiatura video didattica (la chiamavano così) veniva generalmente utilizzata dalla professoressa di scienze per mostrare i documentari agli studenti.

La savana. Le meraviglie della barriera corallina. I segreti dell'acqua e così via.

Ma ogni tanto la usava anche quella di italiano.

La professoressa Palmieri aveva fatto acquistare alla scuola una serie di video sul Medioevo, e tutti gli anni li faceva vedere a quelli di seconda.

A ottobre era stata la volta della seconda B.

La Palmieri aveva fatto sedere i ragazzi di fronte allo schermo e Italo si era occupato di far partire la cassetta.

A Federico Pierini non poteva fregare di meno del Medioevo, e quindi, quando si erano spente le luci, era sgattaiolato fuori ed era andato a giocare a pallavolo con quelli di terza. Al termine dell'ora era rientrato, attento a non farsi vedere, e si era seduto tutto accaldato e sudato.

La settimana successiva c'era in programma la seconda puntata e Pierini si era già organizzato un'altra partitella. Questa volta era stato beccato.

«Ragazzi, mi raccomando, seguite tutto con attenzione e prendete appunti. Tu, Pierini, invece, fai a casa una relazione scritta di... di cinque pagine, visto che l'altra volta hai preferito andare a giocare. E se domani non me la porti, ti prendi una bella sospensione» aveva detto la Palmieri.

«Ma professoressa...» aveva provato a ribattere Pierini.

«Niente ma. Questa volta parlo sul serio.»

«Professoressa, oggi non posso. Devo andare all'ospedale...»

«Oh, poverino! Ti dispiace illuminarci su quale grave problema di salute ti affligge? Cos'avevi detto l'altra volta? Che dovevi andare dall'oculista? E poi ti ho visto in piazza a giocare a pallone. O quando hai raccontato che non avevi fatto i compiti perché avevi avuto una colica renale. Tu che non sai neanche cos'è una colica renale. Almeno cerca di essere più fantasioso quando racconti le bugie.»

Ma Pierini, quel giorno, aveva detto la verità.

Nel pomeriggio doveva andare all'ospedale di Civitavecchia da sua madre, che se ne stava in un letto con il cancro nello stomaco, e lo aveva chiamato dicendogli che non l'andava mai a trovare e lui le aveva promesso che ci sarebbe andato.

E ora quella puttana dai capelli rossi si permetteva di dire che era un bugiardo e lo prendeva in giro davanti alla classe. Essere preso in giro era una cosa che non sopportava.

«Allora, perché devi andare all'ospedale?»

E Pierini con la faccia triste aveva risposto: «Ecco, prof... A me... A me dopo i documentari sul Medioevo viene la cacarella a fischio».

Tutta la classe era scoppiata a ridere (Ronca era rotolato a terra tenendosi la pancia) e lui era stato spedito in presidenza. Poi, per tutto il pomeriggio, era dovuto rimanere a casa a fare la relazione.

E quando era tornato suo padre lo aveva riempito di botte perché non era andato all'ospedale.

Delle botte non gliene fregava niente. Neanche le sentiva. Ma di non aver mantenuto la promessa sì.

E poi, a novembre, sua madre era morta e la Palmieri gli aveva fatto sapere di essere dispiaciuta e di non aver saputo che sua madre era ammalata.

Dispiaciti su questo cazzo.

Da quel giorno Pierini aveva smesso di studiare italiano e fare i compiti. Quando in classe c'era la Palmieri, s'infilava le cuffie e metteva i piedi sul banco.

Lei non diceva niente, faceva finta di non vederlo, non lo interrogava neanche. E quando lui la fissava, lei abbassava lo sguardo.

Non contento, Pierini le aveva fatto una serie di simpatici scherzetti. Bucato le ruote della Y10. Bruciato il registro. Sfondato con un sasso la finestra di casa.

E ci poteva mettere una mano sul fuoco che lei sapeva benissimo che era lui l'autore, ma non diceva niente. Si cacava sotto.

Pierini la sfidava continuamente e ogni volta era lui a vincere. Averla in pugno gli dava uno strano piacere. Un'ebbrezza intensa, sordida e fisica. Si eccitava.

Si metteva nella vasca e si masturbava pensando di scoparsi la rossa. Le strappava i vestiti di dosso. E le sbatteva il cazzo in faccia. E le infilava enormi vibratori nella fica. E la picchiava e lei godeva.

Faceva tanto la timida ma era una zozza. Lui lo sapeva.

Non l'aveva mai sopportata, ma dopo la storia del video, nella mente di Federico Pierini avevano messo radici delle fantasie torbide e sensuali che lo lasciavano frustrato e insoddisfatto.

Ora voleva alzare il tiro.

E vedere come avrebbe reagito la rossa.

22

La 131 si fermò davanti al cancello della scuola.

«Eccoci qua. Siamo arrivati.» Italo spense la macchina e indicò la sua casetta. «Lo so, da fuori fa schifo. Ma dentro si sta bene.»

«È vero che hai la frutta sciroppata?» domandò Alima che aveva un vuoto allo stomaco.

«Certo. L'ha fatta mia moglie con le pesche del mio albero.»

Italo si strinse la sciarpa intorno al collo e uscì dalla macchina. Tirò fuori le chiavi dal cappotto e le infilò nella serratura.

«E questa chi ce l'ha messa?»

Intorno al cancello c'era una catena.

23

«E uno!»

A contatto con il pavimento lo schermo del televisore esplose con un boato assordante. Milioni di schegge schizzarono dovunque, sotto i banchi, sotto le sedie, negli angoli.

Pierini afferrò il videoregistratore, lo sollevò sopra la testa e lo scagliò contro il muro riducendolo a un ammasso di metallo e circuiti stampati.

«E due!»

Pietro era sconvolto.

Che cosa gli aveva preso? Perché stava distruggendo tutto?

Ronca e Bacci se ne stavano da una parte e guardavano quella forza della natura che si sfogava.

«E ora vediamo un po'... come... ci fai vedere un'altra merdosa... cassetta... sul merdoso... Medioevo... del cazzo...» ansimava Pierini prendendo a calci l'apparecchio.

È pazzo. Non si rende conto di quello che sta facendo. Questa è roba da bocciatura.

(*Se scoprono che ci sei anche tu...*)

Nooo, nooo, guarda cosa sta facendo, non è possibile...

Stava spaccando anche l'impianto stereo.

(*Devi fare qualcosa... subito.*)

D'accordo. Ma cosa?

(*DEVI FARLO SMETTERE.*)

Se solo fosse stato...

(*Chuck Norris Bruce Lee Schwarzy Sylvester Stallone*)

... più grande e forte... Sarebbe stato facile.

In vita sua non si era mai sentito così impotente. Vedeva davanti a sé la fine dei felici anni scolastici e non poteva farci niente. La mente gli s'inceppava quando cercava di immaginare le conseguenze in termini di sospensioni, bocciature, denunce. In compenso aveva l'impressione che un panino gli si fosse infilato nel gargarozzo.

Si avvicinò a Bacci. «Digli qualcosa. Fallo smettere, ti prego.»

«E che gli dico?» mormorò Bacci sconfortato.

Pierini intanto continuava ad accanirsi su quello che restava della casse acustiche. Poi si girò e vide qualcosa. Un sorriso perfido gli increspò la bocca. Si diresse verso un grosso mobile di metallo che conteneva libri, apparecchiature elettriche e altro materiale.

E ora che vuole fare?

«Ronca, vieni qua. Dammi una mano. Fammi la scaletta.»

Ronca si avvicinò e intrecciò le dita, Pierini ci appoggiò sopra il piede destro e si issò sopra il mobile. Con una mano fece cadere a terra una scatola di cartone che si aprì e una decina di bombolette di vernice spray rotolarono fuori.

«Ora ci divertiamo!»

24

Ma chi era quel coglione che aveva messo una catena intorno al cancello?

Un povero cretino che ha tanta voglia di ripetere l'anno.

Italo continuava a rigirarsela tra le mani senza sapere che fare. Incominciava ad averne le palle piene, di questi scherzi idioti.

Ma cosa gli ha preso a questi ragazzini?

Se gli dicevi qualcosa, ti riempivano di parolacce e ti ridevano in faccia. Non avevano rispetto dei professori, della scuola, di niente. A tredici anni erano già lanciati verso un futuro da delinquenti e da drogati.

Tutta colpa dei genitori.

Alima cacciò la testa fuori dal finestrino. «Che succede, Italo? Perché non apri? Fa freddo.»

«Stai buonina. Sto pensando.»

Questa volta, quanto è vero Iddio, faccio un casino.

Bisognava fermarli e punirli, sennò la prossima volta avrebbero dato fuoco alla scuola.

Ora come faccio a entrare?

Si stava incazzando sul serio. Aveva un travaso di bile e una stramaledetta voglia di spaccare tutto.

«Italo?!»

«Ancora?! Non rompere! Non vedi che sto cercando di pensare? Stai buona...»

«Vaffanculo! Riportam...»

SBAM.

Un'esplosione.

Dentro la scuola.

Sorda ma forte.

«Che cazzo era? L'hai sentito pure tu?» balbettò Italo.

«Cosa?»

«Come cosa? Il botto!»

Alima indicò la scuola. «Sì. Veniva da là.»

Italo Miele capì. Capì tutto.

Tutto gli fu assolutamente completamente e inequivocabilmente chiaro.

«I SARDI!» Cominciò a smaniare. «I SARDI DI MERDA!»

Poi, rendendosi conto che stava urlando come un idiota, si mise un dito davanti alla bocca, ondeggiò come un orango fino ad Alima e proseguì con un filo di voce. «Porcalaputtana, i sardi. Non l'hanno messa i ragazzi, la catena. Ci sono i sardi nella scuola.»

Alima lo guardò stupita. «I sardi?»

«Parla pianooooo! I sardi. Sì, i sardi. La catena l'hanno messa loro, capito? Così possono rubare in santa pace.»

«Non lo so...» Alima se ne stava seduta in macchina e finiva il tiramisù. «Italo, ma chi sono i sardi?»

«Che razza di domande fai? I sardi sono i sardi. Ma si sono sbagliati di grosso. Questa volta gliela faccio vedere io. Tu aspettami qua. Non ti muovere.»

«Italo?»

«Zitta. Ti ho detto di non parlare. Aspetta.» Italo costeggiò il perimetro dell'istituto trascinandosi dietro la zampa sciancata.

Nella scuola non c'era una sola luce accesa.

Non mi sono sbagliato. Il botto l'ha sentito anche Alima.

Girò ancora un po'.

Il freddo gli si infilava nel collo facendogli battere i denti.

Forse è solo caduto qualcosa. C'era corrente e una porta ha sbattuto. E la catena?

Ma poi vide un tenue bagliore illuminare il muro posteriore dell'edificio. Usciva dalle grate sopra l'aula di educazione tecnica.

«Ecc...» *oli là i sardi.*

Che doveva fare? Chiamare la polizia?

Valutò che avrebbe impiegato almeno dieci minuti ad arrivare al commissariato, altri dieci per spiegare a quegli imbranati che c'erano i ladri e altri dieci a tornare. Trenta minuti.

Troppi. In trenta minuti quelli erano già belli che spariti.

No!

Doveva beccarli lui. Doveva beccarli con le mani nel sacco.

Aveva finalmente qualcosa da dimostrare a tutti quei testadicazzo dello Station Bar che lo sfottevano.

Italo Miele non ha paura di nessuno.

Il problema era scavalcare il cancello.

Corse fino alla macchina sbuffando come un gonfiatore per canotti. Afferrò Alima per un braccio e la tirò fuori dall'abitacolo. «Forza, mi devi aiutare.»

«Lasciami stare. Portami sull'Aurelia.»

«Ma che portami e portami. Tu mi devi aiutare e basta.» Italo la trascinava verso il cancello. «Ora tu ti accucci e io ti monto sulle spalle. Poi ti tiri su. Così io scavalco. Abbassati, dài.»

Alima faceva segno di no con la testa e puntava i piedi. Era un'idea assurda. Come minimo le sarebbe venuta un'ernia per lo sforzo.

129

«Abbassati.» Italo le aveva messo le mani sulle spalle e spingeva in giù, cercando di farla piegare.

«No no no non voglio!» Alima si era tutta irrigidita.

«Zitta! Zitta! Abbassati!» Italo non mollava e tentava di arrampicarsi sulle spalle della donna e contemporaneamente di farla accucciare.

«Abbassati!» Visto che così non funzionava, cominciò a implorare. «Ti prego, Alima, ti prego. Tu mi devi aiutare. Sennò sono finito. Sono io che devo controllare la scuola. Mi licenzieranno. Mi cacceranno. Ti prego, aiutami...»

Alima sbuffò e rilassò un attimo i muscoli, Italo fu veloce ad approfittarne, la spinse in giù e con un salto insospettabile per la sua mole le montò sulle spalle.

I due, uno sopra l'altra, si erano trasformati in un gigante deforme. Con due gambette storte e nere. Un tronco che sembrava una bottiglia da due litri di cocacola. Quattro braccia e una testa piccola e tonda come una palla da bowling.

Alima, sotto quei cento e passa chili, non riusciva a controllare i movimenti, sbarellava a destra e a sinistra e Italo, sopra, ondeggiava avanti e indietro come un cow-boy da rodeo.

«Ohhhh!? Ohhhhohh!? Dove vai?! Così ci cappottiamo. Il cancello è là. Vai dritta. Gira! Gira!» Italo cercava di darle delle direttive.

«Non ce... la faccio...»

«Così cadiamo. VAI! VAI! VAI PERDIO!»

«Non riesc... Scendi. Scen...»

Alima infilò un piede in una buca e il tacco della scarpa si spezzò. Rimase un attimo in bilico, fece ancora due passi ma poi perse definitivamente l'equilibrio e si piegò su se stessa. Italo fu proiettato in avanti e per non cadere si afferrò con tutte e due le mani alla chioma di Alima, come fosse stata la criniera di uno stallone imbizzarrito.

Non fu una mossa intelligente.

Italo finì di faccia, a bocca aperta, nel fango, stringendo tra le mani la parrucca.

Alima saltellava per il piazzale e strillava tastandosi il cuoio capelluto. Insieme alla parrucca le aveva strappato un sacco di capelli. Ma poi, vedendolo fermo, immerso a faccia in giù nel pantano, si avvicinò. «Italo?! Italo?!» Lo spinse facendolo rotolare su se stesso. «Che hai? Sei morto!?»

Italo aveva una maschera di fango sulla faccia. Spalancò la bocca, cominciò a sputacchiare, aprì gli occhi e, sollevandosi da terra come una molla, corse alla 131.

«No, non sono morto. I sardi sono morti.»

Aprì la portiera, tolse il freno a mano e spinse la macchina accanto al cancello. Salì sul cofano e si arrampicò sul tetto. Si afferrò alle punte dell'inferriata. E provò a scavalcarlo.

Niente. Non ce la faceva. Non aveva abbastanza forza nelle braccia per tirarsi su.

Ci riprovò stringendo i denti.

Impossibile.

Era diventato paonazzo e il cuore gli martellava nelle orecchie.

Ora ti viene un bell'infarto e crolli a terra e muori come uno stronzo per fare l'eroe.

Se la parte del cervello razionale e prudente gli diceva di lasciar perdere, salire in macchina e andare dalla polizia, l'altra, quella da mulo testardo, gli diceva di non mollare, di riprovarci.

Questa volta, invece di tirarsi su con le mani, Italo allungò la gamba malata e la appoggiò sul bordo del muro. Ora era più facile. Con uno sforzo di cui non si sarebbe mai creduto capace si issò, puntellandosi su quell'arto sciancato, e si ritrovò, steso a pelle di leone, sul tetto della sua casetta.

Rimase lassù a riempirsi e svuotarsi d'aria per un paio di minuti, aspettando che il cuore, scatenato, andasse giù di giri.

Scendere fu più facìle. La vecchia scala di legno che usava per potare il ciliegio era appoggiata contro il muro.

Dietro il cancello Alima stava seduta sul cofano della macchina a braccia incrociate e sbuffava.

«Infilati dentro. Torno subito.» Italo entrò in casa senza accendere le luci. Attraversò il soggiorno a braccia in avanti e non si accorse del baule su cui mangiava quando guardava la televisione. Prese in pieno lo spigolo con il ginocchio sano. Vide le stelle. Ingoiò il dolore, imprecò a denti stretti e si diresse, stoico, verso il vecchio armadio, lo aprì e cominciò a rovistare freneticamente tra la biancheria pulita fino a che non sentì sotto i polpastrelli il freddo rassicurante dell'acciaio.

L'acciaio temprato della sua doppietta Beretta.

«E ora la vediamo... Sardi del cazzo. La vediamo. Vi rimando nella vostra isola a calci nei denti. Quanto è vero Iddio» e si diresse zoppicando verso la scuola.

25

PALMIERI I VIDEO FICATELI IN CULO

Questa scritta, enorme e rossa, copriva tutta la parete di fondo dell'aula di educazione tecnica. Le lettere erano storte, si intrecciavano tra loro come dita rattrappite, mancava una "c" ma il messaggio era chiaro, inequivocabile.

Pierini aveva scritto la sua frase e ora toccava agli altri esprimersi. «Forza! Che state aspettando, che faccia giorno? Scrivete anche voi!» Prese a spinte Bacci. «Allora che hai, ciccione? Sembrate cretini, avete paura?»

Bacci aveva la stessa espressione disperata di quando sua madre lo portava dal dentista.

«Allora, che vi è preso a tutti quanti?! Scrivete qualcosa! Siete diventati froci?» Pierini scagliò Bacci contro il muro.

Bacci ebbe un attimo d'esitazione, forse avrebbe voluto dire qualcosa, ma poi disegnò una grossa svastica.

«Bene! Perfetto. E tu, Ronca, che aspetti?»

Ronca, senza farsi pregare, si mise subito al lavoro con la sua bomboletta:

IL PRESIDE CIUCCIA IL CAZONE DELLA VICEPRESIDE

Pierini approvò. «Grande, Ronca. E ora tocca a te.» Si avvicinò a Pietro.

Pietro teneva gli occhi sulle scarpe e il panino nel gargarozzo si era trasformato in un filone. Si passava da una mano all'altra la bomboletta come fosse rovente.

Pierini gli mollò uno scappellotto sulla nuca.

«Allora, Cazzone?»

Niente.

Gliene mollò un altro.

«Allora?»

Non voglio.

«Allora?»

Uno più forte.

«No... non voglio...» sputò fuori finalmente.

«Come mai, eh?» Pierini non sembrava stupito.

«No...»

«Perché?»

«Non voglio e basta. Non mi va...»

Che gli poteva fare Pierini? Al massimo rompere una gamba o il naso o una mano. Non lo avrebbe ucciso.

Ne sei sicuro?

Non sarebbe stato peggio di quando, da piccolo, era caduto dal tetto del trattore e si era rotto la tibia e il perone. O di quando le aveva buscate da suo padre perché gli aveva spuntato il cacciavite. *Chi ti ha dato il permesso, eh? Chi ti ha dato il permesso? Me lo dici? Ora ti insegno io a prendere le cose*

133

che non sono tue. Gliele aveva date con il battipanni. E per una settimana non era riuscito a sedersi. Ma era passato...

Forza, picchiatemi e facciamola finita.

Si sarebbe appallottolato a terra. Come un riccio. *Sono pronto*. Potevano gonfiarlo come una cornamusa, prenderlo a calci, ma lui non avrebbe scritto proprio un bel niente su quel muro.

Pierini si allontanò e si sedette sulla cattedra. «Quanto ci scommetti, caro mio bel Cazzone, che ora scrivi anche tu... Quanto ci vuoi scommettere?»

«Io... non... scrivo... niente. L'ho detto. Picchiami, se vuoi.»

Pierini avvicinò la bomboletta al muro. «E se io, proprio qua sotto, metto la tua firma?» indicò la sua scritta. «Scrivo Pietro Moroni grande come una casa. Eh? Eh? Tu che fai?»

È troppo...

Come poteva essere così cattivo? Come? Chi glielo aveva insegnato? Uno così ti fregherà sempre. Tu ci provi ma lui ti fregherà comunque.

«Allora? Che devo fare?» lo incalzò Pierini.

«Metticela, chi se ne frega. Io tanto non scrivo niente.»

«Va bene. Daranno tutta la colpa a te. Diranno che le scritte le hai fatte tutte tu. Ti cacceranno dalla scuola. Diranno che hai rotto tutto tu.»

L'atmosfera nella stanza era diventata irrespirabile. Come se ci fosse stata una stufa accesa al massimo. Pietro si sentiva le mani gelate e le guance bollenti.

Si guardò in giro.

La cattiveria di Pierini sembrava grondare da ogni cosa. Dai muri imbrattati di vernice. Dai neon gialli. Dai resti del televisore fracassato.

Pietro si avvicinò al muro.

Cosa devo scrivere?

Provò a pensare a un disegno o a una frase orrenda ma niente, continuava ad avere una stupida immagine davanti agli occhi.

Un pesce.

Un pesce che aveva visto al mercato di Orbano.

Era lì sul banco, tra le cassette di calamari e sarde, ancora vivo e boccheggiante, un pescione pieno di punte e con una bocca enorme e le branchie rosse rosse. Una signora lo voleva comprare e aveva chiesto al ragazzo di pulirlo. Pietro si era avvicinato ai lavelli di acciaio. Voleva vedere come si fa. Il ragazzo della pescheria aveva appoggiato il pesce e con un coltellaccio gli aveva fatto un lungo taglio in mezzo alla pancia gonfia e se ne era andato via.

Pietro era rimasto lì a guardare il pesce morire.

Dalla ferita era spuntata una chela e poi un'altra e poi il resto di un granchio. Un bel granchio verde e arzillo che era scappato.

Ma non era finita, dalla pancia del pesce era uscito ancora un altro granchio, uguale al primo, e poi un altro e un altro ancora. Tantissimi. Correvano in diagonale sul piano d'acciaio cercando un posto dove nascondersi e cadevano a terra e Pietro voleva dirlo al ragazzo (*Il pesce è pieno di granchi vivi che scappano!*), ma quello era al banco a vendere le cozze e allora lui aveva allungato un braccio e aveva chiuso la ferita con la mano, per non farli uscire. E la pancia gonfia del pesce brulicava di vita, piena di movimento, piena di zampette verdi.

«Se tra dieci secondi esatti non hai scritto qualcosa, allora lo farò io. Dieci, nov...»

Pietro cercò di scacciare l'immagine.

«... sette, sei...»

Prese fiato, puntò la bomboletta contro la parete, schiacciò il tappo e scrisse:

A ITALO GLI PUZZANO I PIEDI DI PESCE

La mente gli partorì questa frase.

E Pietro, senza pensarci su un attimo, la trascrisse sul muro.

135

26

Se qualcuno, dotato di occhiali a raggi infrarossi, avesse visto Italo Miele avanzare nel buio, lo avrebbe potuto scambiare per un terminator.

Quel fucile stretto tra le mani, lo sguardo assente e l'arto inferiore rigido conferivano al bidello un'andatura da androide.

Italo superò la segreteria e la sala professori.

Aveva la mente annebbiata dalla rabbia e dall'odio.

Odio per i sardi.

Cosa voleva fargli?

Ucciderli, cacciarli, chiuderli a chiave in un'aula, cosa?

Non lo sapeva esattamente.

Ma non importava.

In quel momento aveva un unico obiettivo: beccarli con le mani nel sacco.

Il resto sarebbe venuto dopo.

I cacciatori esperti dicono che i bufali africani sono animali temibili. Ci vogliono due palle così per affrontare un bufalo infuriato. Non è difficile colpirlo, anche un bambino ci riuscirebbe. È enorme e se ne sta lì, tranquillo, a ruminare nella savana, ma se gli spari e non lo ammazzi al primo colpo è meglio che tu ti sia organizzato una tana dove nasconderti, un albero dove arrampicarti, una cassaforte dove blindarti, una fossa al camposanto dove farti seppellire.

Un bufalo ferito è capace di smontare a cornate una Range Rover. È cieco e incazzato e vuole solo una cosa: distruggerti.

E Italo era incazzato proprio come un bufalo africano.

Per la rabbia, la mente del bidello era regredita a uno stadio della scala evolutiva più basso (a quello bovino appunto), e tendeva naturalmente a concentrarsi solo sull'obiettivo da raggiungere. Il resto, i particolari, il contesto, erano segregati in un cassetto secondario del suo cervello, e quindi fu naturale che non si ricordasse che Graziella, la bidella del secondo piano, prima di andare a casa aveva l'abitudine di chiudere la porta a vetri che separava le scale dal corridoio.

Italo ci finì contro lanciato a tutta velocità e rimbalzò come una pelota basca e finì a terra e si ritrovò steso a pancia all'aria.

Chiunque, dopo un frontale del genere, sarebbe svenuto, morto, avrebbe preso a urlare dal dolore, Italo no, Italo inveiva nel buio. «Dove state? Uscite fuori! Uscite fuori!»

Con chi ce l'aveva?

Era stato talmente forte l'impatto con la porta che si era convinto che qualche sardo, appostato nel buio, lo avesse colpito in faccia con una sprangata.

Poi si rese conto con orrore che era andato a sbattere contro la porta. Bestemmiò e si rialzò frastornato. Non capiva più niente. Dov'era la doppietta? Il naso gli faceva molto, molto male. Se lo tastò e lo sentì gonfiarsi tra le dita come un panzerotto nell'olio bollente. Aveva la faccia bagnata di sangue.

«'fanculo, mi sono rotto il naso...»

Nel buio cercò la doppietta. Era finita in un angolo. L'afferrò e ripartì più inferocito di prima.

Che imbecille che sono! Si rimproverò. *Potrebbero avermi sentito.*

27

Eccome, se lo avevano sentito.

Erano saltati in aria, tutti e quattro, come tappi di champagne.

«Che succede?» fece Ronca.

«Avete sentito? Che cos'era?» fece Bacci.

Anche Pierini era disorientato. «Che potrebbe essere?»

Ronca, che fu il primo a riprendersi, buttò via la bomboletta di vernice. «Non lo so. Scappiamo.»

Spingendosi e strattonandosi, si lanciarono fuori dall'aula. Nel corridoio buio rimasero in silenzio ad ascoltare.

Delle bestemmie provenivano dal piano di sopra.

«È Italo. È Italo. Ma non era andato a casa sua?» piagnucolò Bacci rivolgendosi a Pierini.

Nessuno si degnò di rispondergli.

Dovevano scappare. Uscire dalla scuola. Subito. Ma come? Da dove? Nell'aula di educazione tecnica c'era solo un piccolo lucernario sul soffitto. A sinistra la palestra. A destra le scale e Italo.

La palestra, si disse Pietro.

Ma era un maledetto vicolo cieco. La porta che dava sul cortile era chiusa a chiave e i finestroni avevano le grate di ferro.

28

Italo scendeva le scale trattenendo il respiro.

Il naso era gonfio e tumefatto. Un rivolo di sangue gli colava sulle labbra e lui se lo leccava con la punta della lingua.

Come un vecchio orso ferito ma non domato, scendeva cauto e silenzioso, appiattito contro le pareti. La doppietta gli scivolava tra le mani sudate. Oltre l'angolo delle scale una macchia dorata di luce si allargava sul pavimento nero.

La porta era aperta.

I sardi erano nell'aula di educazione tecnica.

Doveva prenderli di sorpresa.

Tolse la sicura e fece un bel respiro.

Vai! Entra!

Spiccò una cosa che assomigliava a un balzo e finì nell'aula. Fu accecato dai neon.

A occhi chiusi puntò la doppietta al centro della stanza. «Mani in alto!»

Li riaprì piano.

L'aula era deserta.

Non c'è nessuno...

Vide i muri imbrattati di vernice. Scritte. Disegni osceni. Provò a leggere. Gli occhi si stavano riabituando alla luce.

Il... preside ciu... ciu... ciuccia il calzone della vicepreside.

Rimase un attimo interdetto.

Che vuol dire?

Non capiva.

Quale calzone intendevano? Il calzone pantalone o il calzone ripieno di ricotta e salame? Prese dalla tasca della giacca gli occhiali e li inforcò. Rilesse. *Ah, ecco! Il preside ciuccia il cazone della vicepreside.* Passò all'altra scritta. *A Italo puzzano i che? I piedi! I piedi di pesce.*

«Brutti figli di puttana a voi vi puzzeranno i piedi di pesce!» urlò.

Poi vide le altre scritte e a terra, ridotti in pezzi, il televisore e il videoregistratore.

Non potevano essere stati i sardi.

A quelli non fregava nulla del preside o della Palmieri né, tanto meno, se a lui puzzavano i piedi.

A quelli fregava solo di rubare. Dovevano essere stati degli studenti a fare quello scempio.

Rendersi conto di questo e distruggere i suoi sogni di gloria fu tutt'uno.

Si era già immaginato tutto. La polizia che arrivava e trovava i sardi legati come salami e pronti per la galera e lui con la sua fedele doppietta fumante avrebbe detto che aveva fatto solo il suo dovere. Avrebbe ricevuto un encomio ufficiale dal preside, pacche sulle spalle dai colleghi, bicchieri di vino offerti allo Station Bar, un aumento della pensione per il coraggio e lo sprezzo del pericolo dimostrato sul campo e invece niente.

Niente di niente.

Questo gli fece girare ancora di più le palle.

Ci aveva rimesso un ginocchio, si era distrutto il setto nasale e tutto per colpa di un paio di teppistelli.

L'avrebbero pagata salatissima quella bravata. Così salata che l'avrebbero raccontata ai loro nipoti come l'esperienza più drammatica della loro vita.

Ma ora dov'erano?

Si girò intorno. Accese le luci del corridoio.

La porta della palestra era socchiusa.

Un sorriso cattivo gli increspò la bocca, prese a ridere forte, fortissimo. «Bravi! Avete fatto bene a nascondervi nella palestra. Vogliamo giocare a nascondino? E va bene, giochiamo a nascondino!» urlò con tutto il fiato che aveva in corpo.

29

I materassi verdi del salto in alto erano appoggiati uno sull'altro e legati contro la spalliera.

Pietro si era infilato là in mezzo e se ne stava in piedi, immobile, a occhi chiusi e cercando di non respirare.

Italo zoppicava in giro per la palestra.

Tum sssssssssss tum sssssssssss tum sssssssssssss.

Una pedata e una strusciata, una pedata e una strusciata.

Chissà dove si sono nascosti gli altri.

Quando erano entrati in palestra, lui era corso a rintanarsi nel primo posto che aveva trovato.

«Uscite! Forza! Non vi faccio niente. Tranquilli.»

Mai. Mai fidarsi di Italo.

Era la più grande bugia del mondo.

Era uno stronzo. Una volta, quando Pietro era in prima, era uscito da scuola di nascosto, insieme a Gloria, ed era andato al bar di fronte a comprare i cornetti. Un minuto ci avevano messo, non di più. Quando erano rientrati, con il loro sacchettino tra le mani, Italo li aveva beccati. Aveva sequestrato i cornetti e poi aveva trascinato in classe i due tirandoli per le orecchie. E per due ore l'orecchio gli era rimasto caldo come un termosifone. Ed era sicuro che dopo Italo si era mangiato i cornetti nella guardiola.

«Giuro, non vi faccio niente. Uscite. Se uscite da soli non dico nulla al preside. Cancelliamo tutto.»

E se trovava Pierini e gli altri?

Di sicuro avrebbero detto che c'era pure lui e avrebbero giurato e spergiurato che li aveva obbligati a entrare e che era stato lui a spaccare la tele e a fare le scritte...

Un mucchio di pensieri angosciosi gli turbinavano nella testa e gli pesavano addosso, non ultimo quello di suo padre che lo avrebbe scorticato vivo appena fosse tornato a casa (*ma ci tornerai mai a casa?*) perché non aveva chiuso Zagor nel canile e non aveva portato l'immondizia nel cassonetto.

Era stanco. Doveva rilassarsi.

(*Dormi...*)

No!

(*Solo un pochino... un pochino solo.*)

Come sarebbe stato bello addormentarsi. Appoggiò la testa contro il materasso. Era molle e un po' puzzolente, ma non importava. Le gambe gli si piegavano. Sarebbe riuscito a dormire in piedi, come i cavalli, ne era sicuro, stretto tra quei due materassi. Le palpebre gli pesavano. Si lasciò andare. Stava ormai per crollare quando sentì i materassi scuotersi.

Il cuore gli balzò in gola.

«Uscite! Uscite! Uscite fuori!»

Affondò la bocca nella stoffa lurida e soffocò un grido.

141

30

Non ci capiva più niente.

La palestra era vuota.

Dov'erano finiti?

Dovevano essere là per forza, nascosti da qualche parte.

Italo prese a scuotere i materassi, a usare la doppietta a mo' di battipanni. «Venite fuori!»

Non avevano via di scampo. La porta che dava sul campetto di pallavolo era chiusa a chiave e anche quella dello stanzino degli attrezzi era chiu...

Fammi andare a vedere.

... sa.

Vicino alla serratura il legno era scheggiato. L'avevano forzata.

Sorrise.

Aprì la porta. Buio. Rimase sulla soglia e infilò una mano cercando l'interruttore. Era proprio lì vicino. Lo schiacciò. Niente. Le luci non funzionavano.

Rimase un istante indeciso, poi varcò la porta immergendosi nelle tenebre. Sotto le scarpe sentì scricchiolare le schegge del neon.

Lo stanzino era ingombro di armadi e scatoloni e senza finestre.

«Sono armato. Non fate scher...»

Fu colpito alla nuca da un pallone ortopedico, uno di quelli pieni di segatura da dieci chili. Non ebbe nemmeno il tempo di riprendersi dalla sorpresa che un altro lo colpì sulla spalla destra e un altro ancora, da basket questa volta, lanciato con una potenza micidiale, gli finì proprio sul naso tumefatto.

Urlò come un maiale al macello. Spirali affilate di dolore si irradiarono per tutta la faccia, gli avvolsero il collo strozzandolo e gli morsero la bocca dello stomaco. Crollò a terra in ginocchio, e vomitò le pappardelle mari & monti, la crème caramel e tutto il resto.

Gli passarono accanto, lo scavalcarono, neri come ombre e veloci come un battito di mani, e lui ci provò, cazzo se ci provò, mentre vomitava, ad allungare un braccio e abbrancare uno di quei piccoli bastardi, ma gli rimase tra le dita solo la consistenza inutile di un pantalone jeans.

Finì col muso nel vomito e nelle schegge di vetro.

31

Li sentì correre, sbattere contro la porta e schizzare dalla palestra.

Pietro sgusciò veloce fuori dai materassi e galoppò anche lui verso il corridoio.

Era praticamente in salvo quando a un tratto la grossa finestra accanto alla porta esplose.

Schegge di vetro volarono in aria e gli caddero intorno disintegrandosi.

Pietro s'inchiodò e quando capì che gli avevano sparato, si pisciò sotto.

Aprì appena la bocca, la colonna vertebrale gli si allentò, le membra si rilassarono e un tepore improvviso gli riscaldò l'inguine, le cosce e gli finì nelle scarpe.

Mi ha sparato.

Le schegge rimaste imprigionate dietro la grata continuavano a cadere.

Si girò molto lentamente.

Dall'altra parte della palestra vide una figura stesa a terra che si trascinava fuori dallo sgabuzzino appoggiandosi sui gomiti. Aveva la faccia dipinta di rosso. E gli puntava contro un fucile.

«Fermadi. Fermadi sennò ti sbaro. Giuro sulla desda dei miei figli che di sbaro.»

Italo.

Riconobbe la voce bassa del bidello, anche se era diversa. Come se avesse un gran raffreddore.

Cosa gli era successo?

Realizzò che il rosso che Italo aveva sulla faccia non era pittura ma sangue.

«Sdai là, ragazzino. Non di buovere. Hai cabido? Non ci brovare.»

Pietro rimase fermo, girò solo la testa.

La porta era là. A cinque metri. Meno di cinque metri.

Puoi farcela. Un balzo e sei fuori. Scappa! Non poteva farsi prendere, escluso, doveva fuggire a ogni costo, anche rischiando di prendersi una fucilata nella schiena.

Pietro avrebbe voluto farlo ma non credeva di potersi muovere. Anzi, ne era sicuro. Sentiva le suole delle scarpe incollate a terra e le gambe di gelatina. Abbassò lo sguardo, tra i piedi si era formata una chiazza di urina.

Scappa!

Italo stava faticosamente cercando di rimettersi in piedi.

Scappa! Ora o mai più!

E si ritrovò nel corridoio a correre come un dannato e scivolò e si rialzò e corse e inciampò nelle scale e si rialzò e corse verso il bagno delle femmine e verso la libertà.

E intanto il bidello urlava. «Corri! Corri! Corri! Dando di ho riconosciudo... Dando di ho riconosciudo. Che di credi?»

32

Chi poteva chiamare per avere notizie di Erica?

Certo, l'agente!

Graziano Biglia prese la rubrica e chiamò l'agente di Erica, il testadicazzo che l'aveva obbligata a sottoporsi a quell'inutile farsa. Chiaramente non c'era, ma riuscì a parlare con una segretaria. «Erica? Sì, l'abbiamo vista questa mattina. Ha fatto il provino ed è partita» fece con una voce piatta.

«Ah, è partita...» sbuffò Graziano, e sentì un senso di benessere pervaderlo. La palla di cannone che si era ingoiato era di colpo svanita.

«È partita con Mantovani.»

«Mantovani?!»

«Esatto.»

«Mantovani!? Andrea Mantovani!?»

«Esatto.»

«Il presentatore!?»

«E chi altro?»

La palla di cannone nel suo stomaco aveva fatto posto a un gruppo di hooligan che tentavano di fare irruzione nel suo esofago. «E dove sono andati?»

«A Riccione.»

«A Riccione?»

«Al Gran Galà di Canale Cinque.»

«Al Gran Galà di Canale Cinque?»

«Esatto.»

«Esatto?»

Avrebbe potuto passare tutta la notte a ripetere quello che diceva la segretaria aggiungendoci un punto interrogativo in fondo.

«Mi scusi, ma devo mettere giù... Ho qualcuno sull'altra linea» disse la segretaria cercando di liquidarlo.

«E cosa è andata a farci al Gran Galà di Canale Cinque?»

«Non ne ho la più pallida idea... Mi scusi, ma...»

«D'accordo, ora metto giù. Ma prima mi può dare il numero del cellulare di Mantovani?»

«Mi dispiace. Non sono autorizzata. Mi scusi ancora, ma devo rispondere...»

«Aspetti un attimo, per f...»

Aveva riattaccato.

Graziano rimase con la cornetta in mano.

Per i primi venti secondi, stranamente, non sentì nulla. Solo l'enorme, incolmabile vuoto dello spazio siderale. E poi un ronzio cominciò ad assordargli le orecchie.

33

Gli altri erano scomparsi.

Salì sulla bicicletta e partì sparato.

Rientrò sulla strada.

E via verso casa, attraversando il paese deserto e prendendo la scorciatoia dietro la chiesa, una stradina di fango che correva per i campi.

Diluviava. E non si vedeva niente. Le ruote sbandavano e scivolavano nella melma. *Vai piano che cadi.* Il vento gli ghiacciava i pantaloni bagnati e le mutande. Aveva l'impressione che il pisello gli si fosse rintanato tra le gambe come la testa di una tartaruga.

Corri! È tardissimo.

Guardò l'orologio.

Le nove e venti. Mamma mia, com'è tardi. Corri! Corri! Corri! (Tanto ti ho riconosciuto... ti ho riconosciuto. Che ti credi?)

Corri! Corri!

Non poteva averlo riconosciuto. Era impossibile. Era troppo lontano. Come faceva? Non aveva neanche gli occhiali.

Non si sentiva più la punta delle dita né le orecchie e i polpacci erano duri come pietre, ma non aveva nessuna intenzione di rallentare. Gli schizzi di fango gli imbrattavano la faccia e i vestiti, ma Pietro non mollava.

Corri! Corr... riconosciuto.

Lo aveva detto così, tanto per dire e per mettergli paura. Per farlo fermare e poi portarlo dal preside. Ma lui non c'era caduto. Non era cretino.

Il vento gli gonfiava il giubbotto. Gli occhi gli lacrimavano. Mancava poco a casa.

34

Graziano Biglia aveva l'impressione di essere finito in un film horror, uno di quelli in cui per colpa di qualche poltergeist gli oggetti si sollevano in aria e cominciano a roteare. Solo che nel suo salotto niente roteava, a parte la sua testa.

«Mantovani... Mantovani... Mantovani...» continuava a gorgogliare rimanendo seduto sul divano.

Perché?

Non doveva pensarci. Non poteva pensare a cosa significava tutto questo. Era come un alpinista appeso sopra un precipizio.

Sollevò il ricevitore e compose ancora una volta il numero.

Con tutta la forza telepatica che possedeva desiderò che Erica rispondesse a quel cazzo di cellulare. Forse in vita sua non aveva mai desiderato niente con tanta intensità. E...

Tuuu. Tuuu. Tuuu.

No?! Libero! Funziona!

Tuuu. Tuuu. Tuuu.

Rispondi! Vaffanculo! Rispondi!

«Questa è la segreteria di Erica Trettel. Lascia un segreto.»

Graziano rimase interdetto.

La segreteria?!

Poi, cercando di avere un tono normale e non riuscendoci, parlò. «Erica?! Sono Graziano. Sono a Ischiano. Mi chiami? Per favore. Sul cellulare. Subito.» Abbassò.

Prese fiato.

Aveva detto le cose giuste? Doveva dirle che sapeva di Mantovani? Doveva richiamare e lasciare un messaggio più deciso?

147

No. Non doveva. Assolutamente no.

Afferrò il ricevitore e richiamò.

«Telecom Italia Mobile, il cliente da lei chiamato non è al momento raggiungibile.»

Perché adesso non c'era più la segreteria? Gli stava facendo gli scherzi?

Dalla rabbia cominciò a menare calci contro il cassettone in stile fiammingo e poi, distrutto, crollò sulla poltrona stringendosi la testa tra le mani.

In quel momento la signora Biglia entrò in salotto spingendo un carrello sul quale era posata una zuppiera colma di brodo con i tortellini, un piatto da portata con dieci tipi di formaggi diversi, cicoria all'agro, patate lesse, rognoni trifolati e un Saint-Honoré rigonfio di panna.

A quella vista Graziano per poco non vomitò.

«Aaaanngiaaaarrre. Booooooodo» latrò la signora Biglia e accese il televisore. Graziano non le diede retta.

«Aaanngiaaaareeee» insistette lei.

«Non ho fame! E poi non avevi fatto il voto del silenzio? Se hai fatto il voto devi tacere, cazzo. Non vale, se mugugni come una mongoloide vai all'inferno» esplose Graziano, e ricadde accasciato. I capelli davanti alla faccia.

Quella troia è scappata con Mantovani.

Poi un'altra voce, la voce della ragione, si fece sentire: *Aspetta. Non correre. Si sarà solo fatta dare un passaggio. Oppure era una cosa di lavoro. Vedrai che ti chiamerà e scoprirai che è tutto un malinteso. Rilassati.*

Cominciò a iperventilare cercando di calmarsi.

«Buona sera a tutti dal teatro Vigevani di Riccione. Benvenuti alla ottava edizione del Gran Galà di Canale Cinque! È la serata delle star, è la serata dei premi...»

Graziano sollevò la testa.

Alla tv c'era il Gran Galà.

«Sarà una lunga serata in cui assegneremo gli oscar della

148

televisione» disse la presentatrice. Una biondona con un sorriso a ventiquattromila denti e tutti luccicanti. Accanto aveva un tipo grassotto, in smoking, che sorrideva anche lui soddisfatto.

Il dolly fece una lunga panoramica sulle prime file del teatro. Gli uomini in smoking. Le donne scosciatissime. E c'erano pacchi di star più o meno famose. Anche un paio di attori di Hollywood e qualche cantante straniero.

«Prima di tutto, bisogna ricordare» continuò la presentatrice «il nostro gentile sponsor che ha reso possibile tutto questo.» Applausi. «Syntesis! L'orologio di chi sa cos'è il tempo.»

Il dolly si sollevò in alto, sopra la biondona e il tappeto, e con una perfetta parabola planò sopra le teste dei Vip finendo a inquadrare un polso sul quale risplendeva un magnifico orologio sportivo Syntesis. Il polso era attaccato a una mano, e la mano era attanagliata su una calza autoreggente nera, e la calza, a sua volta, velava una coscia di donna. Poi il dolly risalì e mostrò a chi apparteneva il tutto.

«Erica! Mantovani!» balbettò Graziano.

Erica indossava un vestito scollato di raso blu. I capelli raccolti disordinatamente lasciavano pendere alcune ciocche, facendo risaltare il collo lungo. A fianco le sedeva Andrea Mantovani, in smoking. Un biondastro, con un gran naso, occhialetti da vista tondi e un sorriso da porco soddisfatto. Continuava a tenere la tenaglia attaccata alla coscia di Erica. Come se quella fosse roba sua. Aveva il classico atteggiamento di chi ha appena scopato e ora con la zampa sta marcando il territorio.

«E adesso un po' di pubblicità!» annunciò la presentatrice.

Pubblicità dei pannolini Pampers.

«Quella mano te la infilo su per il culo, bastardo» schiumò Graziano sollevando le labbra e mostrando i denti.

«Eeeeeeicaa?» domandò la signora Biglia.

Graziano non si diede la pena di risponderle, prese il telefono e si chiuse in camera.

Compose il numero del cellulare alla velocità della luce, voleva lasciarle un messaggio chiaro e semplice. "Ti uccido, grandissima puttana che non sei altro!"

«Pronto, Mariapia! Mi hai visto? Allora ti piace il vestito?» La voce di Erica.

Graziano rimase senza parole.

«Pronto!? Pronto!? Mariapia, sei tu?»

Graziano si riprese. «Non sono Mariapia. Sono Graziano. Ti ho...» Poi decise che era meglio fingere di non sapere niente. «Dove sei?» disse, cercando di fare il disinvolto.

«Graziano...?» Erica era sorpresa, ma poi sembrò entusiasta. «Graziano! Come sono felice di sentirti!»

«Dove sei?» ripeté freddo lui.

«Ho delle bellissime novità da raccontarti. Ti posso richiamare più tardi?»

«No, non puoi, sono in giro e ho il cellulare scarico.»

«Domattina?»

«No, dimmele ora.»

«D'accordo. Ma posso parlarti poco.» Il tono era improvvisamente mutato, da raggiante a scocciato, molto scocciato, poi subito dopo tornò di nuovo raggiante. «Mi hanno presa! Non ci posso ancora credere. Mi hanno presa al provino. Io avevo fatto il provino e stavo tornandomene a casa quando è arrivato Andrea...»

«Andrea chi?»

«Andrea Mantovani! Andrea mi vede e dice: "Dobbiamo provare questa ragazza, a vederla sembra che abbia tutti i numeri giusti". Così ha detto. Insomma, mi hanno fatto un secondo provino. Ho letto un foglio e ho ballato e mi hanno presa. Graziano, non sto più nella pelle! MI HANNO PRESA! CAPISCI? SARÒ LA VALLETTA DI "CHI LA FA L'ASPETTI"!»

«Ah.» Graziano era rigido come un nasello surgelato.

«Non sei contento?!»

«Tanto. E quando vieni?»

«Non lo so... Domani cominciamo le prove... Presto... Spero.»

«Io qui ho organizzato tutto. Ti stiamo aspettando. Mia madre sta cucinando e ho detto ai miei amici la novità...»

«Che novità...?»

«Che ci sposiamo.»

«Senti, possiamo parlarne domattina? La pubblicità sta finendo. Devo attaccare.»

«Non mi vuoi più sposare?» Si era appena dato una coltellata nel fianco.

«Possiamo parlarne domattina?»

Ecco, finalmente, la rabbia di Graziano era arrivata al culmine, a saturazione. Poteva riempirne una piscina olimpionica. Era più incazzato di uno stallone in un rodeo, di un corridore che sta vincendo il campionato del mondo e gli si rompe il motore all'ultima curva, di uno studente a cui la fidanzata per sbaglio cancella la tesi di dottorato dal computer, di un malato a cui hanno tolto un rene per sbaglio.

Era fuori di sé.

«Stronza! Puttana! Che ti credi, ti ho vista alla televisione! Con quel frocio di Mantovani in mezzo a una schiera di testadicazzo. Avevi detto che mi avresti raggiunto. E invece hai preferito farti scopare da quel frocio. Puttana! Solo per quello ti ha presa, scema! Lo vedi che non capisci proprio niente. Tu non sei capace di stare davanti a una telecamera, tu sei capace solo di fare i bocchini.»

Ci fu un attimo di silenzio.

Graziano si concesse un sorriso. L'aveva sdraiata.

Ma la risposta arrivò violenta come un uragano sui Caraibi. «Brutto figlio di troia che non sei altro. Non so perché sono stata con te. Dovevo essere completamente impazzita. Piuttosto che sposarmi con te mi butto sotto un treno. La vuoi sapere una cosa? Porti sfiga! Appena te ne sei andato ho

151

trovato lavoro. Porti una sfiga bestiale. Tu volevi solo affondarmi, volevi che venissi in quel posto di merda. Mai. Io ti disprezzo, per tutto quello che rappresenti. Per come ti vesti. Per le stronzate che spari con quel tono da sapientone che hai. Tu non hai mai capito un cazzo. Sei solo un vecchio spacciatore fallito. Sparisci dalla mia vita. Se provi a richiamarmi, se provi a farti vedere, lo giuro su Dio, pago qualcuno per farti spaccare la faccia. Sta ricominciando lo spettacolo. Addio. Ah, un'ultima cosa, quel frocio di Mantovani ce l'ha più grosso del tuo.»

E chiuse.

35

A prima vista la Casa del Fico poteva essere scambiata per uno sfasciacarrozze o un robivecchi. A dare questa impressione era tutta la ferraglia accatastata intorno al casolare.

Un vecchio trattore, una Giulietta blu, un frigorifero Philco e una Seicento senza gli sportelli se ne stavano ad arrugginire tra cardi, cicoria e finocchi selvatici a guardia del cancello fatto con due reti matrimoniali.

Dietro si allargava uno spiazzo fangoso, pieno di buche e pozzanghere. A destra si alzava un cumulo di ghiaia che il signor Moroni aveva avuto in regalo da un vicino e che nessuno si era mai preso la briga di spargere. A sinistra, una tettoia lunga, retta da alti tralicci di ferro, che serviva da riparo al trattore nuovo, alla Panda e alla moto da cross di Mimmo. A fine estate, quando lo riempivano di balle di fieno, Pietro ci si arrampicava sopra e andava a cercare i nidi dei colombi tra le travi del tetto.

La casa era una cascina a due piani, con le tegole rosse e gli infissi scrostati dal gelo e dal caldo. In molti punti l'intonaco era caduto e si intravedevano i mattoni verdi di muschio.

Il lato nord era nascosto da una cascata di edera.

I Moroni abitavano al primo piano e nel sottotetto avevano ricavato due stanze e un bagno. Una per loro due e l'altra per Pietro e suo fratello Mimmo. Al primo piano c'era una grande cucina con il camino che serviva anche da sala da pranzo. Dietro la cucina, una dispensa. Sotto, il magazzino. Ci tenevano gli attrezzi, la falegnameria e un po' di botti e i fusti per l'olio, quando quei quattro ulivi che avevano non si ammalavano.

La cascina veniva chiamata da tutti la Casa del Fico per quell'enorme albero di fichi che stendeva i suoi rami storti sopra il tetto. Nascosti da due sughere c'erano il pollaio, l'ovile e il canile. Una lunga baracca asimmetrica fatta di legno, rete metallica, copertoni e lamiera.

Tra le erbacce si intravedeva un orto trascurato e un lungo fontanile di cemento pieno d'acqua stagnante, papiri e larve di zanzara e girini di rospo. Pietro ci aveva messo delle piccole pecilie che aveva pescato nella laguna.

D'estate facevano un sacco di figli e lui li regalava a Gloria che li buttava in piscina.

Pietro mollò la bicicletta accanto alla moto del fratello, corse al canile e tirò il primo sospiro di sollievo della serata.

Zagor stava in un angolo, buttato a terra, sotto la pioggia. Quando vide Pietro, sollevò svogliatamente la testa, scodinzolò e poi fece cadere la coda, di nuovo, mollemente, tra le zampe.

Era un cane grosso, con un testone squadrato, gli occhi neri e tristi e gli arti posteriori mezzi rachitici. Secondo Mimmo, era un incrocio tra un pastore abruzzese e un pastore tedesco. Ma chi poteva dirlo? Certo era alto come un abruzzese e con il mantello fulvo del cane lupo. Comunque puzzava da vomitare ed era pieno di zecche. Ed era completamente pazzo. Qualcosa non girava nel verso giusto nel cer-

vello di quel bestione peloso. Forse erano state tutte le bastonate e i calci che aveva preso, forse era la catena, forse qualche tara ereditaria. Si era beccato tante di quelle mazzate
che Pietro si domandava come facesse ancora a reggersi in
piedi e a muovere la coda.

Che cavolo avrai da scodinzolare?

E non imparava niente. Niente di niente. Se la notte non
lo chiudevi nel canile, scappava e ritornava la mattina stri-
sciando come un verme, con la coda tra le gambe, il mantello imbrattato di sangue e tra le zanne ciuffi di pelliccia.

Gli piaceva ammazzare. Il sapore del sangue lo rendeva
folle e felice. La notte si aggirava sulle colline ululando e as-
salendo qualsiasi bestia che avesse la taglia giusta: pecore,
galline, conigli, vitelli, gatti e perfino cinghiali.

Pietro aveva visto alla tv il film del dottor Jeckyll e Mr
Hyde e ne era rimasto turbato. Era uguale identico a Zagor.
Soffrivano della stessa malattia. Buonissimo di giorno e mo-
stro di notte.

«Le bestie così si accoppano. Quando assaggiano il sangue diventano come i drogati e li puoi anche sfondare di botte che tanto, appena possono, scappano di nuovo e lo fanno
ancora, capito? Non ti devi far imbrogliare dai suoi occhi, è
falso, ora sembra buono, ma poi... E non sa fare neanche la
guardia. Va ammazzato. Troppi guai. Non lo faccio soffrire»
aveva detto il signor Moroni puntando la doppietta contro il
cane che se ne stava in un angolo, stremato dalla notte di follia. «Ma guarda te che cazzo ha combinato...»

Sparsi nel cortile c'erano pezzi di pecora. Zagor l'aveva ammazzata, trascinata fino a là e poi sventrata. La testa, il collo e
le due zampe anteriori erano finite accanto al fienile. Lo stomaco, le budella e le altre interiora invece erano proprio al
centro, in una pozza di sangue coagulato. Un nugolo di mosche gli ronzavano intorno. E la cosa peggiore era che la pecora era incinta. Il minuscolo feto avvolto nella placenta era

buttato da una parte. Il quarto posteriore, con mezza colonna vertebrale ancora attaccata, sbucava dalla casetta di Zagor.

«Ho già dovuto pagare due pecore a quel bastardo di Contarello. Ora basta. A me i soldi non mi escono dal culo. Lo devo fare.»

Pietro aveva cominciato a piangere, ad attaccarsi ai pantaloni di suo padre, a implorarlo disperato di non ammazzarlo, che lui gli voleva bene a Zagor e che era un cane buono, solo un po' pazzo, e che bastava tenerlo nel canile e ci avrebbe pensato lui a chiuderlo di notte.

Mario Moroni aveva guardato il figlio che lo supplicava avvinghiato alla sua caviglia come un polipo, e qualcosa, qualcosa di debole e molle del suo carattere che non capiva, lo aveva fatto esitare.

Aveva tirato su Pietro e lo aveva fissato con quegli occhi che quando ce li hai addosso sembra che ti stiano scrutando l'anima. «Va bene. Ti stai prendendo un impegno. Io non gli sparo. Ma la vita di Zagor dipende da te...»

Pietro faceva segno di sì con la testa.

«Farlo vivere o farlo morire dipende da te, capito?»

«Capito.»

«La prima volta che non lo metti dentro, che scappa, che ammazza pure un passero, muore.»

«Va bene.»

«Lo dovrai fare tu, però. Ti insegnerò a sparare e lo ammazzerai. Ti sta bene questo patto?»

«Sì.» E mentre Pietro aveva detto quel sì deciso, da adulto, nella testa gli era passata una scena agghiacciante, che gli si sarebbe piantata lì come un palo. Lui con il fucile in mano si avvicina a Zagor che gli scodinzola e gli abbaia perché vuole che gli tiri una pietra e lui...

Pietro aveva mantenuto sempre fede al suo impegno, tornando presto a casa, prima che facesse buio, quando Zagor era libero.

155

Almeno fino a quella sera.

Quindi, quando lo vide nel canile, si sentì molto, molto meglio.

Deve essere stato Mimmo a metterlo dentro.

Salì le scale, aprì il portone ed entrò nel piccolo spogliatoio che divideva la porta d'ingresso dalla cucina.

Si guardò nello specchio attaccato alla porta.

Faceva pietà.

I capelli arruffati, tutti incrostati di fango. I pantaloni sporchi di terra e piscio. Le scarpe distrutte. E si era strappato la tasca del giubbotto quando era uscito dalla finestra del bagno.

Se papà scopre che ho rotto il giubbotto nuovo... Meglio non pensarci.

L'appese all'attaccapanni, mise le scarpe sopra la mensola e s'infilò le pantofole.

Doveva correre in camera e togliersi subito i pantaloni. Li avrebbe lavati lui, nel lavello della rimessa.

Entrò piano, senza far rumore.

Un bel calduccio.

La cucina era in penombra, rischiarata appena dal bagliore della tv e della brace che moriva nel camino. Odore di sugo al pomodoro, di carne in padella e, sotto, qualcosa di più indefinibile e impreciso: l'umido dei muri e l'odore dei salami appesi accanto al frigorifero.

Sua madre sonnecchiava sul divano, avvolta in una coperta. La testa appoggiata sulla coscia del marito che, sprofondato in un sonno pesante e alcolico, le stava accanto, seduto composto e con in mano il telecomando. Il capo abbandonato all'indietro, sullo schienale, la bocca spalancata. La fronte stempiata rifletteva il blu dello schermo. Russava. A scatti, alternando pause a respiri e grugniti.

Mario Moroni aveva cinquantatré anni, era smilzo e basso. Nonostante fosse praticamente un alcolizzato e mangiasse come uno scaricatore, non metteva su un filo di grasso. Aveva un fisico asciutto e nervoso e tanta di quella forza nelle braccia che riusciva a sollevare da solo il vomere dell'aratro grande. La faccia aveva qualcosa di indefinibile che inquietava. Forse erano gli occhi, azzurrissimi (che Pietro non aveva ereditato), o il colore della pellaccia cotta dal sole, o forse il fatto che ben pochi sentimenti trapelavano da quel volto di pietra. I capelli erano sottili e neri, quasi blu, e si li tirava indietro con la brillantina. E, cosa strana, non ne aveva neanche uno bianco, mentre la barba, che si radeva due volte a settimana, era completamente candida.

Pietro rimase in un angolo a scaldarsi.

Sua madre non si era accorta che era rientrato.

Forse dorme.

Doveva svegliarli?

No, meglio di no. Me ne vado a letto...

Raccontare l'orrenda disavventura che gli era successa?

Ci rifletté e decise che era meglio non dire niente.

Forse domattina.

Stava per salire in camera, quando qualcosa, che prima non aveva notato, lo fece fermare.

Dormivano uno accanto all'altra.

Strano. Quei due non stavano mai tanto vicini. Come fili elettrici di segno opposto che se si toccano fanno corto circuito. Nella loro camera i letti erano separati da un comodino e durante il giorno, per quel poco che suo padre stava in casa, sembravano creature di due pianeti diversi costrette per una necessità imperscrutabile a dividere vita, figli e casa.

Vederli così lo fece sentire a disagio. Era imbarazzante.

I genitori di Gloria si toccavano, ma questo non gli dava fastidio né tanto meno lo imbarazzava. Quando tornava dal lavoro, lui metteva le braccia intorno alla vita di lei e la baciava sul collo e lei sorrideva. Una volta Pietro era entrato in salotto a cercare la cartella e li aveva trovati vicino al camino che si baciavano in bocca. Avevano gli occhi chiusi, per fortuna, lui si era girato e, come un topolino, era scappato in cucina.

Sua madre improvvisamente si alzò e lo vide. «Ah, sei tornato. Meno male. Dove sei stato fino a quest'ora?» Poi si stropicciò gli occhi.

«Da Gloria. Ho fatto tardi.»

«Tuo padre si è arrabbiato. Dice che devi rientrare prima. Lo sai.» Parlava con un tono piatto.

«Ho fatto tardi...

(*glielo dico?*)

. . dovevamo finire la ricerca.»

«Hai mangiato?»

«Sì.»

«Vieni qua.»

Pietro si avvicinò colando acqua.

«Guarda come sei combinato... Vatti a lavare e mettiti a letto.»

«Sì, mamma.»

«Dammi un bacio.»

Pietro si avvicinò e sua madre lo abbracciò. Gli sarebbe piaciuto raccontarle quello che gli era successo, invece la strinse forte e gli venne voglia di piangere e cominciò a baciarla sul collo.

«Che c'è? Cosa sono tutti questi baci?»

«Niente...»

«Sei tutto bagnato. Corri su che ti prendi un malanno.»

«Sì.»

«Vai.» Gli diede un buffetto.

«Buonanotte, mamma.»

«Buonanotte. Dormi bene.»

Dopo essersi lavato, Pietro entrò in camera in mutande e in punta di piedi senza accendere la luce.

Mimmo stava dormendo.

La stanza era piccolina. Oltre al letto a castello c'era un tavolino su cui Pietro faceva i compiti, un armadio di compensato che divideva con Mimmo, una piccola libreria di metallo su cui teneva, oltre ai libri di scuola, la collezione di fossili, gusci di riccio, stelle marine seccate al sole, un teschio di talpa, una mantide religiosa chiusa in un barattolo di formalina, una civetta impagliata che gli aveva regalato lo zio Franco per il suo compleanno e un sacco di altre cose belle che aveva trovato nelle sue passeggiate nei boschi. Nella libreria di Mimmo invece c'erano un radioregistratore, dei nastri, una collezione di «Diabolik», qualche numero di «Motociclismo» e una chitarra elettrica con il suo amplificatore. Sulle pareti, due poster: uno con una moto da cross che volava e l'altro degli Iron Maiden con una specie di demone che spunta fuori da una tomba brandendo una falce insanguinata.

Pietro salì la scaletta del letto trattenendo il fiato e cercando di non farla scricchiolare. Si mise il pigiama e s'infilò sotto le coperte.

Come stava bene.

Sotto le coperte la tremenda avventura che aveva appena passato gli sembrò lontana. Ora che aveva davanti tutta una notte per dormirci sopra, quella storia gli apparve più piccola, meno importante, non così grave.

Certo che se il bidello lo avesse scoperto, allora sì...

Ma non era successo.

Era riuscito a scappare e Italo non poteva averlo riconosciuto. Primo, non aveva gli occhiali. Secondo, era troppo lontano.

Nessuno lo avrebbe mai scoperto.

E un pensiero da adulto, da chi ha esperienza e non da ragazzino, gli attraversò il cervello.

La cosa, si disse, sarebbe passata perché nella vita le cose passano sempre, come in un fiume. Anche le più difficili che ti sembra impossibile superare le superi, e in un attimo te le trovi dietro alle spalle e devi andare avanti.

Ti aspettano cose nuove.

Si accucciò sotto le coperte. Era cotto, sentiva le palpebre di piombo e stava per abbandonarsi al sonno quando la voce di suo fratello lo richiamò indietro. «Pietro, ti devo dire una cosa...»

«Credevo che dormissi.»

«No, stavo pensando.»

«Ah...»

«Ho una buona notizia sull'Alaska...›

36

A questo punto è bene interrompere e parlare di Domenico Moroni, chiamato da tutti Mimmo.

Mimmo, al tempo di questa storia, aveva vent'anni, otto più di Pietro, e faceva il pastore. Si occupava del piccolo gregge di famiglia. Trentadue pecore in tutto. Nel tempo che gli restava, per tirare su qualche lira, lavorava nella bottega di un tappezziere al Casale del Bra. Preferiva gli ovini ai divani e si definiva come unico pastore metallaro di Ischiano Scalo. In effetti era proprio così.

Si aggirava per i pascoli con addosso il chiodo di pelle, i jeans stretti come una calzamaglia, una cinta con un sacco di borchie argentate, gli enormi anfibi militari e una lunga catena che gli penzolava tra le gambe. Le cuffie in testa e il bastone in mano.

Fisicamente, per molti aspetti Mimmo assomigliava a suo padre. Era smilzo come lui anche se più alto, aveva gli stessi occhi chiari ma con un'espressione meno fissa e burbera e gli stessi capelli corvini che però teneva lunghi fino a metà schiena. Della madre aveva la bocca, grande e con due labbra prominenti e il mento piccolo. Non era una bellezza e quando si conciava da metallaro era ancora peggio, ma non c'era niente da fare, quella era una delle sue fisse.

Sì, perché Mimmo aveva le fisse.

Gli si incrostavano sui neuroni come il calcare sui tubi, rendendolo monomaniaco e alla lunga noioso. Per questo non aveva molti amici. Dopo un po' sfiniva anche i più pazienti.

La prima fissa che aveva era l'Heavy Metal. Il metallo pesante.

«Quello classico, però.»

Per lui era una religione, una filosofia di vita, tutto. Il suo dio era Ozzy Osburne, un invasato con i capelli ricci e il cervello di un adolescente psicopatico. Mimmo lo adorava perché durante i concerti i suoi fan gli tiravano le carogne e lui se le mangiava e una volta si era ingoiato un pipistrello morto e gli era venuta la rabbia e gli avevano dovuto fare il vaccino sulla pancia. «E sai che ha detto il vecchio Ozzy? Che quelle iniezioni erano peggio che infilarsi su per il culo una ventina di palline da golf...» amava ripetere Mimmo.

Che cosa ci trovasse di grande, in tutto ciò, non si sa. È certo che lui lo stimava molto, il vecchio Ozzy. Stimava anche gli Iron Maiden e i Black Sabbath di cui comprava tutte le magliette che trovava. Di dischi invece ne aveva pochi. Sette, otto al massimo e li ascoltava raramente.

Qualche volta, quando suo padre era fuori, metteva su un disco degli AC/DC e cominciava a saltare come un pazzo per la stanza insieme a Pietro. «Metallo! Metallo! Poghiamo! Poghiamo! Spacchiamo tutto» urlavano come disperati, e cominciavano a spintonarsi, a prendersi a spallate fino a quando non cadevano tutti e due esausti sul letto.

La verità è che a Mimmo quella musica faceva schifo.

Troppo rumorosa (non gli dispiaceva Amedeo Minghi). Quello che lo entusiasmava dei cantanti Heavy Metal era il

161

look, il modo in cui vivevano e il fatto che «quelli stanno fuori, se ne fottono di tutto, non sanno nemmeno suonare eppure hanno un sacco di donne, di moto, fanno soldi a palate e spaccano tutto. Cazzo, sono dei grandi...».

La seconda fissa erano le moto da cross.

Conosceva a memoria tutto l'annuario delle moto. Le marche, i modelli, le cilindrate, i prezzi. Con una fatica enorme e con risparmi che lo avevano reso praticamente un asceta per due anni, aveva comprato una KTM trecento di seconda mano. Un vecchio scassone a due tempi che beveva come un'idrovora e si rompeva un giorno sì e l'altro pure. Con tutti i soldi che aveva speso in pezzi di ricambio avrebbe potuto comprarci tre moto nuove. Aveva anche partecipato a un paio di gare. Un disastro. La prima volta aveva rotto la forcella, la seconda la tibia.

La terza fissa era Patrizia Loria. Patti. La sua fidanzata. «Sicuramente la ragazza più bella di Ischiano Scalo.» Per certi aspetti non gli si poteva dare torto, Patti aveva un gran fisico. Alta, tutta curve e soprattutto con «un culo che parla, anzi che canta». Verissimo.

L'unico problema era la faccia, orribile. La fronte era coperta da uno strato compatto di brufoli. Con tutti quei crateri, la sua pelle assomigliava a una fotografia della superficie lunare. Patrizia ci sbatteva sopra Topexan, prodotti omeopatici, impiastri d'erboristeria, qualsiasi cosa, ma non c'era nulla da fare, la sua acne sembrava esserne ghiotta. Dopo il trattamento era ancora più seborroica e pustolosa di prima. Gli occhi erano piccoli e terribilmente vicini e sul naso aveva una gran quantità di punti neri.

Ma Mimmo sembrava non accorgersene. Ne era cotto. Per lui era bellissima e questo era l'importante. Giurava che il giorno che finalmente fosse guarita dall'acne «avrebbe fatto i bozzi» pure a Kim Basinger.

Patrizia aveva ventidue anni, faceva la commessa ma sognava di diventare maestra d'asilo. Aveva un carattere forte e deciso. Faceva filare il povero Mimmo come un soldatino.

E passiamo all'ultima fissa, la peggiore. L'Alaska.

Un certo Fabio Lo Turco, un fricchettone che diceva di essersi fatto il giro del mondo in solitaria su una barca a vela e che in realtà era partito da Porto Ercole ed era arrivato fino a Stromboli, dove aveva messo su un banchetto di roba indiana e magliette di Jim Morrison, una sera alla birreria del faro a Orbano aveva avvicinato Mimmo, si era fatto offrire da bere e sigarette e gli aveva parlato dell'Alaska.

«Capisci, la svolta è l'Alaska. Vai lassù, in quel freddo bestiale e svolti. Ti imbarchi ad Anchorage su un grosso peschereccio Findus e vai verso il Polo Nord a pescare. Ci stai sette otto mesi, a meno venti, non scendi mai. Fondamentalmente lassù si pesca merluzzo. Sulla barca ci sono maestri giapponesi esperti nel taglio dei pesci vivi. T'insegnano a preparare i bastoncini, perché i bastoncini Findus sono tutti tagliati a mano. Poi li infili nelle cassette e li metti nelle celle frigorifere...»

«E quando li impanano?» lo aveva interrotto Mimmo.

«Dopo, a terra, che c'entra?» si era stizzito il fricchettone, ma poi aveva ripreso a sproloquiare con il suo tono da guru. «Sulle navi c'è gente di tutto il mondo. Eschimesi, finlandesi, russi, parecchi coreani. Guadagni un botto. Ti ci fai d'oro. Un paio di anni lassù e ti puoi pure comprare una palafitta all'isola di Pasqua.»

Ingenuamente Mimmo aveva chiesto perché pagavano tanto.

«Perché? Perché è un lavoro che ti stronca. Bisogna avere due coglioni così per riuscire a lavorare a meno trenta. Ti si gelano le palle degli occhi a quella temperatura. Al mondo, chiaramente oltre agli eschimesi e ai giapponesi, ci saranno al massimo tremila-quattromila persone capaci di lavorare in quelle condizioni del cazzo. I padroni dei pescherecci lo sanno. Nel contratto che ti fanno firmare c'è scritto che se non reggi tutti e sei i mesi non ti pagano una lira. Sai quanta gente si è imbarcata e dopo tre giorni s'è fatta portare via dall'elicottero? Tantissimi. Là sopra s'impazzisce. Bisogna essere dei duri, con la pelle come quella di un tricheco... Certo, però, se resisti è bellissimo. Ci sono dei colori che non esistono in nessun'altra parte del mondo...»

Mimmo aveva preso la cosa molto sul serio. Non c'era niente da scherzare.

Aveva ragione Lo Turco, quella poteva essere veramente la svolta della sua vita. E Mimmo non aveva dubbi sul fatto di avere la pelle di un tricheco, lo aveva visto certe mattine gelide con le pecore.

Doveva solo dimostrarlo.

Sì, sentiva di essere tagliato per la pesca d'altura, per i mari artici, per le notti con il sole.

E non ce la faceva più a vivere con i suoi, gli sembrava d'impazzire ogni volta che entrava in casa. Si barricava dentro la stanza per non stare vicino a suo padre, ma continuava a sentire la presenza di quel bastardo trasudare dalle pareti come un veleno mortifero.

Quanto lo odiava! Neanche lui sapeva esattamente quanto. Era un odio doloroso, che gli faceva male, un rancore che gli intossicava ogni istante e non lo abbandonava mai, con cui aveva imparato a convivere ma che sperava potesse finire il giorno in cui se ne fosse andato via.

Via.

Sì, via. Lontano.

Tra lui e suo padre doveva mettere almeno un oceano per sentirsi finalmente libero.

Sapeva solo comandarlo, dirgli che era un buono a nulla, un deficiente senza spina dorsale, incapace perfino di governare quattro pecore, che si vestiva come un idiota, che se voleva poteva andarsene perché nessuno lo tratteneva.

Mai una parola gentile, mai un sorriso.

E allora perché continuava a restare, a rovinarsi l'esisten-za accanto all'uomo che odiava?

Perché aspettava la grande occasione.

E la grande occasione era l'Alaska.

Quante volte, mentre era al pascolo, aveva sognato di dir-glielo a suo padre. "Io parto per l'Alaska. Qui non mi piace più. Scusa se non sono il figlio che volevi, ma neanche tu sei il padre che volevo io. Addio." Che goduria! Sì, gli avrebbe detto proprio così. Avrebbe baciato sua madre, suo fratello e se ne sarebbe andato.

L'unico problema era il biglietto. Costava un mucchio di soldi. Quando era entrato a chiedere all'agenzia di viaggi la ragazza al banco l'aveva guardato come si guarda un matto e, dopo aver trafficato per un quarto d'ora sul terminale, gli aveva sparato il prezzo.

Tremilionieduecentomila lire.

Una cifra!

Ed era proprio a quello che stava pensando quando sentì suo fratello entrare in camera.

«Pietro, ti devo dire una cosa...»

«Credevo che dormissi.»

«No, stavo pensando.»

«Ah...»

«Ho una buona notizia sull'Alaska. Ho avuto un'idea per trovare i soldi.»

«Quale?»

«Ascolta. Potrei chiederli ai genitori di Gloria, la tua ami-ca. Il padre è un direttore di banca e la madre ha ereditato tutta quella terra. A loro non gli cambierebbe niente prestar-meli e così io potrei partire. Poi, con il primo stipendio glieli rimanderei, subito, capito?»

«Sì.» Pietro si era appallottolato su se stesso, il letto era gelido. Le mani strette tra le cosce.

«Sarebbe un prestito a breve scadenza. L'unica cosa è che io non li conosco abbastanza, glielo dovresti chiedere tu al signor Celani... Tu lo conosci bene. È meglio. A te i Celani ti vogliono bene come a un figlio. Che ne pensi, eh?»

37

La cosa non lo convinceva.

Innanzitutto si vergognava.

Le volevo chiedere un favore, mio fratello...

No.

Non era bello chiedere soldi in prestito così, era un po' come chiedere l'elemosina. E poi suo padre si era già fatto fare il prestito dalla banca del signor Celani. E non era sicuro (non glielo avrebbe detto neanche se l'uccidevano) che Mimmo glieli avrebbe restituiti. Non gli sembrava giusto, ecco, che suo fratello ogni volta cercasse di mettere in mezzo gli altri per risolvere i suoi problemi. Era troppo facile, come se il conte di Montecristo invece di fare tutta quella fatica a scavare il buco con il cucchiaino per evadere dalla cella avesse trovato la chiave della prigione sotto il letto e tutte le guardie addormentate. Doveva guadagnarseli, i soldi, allora sì che sarebbe stato bello e, come diceva sempre Mimmo, *gliel'a-vrebbe messa in culo a papà*.

Oltretutto, non gli andava proprio che Mimmo partisse per l'Alaska.

Sarebbe rimasto tutto solo.

«Allora, che ne pensi?»

«Non lo so» esitò Pietro. «Forse potrei dirlo a Gloria...»

Mimmo, di sotto, rimase in silenzio ma non per molto. «Va be', comunque non importa. Io penso a un altro sistema. Mi potrei vendere la moto, certo non è che ci faccio molti soldi...»

Pietro non lo ascoltava più.

Si stava chiedendo se fosse il caso di raccontare la storia della scuola a Mimmo.

Sì, forse doveva dirglielo, ma si sentiva stanco morto. Era troppo lunga. E poi gli faceva male ritirare fuori il fatto che quei tre stronzi lo avevano fregato e lo avevano costretto... Suo fratello gli avrebbe detto che era un rammollito, un moccioso, che si era fatto mettere i piedi in testa e in quel momento era l'ultima cosa che voleva sentirsi dire.

Già lo so per conto mio.

«... un aereo e mi raggiungi. Potremmo vivere in Alaska d'inverno e con tutti i soldi che avrò guadagnato, d'estate potremmo andare in un'isola dei Caraibi. Lì verrebbe anche Patti. Le spiagge con le palme, te le immagini, la barriera corallina, tutti i pesci... Sarebbe be...»

Sì, sarebbe proprio bello. Pietro si lasciò andare.

Vivere in Alaska, avere una slitta con i cani, una baracca di lamiera riscaldata. Lui si sarebbe occupato dei cani. E avrebbe fatto delle lunghe passeggiate sui ghiacci imbacuccato nella giacca a vento e con le racchette ai piedi. E poi d'estate a fare le immersioni tra i coralli con Gloria (Gloria li avrebbe raggiunti insieme a Patti).

Quante volte ne avevano parlato lui e Mimmo seduti sulla collina accanto alle pecore. Inventandosi delle storie assurde, aggiungendo ogni volta un nuovo particolare. L'elicottero (Mimmo avrebbe preso al più presto il brevetto da pilota) che si posava su un iceberg, le balene, la piccola capanna con le amache, il frigo pieno di bibite fresche, la spiaggia davanti, le tartarughe che depositano le uova nella sabbia.

Quella sera, per la prima volta in vita sua, Pietro lo sperò davvero, con tutte le forze, disperatamente.

«Mimmo, ma sul serio posso venire anch'io? Dimmi la verità, però, ti prego.» Lo disse con la voce rotta e con una tale intensità che Mimmo non rispose subito.

Nel buio sì sentì un sospiro trattenuto.

«Certo, si capisce. Se riesco a partire... Sai, è difficile...»

«Buonanotte, Mimmo.»

«Buonanotte, Pietro.»

Una Beretta calibro 9 per l'agente Miele

Sull'Aurelia, una ventina di chilometri a sud di Ischiano Scalo, c'è una lunga discesa a due corsie che termina con una curva ampia e larga. Intorno si stende la campagna. Non c'è nessun incrocio pericoloso. Su quel tratto di strada anche le vecchie Panda e le Ritmo diesel ringiovaniscono e tirano fuori dai motori spompati insospettabili potenze.

I viaggiatori, anche i più prudenti, che percorrono per la prima volta l'Aurelia sono invogliati da quella bella china a spingere un po' sull'acceleratore e a provare il brivido della velocità. Chi invece conosce bene la strada evita di farlo perché sa che dopo, al novanta per cento, c'è appostata una volante della polizia pronta a spegnere gli ardori automobilistici a colpi di multe e ritiri di patente.

Qui i poliziotti non sono teneri come in città, assomigliano per certi versi a quelli che popolano le free-way americane. Gente dura, che fa il suo mestiere e con cui non ci si può mettere a discutere né tanto meno a contrattare.

Ti bastonano.

Viaggi senza cintura? Trecentomila lire. Uno stop non funziona? Duecentomila. Non hai fatto la revisione? Ti portano via la macchina.

Max (Massimiliano) Franzini tutto questo lo sapeva bene, faceva quella strada con i suoi genitori almeno dieci volte all'anno per andare al mare a San Folco (i Franzini possedevano una villa nel complesso Le Agavi proprio davanti all'Isola Rossa) e suo padre, il professor Mariano Franzini, primario di ortopedia al Gemelli di Roma e proprietario di un paio di cliniche ai bordi del raccordo anulare, era stato fermato un paio di volte e si era beccato una maximulta per eccesso di velocità.

Solo che Max Franzini quella notte di pioggia aveva vent'anni compiuti da due settimane, la patente da appena tre mesi ed era al volante di una Mercedes che in un chilometro raggiungeva i duecentoventi e aveva accanto Martina Trevisan, una ragazza che gli piaceva molto e si era fatto tre canne di marocchino e...

Sotto un diluvio del genere la polizia non si mette a fare i fermi. È risaputo.

... la strada era deserta, non era un week-end, i romani non partivano per le vacanze, non c'era nessuna ragione per non correre e Max voleva arrivare il più presto possibile alla villa e la macchina di suo padre certo non gli impediva di realizzare questo desiderio.

Rifletteva su come organizzarsi quella notte con Martina.

Io mi piazzo nella camera di papà e mamma e poi le domando se preferisce dormire da sola nella camera degli ospiti oppure con me nel lettone. Se mi dice che va bene, è fatta. Significa che ci sta. Praticamente non devo fare nulla. Ci mettiamo dentro il letto e... Se invece dovesse dire che preferisce stare nella camera degli ospiti, è peggio. Anche se non vuol dire necessariamente che non ci sta, semplicemente potrebbe essere timida. Sennò potrei chiederle se ha voglia di spararsi un video in salotto e così ci mettiamo sul divanone con la coperta e poi là si vede un po' come butta...

Max aveva dei problemi a provarci con le ragazze.

Sul corteggiamento, le chiacchiere, le risate, il cinema, le telefonate e le altre stronzate andava alla grande, ma quando arrivava il terribile momento di provarci, in pratica la prova del bacio, perdeva tutta la baldanza, e l'ansia di essere rifiutato lo travolgeva inchiodandolo come un moccioso alle prime armi. (A tennis gli capitava qualcosa del genere. Rispondeva con dritti e rovesci potenti per ore, ma quando doveva chiudere e portarsi a casa il punto si faceva prendere dal panico e regolarmente sbatteva la palla in rete o fuori campo. Per vincere doveva contare sugli errori dell'avversario.)

Per Max, provarci era uguale a un tuffo da uno scoglio alto. Ti affacci, guardi di sotto, torni indietro e dici chi me lo fa fare, ci riprovi, esiti, scuoti la testa e, quando tutti si sono buttati e si sono rotti di aspettarti, ti fai il segno della croce, chiudi gli occhi e ti lanci giù urlando.

Che disastro.

E le canne non lo aiutavano certo a riordinare le idee.

E Martina ne stava rollando un'altra.

Bella tossica, la ragazza.

Max si rese conto che non parlavano più da Civitavecchia. Tutto quel fumo lo aveva un tantino appesantito. *E questo non è bene.* Martina avrebbe potuto pensare che non aveva niente da dire e non era vero. *Però c'è la musica.* Stavano ascoltando l'ultimo cd dei REM.

Vabbe', ora le faccio una domanda.

Si concentrò, abbassò lo stereo e parlò con la voce impastata. «A te piace più la letteratura russa o quella francese?»

Martina fece un tiro e trattenne il fumo. «In che senso?» rantolò.

Era così magra da sfiorare l'anoressia, con i capelli a spazzola tinti di blu elettrico, il piercing al labbro e a un sopracciglio e lo smalto nero sulle unghie. Indossava un vestitino di Benetton a righe blu e arancioni, un golf nero aperto davanti, la giacca di renna e gli anfibi dipinti di verde con lo spray, che teneva appoggiati contro il parabrezza.

«Quale preferisci? Preferisci di più gli scrittori russi o quelli francesi?»

Martina sbuffò. «È una domanda, scusami se te lo dico, un po' cogliona. È troppo generale. Se mi chiedi se è meglio

170

quel libro o quel libro ti posso rispondere. Se mi chiedi se è meglio Schwarzenegger o Stallone ti posso rispondere. Ma se mi chiedi se mi piace di più la letteratura francese o quella russa, non lo so... È troppo generale.»

«E chi è meglio?»

«In che senso?»

«Tra Schwarzenegger e Stallone?»

«Secondo me, Stallone. Nettamente meglio. Un film come *Rambo* o *Rocky* Schwarzenegger non lo ha mai fatto.»

Max rifletté un po'. «È vero. Però Schwarzenegger ha fatto *Predator*, un capolavoro.»

«Anche questo è vero.»

«Hai ragione. Ti ho fatto proprio la classica domanda del cazzo. Come quando ti chiedono se ti piace di più il mare o la montagna. Dipende. Se per mare consideri Ladispoli e per montagna il Nepal, preferisco la montagna, ma se per mare consideri la Grecia e per montagna l'Abetone, preferisco il mare. Giusto?»

«Giusto.»

Max alzò il volume dello stereo.

Max e Martina si erano conosciuti quella mattina all'università, davanti alla bacheca di Storia moderna. Avevano attaccato a parlare dell'esame imminente e dei mattoni da studiare e avevano capito che, se non si mettevano sotto di brutto, non ce l'avrebbero mai fatta per il prossimo appello. Max era rimasto piuttosto sorpreso dalla disponibilità di Martina. Finora, in un anno di università, non era riuscito a parlare con nessuna ragazza. E poi quelle del suo corso erano tutte cozze, con la pelle grassa e secchione. Invece questa qui era carina da morire e sembrava pure simpatica.

«Che casino... Non ce la farò mai» le aveva detto Max esageratamente affranto. In realtà era già da un po' di settimane che aveva deciso di saltare l'appello.

«Non dirlo a me... io mi sa tanto che lascio perdere e mi presento tra due mesi.»

«L'unico modo per riuscirci è andarmene al mare a studiare. Chiudermi in un posto tranquillo.» Dopo una pausa tecnica aveva ripreso il discorso. «Certo che al mare da soli è una gran palla. C'è da spararsi.»

Una cazzata grossa come una casa.

Piuttosto che andare al mare da solo si sarebbe fatto tagliare il mignolo e l'anulare. Ma l'aveva buttata là come un pescatore, tanto per provare, getta un'esca di pane e formaggino ai tonni

Nella vita non si sa mai.

E infatti il tonno aveva abboccato. «Posso venire anch'io? Ti scoccia? Ho litigato con i miei, non li reggo più...» gli aveva chiesto Martina senza farsi problemi.

Max era rimasto senza parole e poi, trattenendo a fatica l'entusiasmo, aveva dato il colpo di grazia. «Certo, non c'è problema. Se per te va bene, partiamo stasera.»

«Benissimo. Studiamo, però.»

«Chiaro che studiamo.»

Si sarebbero incontrati alle sette alla fermata del metrò di Rebibbia, vicino a casa di Martina.

Max era nervoso come se fosse stato il primo appuntamento della sua vita. E in fondo era un po' così. Martina aveva pochissimo in comune con le ragazze che lui frequentava di solito. Due razze diverse. Quelle che lui frequentava non sarebbero andate al mare con uno sconosciuto neanche per due milioni di dollari. Abitavano tra i Parioli, il centro storico e il Fleming, e non sapevano neanche cosa fosse Rebibbia. E perfino Max, nonostante avesse la coda di cavallo, cinque orecchini all'orecchio sinistro, vestisse con pantaloni tre taglie più grandi della sua e fosse un frequentatore di centri sociali, aveva dovuto cercare Rebibbia sul Tuttocittà.

Tavola 12 C2. Una vera periferica. Fantastico!

172

Max era convinto di potersi fare una storia con Martina. Anche se era ricco sfondato e abitava ai Parioli ed era andato a prenderla con una Mercedes che costava un paio di centinaia di milioni e la portava in una villa a due piani con sauna, palestra e un frigo che sembrava un caveau di una banca svizzera, di tutte queste stronzate non gliene fregava niente. Sarebbe diventato un batterista e non si sarebbe massacrato a fare un lavoro di merda come quel rincoglionito di suo padre.

Lui e Martina viaggiavano sulle stesse frequenze e lui si vestiva rozzo come lei e si assomigliavano anche se venivano da due mondi diversi, lo dimostrava il fatto che tutti e due amavano gli XTC, i Jesus & Mary Chain e gli Husker Du.

Non era colpa sua se era nato ai Parioli.

E quindi eccoli qua, Max e Martina, giù per il discesone a centottanta sulla Mercedes del professor Mariano Franzini che in quel momento dormiva accanto alla moglie all'Hilton di Istanbul per un convegno internazionale sull'impianto della protesi dell'anca, convinto che la sua macchina nuova fosse nel garage di via Monti Parioli e non nelle mani di quello sciagurato di suo figlio.

Le lampare che rischiarano la notte. Il caldo. I pescatori che ti preparano le grigliate sulla barca. Calamari a mezzanotte. Passeggiate nella foresta tropicale. L'albergo a quattro stelle. La piscina. La sosta di due giorni a Colombo, la città più colorata d'Oriente. Il sole. L'abbronzatura...

Tutte queste immagini scorrevano come un film nella mente dell'agente di polizia Antonio Bacci mentre, sotto la pioggia gelida, se ne stava intirizzito sul bordo della strada, con la divisa umida, la paletta in mano e le palle che gli giravano.

Guardò l'orologio.

In quel momento doveva essere alle Maldive già da un paio d'ore.

Ancora non poteva capacitarsene. Se ne stava sotto la pioggia e non riusciva a realizzare che il suo viaggio ai Tropici era andato a farsi benedire per colpa di quegli scansafatiche.

Ero riuscito a organizzare tutto.

Si era fatto dare le ferie. E anche Antonella, sua moglie, si era presa dieci giorni. Andrea, suo figlio, sarebbe andato a stare dalla nonna. Si era perfino comprato la maschera subacquea di silicone, le pinne e il boccaglio. Centottantamila lire buttate al vento.

Se non se ne faceva una ragione, rischiava d'impazzirci. La vacanza sognata da cinque anni era svanita in cinque minuti, il tempo di una telefonata.

«Signor Bacci, buongiorno, sono Cristiana Piccino della Francorosso. La chiamo per dirle che siamo mortificati ma il suo viaggio alle Maldive è stato annullato per cause di forza maggiore.»

Cause di forza maggiore?

Se lo era dovuto far ripetere tre volte prima di capire che non si partiva più.

Cause di forza maggiore = sciopero dei piloti e degli assistenti di volo.

«Maledetti, vi odio!» ululò disperato nella notte.

Era la categoria umana che odiava di più. Più degli arabi integralisti. Più dei leghisti. Più degli antiproibizionisti. Li odiava con tenacia e determinazione fin da ragazzino, quando aveva cominciato a guardare il telegiornale e a capire che al mondo i peggiori la fanno sempre da padroni.

Uno sciopero alla settimana. Ma che ci avrete mai da scioperare?

Avevano tutto, dalla vita. Uno stipendio che lui ci avrebbe messo tre firme e pure la possibilità di viaggiare e di farsi le hostess e di guidare un aereo. Avevano tutto e scioperavano.

E allora che dovrei dire io, eh?

Cos'avrebbe dovuto dire l'agente Antonio Bacci, che passava metà della sua vita in una piazzola della statale a gelar-si le chiappe e ad appioppare multe ai camionisti e l'altra metà a litigare con sua moglie? Doveva fare lo sciopero della fame? Doveva lasciarsi morire d'inedia? No, meglio spararsi un colpo in bocca e farla finita una volta per tutte.

«'Ffanculo!»

E poi non era per lui. Lui, in qualche modo, sarebbe so-sopravvissuto anche senza le maledette Maldive. Con il cuore a pezzi, ma avrebbe tirato avanti. Sua moglie no. Antonella non avrebbe fatto passare la storia così. Con quel carattere che si ritrovava gliel'avrebbe fatta pagare per il prossimo millennio. Gli stava rendendo la vita un inferno come fosse colpa sua se i piloti facevano sciopero. Non gli parlava più, lo trattava peggio di un estraneo, gli sbatteva davanti il piat-to e se ne stava davanti alla tv tutta la sera.

Perché era così sfortunato? Cos'aveva fatto di male per meritarsi questo?

Smettila. Lascia perdere. Non ci pensare.

Si stava torturando inutilmente.

Si chiuse meglio l'impermeabile e si posizionò più vicino alla strada. Due abbaglianti sbucarono dalla curva, Anto-nio Bacci alzò la paletta e pregò che in quella Mercedes ci fosse un pilota o un assistente di volo o, meglio, tutti e due insieme.

«Se non te ne sei accorto, la polizia ti ha fermato» gli an-nunciò Martina facendosi un tiro di canna.

«Dove!» Max pestò con violenza sul freno.

La macchina cominciò a sbandare e a scivolare sulla stra-da bagnata. Max tentava invano di governarla. Alla fine tirò il freno a mano (mai tirare il freno a mano in corsa!) e la Mercedes fece due piroette e finalmente si fermò col muso a mezzo metro dal fossato di fianco alla strada.

«Fiuh, che culo...» sbuffò Max con il fiato che gli rimaneva. «Per un pelo non siamo finiti di sotto.» Era bianco come un lenzuolo.

«Non li hai visti?» Martina era tranquilla. Come se avessero fatto il testacoda sulle macchinine del luna park e non a centosessanta all'ora su una statale dove avevano rischiato di rompersi l'osso del collo.

«Sì... Non tanto.» Aveva visto un bagliore blu, ma pensava che fosse l'insegna di una pizzeria. «Che faccio?» Nel lunotto posteriore, rigato dalla pioggia, la luce della volante sembrava un faro nella tempesta. «Torno indietro?» Non riusciva a parlare. Gli si erano seccate le fauci.

«Che ne so... Se non lo sai tu.»

«Io me ne andrei. Con questa pioggia non avranno potuto leggere la targa. Io me ne andrei. Che dici?»

«Dico che è una cazzata allucinante. Quelli t'inseguono e t'inculano a sangue.»

«Torno indietro, allora?» spense lo stereo e ingranò la retromarcia. «Tanto siamo in regola. Allaccia la cintura. E butta via quella canna.»

Non ha neanche rallentato.

Era uscito dalla curva come minimo a centosessanta e aveva proseguito sereno.

L'agente Antonio Bacci non aveva avuto neppure il tempo di segnarsi la targa.

CRF 3... Boh? Non se la ricordava.

Di mettersi a inseguirla non se ne parlava. Era l'ultima cosa di cui avesse voglia in quel momento.

Monti in macchina, fai spostare il sedere a quell'idiota di Miele dal posto di guida, ci devi litigare perché lui non vuole, finalmente parti, ti lanci come un disperato all'inseguimento, prima che lo riacchiappi come minimo sei arrivato a Orbano, rischi pure di appiccicarti su un albero. E tutto questo perché? Perché un deficiente non ha visto un posto di blocco.

«Naa. Non è nottata.»

Tra un'ora stacco, me ne torno a casa, mi faccio una bella doccia, mi preparo una zuppa del casale e me ne vado a letto e se quella rompiballe di mia moglie non mi parla è ancora meglio. Se sta zitta almeno non si lamenta.

Guardò l'orologio. Era il turno di Miele di stare fuori. Si avvicinò alla volante e con la mano asciugò il finestrino e guardò cosa stava facendo il suo collega.

Dorme. Come dorme!

Lui stava da mezz'ora sotto la pioggia e quel pezzo di merda se la ronfava felice e contento. Secondo la regola, chi stava in macchina doveva sentire la radio. Se c'era un'emergenza e non rispondeva, erano guai seri. Per colpa di quel coglione ci andava di mezzo pure lui. Era un irresponsabile. Stava da un anno nella polizia e credeva di potersi mettere a dormire mentre lui faceva tutto il lavoro.

Non era la prima cazzata che combinava. E poi gli stava troppo antipatico. Una roba di pelle. Quando gli aveva raccontato che non era partito per colpa dello sciopero dei piloti e che sua moglie era fuori dalla grazia di Dio, quello non aveva avuto neanche una parola gentile, un gesto amico, gli aveva detto che lui non si sarebbe mai fatto fottere dalle agenzie di viaggi e che in vacanza ci andava in macchina. *Bravo!* E che faccia da ritardato che aveva! Con quel nasone a patata e quegli occhi da rospo. Con quei ricci biondastri impiastrati di gel. E sorrideva mentre dormiva.

Io sto sotto la pioggia come uno stronzo e lui dorme...

La rabbia repressa con tanta fatica fino a quel momento cominciò a premergli come un gas tossico sulle pareti dell'esofago. Iniziò a contare per calmarsi. «Uno, due, tre, quattro... Vaffanculo!»

Un ghigno da pazzo gli deformò il volto. Cominciò a tempestare di pugni il parabrezza.

Bruno Miele, l'agente che stava in macchina, in realtà non dormiva.

Teneva la nuca sul poggiatesta e gli occhi chiusi e ragionava sul fatto che Graziano Biglia non aveva fatto male a scoparsi la Delia, ma avrebbe fatto mille volte meglio a scoparsi una soubrette.

Le soubrette sono mille volte meglio delle attrici.

E le soubrette che presentano i programmi sportivi lo arrapavano, se possibile, ancora di più. Era strano, ma il fatto che quelle troie parlassero di calcio e azzardassero previsioni (sempre sbagliate) sul campionato e valutazioni sulle tattiche di gioco (sempre idiote) glielo faceva venire duro.

Lui aveva capito a cosa servivano quelle trasmissioni. Per far chiavare le presentatrici con i calciatori. Era tutto organizzato per quello, il resto era messinscena. E lo dimostrava il fatto che poi si sposavano tra loro.

I presidenti delle società di calcio facevano questi programmi per far scopare i giocatori, così, poi, i calciatori si trovavano in debito e andavano a giocare nelle loro squadre.

Se non avesse scelto la carriera nella polizia, gli sarebbe piaciuto essere un calciatore. Aveva fatto male a smettere di giocare così presto. Chissà, se si fosse impegnato di più...

Sì, mi piacerebbe proprio fare il calciatore.

Non uno qualsiasi però, *se sei uno qualsiasi le soubrette non ti cagano di striscio*, no, doveva essere un bomber come Del Franco, per intenderci. Sarebbe stato ospite alle trasmissioni e se le sarebbe chiavate tutte: Simona Reggi, Antonella Cavalieri, Miriana...? Miriana, Luisa Somaini quando ancora lavorava a TMC e Michela Guadagni. Sì, tutte quante, senza fare inutili distinzioni.

Si stava eccitando.

Chissà chi era la più porca di tutte?

La Guadagni. Quanto mi tira la Guadagni. Sotto quell'aria da brava ragazza si nasconde una maialona. Solo che devi essere un atleta, cazzo, per poterla avvicinare.

178

Cominciò a immaginarsi impegnato in un'orgia con Michela, Simona e Andrea Mantovani, il presentatore.

Sorrise. A occhi chiusi. Felice come un bambino.

Toc toc toc toc.

Una violenta scarica di colpi lo fece letteralmente saltare in aria.

«Che succede?» Sgranò gli occhi e urlò. «Ahhhhh!»

Dietro il vetro una faccia mostruosa lo guardava.

Poi lo riconobbe.

Quel testadicazzo di Bacci!

Abbassò un paio di centimetri di finestrino ringhiando. «Ma sei fuorditesta?! Per poco non mi è venuto un infarto! Che vuoi?»

«Esci!»

«Perché?»

«Perché sì. Stavi dormendo.»

«Non stavo dormendo.»

«Esci!»

Miele guardò l'orologio. «Non tocca ancora a me.»

«Esci fuori.»

«Non tocca ancora a me. Mezz'ora a testa.»

«Mezz'ora è passata da un pezzo.»

Miele controllò l'orologio e fece segno di no. «Non è vero, mancano ancora quattro minuti. Tra quattro minuti esco.»

«Vaffanculo, sono passati più di quaranta minuti. Esci.»

Bacci si avventò contro la maniglia ma Miele fu più lesto, abbassò la sicura prima che quel malato di mente riuscisse ad aprire lo sportello.

«Brutto figlio di puttana, esci fuori» sbraitò Bacci e ricominciò a mollare cazzottoni contro il finestrino.

«Ma che hai?! Che ti è preso, eh, sei impazzito?! Rilassati. Stai tranquillo. Ho capito che non sei andato a fare il viaggio ai Tropici, ma rilassati. È solo un viaggio, non è la fine del mondo.» Miele cercò di non mettersi a ridere, ma quello là era uno sfigato puro, per due mesi gli aveva fatto due palle così con atolli, pesci napoleone e palme e non era partito. Da pisciarsi dalle risate.

«Ah, ridi, pezzo di merda! Apri! Guarda che sfondo il finestrino e ti faccio ingoiare i denti, per la Madonna.»

Miele stava per rincarare la dose e dirgli che non si doveva incazzare così, se non era andato alle Mauritius non importava, tanto il bagno se lo stava facendo lo stesso, ma si trattenne. Qualcosa gli diceva che quello era capace di sfondarlo davvero, il vetro.

«Apri!»

«No, non apro. Se non ti calmi, non apro.»

«Sono calmo. Adesso apri.»

«Non sei calmo, lo vedo.»

«Sono calmo, te lo giuro. Sono calmissimo. Apri, forza.» Bacci si allontanò dalla macchina e alzò le mani. Ormai era fradicio.

«Non ci credo.» Miele guardò di nuovo l'orologio. «E poi mancano ancora un paio di minuti.»

«Non ci credi, eh? Allora guarda.» Bacci estrasse la pistola e gliela puntò contro. «Lo vedi che sono calmo? Lo vedi, eh?»

Miele non ci credeva, come poteva credere che quell'idiota gli stesse puntando la Beretta contro? Doveva essersi fuso il cervello, come quelli che vengono licenziati e ammazzano il loro datore di lavoro. Ma Miele non era disposto a farsi ammazzare da uno psicopatico. Estrasse la pistola anche lui. «Anch'io sono calmo» disse con un sorrisetto strafottente. «Siamo tutti e due calmi. Strafatti di camomilla.»

«Guarda il poliziotto che fa» disse Martina.

Una leggerissima traccia di stupore le venava la voce.

«Che fa? Non vedo.» Max era piegato dalla parte della ragazza ma non riusciva a distinguere niente, la cintura di sicurezza lo bloccava e fuori era buio.

La luce blu illuminava una sagoma umana.

«Ha la pistola in mano.»

Max per poco non si strozzò. «Come, ha la pistola in mano?»

«La sta puntando contro la macchina.»

«La sta puntando contro la macchina!?» Max tirò su le mani e cominciò a urlare. «Non abbiamo fatto niente! Non abbiamo fatto niente! Non l'ho visto, il blocco, lo giuro!»

«Mongoloide, zitto, non la sta puntando contro di noi.» Martina aprì lo zainetto, tirò fuori un pacchetto di Camel light e si accese una sigaretta.

«E contro chi la punta?» domandò Max.

«Stai zitto un attimo. Fammi capire.» Abbassò il finestrino. «Contro la macchina della polizia.»

«Ah!» Max sbuffò di sollievo. «E perché?» chiese poi.

«Non lo so. Forse dentro c'è un ladro.» Martina buttò fuori una nuvola di fumo.

«Dici?»

«Potrebbe. Gli si deve essere infilato dentro mentre stava fermando le macchine. Succede spesso che rubano le volanti così. L'ho letto da qualche parte. Ma il poliziotto deve averlo beccato.» Sembrava molto soddisfatta dell'ipotesi.

«E che facciamo? Ce ne andiamo?»

«Aspetta. Aspetta un momento... Lasciami fare.» Martina si sporse fuori dal finestrino. «Agente! Agente, ha bisogno di una mano? Possiamo fare qualcosa per lei?»

Ho capito perché è venuta con me senza conoscermi, rifletté disperato Max, *è tutta cretina. Altro che le mie amiche, questa qua è completamente idiota.*

«Agente! Agente, ha bisogno di una mano? Possiamo fare qualcosa per lei?» Una voce in lontananza.

Bacci alzò lo sguardo e vide, sul bordo della strada, la Mercedes blu che non si era fermata. Una voce femminile lo stava chiamando.

181

«Cosa?» urlò. «Non ho capito.»

«Ha bisogno di una mano?» gridò la ragazza.

Ho bisogno di una mano? «No!»

Ma che domande faceva? Poi si ricordò della pistola e la infilò velocemente nella fondina. «Siete quelli che prima non si sono fermati?»

«Sì. Siamo noi.»

«Come mai siete tornati?»

La ragazza attese un istante prima di rispondere. «Non ci ha fatto segno con la paletta di fermarci?»

«Sì, ma prima...»

«Allora ce ne possiamo andare?» domandò la ragazza speranzosa.

«Sì» disse Bacci, ma poi ci ripensò. «Un momento, che lavoro fate?»

«Non lavoriamo. Studiamo.»

«Cosa?»

«Lettere.»

«Non sei un'hostess, vero?»

«No. Lo giuro.»

«E perché prima non vi siete fermati?»

«Il mio ragazzo non ha visto il posto di blocco. Pioveva troppo.»

«Certo, il tuo ragazzo correva come un incosciente. A un chilometro da qui c'è un cartello bello grosso su cui c'è scritto: 80. È la velocità massima consentita su questo tratto di strada.»

«Il mio ragazzo non l'ha visto. Siamo mortificati. Veramente. Il mio ragazzo è molto dispiaciuto.»

«Va be', per stavolta l'avete passata liscia. Correte meno, però. Soprattutto quando piove.»

«Grazie, agente. Andremo pianissimo.»

In macchina, Max esultava per tre ragioni.

1) Perché Martina aveva detto "il mio ragazzo". Questo

182

probabilmente non significava niente, ma poteva anche significare qualcosa. Uno non dice tanto per dire "il mio ragazzo". Ci dev'essere un'intenzione, lontana, forse, ma ci dev'essere.

2) Martina non era per niente idiota. Tutt'altro. Era un genio. Si era intortata il poliziotto alla grandissima. Se continuava così, finiva che quello li scortava pure a casa.

3) Non si era beccato la multa. Suo padre gliel'avrebbe fatta pagare fino all'ultima lira, oltre al fatto che gli aveva preso la macchina nuova...

Ma si sbagliava a esultare, perché in quel preciso istante cominciava il turno di Bruno Miele.

Quando aveva visto accostarsi quel gioiello di automobile, l'agente Miele era schizzato fuori come se nella volante ci fosse uno sciame di vespe.

Una 650 TX. La macchina migliore del mondo, secondo la rivista americana «Motors & Cars».

Accese la torcia elettrica e la puntò sull'automobile.

Blu cobalto. L'unico colore per una 650 TX.

«Voi nella Mercedes, accostate» intimò ai due e poi si rivolse a Bacci. «Lascia stare. Ci penso io.»

Il potente fascio della torcia faceva brillare le gocce di pioggia che scendevano fitte e regolari. Dietro, il volto di una ragazza che strizzava gli occhi abbagliata.

Miele la osservò con attenzione.

Aveva i capelli blu, un anello sulle labbra e uno su un sopracciglio.

Una punk!? Che cazzo ci fa una punk su una 650 TX?!

Miele detestava i punk su una Panda, figuriamoci sull'ammiraglia della casa tedesca.

Detestava i loro capelli tinti, i tatuaggi, gli anelli, le ascelle sudate e tutte le altre stronzate anarcoidi-comuniste.

Una volta Lorena Santini, la sua fidanzata, gli aveva detto che le sarebbe piaciuto mettersi l'anello all'ombelico come

Naomi Campbell e Pietra Mura. «Fallo e ti mollo!» le aveva risposto lui. E la stronzata, così come era apparsa era scomparsa dalla mente di Lorena. Probabilmente se fosse stata la fidanzata di uno con meno coglioni, ora li avrebbe avuti pure sulla fica.

Un pensiero inquietante lo gelò. *E se la Guadagni ha gli anelli sulla fica?*

A lei starebbero bene. La Guadagni non è come Lorena. Certe cose lei può permettersele.

«Il suo collega ha detto che ce ne potevamo andare» fece la punk con un braccio davanti agli occhi e una vocetta da cornacchia trasteverina.

«E io invece dico che dovete restare. Accostate.»

L'automobile parcheggiò nella piazzola.

«È vero. Gli ho detto io che potevano andare» protestò Bacci sottovoce.

Miele non abbassò il volume di un decibel. «Ho sentito. E hai fatto male. Non si sono fermati a un posto di blocco. È molto grave...»

«Lasciali andare» lo interruppe Bacci.

«No. Mai.» Miele fece un passo verso la Mercedes, ma Bacci lo afferrò per un braccio.

«Che cazzo stai facendo? Li ho fermati io. Tu che c'entri?»

«Lasciami il braccio.» Miele si divincolò.

Bacci incominciò a saltellare dalla rabbia e a inspirare ed espirare dagli angoli della bocca. Le guance si gonfiavano e si sgonfiavano come due zampogne lucane.

Miele lo guardò scuotendo la testa. *Poveraccio. Che pena. Gli è partito il cocomero. Devo fare rapporto sul suo grave stato mentale. Non è più responsabile delle sue azioni. È pericoloso. Non si rende conto di stare malissimo.*

Se quei due erano studenti, lui era un ballerino di merengue. E quell'imbecille che voleva lasciarli andare...

Erano due ladri.

184

Come poteva una puttana punk stare su una macchina così? Era chiaro. Portavano la Mercedes da qualche ricettatore. Ma se pensavano di farla a Bruno Miele, stavano commettendo un errore grosso come lo stadio Olimpico.

«Senti, vai in macchina. Asciugati, che sei tutto bagnato. Ci penso io. Ora tocca a me. Mezz'ora per uno. Dài, Antonio, vai dentro, per favore.» Cercò di usare il tono più conciliante possibile.

«Sono tornati. Li avevo fermati e sono tornati indietro. Come mai? Secondo te, se fossero ladri, sarebbero tornati?» Bacci ora sembrava sfinito. Come se gli avessero prelevato tre litri di sangue.

«Che c'entra? Vai dentro, forza.» Miele aprì lo sportello della volante. «Hai avuto una brutta giornata. Gli controllo i documenti e li lascio andare.» Lo spinse dentro.

«Fai presto, così ce ne torniamo a casa» disse Bacci completamente scaricato.

Miele chiuse lo sportello e tolse la sicura alla pistola.

E ora a noi.

Si aggiustò il cappello e si avviò con passo deciso verso la Mercedes rubata.

I modelli di riferimento di Bruno Miele erano il Clint Eastwood prima maniera, quello dell'ispettore Callaghan, e lo Steve McQueen di *Bullit*. Uomini tutti d'un pezzo. Uomini di ghiaccio che ti sparavano in bocca senza fare una piega. Poche chiacchiere, molti fatti.

Miele intendeva diventare come loro. Però aveva capito che per riuscirci bisognava avere una missione e lui se l'era trovata. Bonificare la zona dal degrado e dalla criminalità. E se doveva usare la forza, tanto meglio.

Il problema era che odiava l'uniforme che indossava. Gli faceva schifo. Era orrenda, ridicola. Tagliata di merda. Stoffa di cattiva qualità. Roba da polizia polacca. Si guardava al

185

lo specchio e gli veniva da vomitare. Con quella divisa addosso non sarebbe mai riuscito a dare il meglio di sé. Perfino Dirty Harry, con la divisa da poliziotto italiano, sarebbe stato uno qualsiasi, non per niente portava giacche di tweed e pantaloni stretti. Ancora un anno e lui poteva far richiesta per entrare nei reparti speciali. Se lo accettavano si sarebbe messo in borghese e allora sì che sarebbe stato a suo agio. La P38 nella fondina ascellare. E quel bel trench bianco che aveva comprato a Orbano ai saldi estivi.

Miele batté con la torcia sul finestrino del guidatore.

Il vetro si abbassò.

Al volante c'era un ragazzo.

Lo squadrò senza far trapelare nessuna emozione (altro segno distintivo del vecchio Clint).

Era molto brutto.

Doveva avere una ventina d'anni.

Entro cinque, tie', sei anni al massimo, sarebbe diventato calvo. Lui li sgamava al volo, i calvi. Nonostante quello tenesse i capelli lunghi legati in una coda di cavallo, sopra la fronte li aveva radi come gli alberi di una foresta bruciata. E aveva due orecchie grosse come ciambelle, la sinistra più a sventola dell'altra. Come se non fosse abbastanza evidente la deformità, dal lobo gli pendevano cinque anelli d'argento. Il punk probabilmente credeva di assomigliare a Bob Marley o a qualche altra rock-star drogata del cazzo, ma pareva più Walter Chiari travestito da Mago Zurlì.

La troietta dai capelli turchini guardava davanti a sé con la mascella contratta. Aveva le cuffie sulle orecchie. Non era bruttissima. Senza quella ferramenta in faccia e quella tintura in testa sarebbe stata passabile. Niente di straordinario, comunque, ma per un pompino o una sbattuta di ossa al buio poteva andare.

Miele si affacciò nell'abitacolo. «Buonasera, signore. Favorisca i documenti.»

Un aroma forte, inconfondibile come quello di merda di vacca gli eccitò i recettori creando un flusso di ioni che, attraverso i nervi cranici, gli risalì nell'encefalo dove scaricò neuromediatori sulle sinapsi del centro della memoria. E Bruno Miele ricordò.

Aveva sedici anni e si trovava sulla spiaggia di Castrone e cantava *Blowing in the wind* insieme ad alcuni ragazzi della sede di Comunione & Liberazione di Albano Laziale, che facevano campeggio lì vicino. A un tratto erano arrivati quattro fricchettoni che avevano cominciato a fabbricarsi sigarette. Gliene avevano offerta una e lui, per fare colpo su una brunetta di CL, aveva accettato. Un tiro e aveva cominciato a tossire e a lacrimare e quando aveva chiesto cos'era quella merda, i fricchettoni si erano messi a ridere. Poi qualcuno gli aveva spiegato che quella era una sigaretta farcita di droga. Aveva passato una settimana spaventosa, convinto di essere diventato un drogato.

In quella Mercedes c'era lo stesso odore.

Hashish.

Fumo.

Droga.

Walter Chiari e Belli Capelli ci si erano fatti un mucchio di canne. Puntò la pila sul portacenere.

Tombola. E quel coglione di Bacci voleva mandarli via...

Altro che mucchio, una catasta. I mozziconi straboccavano dal portacenere. Non si erano neanche presi la briga di farli sparire. O erano due ritardati mentali o erano troppo fatti per compiere anche un'operazione tanto semplice.

Walter Chiari aprì il cassetto del cruscotto e gli consegnò il libretto di circolazione e il foglio dell'assicurazione.

«La patente?»

Il tizio tirò fuori dalla tasca il portafoglio e gli porse la patente.

Walter Chiari in realtà si chiamava Massimiliano Franzini. Era nato il 25 luglio 1975 ed era residente a Roma in via Monti Parioli, 128.

La patente era in regola.

«Di chi è la macchina?»

«Di mio padre.»

Controllò il libretto di circolazione. L'auto era intestata a Mariano Franzini, residente in via Monti Parioli, 128.

«E tuo padre può permettersi una macchina del genere?»

«Sì.»

Miele allungò il braccio e con la punta della torcia toccò la coscia della ragazza. «Levati quelle cuffie. Documenti.»

Belli Capelli scostò un auricolare, fece una smorfia come se si fosse ingoiata la carogna di un topo e prese dal marsupio la carta d'identità, consegnandogliela con un gesto indisponente.

Si chiamava Martina Trevisan. Anche lei era romana e abitava in via Palenco, 34. Miele non era molto esperto nella toponomastica della capitale, ma gli sembrava di ricordare che via Palenco fosse vicino a piazza Euclide. Parioli.

Riconsegnò i documenti e li squadrò tutti e due.

Due pariolini di questa minchia che facevano i punk.

Peggio dei ladri. Molto peggio. Almeno i ladri rischiavano il culo. Questi no. Questi erano figlidipapà travestiti da teppisti. Nati nella bambagia e tirati su a colpi di centomila lire e con genitori che gli dicevano che erano i padroni dell'universo, che la vita è una passeggiata e che se volevano farsi le canne potevano e se gli andava di vestirsi come barboni non c'era problema.

Un sorriso beato comparve sul volto di Miele, mettendo in mostra una chiostra di denti gialli.

Quella A di anarchia disegnata con i pennarelli sui jeans era un affronto a chi si spacca la schiena sotto la pioggia gelida per mantenere l'ordine, quelle canne lasciate nel posacenere erano un oltraggio a chi una volta ha fatto un tiro per sbaglio a una canna ed è stato tutta una settimana con l'angoscia di essere un drogato, quelle lattine di cocacola buttate con disprezzo sotto i sedili di una macchina che un essere umano normale non si potrebbe permettere nemmeno se risparmiasse per tutta una vita erano un insulto a chi possiede un'Alfa 33 Twin Spark, e la domenica se la lava alla fontana e si cerca i pezzi di ricambio usati. Tutto ciò che quei due rappresentavano, in definitiva, era uno sfottò a lui e all'intero corpo di polìzia.

Quei figli di puttana lo stavano prendendo per il culo.

«Lo sa tuo padre che gli hai preso la macchina?»

«Sì.»

Facendo finta di controllare il foglio dell'assicurazione, Miele proseguì in tono informale: «Vi piace fumare?». Sollevò lo sguardo e vide Walter Chiari che per poco non collassava.

Questo gli diede una scossa benefica che lo ringalluzzì tutto.

Il freddo era scomparso. La pioggia non lo bagnava più. Si sentiva bene. In pace.

È mille volte meglio fare il poliziotto che il calciatore.

Li aveva in mano.

«Vi piace fumare?» ripeté con lo stesso tono.

«Come, agente, non ho capito» farfugliò Walter Chiari.

«Vi piace fumare?»

«Sì.»

«Cosa?»

«Come cosa?»

«Cosa vi piace fumare?»

«Chesterfield.»

«E gli spinelli non vi piacciono?»

«No.» La voce di Walter, invece, vibrava come una corda di violino.

«Noo? E allora perché tremi?»

«Non sto tremando.»

189

«Giusto. Non stai tremando, scusami.» Sorrise soddisfatto e sparò la luce in faccia a Belli Capelli.

«Il giovanotto qui dice che non vi piacciono i cannoni. È vero?»

Martina, riparandosi gli occhi con la mano, fece segno di no con la testa.

«Che hai, sei troppo fatta per parlare?»

«Ci siamo fumati qualche canna, allora?» rispose Belli Capelli con una voce stridula e acuta come un'unghiata sulla lavagna.

Ah... sei una tosta! Non sei una cacasotto come Orecchie a Sventola.

«Allora? Forse ti sfugge, ma in Italia è un reato.»

«È uso personale» ribatté la troietta con un tono da maestrina.

«Ah, è per uso personale. Allora guarda. Guarda un po' che succede.»

Max si ritrovò nell'acqua.

A pelle di leone.

Non aveva avuto il tempo di reagire, di difendersi, di fare niente.

La portiera si era spalancata e quel bastardo gli aveva afferrato i capelli per la coda con tutte e due le mani e lo aveva tirato fuori. Per un attimo aveva temuto che glieli volesse strappare tutti, ma quel figliodiputtana lo aveva lanciato in mezzo alla piazzola, come fosse un peso legato a una corda. E Max era volato in avanti, a testa in giù, finendo di muso in una pozzanghera.

Non respirava.

Si tirò su e si mise in ginocchio. L'impatto con l'asfalto gli aveva compresso lo sterno facendogli collassare i polmoni. Spalancò la bocca ed emise dei suoni gutturali. Niente. Provava a respirare, ma non riusciva a succhiare aria. Boccheggiava prostrato sotto la pioggia e intorno a lui tutto evaporava e diventava tenebra. Nero e giallo. Fiori gialli gli sbocciavano a centinaia davanti agli occhi. Nelle orecchie sentiva un ronzio cupo e pulsante come il motore lontano di una petroliera.

Muoio. Muoio. Muoio. Cazzo, muoio.

Poi, quando ormai era sicuro di lasciarci le penne, qualcosa si sbloccò nel suo torace, una valvola forse, qualcosa si rilassò, insomma, e un filo d'aria fu risucchiato voracemente nei suoi polmoni assetati. Max respirò. E respirò e respirò ancora. La faccia gli passò dal viola al rosso cardinale. Poi cominciò a tossire e a sputare e sentì di nuovo la pioggia che gli colava sul collo e gli inzuppava i capelli.

«Alzati. Tirati su.»

Una mano lo afferrò per il bavero. Si ritrovò in piedi.

«Stai bene?»

Max fece segno di no con la testa.

«Dài che stai bene. Ti ho levato di dosso quell'abbiocco che ti aveva preso. Ora scommetto che mi capisci meglio.»

Max sollevò lo sguardo.

Quel pezzo di merda stava in mezzo allo spiazzo, completamente fradicio, e allargava le braccia come un predicatore invasato o qualcosa del genere. Il volto nascosto nel buio.

E c'era anche Martina. In piedi. A gambe larghe. Le mani appoggiate contro la portiera della Mercedes.

«Se quello che avete consumato, come giustamente ci dice la giovane, era per uso personale, ora ci dobbiamo assicurare che non sia nascosta altra droga da qualche parte, perché allora sarebbe più grave, molto più grave, e volete sapere perché? Perché sarebbe detenzione abusiva di sostanze stupefacenti a fini di spaccio.»

«Max, ti senti bene? Tutto bene?» Martina, senza girarsi, lo chiamò disperata.

«Sì. E tu?»

«Sto bene...» Aveva la voce incrinata. Stava per scoppiare a piangere.

«Fantastico. Anch'io sto bene. Stiamo tutti e tre bene. Così ora ci possiamo occupare di problemi più seri» fece il poliziotto al centro del piazzale.

È pazzo. Completamente pazzo, si disse Max.

Probabilmente non era neanche un poliziotto. Doveva essere un pericoloso psicopatico travestito da poliziotto. Proprio come in *Maniac Cop*. Quell'altro, il poliziotto che avevano visto prima, quello con la pistola, che fine aveva fatto? Lo aveva ucciso? Dentro la volante la luce era accesa, ma la pioggia sui finestrini impediva di vedere all'interno.

Fu abbagliato dalla torcia del poliziotto.

«Dove sta la roba?»

«Quale roba? Non c'è nessuna ro... ba.» *Cazzo, mi sto mettendo a piangere anch'io.* Sentiva il pianto che gli avvolgeva le sue spire maledette intorno al pomo d'Adamo e alla trachea. Un tremito incontrollabile lo scuoteva da capo a piedi.

«Spogliati!» gli ordinò il poliziotto.

«Come, spogliati?»

«Spogliati. Ti devo perquisire.»

«Non ho niente addosso.»

«Dimostramelo.» Il poliziotto aveva alzato la voce. E stava perdendo la calma.

«Ma...»

«Niente ma. Tu devi ubbidire. Io rappresento l'ordine costituito e tu l'anarchia e sei stato colto in flagranza di reato e quindi se ti ordino di spogliarti tu ti devi spogliare, hai capito? Devo forse tirare fuori la pistola e infilartela tra le tonsille? Vuoi che lo faccia?» Aveva ritrovato quel tono peccato, quel tono foriero di sciagure e violenza.

Max si tolse la camicia scozzese e la posò a terra. Poi si sfilò la felpa e la maglietta. Intanto il poliziotto lo osservava a braccia incrociate. Gli fece segno di andare avanti. Si slac-

192

ciò la cintura e i pantaloni di tre taglie più grandi che scivolarono giù come un sipario strappato, lasciandolo in mutande. Aveva le gambe glabre, bianche e magre come ramoscelli.

«Levati tutto. Potresti essertela nasc...»

«Ecco! Ecco qua! Non ce l'ha lui. Ce l'ho io» urlò Martina che stava ancora con le mani appoggiate sulla macchina. Max non riusciva a vederla in faccia.

«Che cos'hai tu?» Il poliziotto le si avvicinò.

«Tieni! Guarda.» Martina aprì il marsupio e prese un pezzo di fumo. Poca roba. Un paio di grammi al massimo. «Eccolo qua.»

Era tutto quello che avevano.

Solo mezz'ora prima, in un pianeta ad anni luce da lì, un pianeta con il riscaldamento a manetta, la musica dei REM e i sedili di pelle, Martina parlava. «Ho provato a comprarne un altro po'. Ho chiamato Pinocchio» (e Max aveva pensato che i pusher hanno sempre i soliti nomignoli del cazzo) «ma non l'ho trovato. È poco, ma chi se ne frega. Ce lo faremo bastare e poi se ci sfondiamo non studiamo...»

«Dai qua.» Il poliziotto prese il pezzo di hashish e se lo mise sotto il naso. «Non fatemi ridere. Queste sono le caccole, dov'è nascosto il grosso? Dentro la macchina? Oppure lo tenete addosso?»

«Giuro, giuro su Dio che è tutto quello che abbiamo. Non ce n'è altro. È la verità. Vaffanculo. Figlio di puttana che non sei altro. È la ver...» Martina smise di parlare e cominciò a piangere.

Sembrava più piccola ora che finalmente piangeva. Le colava il moccio dal naso e le si era sciolto il rimmel sotto gli occhi e la spazzola blu che aveva in testa si era appassita appiccicandosi sulla fronte. Una ragazzina di quindici anni squassata dai singhiozzi.

«È nella macchina? Dimmi, l'avete nascosto in macchina?»

«Vai a vedere, stronzo. Non c'è un cazzo!» urlò Martina e

poi gli si avventò addosso a pugni stretti e il poliziotto le afferrò i polsi e Martina ringhiava e piangeva e il poliziotto urlava. «Che devi fare? Che devi fare? La tua posizione si aggrava» e le piegava un braccio dietro la schiena facendola strillare di dolore e chiudendole il polso con una manetta e l'altra al finestrino.

Max, a braghe calate, guardava malmenare la sua compagna di studi e futura fidanzata senza fare niente.

Era il tono del poliziotto che gli impediva di reagire. Troppo tranquillo. Come se per lui fosse la cosa più normale del mondo prendere uno per i capelli e sbatterlo a terra e poi picchiare una ragazza.

È pazzo come un cavallo. Questa considerazione, invece che gettarlo definitivamente nel panico, lo calmò.

Era pazzo. Ecco perché lui non doveva fare assolutamente niente.

Ad alcune persone è successo di morire e di essere riportate in vita. Questione di pochi secondi, durante i quali i polmoni sono fermi, l'elettrocardiogramma è piatto e qualsiasi segno di vita assente. Sono clinicamente morti. Poi gli sforzi dei medici, l'adrenalina, le scariche elettriche e i massaggi cardiaci resuscitano il cuore che lentamente ricomincia a battere e questi fortunati riprendono a vivere.

Al risveglio, se è giusto chiamarlo così, alcuni hanno raccontato di aver avuto la sensazione, mentre erano morti, di staccarsi dal corpo e di vedere se stessi sul tavolo operatorio circondati da medici e infermieri. Guardavano la scena dall'alto, come se una telecamera fosse zavorrata dentro le loro spoglie mortali (l'anima, per altri), si fosse liberata e avesse compiuto una carrellata indietro e verso l'alto.

Una sensazione simile a quella che Max stava provando in quel momento.

Vedeva la scena da lontano. Come in un film, o meglio su un set dove stavano girando. Un film di violenza. La luce blu della volante. I fari della Mercedes che facevano brillare le pozzanghere. L'oscurità frustata dalla pioggia. Le macchine che sfrecciavano sulla strada. I rintocchi lontani di una campana.

Non me n'ero accorto, finora.

E quel finto poliziotto e una ragazza magra in ginocchio *che ho conosciuto questa mattina* che piangeva ammanettata alla portiera. E poi c'era lui, in mutande, che tremava e batteva i denti senza essere in grado di fare niente.

Era perfetta. Da copione.

E la cosa più assurda era che era vera e stava accadendo a lui, a lui che era un appassionato di cinema d'azione, a lui che aveva visto un mucchio di volte *Duel* e quattro volte *Un tranquillo week-end di paura* e almeno un paio *The Hitcher*, a lui che, seduto nella seconda fila dell'Embassy con un pacchetto di pop-corn in mano, avrebbe apprezzato molto una scena così tosta. Avrebbe gioito per il suo realismo. Per la violenza inusitata che il regista era riuscito a metterci dentro. Che strano, ora c'era in mezzo, proprio lui, proprio lui che avrebbe applaudito...

Il ragazzo non s'impegna e non partecipa.

Quante volte gli avevano scritto quella stronzata sulla pagella?

«LASCIALA STARE!» Urlò a squarciagola. Roba da spezzarsi le corde vocali. «LASCIALA STARE!»

Partì caricando come una bestia ferita contro quel bastardo figlioditroiarottoinculo ma finì a terra dopo appena un passo.

Inciampò nei pantaloni.

E rimase giù nella notte fredda a piangere.

Forse ci sto andando un po' pesante.

Fu la scena pietosa di Walter Chiari che inciampava nei pantaloni e finiva in **una pozzanghera** strillando come un maiale scannato che fece nascere questo interrogativo di ordine morale nella mente dell'agente di polizia Bruno Miele.

Poteva essere una cosa comicissima, alla Fantozzi per intenderci, quel poveraccio a braghe calate che tentava di aggredirlo e finiva giù e invece la scena gli aveva gelato il sorriso sulla faccia. Improvvisamente quel poveretto gli aveva fatto un po' pena. Uno di vent'anni che si mette a frignare come un moccioso e non sa assumersi le sue responsabilità. Quando aveva visto il film *L'orso*, nel punto in cui i cacciatori uccidono mamma orsa e il cucciolotto capisce che la Terra è un posto di merda popolato da figli di puttana e che dovrà cavarsela da solo, aveva provato qualcosa del genere. Un groppo in gola e una contrazione involontaria dei muscoli facciali.

(*Che cazzo ti sta prendendo?*)

Che cazzo mi sta prendendo?! Niente!

La ragazza non gli faceva pena.

Anzi. L'avrebbe presa a schiaffi. Gli stava talmente sul cazzo, con quella sua vocetta isterica che sembrava il guaito di una sega elettrica, che non se la sarebbe nemmeno scopata. Sì, l'avrebbe presa volentieri a schiaffi. Ma quel disgraziato doveva piantarla di piagnucolare, sennò veramente si metteva a piangere pure lui.

Si accucciò accanto a Walt... Come si chiamava? Massimiliano Franzini. Gli si rivolse con un tono zuccheroso come una cassata siciliana. «Tirati su. Non piangere. Dài, che lì a terra prendi freddo.»

Niente.

Sembrava che non lo avesse sentito, ma almeno aveva smesso di piangere. Lo afferrò per un braccio e tentò di sollevarlo ma niente. «Dài, non fare così. Adesso controllo in macchina e se non trovo niente vi lascio andare. Sei contento?»

Glielo aveva detto per farlo alzare. Non era tanto sicuro che li avrebbe lasciati andare così facilmente. C'erano sempre tutte quelle canne che si erano fumati. E poi doveva chiedere un controllo sui nominativi alla centrale. Il verbale. Un mucchio di roba da fare.

«Alzati che mi fai arrabbiare.»

Orecchione finalmente sollevò la testa. Aveva la faccia sporca di fango e una seconda bocca gli si era aperta sulla fronte e vomitava sangue. Aveva gli occhi lucidi e stanchi, ma una strana determinazione li animava. Mostrò i denti. «Perché?»

«Perché sì. Non puoi rimanere a terra.»

«Perché?»

«Ti prenderai un raffreddore.»

«Perché? Perché fai così?»

«Così come?»

«Perché ti comporti così?»

Miele fece due passi indietro.

Come se improvvisamente a terra non ci fosse più Walter Chiari ma un velenoso cobra che gonfiava il collo.

«Alzati. Le domande le faccio io. Alz...

(*Spiegagli perché ti comporti così.*)

... ati» balbettò.

(*Diglielo.*)

Che cosa?

(*Digli la verità. Spiegaglielo, su. E non cacciargli balle. Così ce lo spieghi pure a noi. Che non abbiamo capito bene. Diglielo, forza, che aspetti?*)

Miele si allontanò. Sembrava un manichino. I pantaloni della divisa erano bagnati fino al ginocchio, la giacca aveva un alone scuro sulle spalle e sulla schiena. «Vuoi che te lo dica? Ora te lo dico. Ora te lo dico, se vuoi.» E si avvicinò a Orecchione, gli afferrò la testa e gliela girò in direzione della Mercedes. «Vedi quella macchina là? Quella macchina viene su strada, senza optional, centosettantanove milioni iva compresa, ma se ci aggiungi il tettuccio apribile, le ruote più larghe, il climatizzatore computerizzato, l'impianto hi-fi con

197

il cambia cd da bagagliaio e il subwoofer attivo, gli interni in pelle, l'air-bag laterale e tutto il resto arriviamo tranquillamente a duecentodieci, duecentoventi milioni. Quella macchina ha un sistema di frenata, controllato da un processore a sedici bit identico a quello che usa la McLaren in Formula uno, ha una scatola sigillata con all'interno un cip prodotto dalla Motorola che controlla l'assetto della vettura, regola la pressione dei pneumatici e l'altezza degli ammortizzatori anche se tutte queste, in definitiva, sono stronzate che potresti trovare, non così, un po' peggio, pure su un modello di punta della Bmw o della Saab. La cosa eccezionale di quell'automobile, la cosa per cui i patiti si fanno letteralmente le seghe, è il motore. È un motore di seimilatrecentoventicinque centimetri cubici distribuiti in dodici pistoni di una lega speciale di cui solo la Mercedes conosce l'esatta composizione. Lo ha progettato Hans Peter Fenning, l'ingegnere svedese che ha realizzato il sistema di propulsione dello Space shuttle e del sottomarino atomico americano *Alabama*. Hai mai provato a partire in quinta? Probabilmente no, ma se lo facessi vedresti che la macchina parte anche in quinta. Ha un motore così elastico che puoi cambiare marcia senza usare la frizione. Ha una ripresa che brucia tutte queste merdose coupé che vanno tanto di moda oggi e che se la batte fieramente con macchine tipo Lamborghini o Corvette, non so se mi spiego. E vogliamo parlare della linea? Elegante. Sobria. Niente cafonate. Niente fari marziani. Niente plasticoni. Raffinata. Il classico tre volumi Mercedes. Questa macchina la usa Gianmaria Davoli, il presentatore di Grand Prix, che potrebbe usare una Ferrari 306 o una Testarossa come io uso un paio di sandali. E sai che ha detto il nostro presidente del consiglio al salone di Torino? Ha detto che questa è una macchina che è un traguardo e che quando in Italia riusciremo a fare un'automobile simile allora ci potremo dire un paese democratico. Ma io credo che non ci riusciremo mai,

198

da noi manca la mentalità per fabbricare una macchina così. Ora, non so chi sia tuo padre, né come si guadagna i soldi. Sicuramente sarà un mafioso o un tangentista o un pappone, non me ne frega un cazzo. Io tuo padre lo stimo, è una persona degna di rispetto perché possiede una 650 TX. Tuo padre è un uomo che sa apprezzare le cose che valgono, si è comprato questa macchina, ha speso un botto di soldi e ci potrei scommettere la mano destra che non ci va vestito come un pezzente e scommetto la sinistra che non sa che tu, figlio di puttana, gliel'hai rubata per portarci in giro una troietta con i capelli blu e gli orecchini in faccia e per fumartici le canne dentro e buttare a terra tramezzini smozzicati. Vuoi sapere cosa penso? Penso che voi due siete i primi al mondo a farvi le canne in una 650 TX. Forse qualche rockstar del cazzo ci si sarà fatta qualche striscia di coca, ma nessuno e dico nessuno ci si è fumato una canna. Voi due avete compiuto un atto sacrilego, un atto a dir poco blasfemo, quando avete deciso di drogarvi in una 650 TX, avete compiuto un'azione grave come cagare sull'Altare della Patria. Ora ti è chiaro perché mi comporto così?»

Se l'agente Antonio Bacci non fosse crollato addormentato appena messo piede nella volante, probabilmente il Bruno Miele Magic Show, in diretta dal centododicesimo chilometro della via Aurelia, non sarebbe riuscito così bene e Max Franzini e Martina Trevisan non avrebbero raccontato per tanti anni a seguire quella terribile esperienza notturna (Max, a prova di ciò, avrebbe mostrato la cicatrice sulla fronte stempiata).

Solo che Antonio Bacci, appena entrato nel tepore della macchina, si era allentato le stringhe degli anfibi, aveva incrociato le braccia e, senza accorgersene, era caduto in un sonno pesante popolato di noci di cocco, pesci palla, maschere di silicone e assistenti di volo in bikini.

Quando la radio cominciò a trasmettere, Bacci si risvegliò. «Autopattuglia 12! Autopattuglia 12! C'è un'emergenza. Dovete recarvi immediatamente alla scuola media di Ischiano Scalo, degli sconosciuti si sono introdotti nell'edificio. Autopatt...»

Cazzo, mi sono addormentato, realizzò afferrando il microfono e guardando l'orologio. *Ma com'è possibile, dormo da più di mezz'ora? Che sta facendo Miele là fuori?*

Ci mise qualche secondo a capire cosa voleva la centrale, ma alla fine riuscì a rispondere. «Ricevuto. Ci muoviamo subito. Tra dieci minuti al massimo siamo là.»

I ladri. Nella scuola di suo figlio.

Uscì fuori. Pioveva come prima e in più tirava un ventaccio che ti portava via. Fece due passi di corsa, ma subito rallentò.

La Mercedes era ancora là. Ammanettata alla portiera c'era la ragazza con i capelli blu. Era seduta a terra e si stringeva le gambe con un braccio. Miele invece era accucciato in mezzo al piazzale accanto al ragazzo steso in mutande in una pozzanghera, e gli parlava.

Si avvicinò al collega e con una voce stralunata gli domandò che cosa stava succedendo.

«Ah, eccoti.» Miele sollevò la testa e sorrise felice. Era completamente zuppo. «Niente. Gli stavo spiegando una cosa.»

«E perché sta in mutande?» Bacci era attonito.

Il ragazzo tremava come una foglia ed era pure ferito alla testa.

«L'ho perquisito. Li ho beccati a fumare hashish. Me ne hanno consegnato un pezzo, ma ho sospetti fondati che ne abbiano ancora, nascosto dentro la macchina. Dobbiamo controllare...»

Bacci lo prese per un braccio e lo trascinò via, dove quei due non potevano sentire. «Ti ha dato di volta il cervello? Lo

200

hai menato? Guarda che se quelli ti denunciano finisci nei casini.»

Miele si divincolò. «Quante volte ti ho detto di non toccarmi! Non l'ho menato. È caduto da solo. È tutto sotto controllo.»

«E perché hai ammanettato la ragazza?»

«È isterica. Ha tentato di aggredirmi. Stai calmo. Non è successo niente.»

«Ascoltami. Dobbiamo correre subito alla scuola media di Ischiano. C'è un'emergenza. Sembra che qualcuno si sia introdotto nell'edificio e ci sono stati degli spari...»

«Come degli spari?» Miele aveva cominciato ad agitarsi. Muoveva freneticamente le mani. «Hanno sentito degli spari nella scuola?»

«Sì.»

«Nella scuola?»

«Ti ho detto di sì.»

«Oddioddioddioddioddioddio...» Ora quelle dita agitate come zampe di cavalletta Miele se le era messe in faccia e si pizzicava le labbra, il naso, si scompigliava i capelli.

«Che ti prende?»

«Coglione, là dentro c'è mio padre. I sardi! Papà aveva ragione. Andiamo, andiamo, di corsa, non c'è tempo da perdere...» fece Miele con una voce spiritata e si avviò verso i due.

Già. Bacci non se lo era ricordato. *Il padre di Miele è il bidello della scuola...*

Miele corse verso il ragazzo che intanto si era rimesso in piedi, raccolse da terra i vestiti ormai ridotti a stracci bagnati e glieli mise in mano, poi andò dalla ragazza e la liberò, tornò indietro ma a un certo punto si fermò. «Ascoltatemi, voi due, questa volta l'avete scampata, ma la prossima non sarà così. Piantatela di farvi le canne. Quella roba fa marcire il cervello. E smettetela anche di conciarvi così. Lo dico per voi. Noi ce ne dobbiamo andare. Asciugatevi che vi viene l'influenza.»

Poi si rivolse solo al ragazzo. «Ah, e fai molti complimenti a tuo padre per la macchina.» Raggiunse Bacci e i due poliziotti salirono sulla volante e partirono a sirene spiegate.

Max li vide scomparire sull'Aurelia. Gettò via i vestiti, si tirò su i pantaloni e corse da Martina e l'abbracciò.

Rimasero stretti, come fratelli siamesi, per un sacco di tempo. E in silenzio piansero. S'infilarono le mani uno nei capelli dell'altro mentre la pioggia gelida, indifferente, continuava a frustarli.

Si baciarono. Prima sul collo, poi sulle guance e infine sulle labbra.

«Entriamo in macchina» gli disse Martina tirandolo dentro. Chiusero gli sportelli e accesero il climatizzatore computerizzato che in pochi secondi trasformò l'abitacolo in una fornace. Si spogliarono, si asciugarono, si misero addosso le cose più calde che avevano e si baciarono di nuovo.

In questo modo Max Franzini superò la terribile prova del bacio.

E quei baci furono i primi di una lunghissima serie. Max e Martina si misero insieme, rimasero fidanzati per tre anni (al secondo anno nacque una bambina che chiamarono Stella) e poi si sposarono a Seattle dove aprirono un ristorante italiano.

Nei giorni seguenti, nella villa a San Folco, rifletterono a lungo sull'opportunità di denunciare quel bastardo, ma alla fine lasciarono perdere. Non si sapeva come sarebbe andata a finire la cosa e poi c'erano di mezzo le canne e la macchina presa di nascosto. Meglio lasciar perdere.

Ma quella notte gli rimase per sempre impressa nella memoria. La terribile notte in cui ebbero la sciagura di imbattersi nell'agente Miele e la grande gioia di averla scampata e di essersi fidanzati.

Max mise in moto, infilò il cd dei REM nel lettore e partì uscendo per sempre da questa storia.

10 dicembre

38

drin drin drin.

Quando il telefono cominciò a squillare, la professoressa Flora Palmieri sognava di essere nel camerino dell'estetista. Se ne stava, tranquilla e serena, sdraiata sul lettino quando la porta si aprì ed entrarono nella stanza una dozzina di koala argentati. La professoressa sapeva, senza sapere perché, che quei marsupiali volevano tagliarle le unghie dei piedi.

Stringevano in mano dei tronchesini e le ballavano intorno, cantando tutti allegri.

«*Trik trik trik.* Siam koala, siamo orsetti assai carini, adesso ti tagliamo le unghie dei piedini. *Trik trik trik drin drin drin.*»

Con i loro tronchesini in pugno.

drin drin drin.

E il telefono continuava a squillare.

Flora Palmieri spalancò gli occhi.

Buio.

drin drin drin.

Cercò con la mano l'interruttore, accese l'abat-jour.

Guardò la sveglia digitale sul comodino accanto al letto.

Le cinque e quaranta.

E il telefono continuava a squillare.

Chi può essere?

Si alzò, s'infilò le pantofole e corse in salotto.

«Pronto?»

«Pronto, professoressa? Scusi l'ora... Sono Giovanni Cosenza.»

Il preside!

«L'ho svegliata?» domandò esitante.

«Be', sono le cinque e quaranta.»

«Mi scusi. Non l'avrei chiamata ma è successa una cosa molto grave...»

Flora cercò d'immaginare una cosa molto grave che avrebbe potuto autorizzare il preside a svegliarla a quell'ora, però non gliene venne in mente nessuna.

«Cosa?»

«Stanotte sono entrati nella scuola. Hanno spaccato tutto...»

«Chi?»

«I vandali.»

«Come?»

«Sì, sono entrati e hanno distrutto il televisore e il videoregistratore, hanno imbrattato i muri con la vernice, hanno chiuso con una catena il cancello della scuola. Italo ha tentato di fermarli ma è finito all'ospedale e qui c'è la polizia...»

«Che è successo a Italo?»

«Credo si sia rotto il naso e ferito le braccia.»

«Ma chi erano?»

«Non si sa. Ci sono delle scritte che farebbero pensare a degli alunni dell'istituto, non lo so... Ecco. Qui c'è la polizia, bisogna fare un sacco di cose, prendere delle decisioni e queste scritte...»

«Che scritte?»

Il preside esitò. «Brutte scritte...»

«Come brutte?»

«Brutte. Brutte. Bruttissime, professoressa.»

«Scritte brutte? Che dicono?»

204

«Niente... Potrebbe venire qui?»

«Quando?»

«Adesso.»

«Sì, certo, arrivo... Mi preparo e arrivo... Tra mezz'ora?»

«D'accordo. L'aspetto.»

La professoressa abbassò il ricevitore tutta scombussolata. «Madonna mia, che sarà successo?» Rimase due minuti a girare per casa senza sapere cosa fare. Era una donna metodica. E le emergenze la mettevano nel panico. «Giusto, devo andare in bagno.»

39

Ta ta ta ta ta ta ta...

Graziano Biglia aveva la sensazione che un elicottero gli fosse finito nel cranio.

Un Apache, uno di quei grossi elicotteri da combattimento.

E se alzava la testa dal cuscino, le cose peggioravano decisamente perché cominciava a gettare napalm sul suo povero cervello dolorante.

Com'era? Non ti facevi fottere? Tutto sarebbe andato bene? Io vivo alla grande anche senza di lei... Puah!

E pensare che tutto era filato liscio fino a quando non era entrato nel merdoso Western Bartabacchi.

I ricordi della notte assomigliavano a un telo nero e tarlato. Ogni tanto c'era un buchino dal quale passava un po' di luce.

Era finito sulla spiaggia. Questo se lo ricordava. Ci faceva un freddo cane su quella cazzo di spiaggia e lui era scivolato da qualche parte finendo lungo disteso tra le cabine. Stava sotto la pioggia e cantava.

Onda su onda, la nave, la deriva, le banane, i lamponi...

Ta ta ta ta ta...

Doveva prendere subito qualcosa.

Una pillola magica che avrebbe abbattuto quell'elicottero che si ritrovava ingabbiato nella testa. Le pale gli stavano spappolando il cervello come fosse una Danette alla vaniglia.

Graziano allungò un braccio e accese la luce. Aprì gli occhi. Li richiuse. Li riaprì lentamente e vide John Travolta.

Almeno sono a casa.

40

La mattina, Flora Palmieri aveva un lungo rituale da rispettare.

Prima di tutto il bagno con il bagnoschiuma al mughetto d'Irlanda. Poi sentire alla radio la prima parte di Buongiorno Italia con Elisabetta Baffigi e Paolo d'Andreis. E la colazione con i cereali.

Quella mattina sarebbe saltato tutto.

Le scritte bruttissime. Al cento per cento riguardavano lei.

Chissà cosa dicevano.

In fondo, era anche un po' contenta. Almeno ora il preside e la vicepreside, di fronte all'evidenza, avrebbero preso dei provvedimenti.

Da qualche mese avevano cominciato a farle scherzi scemi. All'inizio erano burle innocenti. Il cancellino incollato alla cattedra. Un rospo nella borsa. Una caricatura sulla lavagna. Le puntine sulla sedia. Poi le avevano fatto sparire il registro. Non soddisfatti, avevano alzato il tiro bucandole le ruote della Y10, infilato una patata nel tubo di scappamento e, per finire, una sera mentre stava guardando la televisione un sasso aveva sfondato la finestra del salotto. Per poco non le era venuto un infarto.

A quel punto era andata dalla vicepreside e le aveva raccontato tutto. «Mi dispiace, ma non posso farci niente» aveva detto quell'arpia. «Non sappiamo chi sia stato. Non possiamo fare niente perché la cosa è avvenuta fuori dalla scuola. E poi credo, me lo lasci dire, professoressa, che se siamo arrivati a questo punto è anche colpa sua. Lei non riesce a instaurare un dialogo costruttivo con i suoi studenti.»

Flora aveva sporto denuncia contro sconosciuti, ma non era successo nulla.

Forse ora...

Finalmente si decise a entrare in bagno, regolò l'acqua della doccia e si spogliò.

41

Era vestito.

Le Timberland ai piedi. Un odore acido e pungente di...

«Cazzo, mi sono vomitato addosso.»

Un altro buchino.

Graziano era in macchina e guidava. A un certo punto gli era salito su per il gargarozzo un fiotto aspro di Jack Daniels e lui aveva girato la testa e aveva vomitato fuori dal finestrino. Solo che il finestrino era chiuso.

Che schifo...

Aprì il cassetto e cominciò a tirare fuori boccette a caso.

Alka-Seltzer. Novalgina. Aspirina. EN. Fave di Fuca. Aulin.

Non ce l'aveva fatta. Non era riuscito a opporsi, a resistere all'ondata di merda che l'aveva investito.

E pensare che dopo la telefonata aveva vissuto un paio di ore in uno strano ed euforico distacco zen.

42

Che la professoressa Palmieri avesse un gran bel fisico non c'erano dubbi.

Era alta, magra, con due gambe slanciate. Forse aveva po-

207

chi fianchi, ma la natura l'aveva dotata di un seno abbondante che risaltava sul corpo snello. La pelle bianca, bianchissima, del bianco dei morti. Completamente glabra se non per un piccolo ciuffo di peli color carota sul pube.

Il volto sembrava intagliato nel legno. Tutto spigoli e due zigomi appuntiti. Una bocca larga con le labbra sottili ed esangui. I denti forti, leggermente gialli. Un naso lungo e affilato come un alettone divideva due occhi tondi e grigi come ciottoli di fiume.

In testa aveva una massa prodigiosa di capelli rossi, una criniera crespa che le arrivava a metà schiena. Fuori casa li teneva sempre raccolti in uno chignon.

Quando uscì dalla doccia, nonostante la fretta si guardò allo specchio.

Era una cosa che prima faceva poco, ma da un po' di tempo lo faceva sempre più frequentemente.

Stava invecchiando. Non che questo le desse fastidio, anzi. Era incuriosita dal modo in cui ogni giorno che passava la sua pelle fosse meno viva, i capelli meno lucidi e gli occhi più opachi. Aveva trentadue anni e ne avrebbe potuto dimostrare di meno se non avesse avuto quella ragnatela di rughe sottili intorno alla bocca e la pelle del collo un po' lassa.

Si guardava e non si piaceva.

Odiava i suoi seni. Erano troppo grossi. Portava una quìnta misura, ma quando aveva le mestruazioni le stava appena.

Se li prese nelle mani. Le veniva voglia di stringerli fino a farli esplodere come fossero meloni maturi. Perché la natura le aveva fatto quello scherzo osceno? Quelle due mostruose ghiandole ipertrofiche non c'entravano niente con la sua esile figura. Sua madre non aveva mai avuto due cose così. La facevano passare per una donna di facili costumi e, se non se li strizzava dentro reggiseni elasticizzati, non li mimetizzava sotto vestiti austeri, sentiva addosso gli sguardi dei maschi. Se ne sarebbe fatta asportare una parte, se ne avesse avuto il coraggio.

S'infilò l'accappatoio e andò nella piccola cucina. Tirò su la tapparella.

Un altro giorno di pioggia.

Prese dal frigo dei fegatini di pollo già cotti, delle zucchine e delle carote bollite. Mise tutto nel frullatore.

«Mammina, io devo uscire» disse ad alta voce. «Ti faccio mangiare un po' prima, stamattina, mi dispiace ma devo correre a scuola...» Accese il frullatore. In un attimo tutto si trasformò in una pappetta rosata. Lo spense.

«Era il preside. Devo correre a scuola.» Tolse il tappo del frullatore e ci versò dentro dell'acqua e della salsa di soia. Mescolò. «Stanotte qualcuno è entrato nella scuola. Sono un po' preoccupata.» Mise il frullato in un grosso biberon e lo scaldò nel microonde. «Hanno scritto delle cose brutte... Probabilmente su di me.»

Attraversò la cucina con il biberon in mano ed entrò in una camera buia. Schiacciò l'interruttore. Il neon crepitò e illuminò una piccola stanza. Appena più grande della cucina. Quattro pareti bianche, una piccola finestra con la tapparella abbassata, linoleum grigio a terra, un crocefisso, un letto con le sbarre di allumino, una sedia, un comodino e un trespolo per le flebo. Questo era tutto.

Distesa sul letto c'era Lucia Palmieri.

43

Graziano si era fatto una lunga doccia ed era uscito di casa alle nove e mezzo di sera.

Destinazione? Cinema Mignon di Orbano.

Titolo del film? *Colpo su colpo.*

Attore? Jean-Claude Van Damme. Un grande.

Quando ti hanno strappato il cuore dal petto e te lo hanno spappolato il cinema è un toccasana, si era detto.

Dopo il film una pizzetta e poi a nanna, come un vecchio saggio.

Tutto probabilmente sarebbe andato secondo i suoi piani se non si fosse fermato al Western a prendere le sigarette. Le aveva comprate e stava per uscire quando si era detto che in fondo un whiskino non poteva fargli male, anzi lo avrebbe tirato su.

Niente da dire, se fosse stato uno.

Graziano si era seduto al bancone e si era scolato una serie di whiskini che non fanno male e il dolore, fino a quel momento soffocato nelle profondità del suo essere, aveva cominciato a dibattersi e a latrare come un bastardo torturato.

Mi hai lasciato? Benissimo. Chi ti s'incula? Non c'è problema. Graziano Biglia vive molto meglio senza di te, troia. Vattene. Scopa con Mantovani. A me non me ne frega un cazzo.

Aveva cominciato a parlare da solo. «Sto alla grandissima. Sto benissimo. Che ti credi, carina, che mi metto a piangere? No, mia cara, ti sbagli. Mi dispiace tanto. Sai quante donne meglio di te esistono? Milioni. Non sentirai mai più parlare di me in vita tua. Vedrai quanto mi rimpiangerai, perché mi rimpiangerai e mi cercherai e non mi troverai.»

Un gruppo di ragazzini, seduti a un tavolo, lo guardavano. «Che cazzo avete da guardare? Venite a dirmelo in faccia se c'è qualcosa che non vi sta bene.» Aveva abbaiato, si era preso la bottiglia dal bancone, si era seduto ferito e disperato al tavolo più buio del locale e aveva estratto il telefonino.

44

Prima della malattia, Lucia Palmieri era alta come la figlia, ora misurava circa un metro e cinquantadue e pesava trentacinque chili. Come se un parassita alieno le avesse succhiato la carne e le viscere. Era ridotta uno scheletro ricoperto di pelle floscia e livida.

Aveva settant'anni ed era affetta da una rara e irreversibile forma di degenerazione del sistema nervoso centrale e periferico.

Viveva, se quella roba era vita, inchiodata a quel letto. Più incosciente di un mollusco bivalve, non parlava, non sentiva, non muoveva un muscolo, non faceva niente.

In realtà, una cosa la faceva.

Ti guardava.

Con due enormi fari grigi, dello stesso colore di quelli di sua figlia. Occhi che sembravano aver visto qualcosa di così immenso che ne erano rimasti fulminati, mettendo in cortocircuito tutto l'organismo. Stando immobile per tanto tempo, i muscoli le si erano ridotti a una pappa gelatinosa e le ossa si erano ritirate e torte come rami di fico. Quando la figlia doveva rifarle il letto, la alzava e la teneva tra le braccia come fosse una bambina.

45

Graziano aveva chiamato il primo numero memorizzato sulla rubrica del cellulare.

«Sono Graziano, chi è?»

«Sono Tony.»

«Ciao, Tony.»

Tony Dawson, il dj dell'Antrax ed ex di Erica.

(Chiaramente Graziano questo particolare lo ignorava.)

«Graziano? Dove sei?»

«A casa. A Ischiano. Come va?»

«Insomma. Si lavora troppo. E a te come butta?»

«Bene. Molto bene.» Poi aveva deglutito la palla da tennis che aveva in gola. «Mi sono lasciato con Erica» aveva aggiunto.

«No!?»

«Sì.» E sono felice, avrebbe voluto dire, ma non ce l'aveva fatta.

«E come mai? Sembravate una coppia così bene assortita...»

Eccola. Eccola l'infame domanda che lo avrebbe afflitto per i prossimi anni.

Come mai sei stato così imbecille da lasciare un grandissimo pezzo di figa come quello?

«E come mai? Negli ultimi tempi non si andava più tanto d'accordo.»

«Ah! L'hai lasciata tu o... o ti ha lasciato lei?»

«Be', diciamo che l'ho lasciata io.»

«Perché?»

«Mah, possiamo dire che ci siamo lasciati per incompatibilità di carattere... Siamo due persone talmente diverse, con due modi di vedere la vita lontani anni luce.»

«Ah...»

Nonostante il whisky che gli marinava lo stomaco, Graziano aveva sentito che in quel "Ah..." c'era tanta perplessità, tanta incredulità, tanta commiserazione e tante altre cose che non gli piacevano. Era come se quel testadicazzo avesse detto: "Sì, vabbe', sparane un'altra".

«Sì, l'ho lasciata perché, se ce la vogliamo dire tutta, è una mezza scema. Mi dispiace che è amica tua, ma Erica ha l'acqua al posto del cervello. È una così. È una di cui non ti puoi fidare. Non so come fai a esserle ancora amico. Tra l'altro parla pure male di te. Dice che sei uno che appena può te lo butta al culo. Guarda, non lo dico perché sono incazzato, ma è meglio che la lasci perdere. È troppo troi... lasciamo stare, che è meglio.» A quel punto Graziano aveva avuto una vaga percezione che gli consigliava d'interrompere quella telefonata. Tony Dawson non era la persona, come dire, più indicata per sfogarsi, essendo uno dei migliori amici della Troia.

Come se non bastasse, il dj, infido come un aspide, gli diede la mazzata finale. «Erica è un po' puttana. È fatta così. Lo so, lo so benissimo.»

Graziano aveva ingollato un sorso di whisky e si era rincuorato. «Lo sai pure tu? Meno male. Sì, è una grandissima troia. Una di quelle pronte a passare sul tuo cadavere per un po' di successo. Non sai di che sarebbe capace quella.»

«Di cosa?»

«Di tutto. Lo sai perché mi ha mollato? Perché l'hanno presa come valletta al programma "Chi la fa l'aspetti", il programma di quel frocio di Andrea Mantovani. E giustamente non voleva avere pesi morti che le impedivano di esprimersi come la sua natura le impone, ossia come la gran puttana che è. Mi ha mollata perché... Come ha detto?» Graziano tentò una patetica imitazione dell'accento trentino di Erica. «Perché ti disprezzo, per tutto quello che rappresenti. Per come ti vesti. Per le stronzate che spari... Brutta troia bastarda che non sei altro.»

Dall'altra parte il silenzio era di tomba, ma a Graziano non interessava, stava scaricando la vagonata di merda che aveva immagazzinato in sei mesi di torture e frustrazioni e al telefono ci poteva essere Michael Jackson, Eta Beta o Sai Baba in persona, a lui non fregava un emerito cazzo. Doveva sfogarsi.

«Disprezzarmi per quello che rappresento!? Capito che ha detto? Che cazzo rappresento io, eh!? Il coglione che ti ha coperto di regali, ti ha sopportato, ti ha amato come nessun altro al mondo, che ha fatto tutto, tutto, tut... Cazzo! Ti saluto. Stammi bene.»

Aveva troncato la conversazione perché un dolore acuto come la puntura di un'ape gli straziava la carotide, e la fragile impalcatura zen oramai era crollata.

Graziano aveva afferrato la bottiglia di whisky ed era uscito barcollando dal Western Bartabacchi.

La notte, malvagia, aveva spalancato le sue fauci e se lo era inghiottito.

46

«Ecco qua. Senti quant'è buono. Ci ho messo anche i fegatini...» Flora Palmieri sollevò la testa della madre e le infilò il biberon in bocca. La vecchia cominciò a succhiare. Con quei due bulbi oculari sporgenti e la testa ridotta un teschio, assomigliava a un pulcino appena uscito dall'uovo.

Flora era un'infermiera perfetta, le infilava giù per la gola pappette omogeneizzate tre volte al giorno e la lavava ogni mattina e la sera le faceva fare ginnastica e le svuotava la sacca delle feci e quella dell'urina e due volte alla settimana le cambiava le lenzuola e le faceva le flebo rivitalizzanti e le parlava sempre e le raccontava un sacco di cose e le dava una valanga di medicine e...

... era in questo stato ormai da dodici anni.

E non sembrava intenzionata ad andarsene. Quell'organismo stava attaccato alla vita come un anemone di mare a una roccia. Al suo interno aveva una pompa che batteva come un orologio svizzero. «Complimenti! Sua madre ha il cuore di un atleta, non sa quanti glielo invidierebbero» le aveva detto una volta il cardiologo.

Flora tirò più in su la madre «Buono, eh? Hai capito? Questa notte sono entrati nella scuola. Hanno spaccato tutto. Piano, piano che ti strozzi...» Le pulì con un tovagliolo un rivolo di pappa che le colava da un lato della bocca. «Ora vedranno con i loro occhi chi sono certi studenti. Dei teppisti. Parlano di dialogo. E quelli entrano di notte nella scuola...»

Lucia Palmieri continuava a succhiare con voracità e a fissare un angolo della stanza.

«Povera mammina, ti tocca mangiare a quest'ora...» Flora pettinò con la spazzola i lunghi capelli candidi della madre. «Cerco di tornare presto. Ora però devo proprio andare. Fai la brava.» Staccò il tubo del catetere e prese dal pavimento la sacca dell'urina, le diede un bacio in fronte e uscì dalla stanza. «Stasera ci facciamo il bagno. Contenta?»

47

La paura che la sera prima era riuscito a cacciare via lo tirò fuori prepotentemente dal sonno.

Pietro Moroni aprì un occhio e mise a fuoco la grossa sveglia di Topolino che ticchettava allegra sul comodino.

Le sei meno dieci.

Oggi col cavolo che vado a scuola.

Si toccò la fronte sperando di avere la febbre.

Era fredda come quella di un cadavere.

Dalla piccola finestra accanto al letto entrava un po' di luce che rischiarava un angolo della stanza. Suo fratello dormiva. Il cuscino sopra la testa. Un piede bianco e lungo come un nasello spuntava dalle coperte.

Pietro si alzò, s'infilò le pantofole e andò a fare pipì.

Nel bagno si gelava. Gli usciva il vapore dalla bocca. Mentre pisciava, passò una mano sul vetro bagnato e guardò fuori.

Che tempo schifoso.

Il cielo era coperto da una massa uniforme di nuvoloni che incombevano torvi sulla campagna zuppa.

Quando pioveva tanto, Pietro prendeva l'autobus giallo della scuola. La fermata era a quasi un chilometro (non passavano a casa, perché la strada per la Casa del Fico era piena di buche). Ogni tanto lo accompagnava suo padre, ma la maggior parte delle volte se la faceva a piedi, sotto l'ombrello. Se pioveva poco, si infilava la cerata gialla e le galosce e ci andava in bici.

Sua madre era già in cucina.

Si sentiva il rumore delle pentole e saliva su l'odore del soffritto.

215

Zagor abbaiava.

Guardò dalla finestrina.

Suo padre, nascosto sotto la mantella impermeabile, era nel canile e prendeva i sacchi di cemento appoggiati vicino alla casetta del cane. Zagor, alla catena, mugolava e si acquattava nel fango scodinzolando e cercando di attirare l'attenzione.

Glielo dico?

Suo padre non degnava l'animale di uno sguardo, come se non esistesse, prendeva un sacchetto, se lo caricava su una spalla e poi, a testa bassa, lo buttava sul rimorchio del trattore e ricominciava.

Doveva dirglielo? Raccontargli tutto, dirgli che lo avevano costretto a entrare nella scuola.

(*Papà, scusami, ti devo dire una cosa, ieri...*)

No.

Aveva la sensazione che suo padre non avrebbe capito e si sarebbe arrabbiato. E pure molto.

(*Se lo viene a sapere dopo, non è peggio?*)

Però non è stata colpa mia.

Diede una scrollata energica al pisello e corse in camera.

Doveva piantarla di pensare che non era colpa sua. Non cambiava niente, anzi diventava solo tutto più difficile. Doveva piantarla di pensare alla scuola. Doveva dormire.

«Che casino, porcalamiseria» sussurrò, e con un balzo si infilò di nuovo nel letto caldo.

La lavatrice

Strana storia quella della colpa.

Pietro non aveva ancora capito bene come funzionava.

Dovunque, a scuola, in Italia, nel resto del mondo se sbagli, se fai qualcosa che non si deve fare, una stronzata insomma, hai colpa e vieni punito.

La giustizia dovrebbe funzionare che ognuno paga per le colpe che commette. Però a casa sua le cose non andavano esattamente in questo modo.

Pietro l'aveva imparato da piccolo.

La colpa, a casa sua, piombava giù dal cielo come un meteorite. Alle volte, spesso, ti cadeva addosso, alle volte, per culo, riuscivi a schivarla.

Una lotteria, insomma.

E dipendeva tutto da come giravano i coglioni a papà.

Se era di buon umore, potevi aver fatto una cazzata grande come una casa e non ti succedeva niente, se invece gli giravano (sempre di più, nell'ultimo periodo) anche un incidente aereo alle Barbados o la caduta del governo nel Congo era colpa tua.

Prima dell'estate Mimmo aveva rotto la lavatrice.

Stonewashed, aveva letto sull'etichetta dei jeans di Patti. Quei pantaloni gli piacevano molto. La fidanzata gli aveva spiegato che erano così belli proprio perché si chiamavano stonewashed, ossia lavati con le pietre. Le pietre avevano il potere di far diventare i jeans chiari e morbidi. Mimmo non ci aveva pensato su troppo, aveva riempito un secchio di pietre e lo aveva rovesciato nella lavatrice insieme ai jeans e a mezzo litro di candeggina.

Risultato: jeans e cestello della lavatrice erano da buttare.

Quando il signor Moroni lo aveva scoperto, per poco non aveva avuto un mancamento. «Com'è possibile che ho un figlio così coglione? È difficile essere così sfortunati» aveva urlato battendosi il petto, e poi se l'era presa con il patrimonio genetico di sua moglie che aveva infuso idiozia nei figli a piene mani.

Aveva chiamato l'assistenza e il giorno che sarebbe venuto il tecnico coincideva con quello in cui lui doveva accompagnare sua moglie dal medico a Civitavecchia, quindi aveva detto a Pietro: «Rimani a casa, mi raccomando. Mostra al tecnico dov'è la lavatrice. La deve portare via. Io e tua madre torniamo stasera. Mi raccomando, non ti muovere».

E Pietro era rimasto a casa, tranquillo, aveva fatto tutti i compiti e alle cinque e mezzo precise si era messo davanti alla tele a vedere *Star Trek*.

Poi era arrivato suo fratello con Patti e si erano piazzati anche loro a guardare il telefilm.

Ma Mimmo non aveva alcuna intenzione di seguire le avventure del capitano Kirk e compagni. Accadeva di rado che sua madre si schiodasse da casa e ne voleva approfittare. Stringeva e palpava la fidanzata come un polipo in amore.

Ma Patrizia gli sfuggiva e gli schiaffeggiava le mani e sbuffava. «Lasciami, non mi toccare. La vuoi smettere?!»

«Che hai? Perché non ti va? Hai le tue cose?» le aveva sussurrato Mimmo in un orecchio e poi aveva cercato di ispezionarglielo con la punta della lingua.

Patrizia era scattata in piedi e aveva puntato il dito su Pietro. «Lo sai benissimo perché. C'è tuo fratello. Semplice. Sta sempre in mezzo... È una piattola, ci guarda con certi occhi... Ci spia. Mandalo via.»

Non era vero.

A Pietro interessava solo sapere che fine aveva fatto Spock e non gliene importava niente di spiare quei due che si sbaciucchiavano e facevano schifezze.

La verità era un'altra. Patti ce l'aveva con Pietro. Era gelosa. I due fratelli facevano comunella e scherzavano un po' troppo per i suoi gusti e Patrizia, per principio, era gelosa di chiunque avesse rapporti troppo stretti con il suo fidanzato.

«Ma non vedi? Sta guardando la televisione...» aveva risposto Mimmo.

«Mandalo via. Se no, niente.»

Mimmo si era avvicinato a Pietro. «Perché non vai a giocare fuori? A farti un bel giro.» E poi aveva bluffato. «Questa puntata l'ho vista, è bruttissima...»

«Ma a me piace...» aveva ribattuto Pietro.

Mimmo, avvilito, si era aggirato per il salotto cercando una soluzione e alla fine l'aveva trovata. Semplice. Unire i letti dei suoi e fare il lettone.

Soluzione superiore.

«A che ora tornano papà e mamma?» aveva domandato a Pietro.

«Sono andati dal medico. Verso le otto e mezza, nove. Tardi. Non lo so.»

«Perfetto. Andiamo, su allora.» Mimmo aveva afferrato Patti per una mano e aveva cercato di trascinarla su. Ma lei niente. Si era impuntata.

«Non esiste. Non ci vengo. Non con la piattola in casa.»

Mimmo allora aveva tentato l'ultimo asso che gli rimaneva, aveva tirato fuori, con fare generoso, diecimila lire dal portafoglio e aveva detto a Pietro di andare a comprargli le sigarette. «... e con i soldi che restano prenditi un bel Cucciolone e fatti un paio di partite in sala giochi.»

«Non posso. Papà ha detto che devo rimanere a casa. Devo aspettare quello della lavatrice» aveva risposto serio serio Pietro. «Si arrabbia, se esco.»

«Tu non ti preoccupare. Ci penso io. Gliela faccio vedere io la lavatrice. Tu vai a prendere le sigarette.»

«Ma... ma... papà si arrabbia. Non...»

«Fuori. Smammare.» Mimmo gli aveva infilato i soldi nella tasca dei pantaloni e lo aveva sbattuto fuori.

Ovviamente tutto prosegue nel peggiore dei modi.

Pietro corre in paese, sulla strada incontra Gloria che sta andando a fare lezione di equitazione e lo implora di accompagnarla e lui, come al solito, si lascia convincere. Intanto arriva il tecnico della Rex. Trova la porta della cascina chiusa, si attacca al campanello ma Mimmo non può sentire, sta combattendo un'aspra battaglia con i pantaloni elasticizzati di Patti (quest'ultima invece, infame come poche, sente ma non dice niente). Il tecnico se ne va. Alle sette e mezzo, un'ora prima del previsto, il signor Moroni e consorte parcheggiano la Panda nel cortile di casa.

Mario Moroni scende dalla macchina con un diavolo per capello perché ha speso trecentonovantacinquemila lire in neurostronzate per la moglie e urlando «non servono a un benemerito cazzo se non a farti rincoglionire del tutto e ad arricchire una manica di imbroglioni» va nel magazzino e scopre che la lavatrice è ancora là. Sale in casa. Pietro non c'è. Sente le mani farsi improvvisamente calde e prudergli come se ci avesse l'orticaria e la vescica esplodergli, allora va su (gli scappa da pisciare da quando è partito da Civitavecchia), tira fuori l'uccello in corridoio, apre la porta del gabinetto e rimane a bocca aperta.

Sulla tazza del cesso c'è...

... *quella stronza di Patrizia!*

Ha i capelli bagnati e indossa il suo accappatoio blu e si sta verniciando le unghie dei piedi con lo smalto rosso, ma quando lo vede con il batacchio fuori dalla patta comincia a dare di matto e a urlare come se lui la volesse violentare. Il signor Moroni si rinfila l'uccello nei pantaloni e sbatte la porta del cesso con tale violenza che un grosso pezzo d'intonaco si stacca dal muro e cade a terra. Incazzato come un facocero, tira un pugno che si abbatte come un'incudine sulla credenza di mogano, sfondandola in due. S'incrina un paio di ossa della mano. Trattiene un urlo bestiale e va a cercare Mimmo nella sua stanza.

Non c'è.

Spalanca la porta della sua camera e lo trova, steso a pelle di leone sul suo letto, che se la ronfa nudo e felice, l'espressione soddisfatta e serena di un angioletto a cui hanno fatto un pompino.

hanno sco... scopato sul sul mio letto brutto brutto bastardo schifoso che non sei altro rispetto nessun rispetto brutta troia ti insegno io il rispetto ti ammazzo giuro il rispetto te lo faccio ricordare tutta la vita io ti insegno io le buone maniere, io.

Un furore primitivo e brutale, nascosto nei siti più antichi del suo Dna si risveglia ruggendo, una furia cieca che dev'essere soddisfatta immediatamente.

Io ammazzo giuro lo ammazzo vado in galera vado in galera non me ne frega un cazzo ci rimango tutta la vita meglio molto meglio non me ne frega un cazzo sono stanco cazzo cazzo cazzo non ce la faccio piùùùùùùùùù.

Fortunatamente riesce a controllarsi, afferra il figlio per un orecchio. Mimmo si sveglia e comincia a strillare come un ossesso. Prova a liberarsi da quella morsa d'acciaio che gli sta stritolando il padiglione. Niente. Il padre lo trascina fuori nel corridoio urlando bestemmie e gli dà un calcio con la pianta del piede e Mimmo precipita giù, a rottadicollo, per le scale e riesce, non si sa come, un miracolo forse, a rimanere in piedi per tutta la rampa ma sull'ultimo gradino inciampa, maledettissima sfortuna, e si storce una caviglia e crolla a terra, si rialza e trascinandosi dietro la zampa, dolente e nudo, si lancia fuori casa, nel gelo, nella campagna. Il signor Moroni gli corre dietro, esce sul terrazzino e ruggisce. «Non ti far vedere mai più. Se torni ti spacco tutte le ossa. Lo giuro su quant'è vera la Madonna. Non ti far vedere mai più. Non ti far vedere che è meglio...» Rientra in casa e le mani continuano a prudergli e sente alle sue spalle un lamento soffocato, un guaito. Si gira.

Sua moglie.

Sta là, seduta accanto al camino, con le mani sulla faccia e piange. Quella cretina se ne sta là, accanto al camino, e piange e tira su col naso. Questo fa. Piange e tira su col naso.

Brava brava ecco cosa sai fare frignare ecco come li hai educati i tuoi figli ecco chi sei sei una povera deficiente mentecat-

ta e io devo occuparmi di tutto e pagare perché tu piangi piangi... brutta stronza mentecatta... imbottita di medicine.

«Perché? Che ha fatto?» piagnucola la signora Moroni, la faccia nascosta nelle mani.

«Che cosa ha fattooo? Lo vuoi sapere che ha fatto? Si è messo a scopare in camera nostra! In camera nostra, ti basta? Ora salgo su e sbatto fuori quella troia...» Si avvia verso le scale ma la signora Moroni gli corre dietro, lo afferra per un braccio.

«Mario, aspetta, aspe...»

«Lasciamiii!»

E la colpisce sulla bocca con un manrovescio.

Come spiegarvi quello che si può provare prendendosi un manrovescio del signor Moroni? Ecco, è più o meno come se Matts Wilander ti desse una padellata sulle gengive.

La moglie si affloscia come un pupazzo gonfiabile squartato e rimane là.

E in quel preciso istante chi entra in casa?

Pietro.

Pietro, felice perché ha fatto da solo tutto il giro del maneggio in groppa a Principessa e poi l'ha lavata insieme a Gloria con il sapone e la spazzola. Pietro, che è corso a comprare le MS light per il fratello. Pietro, che non si è mangiato il Cucciolone ma si è messo cinquemila lire da parte per comprarsi un pesce gatto che ha visto al negozio di animali di Orbano.

«Le siga...» La frase rimane tronca.

«Ah, eccoti signorino, finalmente. Ci siamo divertiti? Abbiamo fatto i nostri comodi? Bella passeggiata?» ghigna suo padre.

Pietro fotografa tutto. Suo padre con la camicia fuori dai pantaloni. I capelli spettinati, la faccia congestionata, gli occhi lustri, il quadro con i pagliacci a terra, la sedia rovesciata e, dietro, una specie di fagotto. Un fagotto con le gambe e le scarpe buone di sua madre.

«Mamma! Mamma!» Pietro si lancia verso la madre, ma il padre lo afferra per il collo e lo solleva in aria e comincia a farlo roteare e sembra che lo voglia tirare contro una parete e Pietro strilla, scalcia, si agita come un automa in corto circuito, cercando di liberarsi, ma la presa di suo padre è ferma, sicura, lo tiene bloccato come un abbacchio.

Il signor Moroni con un calcio spalanca la porta di casa, scende le scale mentre Pietro cerca inutilmente di liberarsi e lo porta giù nel magazzino e lo mette a terra.

Davanti alla lavatrice.

Pietro piange come una fontana, i lineamenti distorti e la bocca che sembra un forno spalancato.

«Questa cos'è?» gli domanda il padre, ma il ragazzino non può rispondere, piange troppo.

«Questa cos'è?» Il padre lo afferra per le braccia e lo scuote.

Pietro è tutto rosso. Gli manca l'aria, boccheggia cercando disperatamente di respirare.

«Questa cos'è? Rispondi!» gli molla uno scappellotto, pesante, sulla nuca, poi vedendolo rantolare si siede sullo sgabello, chiude gli occhi e comincia a massaggiarsi lentamente le tempie.

Gli passerà, nessuno è mai morto per aver pianto troppo.

Di nuovo. «Questa cos'è?»

Pietro è scosso dai singhiozzi e non risponde. Il padre allora gli molla un altro scappellotto, questa volta meno forte.

«Allora? Vuoi rispondere? Questa cos'è?»

E finalmente Pietro riesce a farsi uscire, tra i singhiozzi: «Hhh lahh lahh lahh vahh tri cehh lahhh lahh va...».

«Bravo. E che ci fa ancora qua?»

«No no non è è è co co lpa mia. Io non non vo le vo uscire. Mimmo Mimmo... mi ha detto... non è è colpa mia.» Pietro riprende a singhiozzare.

«Ora ascoltami bene. Stai sbagliando. È colpa tua, capito?» dice il signor Moroni improvvisamente calmo e didattico. «La colpa è tua. Che cosa ti avevo detto io? Di rimanere a casa. E tu invece sei voluto uscire...»

«Ma...»

«Niente ma. Una frase che comincia con il ma è sbagliata in partenza. Se non davi retta a tuo fratello e rimanevi a casa come ti avevo detto io, tutto questo non sarebbe successo. Il tecnico si sarebbe portato via la lavatrice, tuo fratello non faceva quello che ha fatto e a tua madre non succedeva niente. Di chi è la colpa, allora?»

Pietro rimane un attimo in silenzio e poi punta quei suoi occhi enormi color nocciola, ora tutti rossi e bagnati, in quelli di ghiaccio di suo padre e sospira con fatica.

«Mia.»

«Ripeti.»

«Mia.»

«Bene. Adesso corri su a vedere come sta la mamma. Io me ne vado al circolo che è meglio.»

Il signor Moroni si infila la camicia nei pantaloni, con la mano si rifà la riga ai capelli, si mette il vecchio giaccone da lavoro e sta per andarsene quando si volta. «Pietro, ricordati una cosa, nella vita la prima regola è sapersi prendere le proprie colpe. Capito?»

«Capito.»

Cinque ore dopo, a mezzanotte, il ciclone di violenza che si è abbattuto sulla Casa del Fico è passato.

Dormono tutti.

La signora Moroni accoccolata in un angolo del letto, con un labbro tutto gonfio. Il signor Moroni giace in quello accanto, sprofondato in un sonno etilico e senza sogni. Russa come un maiale e tiene la mano destra, fasciata, appoggiata sul comodino. Mimmo dorme giù nella rimessa, nascosto dietro i copertoni del trattore e avvolto in un vecchio sacco a pelo tarlato. Patti, a qualche chilometro di distanza, dorme con le lunghe gambe coperte di cerotti. Se l'è graffiate uscendo dalla finestra del bagno. Si è attaccata alla grondaia ma è scivolata ed è finita in un cespuglio di rose rampicanti.

L'unico che non dorme ancora, ma sta lì lì per crollare è Pietro. Ha gli occhi chiusi.

Quanto ha pianto!

Sua madre lo ha dovuto coccolare e prendere in braccio proprio come quando era piccolo, e ripetergli nonostante il sangue che le colava sul mento: «Basta, basta, è tutto finito, è tutto finito, è passato. Buono, buono, basta. Sai com'è fatto tuo padre...».

Ora però Pietro si sente bene.

Come se avesse fatto una lunghissima passeggiata che gli ha tolto tutte le forze. Le membra rilassate. I piedi avvinghiati alla borsa dell'acqua calda. Continua a mormorare come una ninnananna. «Non è stata colpa mia non è stata colpa mia non è...»

La famiglia Moroni assomigliava un po' a quelle popolazioni delle isole dei mari del Sud che vivono in uno stato di perenne apprensione, pronte ad abbandonare il villaggio appena riconoscono in cielo i segni premonitori dell'uragano. Allora filano a rifugiarsi nelle grotte e lasciano che le forze della natura si scarichino. Sanno che il fortunale è violento ma di breve durata. Quando finisce, tornano alle loro capanne e con pazienza e filosofia rimettono in piedi quelle quattro assi che gli servono a coprirsi la testa.

48

Alle sei di mattina uno spaventapasseri travestito da Graziano Biglia sedeva in un angolo dello Station Bar. Se ne stava accasciato su una sedia e si reggeva la fronte con un pugno.

Davanti aveva un cappuccino oramai freddo che non aveva intenzione di bere.

Fortunatamente non c'era nessuno che gli rompesse i coglioni.

Doveva riflettere. Anche se qualsiasi pensiero che formulava era una chiodata in testa.

Innanzitutto aveva un grave problema da risolvere. Come la metteva con il paese e i suoi amici?

Tutti, nel raggio di venti chilometri, sapevano che si doveva sposare.

Che stronzata gigantesca ho fatto a raccontarlo. Perché l'ho detto a tutti?

Era una domanda retorica che non implicava una risposta. Un po' come se un castoro si chiedesse: "Perché diavolo sto lì a costruire dighe?". Se potesse, il roditore probabilmente si risponderebbe: "Non lo so, mi viene spontaneo. È nella mia natura".

Quando avessero scoperto che non si sposava più, lo avrebbero preso per il culo fino al 2020.

E pensa se poi scoprono che si è messa con il Frocio...

La gastrite gli squassò lo stomaco.

Gli aveva pure detto come si chiamava la Troia. E quelli l'avrebbero vista alla televisione. O sui giornaletti di merda che si leggono.

Coppia alla ribalta: Mantovani e la sua nuova fiamma Erica Trettel... Figurati.

E vogliamo parlare di Saturnia?

Tra le idee imbecilli aveva scelto la più imbecille di tutte. Fare il bagno alle terme di Saturnia gli aveva fatto schifo fin da bambino. Il fetore dell'acqua sulfurea lo disgustava. Un puzzo di uova marce che t'impregna i capelli, i vestiti, i sedili della macchina e che non se ne va più. E poi il freddo polare che ti assale quando esci fuori dalla broda mezzo bollito. E tutto questo per far vedere a quei trogloditi il corpo della Troia.

Solo lui poteva aver avuto un'idea così idiota.

Se ci rifletteva gli veniva da vomitare. Anche se oramai gli restava da vomitare solo l'anima.

E vogliamo parlare di sua madre e del voto?

«Ah, la gastrite. Che male...» si lamentò Graziano.

Una madre così profondamente cretina è davvero difficile da trovare. *Una può fare un voto più scemo...?* L'unica era dirle la verità. Qualche domanda doveva esseresela posta dopo la telefonatina di ieri sera. E poi doveva andare dai suoi amici e dire: "Scusatemi ragazzi di Saturnia, non se ne fa più niente, sapete, non mi sposo più".

Troppo dura. Anzi impossibile. Era come prendersi a calci l'ego. E Graziano non era nato per soffrire. L'unica era salire in macchina e scappare.

No!

Neanche questo andava bene. Non era da lui. Il Biglia non fuggiva.

A Saturnia doveva andarci lo stesso.

Con un'altra.

Giusto. Bisognava trovarne un'altra. Una figa seria. Tipo la Marina Delia. Ma chi?

Poteva chiamare la veneziana, Petra Biagioni. Gran figa. Solo che non la sentiva da un sacco di tempo e l'ultima volta non erano state rose e fiori. Poteva telefonarle e dire: "Senti, perché non ti spari questi quattrocento chilometri così facciamo il bagno a Saturnia?". No.

Doveva trovare qualcosa lì intorno. Qualcosa di nuovo. Qualcosa che avrebbe fatto parlare e avrebbe tolto dalla testa degli amici il suo matrimonio.

Ma chi?

Il problema era che Graziano Biglia aveva succhiato, come una zanzara ingorda, tutto ciò che quella terra magra poteva offrire. Quelle che valevano (e anche, diciamolo, parecchie che non valevano) gli erano già passate per le mani. Era

227

famoso per questo. Tra le ragazze del paese si diceva che se non avevi avuto il battesimo col Biglia eri un mostro e non avresti trovato neanche un cane. Era successo che alcune si fossero offerte a lui solo per non essere da meno delle altre.

E Graziano era stato generoso con tutte.

Solo che quei tempi di gloria erano passati. Adesso tornava agli ozi del paese per riposarsi, come un centurione romano stanco della campagna in terra straniera, e di ragazze nuove non ne conosceva nessuna.

Ivana Zampetti?

No... Quella balena neanche c'entrava nelle pozze di Saturnia. E poi che cazzo di novità era? Oramai tutte le meglio si erano sposate e se qualcuna era ancora disposta ad andare a passare con lui un pomeriggio in un motel di Civitavecchia, nessuna avrebbe accettato di andare alle terme.

Meglio lasciar perdere

Era triste, l'unica soluzione, codarda ma necessaria, era filare. Ora se ne sarebbe tornato a casa, e avrebbe detto a sua madre d'interrompere la Le Mans culinaria e di sciogliere il voto, poi le avrebbe fatto giurare sulla Madonnina di Civitavecchia di non rivelare la verità e gliel'avrebbe confessato: "Mamma, non mi sposo più. Erica mi ha l...". Vabbe', gliel'avrebbe detto e l'avrebbe implorata di coprirlo con una bugia tecnica, tipo: "Graziano è dovuto partire per un tour improvviso in America Latina". Meglio: "Stamattina lo ha chiamato Paco de Lucia. Lo ha implorato di andare in Spagna ad aiutarlo a finire il nuovo disco". Insomma, qualcosa del genere. E infine le avrebbe chiesto un prestito per comprare un biglietto per la Giamaica.

Doveva fare così.

Si sarebbe curato le ferite a Port Edward facendosi cannoni e scopandosi mulatte a tutto spiano. Anche l'idea della jeanseria gli apparve improvvisamente un'enorme stronzata. Lui era un musicista, non bisognava scordarselo. *Ma mi vedi*

a fare il commerciante? Dovevo essere impazzito. Io sono un
albatros trasportato dalle correnti positive che controllo con
un leggero battito d'ali. Vaffanculo.

Già si sentiva meglio. Molto meglio.

Prese il cappuccino e se lo finì in un sorso.

49

Alla professoressa Palmieri lo Station Bar non piaceva.

La ragazza al bancone era antipatica e quello era un covo
di schifosi. Ti toglievano i vestiti di dosso. Ti parlavano alle
spalle. Li sentivi squittire come topi. No, là dentro si sentiva
a disagio. E per questo non ci entrava mai.

Ma quella mattina decise di fermarsi per due ragioni.

1) Perché era molto presto e quindi non c'era tanta gente.

2) Perché era uscita così di fretta che non aveva nemmeno
fatto colazione. E senza colazione lei non connetteva.

Fermò la Y10, scese ed entrò nel bar.

50

Graziano stava pagando quando la vide.

Chi è?

Ci mise un attimo a inquadrarla.

Lo so io chi è. È... È l'insegnante delle medie. La... Pal... Pal-
miri. Una cosa del genere.

L'aveva vista qualche volta. A fare la spesa al supermarket.
Ma non ci aveva mai parlato.

C'era chi si toccava quando lei passava. Dicevano che portava sfiga. E anche lui qualche volta le aveva fatto gli scon-
giuri dietro le spalle quando viveva ancora a Ischiano. Dicevano che era un'antipatica, una strana, una mezza strega.

Sapeva pochissimo di lei. Veniva da fuori, di questo era sicuro, era apparsa all'improvviso qualche anno prima e abitava in uno di quei comprensori di casette sulla strada per Castrone. Qualcuno gli aveva anche detto che viveva da sola e che aveva una madre malata.

Graziano la studiò con attenzione.

Bona.

No, non era bona, era bella. Una bellezza fredda e strana, genere anglosassone.

Li aveva visti, quelli che se ne stavano buttati ai tavolini dello Station Bar, che smettevano di sfogliare la Gazzetta, di giocare a tresette, di sparare stronzate, quando la prof attraversava la piazza.

Dicevano che portava sfiga, intanto le seghe che si sparavano...

Le fece un check-up completo.

Quanti anni può avere?

Una trentina. Più o meno.

Sotto l'impermeabile portava una gonna grigia che le arrivava sotto le ginocchia e lasciava vedere due polpacci affusolati e due caviglie sottili. Un gran bel paio di gambe, niente da dire. Ai piedi aveva scarpe scure con i tacchi bassi. Era alta. Magra. Collo aristocratico. L'aveva sempre vista con i capelli raccolti, ma immaginava che fossero lunghi e morbidi. E doveva averci pure due belle tette. Il golfino nero girocollo formava due montagne sul torace. La faccia era molto strana. Quegli zigomi alti e sporgenti. Il mento appuntito. La bocca larga. Gli occhi azzurri. Quegli occhialetti da professoressa...

Sì, è proprio strana. E ha pure un bel culo, concluse.

Come mai una donna così bella viveva sola e nessuno aveva ancora tentato di avvicinarla?

Forse era vero che era antipatica come si diceva in giro. Ma Graziano non ne era tanto sicuro. Semplicemente era una arrivata da fuori e si faceva gli affari suoi. Era un tipo riservato.

E se in questo paese te ne stai per conto tuo, dicono che sei una stronza, che porti sfiga, che sei una strega. Tutti con la mente aperta, in questo posto del cazzo.

Forse qualcuno ci aveva pure provato, come ci si prova nei paesi, rozzamente, e lei lo aveva mandato al diavolo. Così quello aveva messo in giro la voce che la professoressa Palmieri portava sfiga. Era fatta. Il suo destino era segnato. I maschi di Ischiano erano abituati a una dieta fatta di piccoli roditori, rane e lucertole, non avevano i mezzi per catturare quella rondine che volava troppo in alto per i loro denti. E l'avevano esiliata.

Era diventata schiva, impaurita e inavvicinabile.

Ma questo poteva valere per gli altri, non per Graziano Biglia. Quando si parlava di donne, inavvicinabile era una parola che non esisteva nel suo vocabolario. Graziano Biglia era riuscito a fidanzarsi con la Troia, figurarsi se non poteva far capitolare una professoressa d'italiano di Ischiano Scalo.

La prima regola di uno sciupafemmine è che ogni donna ha un punto debole, tutto sta a scovarlo. Anche il palazzo più solido del mondo ha un punto di rottura e basta colpire lì che tutta la costruzione cade a terra. E Graziano era un esperto in punti di rottura.

Potrebbe essere lei.

Provò un profondo senso di comunione con quella donna che non conosceva. Anche a lui una Troia aveva detto che portava sfiga. E sapeva come ci si sta male quando ti dicono una cosa così brutta. È il sistema migliore per ferirti, per esiliarti e spezzarti il cuore.

Sì, l'avrebbe aiutata. E avrebbe dimostrato che la sfiga non esiste. Che è una cosa primitiva e crudele. L'avrebbe liberata dalla segregazione. Si sentì investito di un compito grande, un compito degno di Bob Geldof e Nelson Mandela.

Sì, è lei.

Quella notte l'avrebbe portata a Saturnia, nelle pozze.

E se la sarebbe scopata.

E il Roscio, il Miele e i fratelli Franceschini avrebbero dovuto inchinarsi, riconoscere ancora una volta la sua superiorità, la sua spericolata inventiva, il suo impegno contro l'oscurantismo paesano.

Sì, quello poteva essere l'ultimo gesto di un latin lover. Come l'addio al ring di un grande pugile. Poi avrebbe attaccato il preservativo al chiodo e se ne sarebbe andato in Giamaica.

Si diede una ravviata ai capelli e andò dalla professoressa.

51

Flora Palmieri si era sbagliata, anche a quell'ora c'erano gli schifosi.

Non riusciva a bere il cappuccino. C'era uno che la fissava. Sentiva il suo sguardo passarle addosso come uno scanner. E quando facevano così lei diventava maldestra. Aveva già fatto cadere lo zucchero e per poco non si era rovesciata addosso il cappuccino. Non si era voltata a guardarlo. Ma con la coda dell'occhio lo aveva individuato.

Era uno che fino a qualche tempo prima stava sempre al bar, poi era sparito. Non lo vedeva da almeno un paio d'anni. Un burino belloccio pieno di sé. Girava sulla moto, faceva il gradasso, portandosi dietro qualche poveretta. A quel tempo aveva i capelli neri, a spazzola sopra e lunghi ai lati. Ora con quei capelli biondastri e così abbronzato sembrava Tarzan.

Ed era uno di quelli che facevano le corna quando passava. Questo bastava a metterlo sul gradino più basso dell'umanità, insieme a tanta altra gente che frequentava quel bar.

Lo sentì avvicinarsi e mettersi accanto a lei. Flora si scostò.

«Scusi, lei è la professoressa Palmiri?»

232

E ora che vuole? Flora cominciò ad agitarsi.

«Palmieri» mormorò guardando dentro il suo cappuccino.

«Palmieri. Mi scusi. Professoressa Palmieri. Mi scusi. Volevo domandarle una cosa, se non disturbo...»

Lo guardò per la prima volta in faccia. Sembrava il corsaro dell'isola misteriosa, un protagonista di quei film a basso costo sui pirati che facevano in Italia negli anni Sessanta. Un incrocio tra Fabio Testi e Kabir Bedi. Con quei capelli ossigenati... e quei due orecchini d'oro... Poi non sembrava in gran forma, doveva aver passato la notte in bianco. Aveva gli occhi segnati e la barba sfatta.

«Dica.»

«Ho un problema, ecco...» Il coatto improvvisamente si bloccò come se il cervello gli fosse andato in panne ma poi si riprese. «Mi scusi, non mi sono presentato, mi chiamo Graziano Biglia. Non ci conosciamo. Sono il figlio della merciaia. E sono stato via parecchio... All'estero, per lavoro...» Le tese la mano.

Flora gliela strinse delicatamente.

Sembrava che non sapesse come andare avanti.

Flora voleva dirgli che aveva fretta. Che doveva andare a scuola.

«Ecco, volevo chiederle un favore. Tra qualche mese dovrei andare a lavorare in un villaggio turistico sul Mar Rosso. È mai stata sul Mar Rosso?»

«No.» *Oddio, ma che vuole?* Prese coraggio e sussurrò: «Ho un po' fretta...».

«Oh, scusi. Cercherò di essere veloce. Il Mar Rosso è un posto incredibile, con le spiagge bianche. Sono i pezzetti di coralli che fanno la spiaggia bianca. E c'è la barriera... Insomma, è bellissimo. Io andrò a suonare al villaggio, sa io suono la chitarra e dovrò fare anche l'intrattenitore, organizzare giochi per gli ospiti. Insomma, per farla breve, mi hanno chiesto di mandare un curriculum. E lo vorrei scrivere

233

bene, non il solito curriculum a lista, una cosa fresca. Li vorrei spiazzare. Sa, a quel posto ci tengo molto...»

Cosa intendeva dire con curriculum fresco?

«Se lei fosse così gentile da aiutarmi, gliene sarei grato per sempre. Lo devo assolutamente spedire domani mattina. Sa, è l'ultimo giorno. Non ci metteremmo molto e se poi mi prendono, le giuro, che la invito al villaggio.»

Ringraziando Iddio, aveva sputato il rospo. Non era capace di scriversi il curriculum.

«L'avrei aiutata volentieri se fosse stato un altro giorno. Ma oggi sono molto occupata... Non posso proprio.»

«La prego. Non voglio insistere, ma per me sarebbe il massimo se mi aiutasse, mi farebbe talmente felice...» Graziano lo disse con un tale candore infantile che a Flora scappò fuori una specie di sorriso.

«Ah, finalmente sorride. Che bello, pensavo che non sapesse sorridere. Ci mettiamo dieci minuti...»

Flora rimase senza parole. Che doveva fare? Come poteva dirgli di no? Lo doveva spedire oggi e da solo ne era certa, avrebbe combinato un disastro.

Non lo devi aiutare. È uno di quelli che ti faceva le corna. Le disse una voce nella testa.

Va be', si rispose, *sono pure passati molti anni, sarà cambiato. È andato all'estero... Che mi costa?... Nonostante tutto è gentile.*

«D'accordo, l'aiuto. Ma non so se ne sarò capace.»

«Grazie. Lo sarà sicuramente. A che ora ci vediamo?»

«Non lo so, verso le sei e mezzo potrebbe andare bene?»

«Benissimo. Vengo da lei?»

«Da me?!» Flora boccheggiò.

Nessuno (tranne dottori e infermiere) era mai andato a casa sua.

Una volta era venuto il parroco a dare la benedizione natalizia e con la scusa di spargere l'incenso aveva curiosato in tutte le stanze e Flora c'era stata male. «Non vuole che dica una preghiera per sua madre?» aveva chiesto.

«La lasci stare, mia madre» gli aveva risposto a muso duro, con una violenza che aveva stupito lei stessa. Non credeva nelle preghiere. E le dava fastidio avere estranei in casa. S'innervosiva.

Graziano si fece più vicino. «È meglio. Sa, a casa mia c'è mia madre. È una tale chiacchierona. Non ci lascerebbe lavorare.»

«D'accordo, allora.»

«Perfetto.»

Flora guardò l'orologio.

Era tardissimo. Doveva correre a scuola. «Ora però devo andare, mi scusi.» Prese dalla tasca del cappotto i soldi e allungò la mano verso la cassiera quando lui gliela afferrò. Flora fece un salto indietro e la tirò via come se gliel'avesse morsa.

«Oh, mi dispiace. Si è spaventata? Volevo solo che non pagasse, gliela offro io la colazione.»

«Grazie...» farfugliò Flora e si avviò verso l'uscita.

«A stasera, allora» disse Graziano, ma la professoressa era già scomparsa.

52

È fatta.

L'idea del curriculum aveva funzionato.

La professoressa era molto timida e impaurita dagli uomini. Una giovane principiante. Quando le aveva toccato la mano, lei aveva fatto un salto di due metri.

Sarebbe stata una preda impegnativa ma stimolante. Graziano non vedeva grandi difficoltà per portare a termine la missione.

235

Pagò e uscì.

Aveva cominciato a piovere. Tanto per cambiare, un'altra giornata orrenda. Se ne sarebbe tornato a casa, si sarebbe fatto un bel sonno e preparato per l'incontro.

Si chiuse la giacca e si avviò a piedi.

Zio Armando

Chi era e che cosa ci faceva a Ischiano Scalo questa strana creatura chiamata Flora Palmieri?

Era nata a Napoli trentadue anni prima. Figlia unica di una coppia anziana che aveva fatto fatica ad avere un figlio e che, dopo tanti sforzi, era stata ricompensata dalla natura con la nascita di una bambina, che pesava tre chili e mezzo, era bianca come una salamandra albina e aveva un incredibile ciuffo di capelli rossi.

I Palmieri erano gente modesta che viveva in un appartamento al Vomero. La signora Lucia insegnava alle elementari e il signor Mario lavorava in un ufficio di assicurazioni giù alla Marina.

La piccola Flora era cresciuta, era andata all'asilo e aveva frequentato le elementari nella classe della madre.

Il signor Mario era morto all'improvviso, quando Flora aveva dieci anni, per un cancro ai polmoni fulminante, lasciando madre e figlia distrutte dal dolore e con pochissimi soldi.

La vita si era fatta subito dura. Lo stipendio della signora Lucia e la pensione del signor Mario (poca cosa) bastavano giusto giusto ad arrivare a fine mese. Avevano ridotto le spese, avevano venduto la macchina, smesso di fare le vacanze a Procida ma si ritrovavano ugualmente in condizioni economiche precarie.

Alla piccola Flora piaceva leggere e studiare e quando aveva finito le medie sua madre l'aveva mandata al liceo classi-

236

co nonostante gli enormi sforzi che ciò avrebbe richiesto. Era una ragazzina timida e introversa. Ma a scuola andava bene.

Una sera, Flora aveva quattordici anni, stava seduta al tavolo da pranzo a finire i compiti quando aveva sentito uno strillo provenire dalla cucina. Era corsa di là.

Sua madre era in piedi, al centro della stanza. Il coltello sul pavimento. Con una mano si stringeva l'altra, contratta come un artiglio. «Non è niente. Non è niente, cara. Passerà. Non ti preoccupare.»

Già da qualche tempo la signora Lucia si lamentava per i dolori alle articolazioni, a volte durante la notte le si paralizzavano le gambe per qualche istante.

Fu chiamato il medico della mutua. Disse che era artrite. La mano con il passare dei giorni, in effetti, aveva ripreso a funzionare anche se le faceva male quando la chiudeva. Ora la signora Lucia aveva problemi a insegnare, ma era una donna forte, abituata ad affrontare il dolore e non si lamentava. Flora si occupava di fare la spesa, di cucinare, di pulire la casa e riusciva pure a trovare il tempo per studiare.

Un giorno la signora Lucia si era svegliata con un braccio completamente paralizzato.

Questa volta fu interpellato uno specialista che la ricoverò al Cardarelli. Le fecero un'infinità di analisi, chiamarono neurofisiologi famosi e conclusero che la signora Palmieri era affetta da una rara forma di degenerazione delle cellule del sistema nervoso.

La letteratura medica ne parlava appena. Si conoscevano pochi casi e per ora non c'erano rimedi. Chi lo sa, forse in America, ma ci volevano un mucchio di soldi.

La signora Lucia passò un mese in ospedale e se ne tornò a casa con la metà destra del corpo paralizzata.

A questo punto si fece vivo zio Armando, il fratello minore della signora Lucia.

Un uomo burbero, pieno di peli neri che gli uscivano dal colletto, dal naso e dalle orecchie. Un orco. Possedeva un negozio di scarpe al Rettifilo. Un essere interessato solo ai soldi e con una moglie grassa e antipatica.

Zio Armando si liberò la coscienza passando un magro mensile alle due.

Flora riusciva ancora ad andare a scuola solo perché la moglie del portiere, una brava donna, si occupava di sua madre nelle ore di lezione.

Con il passare dei mesi la situazione non migliorava. Anzi. La signora Lucia oramai poteva muovere solo la mano sinistra, il piede destro e metà della bocca. Parlava con difficoltà e non era più autosufficiente. Doveva essere lavata, imboccata, pulita.

Zio Armando una volta al mese veniva a trovarle, si sedeva accanto alla sorella per un'oretta tenendole la mano e poi, dopo aver dato il mensile e un vassoio di paste a Flora, se ne andava.

Una mattina, Flora aveva sedici anni, si svegliò, preparò la colazione e andò da sua madre. La trovò tutta rannicchiata in un angolo del letto. Come se le sue membra, durante la notte, si fossero improvvisamente staccate dalle molle che le tenevano tese e si fossero accartocciate come quelle di un ragno rinsecchito.

La faccia contro il muro.

«Mamma...?» Flora stava in piedi accanto al letto. «Mamma...?» La voce le tremava. Le gambe le tremavano.

Niente.

«Mamma...? Mi senti, mamma?»

Rimase un sacco di tempo così, mordendosi il pugno. E piangendo in silenzio. Poi corse giù per le scale urlando. «È morta. È morta. Mia madre è morta. Aiutatemi.»

Arrivò la portiera. Arrivò zio Armando. Arrivò zia Giovanna. Arrivarono i dottori.

Sua madre non era morta.

Sua madre non c'era più.

La mente se n'era andata, aveva traslocato in un mondo distante, un mondo probabilmente abitato dalle tenebre e dal silenzio e se n'era andata via lasciando un corpo vivo. Le speranze che tornasse, le spiegarono, erano molto poche.

Zio Armando prese in mano la situazione, vendette la casa del Vomero e prese Flora e sua madre a vivere con sé. Le mise in una stanzetta. Un letto per lei e uno per la mamma. Un tavolino dove fare i compiti.

«Ho promesso a tua madre che avresti finito il liceo. Quindi lo finirai. Dopo verrai a lavorare in negozio.»

E così cominciò il lungo periodo a casa di zio Armando.

Non la trattavano male. Ma neanche bene. La ignoravano. Zia Giovanna le rivolgeva appena la parola. La casa era grande e buia e non c'era molto da divertirsi.

Flora andava a scuola, si occupava di sua madre, studiava, faceva le pulizie in casa e intanto cresceva. Aveva diciassette anni. Era alta, il seno le era cresciuto ed era una cosa ingombrante che la riempiva d'imbarazzo.

Un giorno che zia Giovanna era partita per andare a trovare i parenti ad Avellino, Flora si stava facendo la doccia.

A un tratto la porta del bagno si aprì e...

E voilà, zio Armando.

Di solito Flora chiudeva sempre la porta, ma quel giorno lui aveva detto che andava ad Agnano a giocare ai cavalli, e invece eccolo qua.

Indossava una vestaglia (*di seta a strisce rosse e blu che non gli avevo mai visto prima*) e le pantofole.

«Flora cara, ti spiace se faccio la doccia con te?» lo chiese con quella naturalezza con cui si chiede di passare il pane a tavola.

Flora rimase a bocca aperta.

Avrebbe voluto urlare, cacciarlo fuori. Ma la visione di quell'uomo lì, dove lei era nuda, l'aveva paralizzata.

Quanto le sarebbe piaciuto prenderlo a calci e a pugni, sbatterlo fuori dalla finestra e fargli fare un volo di tre piani, farlo finire proprio in mezzo alla strada un attimo prima che passasse il 38 Barrato. Invece era lì, ferma come un animale imbalsamato, e non poteva urlare e nemmeno fare due metri e prendere l'asciugamano.

Riusciva solo a guardarlo.

«Ti posso aiutare a insaponarti?» Senza aspettare risposta, zio Armando le si avvicinò, prese il sapone che era finito in fondo alla vasca, se lo passò sulle mani facendo una bella schiuma e cominciò a insaponarla. Flora, in piedi, respirava con il naso, le braccia premute contro il seno, le gambe serrate.

«Come sei bella, Flora... Come sei bella... Sei fatta proprio bene e sei tutta rossa, anche qui... Fatti insaponare. Leva quelle mani. Non avere paura» diceva con una voce rauca e strozzata.

Flora obbedì.

E lui cominciò a insaponarle il seno. «È bello, no? Che zizze grandi che hai...»

Per mangiarti meglio, le venne voglia di dirgli.

Quel mostro le stava strizzando i capezzoli e tutto quello che le veniva in mente era la favola di Cappuccetto Rosso.

E comunque no, non è bello. È la cosa più schifosa del mondo. La cosa più disgustosa del mondo. Niente è più schifoso di questo.

Flora era lì, impietrita, incapace di reagire all'orrore di quel mostro che la toccava.

A un tratto, incredibile, vide una cosa che la fece sorridere. Dalla vestaglia di zio Armando aveva fatto capolino un coso lungo e largo e scuro. Sembrava uno di quei soldatini di legno, quelli con le braccia attaccate al busto. Il pisello (*enorme!*) di zio Armando aveva cacciato la testa fuori dal sipario. *Voleva vedere anche lui, capito?*

240

Zio Armando se ne accorse e un sorriso compiaciuto si aprì su quelle labbra carnose e umidicce. «Posso fare la doccia insieme a te?»

La vestaglia cadde a terra mostrando in tutta la sua fierezza quel corpo tozzo e peloso, quelle gambe corte con i polpacci che sembravano parabordi e quelle braccia lunghe e quelle mani grandi e quella proboscide lì, dritta come il pennone di una barca.

Lo zio si prese il coso in mano ed entrò nella vasca.

Al contatto con l'orco, finalmente qualcosa dentro Flora si ruppe e la maledetta palla di vetro che la imprigionava esplose in mille pezzi e Flora si risvegliò e gli diede una spinta e zio Armando con i suoi novanta chili scivolò indietro e mentre scivolava si attaccò come un orango che cade alla tendina impermeabile e gli anelli cominciarono a saltare e stak uno dopo l'altro e stak volavano per tutto il bagno e stak Flora fece un salto fuori dalla vasca ma un piede sbatté contro il bordo e così inciampò e cadde a terra e attaccandosi al lavandino si rialzò, nonostante il ginocchio urlasse e zio Armando urlasse e lei urlasse e si rialzò e scivolò sulla vestaglia a strisce rosse e blu di zio Armando e si ritrovò di nuovo a terra e si rialzò e afferrò la maniglia e la girò e la porta si aprì e fu in corridoio.

In corridoio.

Corse via e si chiuse in camera. Si accoccolò accanto a sua madre e cominciò a piangere.

Lo zio la chiamava dal bagno. «Flora? Dove sei? Torna qua. Ti sei arrabbiata?»

«Mamma, ti prego. Aiutami. Aiutami. Fa' qualcosa. Ti prego.»
Ma sua madre fissava il soffitto.

Il vecchio maiale non ci provò più.
Chissà come mai?
Forse quel giorno era tornato dalle corse ubriaco con i fre

ni inibitori allentati. Forse zia Giovanna scoprì qualcosa, la tendina del bagno, il livido blu sul braccio del marito, forse aveva avuto solo un attacco di libidine incontrollato di cui si pentì (ipotesi improbabile). Fatto sta che da quel giorno non la molestò più e divenne più dolce del marzapane.

Flora non gli parlò mai più e anche quando finì il liceo e cominciò a lavorare al negozio di scarpe non gli rivolse mai la parola. La notte studiava come una pazza, lì nella stanzetta con sua madre. Si era iscritta alla facoltà di lettere. In quattro anni si laureò.

Fece il concorso per diventare insegnante. Lo vinse e accettò la prima destinazione che le proposero.

Era Ischiano Scalo.

Lasciò Napoli insieme a sua madre a bordo di un'autoambulanza per non tornarci mai più.

53

Ma cos'era successo a scuola dopo che Pietro e compagni erano scappati?

Alima, che aspettava in macchina, aveva visto tre ragazzini sbucare come diavoli neri da una finestra della scuola, scavalcare il cancello e sparire nel giardinetto di fronte.

Era rimasta un minuto indecisa sul da farsi. Entrare, andarsene?

Uno sparo aveva interrotto le sue riflessioni.

Un paio di minuti dopo, un altro ragazzino era uscito dalla stessa finestra, anche lui aveva scavalcato il cancello e si era allontanato di corsa.

Quel matto di Italo doveva avere sparato a qualcuno. O forse avevano sparato a lui?

Alima si era infilata la parrucca nella tasca del cappotto, era uscita dalla 131 e si era data velocemente.

242

Non era scema. Non aveva il permesso di soggiorno e se la beccavano in mezzo a una storia del genere in tre giorni si sarebbe ritrovata in Nigeria.

Si era fatta trecento metri a piedi sotto la pioggia maledicendo Italo, quel paese di merda e lo sporco lavoro che era costretta a fare ed era tornata indietro.

E se Italo era morto o gravemente ferito?

Alima aveva scavalcato il cancello ed era entrata nella casetta di Italo e aveva fatto una cosa gravissima, che va contro il codice deontologico di qualunque prostituta.

Aveva chiamato la polizia.

«Andate alla scuola. I sardi hanno sparato a Italo. Correte.»

Un quarto d'ora dopo, gli agenti Bacci e Miele si stavano precipitando verso la scuola quando videro una negra nascondersi dietro un cespuglio.

Bruno Miele era sceso al volo, quella si era messa a scappare e lui le aveva puntato la pistola contro. L'aveva bloccata e ammanettata e infilata nella volante.

«Io ho chiamato la polizia. Lasciatemi» piangeva Alima.

«Tu stai buona là, puttana» le aveva risposto Miele e si erano lanciati a sirene spiegate verso la scuola.

Erano scesi dalla macchina con le pistole in pugno.

Starsky e Hutch.

Da fuori sembrava tutto normale.

Miele aveva visto la casetta di suo padre buia, ma la scuola era illuminata.

«Entriamo» aveva detto. Il suo sesto senso gli diceva che là dentro era successo qualcosa di brutto.

Avevano scavalcato il cancello, guardandosi le spalle. E poi pistole in avanti, gambe larghe, erano entrati nella scuola saltellando.

Avevano perlustrato tutto l'edificio senza trovare niente e poi, uno dietro l'altro, spalmati contro il muro, erano scesi nel seminterrato. In fondo al corridoio una porta era aperta. E c'era la luce accesa.

Si erano piazzati ai due lati tenendo le pistole con entrambe le mani.

«Pronto?» aveva domandato Bacci.

«Pronto!» aveva risposto Miele e con una goffa capriola era entrato nella palestra e si era rimesso in piedi agitando la pistola a destra e a sinistra.

Sulle prime non aveva visto nessuno.

Poi aveva guardato a terra. C'era un corpo.

Un cadavere!?

Un cadavere che gli ricordava suo...

«Papà! Papà!» aveva urlato Bruno Miele disperato ed era corso dal padre (e mentre correva non riusciva a non pensare a quel grande film dove il poliziotto Kevin Kostner trova il cadavere di Sean Connery, che praticamente era come un padre e, disperato, si fa giustizia da solo andando a stanare i mafiosi. Come cazzo si chiamava?) «Ti hanno ucciso, papà? Rispondi! Rispondi! I sardi ti hanno ucciso?!» Si era inginocchiato accanto al cadavere del padre come se da qualche parte ci fosse una cinepresa. «Non ti preoccupare, ti vendicherò io.» E si era reso conto che il cadavere era vivo e si lamentava. «Sei ferito?» Vide la doppietta. «Ti hanno sparato?»

Il bidello mugugnava parole incomprensibili. Un tricheco dopo uno scontro con un vaporetto.

«Chi ti ha ferito? Sono stati i sardi? Parla!» Bruno gli aveva messo l'orecchio accanto alla bocca.

«Naaa...» era riuscito a dire Italo.

«Li hai cacciati?»

«Seee...»

«Bravo papà.» Lo aveva accarezzato in fronte trattenendo a fatica le lacrime.

Che eroe! Che eroe! Ora nessuno avrebbe potuto dire che suo padre era un codardo. E tutti quelli che avevano detto che quando erano venuti i ladri, due anni prima, suo padre si era nascosto, ora avrebbero dovuto infilarsi la lingua in culo. Era fiero del suo paparino.

«Gli hai sparato?»

Italo, a occhi chiusi, aveva fatto segno di sì con la testa.

«A chi?» aveva chiesto Antonio Bacci.

«A chi?! A chi?! Ai sardi, no?!» era scattato Bruno.

Che razza di domande faceva quell'idiota?

Ma Italo aveva faticosamente fatto segno di no con la testa.

«Come no, papà!? A chi hai sparato, allora?»

Italo aveva preso un respiro e gorgogliato: «A... a... agli stu... denti».

«Agli studenti?» avevano detto in coro i due poliziotti.

L'ambulanza e i pompieri erano arrivati un'ora dopo.

Con un colpo di tronchese il pompiere aveva tagliato l'indistruttibile catena. E l'agente Bacci non si era reso conto che quella catena era la stessa che aveva regalato a suo figlio qualche mese prima. I due infermieri erano entrati con la lettiga nella scuola e si erano caricati il bidello.

Poi avevano chiamato il preside.

Alle sette Flora Palmieri parcheggiò la Y10 nel cortile della scuola.

C'era la Ritmo del preside, la Uno della vicepreside e...

Una volante della polizia? Addirittura!

Entrò.

La vicepreside Gatta e il preside Cosenza erano in un angolo dell'ingresso e mormoravano come due carbonari.

Quando la vide, la Gatta le venne incontro. «Ah, finalmente è arrivata.»

«Ho fatto il più in fretta possibile...» si scusò Flora. «Ma che è successo?»

«Venga, venga a vedere cos'hanno fatto...» disse la Gatta.

«Chi è stato?»

«Non si sa.» E poi si rivolse al preside. «Giovanni, andiamo giù, facciamo vedere alla professoressa che bel lavoretto hanno fatto i nostri studenti.»

La vicepreside s'incamminò e Flora e il preside la seguirono.

Vedendoli insieme, il preside Cosenza e la vicepreside Gatta, si poteva pensare di essere piombati di colpo nel Giurassico superiore.

Mariuccia Gatta, sessant'anni, nubile, con quel testone che sembrava una scatola da scarpe e gli occhi tondi come biglie, incassati nelle orbite e quel naso piatto era spiccicata a un Tirannosauro Rex, il più famigerato e feroce dei dinosauri.

Giovanni Cosenza, cinquantatré, sposato e padre di due figli, invece, era uguale a un Docodon. Questo animaletto simile a un topo, dall'apparenza insignificante, con il muso appuntito e gli incisivi in fuori, secondo alcuni paleontologi è il primo mammifero apparso sul pianeta quando i rettili la facevano da padroni.

Piccoli, invisibili, questi nostri progenitori (anche noi siamo mammiferi!) allevavano la loro prole nascosti negli anfratti della terra, si nutrivano di bacche e semi e uscivano allo scoperto dopo il tramonto quando i dinosauri dormivano, con il metabolismo rallentato, e gli fottevano le uova. Quando ci fu il gran casino (meteora, glaciazioni, spostamento dell'asse terrestre, quello che è) i bestioni squamati schiattarono uno dopo l'altro e i Docodon si ritrovarono improvvisamente padroni di tutto il bendidio.

Spesso è così, quelli a cui non daresti una lira, alla fine te lo mettono in culo.

Infatti il Docodon era diventato preside e il T. Rex vicepreside. Ma questo non contava niente, perché la Gatta aveva in mano il potere della scuola e stabiliva gli orari, i turni, la composizione delle classi e tutto il resto. Decideva sempre lei e senza esitare. Aveva un carattere arrogante e comandava il preside, il corpo docente e la scolaresca come una truppa.

Del preside, Giovanni Cosenza, la prima cosa che notavi quando ci parlavi erano i denti sporgenti, i baffetti e quegli occhietti puntati ovunque, tranne che su di te.

La prima volta che Flora lo aveva incontrato era rimasta sconcertata, mentre parlava teneva lo sguardo diretto verso l'alto, verso un punto del soffitto come se là sopra ci fosse stato, che ne so, un pipistrello o un'enorme crepa. Si muoveva a scatti come se ogni movimento fosse prodotto da una singola contrazione nervosa. Per il resto era un tipo insulso e comune. Magrolino. Con un frangetta brizzolata che cadeva sulla faccia minuta. Timido come una donnicciola. Cerimonioso come un giapponese.

Aveva due completi. Uno estivo e uno invernale. Le mezze stagioni non sapeva neanche cosa fossero. Quando faceva freddo, come quel giorno, si metteva il completo di flanella marrone scuro e, quando faceva caldo, il completo di cotone color carta da zucchero. Entrambi avevano i pantaloni troppo corti e le spalle troppo imbottite.

56

Seppe chi era stato appena vide la scritta (PALMIERI I VIDEO FICATELI IN CULO) e il televisore e il videoregistratore distrutti.

Federico Pierini.

Era un messaggio per lei.

Tu mi hai obbligato a vedermi il video sul Medioevo ed ecco che succede.

Chiaro.

Dal giorno che lo aveva punito aveva sentito crescere in quel ragazzo un livore feroce verso di lei. Non faceva più i compiti e si metteva le cuffiette durante le sue lezioni.

Mi odia.

Se n'era accorta da come la guardava. Con due occhi cattivi che facevano paura, che l'accusavano, pregni di tutto l'odio del mondo.

Flora aveva capito e non lo interrogava più e a fine anno lo avrebbe promosso.

Non sapeva bene in che modo, ma aveva la sensazione che quell'odio fosse legato alla morte della madre di Pierini. Forse perché era morta il giorno che lei lo aveva obbligato a restare a scuola.

Chissà?

Comunque Pierini le imputava delle gravi colpe.

Ho sbagliato, d'accordo. Ma non lo sapevo. Mi aveva veramente esasperato, non mi lasciava lavorare, disturbava, raccontava tutte quelle bugie e io non lo sapevo, lo giuro, di sua madre. Sono andata anche a scusarmi con lui.

E lui l'aveva guardata come se fosse stata il più grande escremento di tutta la terra.

E poi gli scherzi: il sasso contro la finestra, le gomme bucate e il resto.

Era lui. Ora ne ebbe la certezza.

Quel ragazzino le faceva paura. Molta paura. Se fosse stato più grande avrebbe cercato di ammazzarla. Di farle delle cose orribili.

Quando lo vedeva, Flora aveva l'impulso di dirgli: "Scusami, mi dispiace per qualsiasi cosa posso aver fatto, perdonami. Ho sbagliato, ma non ti farò più niente, basta che la smetti di odiarmi". Ma sapeva che avrebbe solo acuito la sua ostilità.

Nella scuola non era entrato da solo.

Era evidente. Le diverse grafie sul muro lo dimostravano. Doveva essersi portato qualcuno dei suoi schiavetti. Ma ci avrebbe messo una mano sul fuoco che era stato lui a sfondare il televisore.

«Guardi che disastro» si lagnò il preside riportandola sulla terra.

Nell'aula di educazione tecnica, oltre a Flora, al preside e alla vicepreside, c'erano due agenti di polizia che stendevano un verbale. Uno era il padre di Andrea Bacci. Flora lo conosceva perché un paio di volte era venuto a scuola per parlare di lui. L'altro era il figlio di Italo, il bidello.

Lesse le altre scritte.

Il preside ciuccia il cazzone della vicepreside.

A Italo gli puzzano i piedi di pesce.

A Flora venne da sorridere. Era un'immagine decisamente comica. Il preside inginocchiato e la professoressa con la gonna alzata e... *Forse è vero, la vicepreside è un uomo.*

(*Basta, Flora...*)

Vide gli occhi maligni della Gatta che la scrutavano cercando di leggerle i pensieri. «Ha visto cos'hanno scritto?»

«Sì...» mormorò Flora.

La vicepreside strinse i pugni e li alzò al cielo. «Vandali. Maledetti. Come si sono permessi? Dobbiamo punirli. Dobbiamo curare subito questa piaga infetta che affligge il nostro povero istituto.»

Se la Gatta fosse stata una donna normale, una scritta come quella avrebbe potuto darle spunto per una seria riflessione su come erano percepiti la sua identità sessuale e il suo rapporto con il preside da una certa parte della scolaresca.

Ma la Gatta era una donna superiore e riflessioni di questo tipo non ne faceva. Nulla la smuoveva dalla sua perfetta ottusità. Non una traccia d'imbarazzo, non una punta di disagio. La teppaglia che aveva fatto irruzione nella sua scuola aveva solo risvegliato il suo spirito battagliero e ora il generale prussiano era pronto alla pugna.

Il preside Cosenza, invece, era paonazzo, segno che la scritta lo aveva graffiato.

«Ma avete dei sospetti?» chiese Flora.

«No, ma scopriremo chi è stato, signorina Palmieri, ci può scommettere lo stipendio, che lo scopriremo» si inalberò la Gatta. Da quando la conosceva, non l'aveva mai vista così infuriata. Dalla rabbia le tremava un angolo della bocca. «Ha letto cosa le hanno scritto?»

«Sì.»

«Sembrerebbe un messaggio rivolto a lei» fece con un tono alla Hercule Poirot.

Flora rimase zitta.

«Chi potrebbe essere stato? Perché proprio una videocassetta e non un...» la Gatta si rese conto che stava per dire qualcosa di sconveniente e tacque.

«Non lo so... Non ne ho idea» disse Flora scuotendo la testa. Ma perché, ora che aveva la possibilità di denunciare Pierini, non l'aveva fatto? *Lo metterei nei guai.*

Quel ragazzino aveva scritto in fronte che la legge si sarebbe avvinghiata come una pianta rampicante alla sua esistenza e non voleva essere lei l'origine di questo connubio.

E poi, per una ragione più semplice e utilitaristica, aveva paura che, quando Pierini fosse venuto a sapere che era stata lei a denunciarlo, gliel'avrebbe fatta pagare cara. Molto cara.

«Signorina Palmieri, ho chiesto a Giovanni di farla venire qui prima degli altri professori perché qualche tempo fa lei è venuta a lamentarsi che alcuni studenti le davano delle noie. Potrebbero essere gli stessi che hanno fatto questo. Se ne rende conto? Non vorrei che fosse una ritorsione contro di lei. Ha detto che non riesce a comunicare con i suoi alunni e a volte le incomprensioni si manifestano anche così.» Poi chiese conferma al preside. «Non credi, Giovanni?»

«Sì...» assentì lui e si piegò a raccattare una scheggia di vetro.

«Per favore, Giovanni! Lascia stare! Ti tagli!» urlò la vicepreside e il preside si rimise subito sull'attenti. «Signorina, potrebbe essere così?»

E allora perché hanno scritto che lei si fa fare quella cosa dal preside? Quanto avrebbe pagato per poterglielo dire, a quella maledetta arpia. Ma invece balbettò: «Ecco... io non credo... Se no perché avrebbero fatto le altre... scritte?». Lo disse a scatti ma lo disse.

Gli occhi della Gatta scomparvero nelle borse. «Che c'entra?!» ringhiò. «Si ricordi che io e il preside siamo la massima autorità, qui dentro. È normale che se la prendano con noi, ma non è per niente normale che se la prendano con lei. È stata scelta proprio lei tra tutti i professori. Come mai non se la sono presa con la Rovi che utilizza anche lei il video? Non diciamo scempiaggini, cara signorina Palmieri. Chi ha fatto quella scritta ce l'ha con lei. E non mi stupisce che lei non s'immagini chi possa essere stato, lei non segue le sue classi con la necessaria e dovuta attenzione.»

Flora abbassò lo sguardo.

«Che si fa ora?» s'intromise il preside cercando di calmare il T. Rex.

«Che si fa? Ristabiliamo l'ordine. Riparleremo del modo d'insegnare della signorina un'altra volta» disse la vicepreside sfregandosi le mani.

«Tra poco arriveranno i ragazzi. Forse sarà il caso che non entrino... Che li mandiamo a casa e facciamo una riunione con tutti i docenti per decidere una risposta efficace a questo affronto...» propose il preside.

«No. Non mi sembra l'idea migliore. Dobbiamo far entrare i ragazzi. E faremo lezione normalmente. L'aula di educazione tecnica va chiusa a chiave. Il professor Decaro terrà lezione di sopra. Gli alunni non devono sapere niente. E anche i docenti, il meno possibile. Chiamiamo Margherita e facciamo pulire tutto, poi, oggi stesso, facciamo venire il pittore a ridipingere le pareti e noi due...» la Gatta fissò Flora. «Anzi noi tre, lei signorina verrà con noi, così ci aiuterà nelle indagini, andiamo a Orbano a vedere come sta Italo e cerchiamo di scoprire chi sono i colpevoli.»

Il preside si agitò tutto. Come quei cagnetti pelleossa che fremono alla vista del padrone. «Giusto, giusto, bene, bene.» Guardò l'orologio. «I ragazzi stanno arrivando. Allora dico di aprire?»

La Gatta gli elargì un ghigno d'approvazione.

Il preside uscì dalla stanza.

La vicepreside a questo punto rivolse la sua attenzione ai due poliziotti. «E voi due, che state facendo? Se dovete fare queste foto, fatele. Qui dobbiamo chiudere. Non abbiamo tempo da perdere.»

57

Il rumore che fa la cartilagine del setto nasale spezzata quando viene rimessa a posto assomiglia, per certi versi, a quello che fanno i denti quando affondano in un Magnum Algida.

Scrooooskt.

Più del dolore è quel rumore che ti fa esplodere i nervi, accelerare il battito e accapponare la pelle.

Questa antipatica esperienza Italo Miele l'aveva già fatta a ventitré anni, quando un cacciatore gli aveva fregato il fagiano a cui lui aveva sparato. Avevano fatto a botte, in mezzo a un campo di girasoli e quello (un pugile, sicuramente) senza sapere né leggere né scrivere gli aveva assestato un cazzottone in piena faccia. Quella volta il naso glielo aveva rimesso diritto suo padre.

Per questo ora, nell'ambulatorio dell'ospedale Sandro Pertini di Orbano, urlava e imprecava che il naso non se lo faceva toccare da nessuno, figuriamoci poi da un dottorino che ancora si pisciava a letto.

«Guardi che così non può restare. Lei faccia come vuole... ma le rimarrà un naso deforme» farfugliò offeso il giovane medico.

Italo si alzò faticosamente dalla portantina su cui lo avevano sdraiato. Un'infermiera cicciona provò a bloccarlo, ma lui la scansò come fosse un moscerino e si avvicinò allo specchio.

«Babbabia...» mormorò.

Che disastro!

Un babbuino.

Il naso viola e grosso come una melanzana gli pendeva a destra. Era rovente come un ferro da stiro. Gli occhi erano nascosti sotto due ciambelle gonfie che partivano dal rosso magenta e sfumavano nel blu cobalto. Una larga ferita suturata con nove punti e spennellata di tintura di iodio gli divideva in due la fronte.

«Be lo betto a posto da solo.»

Con la sinistra si afferrò la mascella e con la destra il naso, inghiottì un bel boccone d'aria e...

Scrooooskt...

... con un colpo secco se lo rimise diritto.

Soffocò un urlo selvaggio. Lo stomaco gli si rivoltò e si riempì di succhi gastrici. Per poco non rigettò dal dolore. Le gambe gli cedettero un istante e Italo dovette appoggiarsi al lavandino per non crollare a terra.

Il medico e le due infermiere erano increduli.

«Ecco fatto.» Zoppicando si rimise sulla lettiga. «Ora, bortatebi a letto. Sono sdanco borto. Voglio dorbire.»

Chiuse gli occhi.

«Bisogna tamponarle il sangue e farle la medicazione.» La voce piagnucolosa del dottore.

«Va bene...»

Com'era stanco...

Esausto, sfinito, spompato e acciaccato più di qualsiasi essere umano sulla terra. Doveva dormire come minimo due giorni. Così non avrebbe sentito più male, più niente e quando si fosse risvegliato se ne sarebbe tornato a casa e si sarebbe fatto tre settimane di convalescenza curato e coccolato e compatito dalla vecchia e si sarebbe fatto preparare le fettuccine con il ragù e avrebbe guardato tanta televisione e avrebbe pianificato le mosse migliori per farsi ripagare di ciò che gli avevano fatto in quella notte orrenda.

Sì, dovevano pagare.

Lo stato. La scuola. Le famiglie di quei teppisti. Non importava chi. Ma qualcuno doveva pagare, fino all'ultima maledettissima lira.

Un avvocato. Ho bisogno di un avvocato. Uno buono. Uno con i coglioni, che li spelli per bene.

Mentre il medico e le infermiere gli infilavano tamponi d'ovatta nelle narici, rifletté che quella era l'occasione che aspettava da tanto tempo. E arrivava proprio al momento giusto, perfetta, a un passo dalla pensione.

Quei piccoli bastardi gli avevano fatto un favore.

Adesso era un eroe, aveva compiuto il suo dovere, li aveva cacciati dalla scuola, e ci avrebbe guadagnato sopra un sacco di soldoni.

Frattura scomposta del setto nasale con gravi complicazioni respiratorie. Ferite e abrasioni permanenti e tanta altra roba che sarebbe spuntata fuori con il tempo.

Per tutto questo come minimo becchi una... boh? Una ventina di milioni. No, troppo poco. Se risulta che non riesco più a respirare con il naso, sono minimo minimo cinquanta milioni e anche più.

Sparava cifre a caso, ma era nel suo carattere impulsivo ipotizzare subito il valore del risarcimento senza avere nessuna cognizione di causa.

Ci si sarebbe comprato una macchina nuova con l'aria condizionata e l'autoradio, il televisore più grande e avrebbe cambiato gli elettrodomestici della cucina e gli infissi del piano di sopra della cascina.

In fondo avrebbe avuto tutte queste cose solo per un naso rotto e un paio di ferite del cazzo.

Nonostante quei tre incompetenti gli stessero facendo un male bestiale, sentì nascere dentro un moto spontaneo e sincero di affetto e gratitudine per quelle canagliette che lo avevano ridotto così.

58

Dietro le colline nere, il cielo era ricoperto di nuvoloni che si torcevano e si rotolavano uno sull'altro tra tuoni e lampi da diluvio universale. Il vento portava con sé sabbia e odore di salsedine e di alghe. I buoi bianchi, nei prati, se ne fregavano della pioggia, brucavano con lentezza e metodo e ogni tanto sollevavano la testa e guardavano senza interesse gli elementi naturali scatenarsi.

Pietro stava correndo a scuola. E nonostante piovesse forte aveva preso la bicicletta.

Non ce l'aveva fatta a rimanere a casa. La curiosità, la voglia di sapere quello che era successo, avevano avuto la meglio sull'intenzione di fingersi malato.

Il termometro l'aveva messo sotto l'acqua calda, ma al momento di dire a sua madre che aveva trentasette e mezzo se n'era stato zitto.

Come poteva rimanere tutto il giorno a letto senza sapere se erano riusciti ad aprire il cancello, senza sentire le reazioni dei compagni e dei professori?

Quando aveva preso la decisione di muoversi era già tardi e quindi si era vestito in fretta e furia, aveva buttato giù in un sorso la tazza di caffellatte, ingurgitato un paio di biscotti, infilato la cerata e le galosce e per fare prima aveva preso la bicicletta.

Ora che mancava meno di un chilometro alla scuola, ogni pedalata era un nodo in più alle budella.

59

Entrando nella camerata la professoressa Palmieri ebbe l'impressione di non essere in un ospedale italiano ma in un centro veterinario della Florida del sud. In mezzo allo stanzone, sotto dei proiettori bianchi, allungato su un letto, c'era un lamantino.

Flora, che non era un'esperta di zoologia, sapeva che cos'era un lamantino avendo visto qualche settimana prima un documentario del National Geographic alla tv.

Il lamantino è un sirenide, una specie di gigantesca e obesa foca albina che vive nel lago Ciad e alle foci dei grandi fiumi del Sudamerica. Essendo animali di indole pigra e lenta, finiscono spesso arrotati dalle eliche delle barche.

Il bidello, steso a pancia in su, in mutande, sembrava proprio uno di quei bestioni.

Era orrendo. Tondo e bianco come un pupazzo di neve. Il ventre teso e gonfio aveva la forma di un uovo di pasqua pronto a esplodere. Sulla cima gli cresceva un folto cespo di peli bianchi che si congiungeva con quelli del torace. Le gambe corte e tozze erano glabre e ricoperte di spesse vene azzurre. Quella sciancata aveva un polpaccio violaceo e tondo come una pagnotta. Le braccia distese sembravano due pinne. Le dita grosse come sigari. La natura, matrigna, non si era presa la briga di fornirgli un collo e quel capoccione tondo gli s'inseriva direttamente tra le scapole.

Era ridotto piuttosto male.

Sia gli avambracci che le ginocchia erano pieni di graffi, escoriazioni e sbucciature. La fronte ricucita e il naso fasciato.

A Flora non piaceva. Era un lavativo. Aggressivo con gli studenti. Ed era uno schifoso. Quando lei passava davanti alla guardiola, aveva l'impressione di essere spogliata con gli occhi. E la professoressa Cirillo le aveva detto che era anche un noto puttaniere. Andava ogni notte con quelle povere ragazze di colore che si prostituivano sull'Aurelia.

Flora non aveva nessunissima voglia di stare lì a fare l'investigatrice con quei due. Avrebbe voluto essere a scuola. A fare lezione.

«Venga... forza» le disse la Gatta.

Si sedettero tutti e tre al capezzale del bidello.

La vicepreside accennò un saluto con la testa e poi parlò con il tono più preoccupato del mondo. «Italo, allora, come va?»

Nonostante i lividi e le ammaccature che aveva su quella faccia da cane bastonato, un'espressione disgustosa e sorniona lampeggiò negli occhi porcini del bidello.

«Bale. Come andiabo? Bale!»

Italo si ripeté la parte da recitare. Doveva fargli una pena terribile, apparire come un povero zoppo bisognoso di cure che si era immolato per il bene della scuola e degli insegnanti contro la delinquenza minorile.

«Allora, Italo, se ce la fa, ci spieghi esattamente cos'è successo questa notte nella scuola» fece il preside.

Italo si guardò attorno e cominciò a raccontare una storia che aveva circa un sessanta per cento di verità, un trenta per cento lo inventò di sana pianta e un dieci per cento gli servì per infarcirla di esagerazioni, pathos, colpi di scena, particolari sentimentali e strappalacrime (... voi non immaginate quanto può fare freddo d'inverno in quella stanzetta dove vivo, solo, lontano da casa, da mia moglie, dai figli che amo...).

Omise una serie di particolari inutili, che avrebbero solo appesantito la narrazione e reso più intricata la trama. (Il naso? Come me lo sono rotto? Uno di quei ragazzi deve avermi dato una sprangata in faccia mentre camminavo al buio.)

E concluse. «Ora sono qua. Bi vedete. In questo ospedale. Rovinato. Non riesco più a buovere la gabba e credo di avere un paio di costole incrinate ba non ibborta, ho salvato la scuola dai vandali. E questa è la cosa più ibbortante. Giusto? Vi chiedo una cosa sola: aiutatebi voi che siete persone istruite. Io sono solo un povero vecchio ignorante. Fatebi dare quello che bi spetta di diritto dopo tanti anni di lavoro e dopo questo terribile incidente che bi ha tolto quel poco di salute che bi ribaneva. Intanto andrebbe bene anche una colletta tra i professori e i genitori. Grazie, verabente grazie.»

Finita la perorazione, controllò l'effetto sui suoi ascoltatori.

Il preside era curvo sulla sedia, le mani davanti alla bocca e gli occhi puntati a terra. Giudicò quella postura come l'espressione di un profondo cordoglio per la sua triste e sfortunata situazione.

Bene.

Poi passò a ispezionare la Palmieri.

La rossa lo guardava senza espressione. Ma che ci si poteva aspettare da una così?

E, per finire, esplorò la faccia della vicepreside.

La Gatta aveva un volto di marmo che non lasciava trapelare nulla di buono. Una piega beffarda le increspava le labbra.

Che voleva dire? Che cazzo significava quel sorrisetto stronzo? Forse quella zitella acida non gli credeva?

Italo strizzò gli occhi e contrasse i muscoli facciali cercando di esprimere tutto il dolore che sentiva. E rimase in attesa

258

di un conforto, di una parola amica, di una stretta di mano, di qualcosa.

La vicepreside tossì e poi tirò fuori dalla piccola borsetta di camoscio un bloc-notes e gli occhiali da vista. «Italo, non capisco alcune cose che lei ha detto. Non sembrerebbero corrispondere a quello che abbiamo constatato a scuola con la polizia. Se se la sente, vorrei farle solo un paio di domande.»

«Va bene. Facciabo veloce però che non bi sento tanto bene.»

«Innanzitutto lei ha detto di aver passato la notte da solo. Allora chi è questa Alima Guabré? Risulterebbe che sia stata proprio questa ragazza nigeriana, tra l'altro sprovvista di permesso di soggiorno, a chiamare i carabinieri.»

Un dolore acuto si sviluppò nelle viscere del bidello spingendosi in alto a infiammargli le tonsille. Italo cercò di trattenere quella vampata di gas acido che gli era montata su dall'esofago, ma non ce la fece e ruttò fragorosamente.

I tre fecero finta di niente.

Italo si mise una mano sulla bocca. «Cobe ha detto, vicepreside? Alima che? Non conosco questa donna, bai sentita nobinare...»

«Che strano. La giovane, che a quanto pare di professione fa la prostituta, dice di conoscerla molto bene, di essere stata portata da lei alla scuola e di essere stata invitata a passare la notte insieme a lei...»

Italo sbuffò. Il naso ora gli pulsava come un calorifero rotto.

Aspettate, aspettate un momento... Quella gran troia gli stava facendo un interrogatorio. A lui? Proprio a lui che aveva salvato la scuola, che per poco non ci schiattava? Ma che cavolo stava succ... Lo stavano pugnalando alle spalle. Lui che si aspettava un abbraccio, una scatola di Ferrero Rocher, un mazzo di fiori.

«Dev'essere pazza. Si è inventata tutto. Chi è? Che vuole da be? Non la conosco...» disse agitando le braccia come se cercasse di cacciare via uno sciame di vespe.

«Dice che tutte le settimane mangiate assieme al Vecchio Carro e ha parlato di uno scherzo...» la professoressa fece una smorfia e allontanò il bloc-notes come per leggere meglio. «Non ho capito bene... Dicono i poliziotti che era molto arrabbiata con lei... Uno scherzo che lei le avrebbe fatto durante la cena...»

«Cobe si perbette quella schifosa tro...?» Italo riuscì a malapena a troncare la frase.

La vicepreside gli lanciò uno sguardo micidiale come il maglio rotante di Mazinga Z.

«Anche a me tutta questa storia sembra piuttosto strana. Una cosa confermerebbe la versione della signorina Guabré. Questa mattina la sua 131 era fuori dal cancello chiuso con la catena. E poi c'è la testimonianza dei camerieri del Vecchio Carro...»

Il bidello cominciò a tremare come una foglia e guardò quel mostro senza cuore che si divertiva a torturarlo e desiderò di saltarle addosso e di strizzare quel collo da gallina come uno straccio e di strapparle tutti i denti e di farci una collana. Quella non era una donna... quella era un demonio senza emozioni e senza pietà. Al posto del cuore aveva una palla di piombo e al posto della fica un congelatore.

«Ciò mi porta a pensare che quando i vandali sono entrati nella scuola lei non fosse presente... Come probabilmente è successo due anni fa, quando sono entrati i ladri.»

«Nooo! Quella volta c'ero, dorbivo! Lo giuro su Dio. Non è colpa bia se ho il sonno pesante!» Italo si rivolse al preside. «La prego, signor preside, albeno lei. Che vuole questa da be? Io sto tanto bale. Non ce la faccio a sentire queste accuse infabi. Io che vado con le puttane, che non faccio il bio dovere. Io che ho quasi trent'anni di onorata carriera sulle spalle. Preside, la prego, dica qualcosa.»

L'ometto lo guardò come si guarderebbe l'ultimo esemplare di una specie oramai estinta. «Che posso dire? Cerchi di essere più sincero, di dire la verità. È sempre meglio dire la verità...»

Allora Italo guardò la Palmieri cercando comprensione, ma non ne trovò.

«Andate via... andate via...» mormorò a occhi chiusi come un moribondo che vuole spirare in pace.

Ma la Gatta non si fece intenerire. «Lei invece dovrebbe ringraziare quella povera disgraziata. Se non ci fosse stata la signorina Guabré, probabilmente a quest'ora lei sarebbe ancora svenuto dentro una pozza di sangue. Lei è un ingrato. E ora passiamo all'argomento che mi preme di più. Il fucile.»

Italo si sentì morire. Fortunatamente ebbe una visione che gli alleviò per un istante il dolore al naso e l'oppressione al petto. Quella vecchia zitella impalata, sì, lui che le infilava su per il culo un palo della luce ricoperto di peperoncino e sabbia e lei che urlava come una dannata.

«Lei ha usato un fucile nei locali della scuola.»

«Non è vero!»

«Come non è vero? Glielo hanno trovato accanto... Il fucile non risulta denunciato, né, a quanto pare, lei ha un permesso di caccia, un porto d'armi...»

«Non è vero!»

«Questo è un reato molto grave, punibile...»

«Non è vero!»

Italo aveva adottato l'ultima e più disperata strategia di difesa. Negare tutto. Qualsiasi cosa. Il sole è caldo? Non è vero! Le rondini volano? Non è vero!

Dire sempre e solo no.

«Lei ha sparato un colpo. Ha cercato di colpirli. E ha distrutto una finestra della palestr...»

«Non è vero!»

«Basta dire non è vero!» La vicepreside Gatta urlò, disintegrando la flemma mantenuta fino a quel momento e si trasformò in un drago cinese con due occhietti malvagi.

Italo si sgonfiò e si appallottolò come una pulce di mare.

«Mariuccia, ti prego, calmati, calmati...» Il preside, paralizzato sulla sedia, la implorò. Tutti i pazienti della camerata si erano voltati e l'infermiera stava lanciando occhiatacce.

La vicepreside abbassò il tono e, tra i denti, continuò.

«Mio caro Italo, lei è in una bruttissima situazione. E sembra non rendersene conto. Lei rischia un'imputazione plurima per detenzione abusiva di armi, tentato omicidio, sfruttamento della prostituzione, ubriachezza molesta...»

«No no no no nooooo» ripeteva Italo affranto scuotendo il capoccione.

«Lei è l'ultimo degli imbecilli. Che cosa vuole? Ho sentito bene? Risarcimenti? Ha anche la faccia tosta di chiedere una colletta. Ora, mi ascolti molto, molto attentamente.» Mariuccia Gatta si alzò in piedi e quegli occhi freddi improvvisamente s'illuminarono come se avessero dentro lampadine da mille watt. Le guance le si congestionarono. Afferrò il bidello per il collo del pigiama e quasi lo sollevò dal letto. «Io e il preside stiamo facendo quello che possiamo per aiutarla e solo perché suo figlio, un poliziotto, ce lo ha chiesto in ginocchio e ha detto che sua madre sarebbe morta dal dolore se fosse venuta a saperlo. Solo per questo non l'abbiamo denunciata. Stiamo facendo il possibile per salvarle il cu... il sedere, per non farle dare un paio d'anni, per non farle perdere il posto, la pensione, tutto, ma ora io devo assolutamente sapere chi erano quei teppisti.»

Italo boccheggiò come una grossa tinca presa all'amo e poi espirò con il naso. Dai tamponi che aveva nelle narici cominciarono a colare rivoli di sangue.

«Non lo so. Non lo so, giuro sulla testa dei biei figli» frignò il bidello dibattendosi nel letto. «Non li ho visti. Quando sono entrato nel ripostiglio era buio. Bi hanno tirato addosso i palloni ortopedici. Sono caduto. Bi sono passati sopra. Erano due o tre. Ho tentato di pigliarli. Non ce l'ho fatta. Figlidiputtana.»

«E basta?»

«Be', ce n'era un altro. Uno che è uscito fuori dai baterassi del salto in alto. E...»

«E?»

«Ecco, non sono sicuro, ero lontano, ero senza occhiali, ba dalla figura così bagra e piccola poteva sebbrare... ecco, sebbrava il figlio del bastore, quello di Serra... Non bi ricordo il nome... Ba non sono sicuro. Quello della seconda B.»

«Moroni?»

Italo fece sì con la testa. «Solo che è strano...»

«Strano?»

«Sì, bi sebbra strano che uno cobe quello, così buono, bossa fare una cosa del genere, ecco. Però boteva essere lui.»

«Bene. Lo verificheremo.» La vicepreside mollò il pigiama del bidello e parve soddisfatta. «Ora si curi. In seguito vedremo ciò che si potrà fare per lei.» Poi si rivolse ai suoi compagni. «Andiamo, è tardissimo. Ci aspettano a scuola.»

Giovanni Cosenza e Flora Palmieri balzarono in piedi come se avessero avuto una molla sotto il sedere.

«Grazie, grazie... Farò tutto quello che volete. Tornate a trovarbi.»

I tre uscirono e lasciarono il bidello tremante nel suo letto, in preda al terrore di finire gli ultimi anni della sua vita in galera, senza il becco di una lira e neanche la pensione.

61

Dentro aveva una guerra.

La curiosità faceva a pugni con la voglia di tornare a casa.

Pietro aveva la bocca secca come se si fosse mangiato un pugno di sale, il vento gli s'infilava dentro il cappuccio e gli gonfiava la cerata e la pioggia gli frustava la faccia che era diventata fredda e insensibile come un blocco di ghiaccio.

Attraversò Ischiano Scalo praticamente in apnea, in mezzo alle pozzanghere e stava per imboccare la via della scuola quando inchiodò in uno stridio di freni.

Che cos'avrebbe trovato dietro l'angolo?

Cani. Pastori tedeschi ringhianti. Museruole. Collari borchiati. I suoi compagni di scuola in fila, nudi, tremanti sotto il diluvio. Le mani appoggiate contro i muri della scuola. Uomini in tuta blu, con le maschere nere sulla faccia e gli anfibi ai piedi che camminano nelle pozzanghere. Se non ci dite chi è stato, ogni dieci minuti ne giustizieremo uno.

Chi è stato?

Io.

Ecco Pietro che avanza tra i suoi compagni.

Sono stato io.

Sicuramente avrebbe trovato un sacco di gente sotto gli ombrelli, il bar affollato e i pompieri a tagliare la catena. E in mezzo ci sarebbero stati Pierini, Bacci e Ronca che si godevano lo spettacolo. Non aveva nessuna voglia d'incontrare quei tre. E ancora meno di dividerci quel segreto che gli bruciava l'anima.

Come gli sarebbe piaciuto essere un altro, uno di quelli che, davanti al bar, si godeva lo spettacolo e che se ne sarebbe tornato a casa senza quel macigno che gli pesava sullo stomaco.

Un'altra cosa che gli faceva venire un'ansia terribile era incontrare Gloria. Già se la immaginava. Avrebbe cominciato a fare un casino, a saltare tutta eccitata, a indagare su chi era stato quel gran genio che aveva chiuso il cancello.

E io che faccio, glielo dico? Le racconto come sono andate le cose?

(Dài, muoviti. Ci vuoi restare tutta la giornata dietro a questo muro?)

Girò l'angolo.

Davanti alla scuola non c'era nessuno. Né davanti al bar.

Avanzò ancora. Il cancello era aperto come sempre. Dei pompieri nessuna traccia. Nel parcheggio c'erano le macchine dei professori. La 131 di Italo. Le finestre delle classi erano illuminate.

C'è scuola, allora.

Pedalava lentamente, ome se vedesse l'edificio per la prima volta in vita sua.

Superò il cancello. Controllò se a terra c'erano i resti della catena. Niente. Appoggiò la bicicletta al muretto. Guardò l'orologio.

Quasi venti minuti di ritardo.

Rischiava di prendersi una nota ma salì i gradini piano, incantato, come un'anima che salga le lunghe scale che portano al paradiso.

«Che fai? Ti vuoi muovere? È tardi!»

La bidella.

Aveva aperto la porta e gli faceva segno di entrare.

Pietro corse dentro.

«Sei impazzito? Sei venuto in bicicletta? Ti vuoi prendere una polmonite?» lo sgridò.

«Eh? Sì... No!» Pietro non la stava ascoltando.

«Ma che ti ha preso?»

«Niente. Niente.»

Si avviò come un automa verso la sua classe.

«Dove vai così? Non lo vedi che bagni tutto il pavimento? Levati quel coso e appendilo ai ganci!»

Pietro tornò indietro e si tolse la cerata. Si rese conto che quella era la bidella della sezione A e che lì, nella guardiola, ci sarebbe dovuto essere Italo.

Dov'era?

Non lo voleva sapere.

La cosa andava benissimo così. Non c'era e basta.

Aveva il fondo dei pantaloni bagnato, ma faceva un bel calduccio e si sarebbe asciugato presto. Appoggiò un po' le mani gelate sul termosifone. La bidella si era seduta e sfogliava una rivista. Per il resto la scuola era deserta e silenziosa. C'era il rumore delle gocce che battevano contro i vetri e della pioggia che scrosciava giù per la grondaia.

Le lezioni erano incominciate e tutti erano in classe. Si avviò verso la sua aula. La porta della segreteria era aperta e la segretaria era al telefono. La porta della presidenza era chiusa. Come sempre, d'altronde. La sala dei professori vuota.

Tutto normale.

Prima di entrare in classe doveva assolutamente andare giù a vedere l'aula di educazione tecnica. Se anche lì era tutto normale, senza scritte, con il televisore a posto, potevano essere successe due cose. O si era sognato tutto, il che equivaleva a dire che era completamente pazzo, oppure erano arrivati gli extraterrestri buoni e avevano rimesso tutto a posto. *Zac!* Un raggio di pistola fotonica e la tv e il videoregistratore tornavano nuovi (come quando si vedono i film al contrario). *Zac!* E via le scritte dalle pareti. *Zac!* E Italo è disintegrato.

Scese le scale. Girò la maniglia, ma era chiusa a chiave. Anche la palestra.

Forse hanno deciso di rimettere tutto a posto e far finta di niente.

(Perché?)

Perché non sanno chi è stato e allora è meglio far finta di niente. No?

Questa conclusione lo rassicurò.

Corse in classe. Appena mise la mano sulla maniglia della porta, il cuore prese a battergli scatenato. Timidamente l'abbassò ed entrò.

62

Flora Palmieri era seduta sul sedile posteriore della Ritmo del preside.

La macchina saliva faticosamente la collina di Orbano. La pioggia veniva giù che dio la mandava. Tutto intorno c'era una cosa grigia e tuonante e qualche lampo, in là, sul mare. Le gocce tamburellavano sul tetto con un ritmo frenetico. Il tergicristallo faticava a tenere asciutto il parabrezza. La statale assomigliava a un torrente in piena e i camion sfrecciavano accanto alla macchina scuri e minacciosi come balene, sollevando schizzi da motoscafo.

Il preside Cosenza era incollato al volante «Non si vede un tubo. E questi camionisti vanno come sconsiderati.»

La vicepreside Gatta gli faceva da navigatore. «Superalo, cos'aspetti? Non vedi che ti sta facendo spazio? Giovanni, muoviti.»

Flora rifletteva su ciò che aveva detto il bidello e più ci rifletteva, più le sembrava un'assurdità.

Pietro Moroni che era entrato nella scuola e aveva sfondato tutto?

No. La storia non la convinceva.

Non era da Moroni comportarsi così. Per cavare una parola di bocca a quel ragazzino bisognava pregarlo in ginocchio. Era così silenzioso e buono che Flora spesso si dimenticava della sua esistenza.

Quella scritta l'aveva fatta Pierini, ne era sicura.

Ma che ci faceva Moroni insieme a Pierini?

Qualche settimana prima, Flora aveva assegnato alla seconda B l'inevitabile tema "Cosa vuoi fare da grande?".

E Moroni aveva scritto:

A me piacerebbe molto studiare gli animali. Da grande vorrei fare il biologo e andare in Africa a fare i documentari sugli animali. Lavorerei molto duramente e farei un documentario sulle rane del Sahara. Nessuno lo sa ma nel Sahara ci sono le rane. Vivono sotto la sabbia e rimangono in letargo per undici mesi e tre settimane (un anno meno una settimana) e si svegliano esattamente nella settimana in cui piove sul deserto e si allaga. Hanno poco tempo e devono fare un sacco di cose, come ad esempio mangiare (soprattutto insetti) e fare i figli (i girini), e scavarsi un'altra buca. È questa la loro vita. Io vorrei andare al liceo ma mio padre dice che devo fare il pastore e occuparmi dei campi come fa mio fratello Mimmo. Neanche Mimmo vuole fare il pastore. Lui vuole andare al Polo Nord a pescare i merluzzi ma non penso che ci andrà. Io ci vorrei andare al liceo e anche all'università per studiare gli animali ma mio padre dice che posso studiare le pecore. Io le pecore le ho studiate e non mi piacciono.

Questo era Pietro Moroni.

Un ragazzino con la testa fra le nuvole, un cercatore di rane nel deserto, inoffensivo e timido come un passero.

E ora, cosa gli era successo?

Di punto in bianco si era trasformato in un teppista e se la faceva con Pierini?

No.

63

In classe erano tutti presenti.

Pierini, Bacci e Ronca gli lanciavano occhiate preoccupate. Gloria al primo banco gli sorrideva.

Erano tutti molto silenziosi, segno che la Rovi stava interrogando. La tensione si tagliava con un coltello.

«Moroni, lo sai o no che sei in ritardo? Forza, che aspetti? Entra e vai al tuo posto» gli ordinò la Rovi squadrandolo attraverso le lenti spesse come fondi di bottiglia.

Diana Rovi era una donna anziana e grassottella e con una faccia tonda. Sembrava un orsetto lavatore.

Pietro andò al suo banco, in terza fila, vicino alla finestra e cominciò a tirar fuori i libri dallo zaino.

La professoressa riprese a interrogare Giannini e Puddu che in piedi, ai lati della cattedra, stavano raccontando la loro ricerca: le farfalle e il loro ciclo vitale.

Pietro si sedette e diede una gomitata a Tonno, il suo compagno di banco che ripassava la ricerca sulle cavallette.

Antonio Irace, chiamato da tutti Tonno, era un ragazzino alto e allampanato con una testa piccola e ovale, un tipo studioso con cui Pietro non aveva mai legato tanto ma che lo lasciava in pace.

«Tonno, oggi è successo qualcosa di strano?» gli sussurrò con le mani davanti alla bocca.

«In che senso?»

«Non lo so, qualcosa... Hai visto in giro la vicepreside o il preside?»

Antonio non alzò lo sguardo dal libro. «No, non li ho visti. Lasciami studiare, per favore, che tra poco mi becca.»

Gloria intanto si sbracciava cercando la sua attenzione. «Avevo paura che non venissi» gli strillò a bassa voce piegandosi tutta da un lato. «Tra poco tocca a noi. Sei pronto?»

Pietro fece segno di sì con la testa.

In quel momento l'interrogazione era l'ultimo dei suoi pensieri.

Se fosse stato un altro giorno, probabilmente si sarebbe cacato sotto, ma oggi aveva altro per la testa.

Pierini gli tirò una palla di carta.

L'aprì. Sopra c'era scritto:

CAZZONE MA CHE È SUCCESSO L'AVEVI CHIUSA BENE LA CATENA? QUANDO SIAMO ARRIVATI ERA TUTTO NORMALE. CHE CAZZO AI FATTO?

Certo che l'aveva chiusa bene. L'aveva anche tirata per controllare. Strappò un foglio dal quaderno e scrisse:

L'HO CHIUSA BENISSIMO

L'appallottolò e lo tirò a Pierini. Sbagliò clamorosamente mira e finì sul banco di Gianna Loria, la figlia della tabaccaia, la più antipatica e dispettosa di tutta la classe che lo prese e con un sorrisetto cattivo se lo infilò in bocca e se lo sarebbe ingoiato se non fosse intervenuto tempestivamente Pierini assestandole un colpo ben piazzato alla base della nuca. Gianna sputò il biglietto sul tavolo e Pierini, lesto come un furetto, l'afferrò e si rimise al suo posto.

Nessuno dei tre si era accorto che la vecchia Rovi, dietro i suoi vetri antiproiettile, aveva visto tutto.

«Moroni! È stata tutta la pioggia che hai preso a farti uscire di senno? Che ti è successo? Arrivi in ritardo, chiacchieri, tiri le palle di carta, ma che hai?» La professoressa Rovi disse tutto questo senza rabbia, sembrava solo curiosa di capire il comportamento singolare di quel ragazzino che di solito non si sentiva e non si vedeva. «Moroni, hai fatto la ricerca?»

«Sì, professoressa...»

«E con chi l'hai fatta?»

«Con Celani.»

«Benissimo. Allora venite qui a intrattenermi.» Poi si rivolse ai due che le stavano accanto. «Voi potete andare. Lasciate posto a Moroni e Celani. Speriamo che facciano meglio di voi e si meritino almeno la sufficienza.»

La professoressa Rovi era come un'enorme e lenta petroliera che attraversa il mare della vita senza curarsi di tempeste e bonacce. Trent'anni di carriera l'avevano resa insensibile ai marosi. Riusciva a far lavorare gli studenti facendosi rispettare senza troppa fatica.

Pietro e Gloria si misero ai lati della cattedra. Attaccò Gloria raccontando le abitudini di vita delle zanzare e la fase larvale acquatica. Mentre parlava, cercava gli occhi di Pietro. *Hai visto? Alla fine l'ho imparata bene.*

Scienze era la materia preferita di Pietro e doveva obbligare Gloria a studiarla. Con pazienza infinita, mentre lei si distraeva per un nonnulla, le ripeteva la lezione.

Ma ora sta andando molto bene.

Ed era di una bellezza che toglieva il respiro.

Non c'è niente di meglio che avere l'amica del cuore bella, così la puoi guardare quanto ti pare senza che lei possa pensare che le fai la corte.

Quando fu il suo turno, attaccò senza esitazioni. Tranquillo. Raccontò delle bonifiche e del DDT e, mentre parlava, si sentiva euforico e felice. Come se fosse ubriaco.

Il casino era passato e la scuola c'era e si poteva parlare di zanzare.

Si permise una lunga digressione sui metodi migliori per scacciare le zanzare da casa. Spiegò pregi e difetti di zampironi, piastrine, neon ultravioletti e Autan. E poi parlò di una crema di sua invenzione a base di basilico e finocchio selvatico da spalmarsi addosso, che le zanzare, quando ne sentivano l'odore, non è che se ne andavano e basta, scappavano e diventavano vegetariane.

«D'accordo, Moroni. Va bene. Siete stati bravi. Che altro posso dire?» Lo interruppe la professoressa Rovi soddisfatta. «Ora bisognerà solo che decida che voto darv...»

La porta si aprì.

La bidella.

«Che c'è, Rosaria?»

«Moroni deve andare dal preside.»

La professoressa si voltò verso Pietro.

«Pietro...?»

Era sbiancato e respirava con il naso e teneva la bocca contratta. Come se gli avessero detto che la sedia elettrica era pronta. Con le mani esangui stringeva il bordo della cattedra come se volesse spezzarlo.

«Che hai, Moroni? Ti senti bene?»

Pietro fece segno di sì con la testa. Si girò e senza guardare nessuno, si avviò verso la porta.

Pierini si alzò dal banco e afferrò Pietro per il collo e prima che potesse uscire gli sussurrò qualcosa nell'orecchio.

«Pierini! Chi ti ha detto di alzarti? Torna subito al tuo posto!» urlò la Rovi sbattendo il registro sul tavolo.

Pierini si voltò verso di lei e le sorrise strafottente. «Mi scusi, prof. Vado subito al mio posto.»

La professoressa allora cercò di nuovo Pietro.

Era scomparso oltre la porta insieme a Rosaria.

Italo mi ha riconosciuto.

Quando la bidella aveva detto che doveva andare dal preside, Pietro aveva seriamente considerato l'ipotesi di gettarsi giù dalla finestra.

Ma c'erano due problemi. Primo, la finestra era chiusa (*potrei sempre riuscire a sfondarla con la testa*) e secondo, se anche fosse riuscito ad aprirla, la sua classe era al primo piano e precipitando nel campo di pallavolo sarebbe rimasto paralizzato, al massimo si sarebbe rotto una gamba.

Non sarebbe morto, insomma.

E invece doveva schiattare sul colpo.

Se ci fosse stato un Dio giusto, la sua classe sarebbe stata all'ultimo piano di un grattacielo così alto che lo avrebbero trovato giù, spiaccicato come un pomodoro marcio e la polizia avrebbe fatto le indagini e avrebbe scoperto che lui non c'entrava niente.

E al funerale il prete avrebbe detto che lui non c'entrava niente e che non era colpa sua.

Camminava verso la presidenza e si sentiva malissimo, malissimo davvero.

«Se solo provi a dire qualcosa, se fai un nome, ti sgozzo, te lo giuro sulla testa di mia madre» ecco cosa gli aveva sussurrato in un orecchio Pierini. E la madre di Pierini era morta da poco.

Gli scappava tutto. Da pisciare. Da cacare. Da vomitare.

Guardò quel carceriere senza pietà che stava per consegnarlo nelle mani del boia.

Posso chiederle di andare in bagno?

(*No. Certo che no.*)

Quando il preside ti aspetta non puoi andare da nessuna parte e poi quella avrebbe sicuramente creduto che volesse fuggire dalla finestra.

(*Non ci dovevi venire a scuola. Perché non sei rimasto a casa?*)

Perché sono nato coglione. Si disperò. *Sono nato coglione perché mi hanno fatto così. Un perfetto coglione.*

Italo lo aveva riconosciuto. E lo aveva detto al preside.

Mi ha riconosciuto.

Non era mai stato chiamato in presidenza. Gloria, due volte. Una quando aveva nascosto la cartella di Loria nello sciacquone del bagno e l'altra quando aveva fatto a botte con Ronca in palestra. Aveva preso due note.

Io neanche una. Perché ha riconosciuto solo me?

(*Ti sei nascosto tra i materassi. Perché ti sei nascosto tra i materassi? Se ti fossi nascosto insieme... Ti ha visto.*)

Ma non aveva gli occhiali, era troppo distante...

(*Ora calmati. Ti stai cacando sotto. Lo capiranno subito. Non dire niente. Tu non sai niente. Tu eri a casa. Tu non sai niente.*)

«Vai...» La bidella gli indicò la porta chiusa.

Mamma mia, come si sentiva male, le orecchie... le orecchie gli avevano preso fuoco e sentiva fiumi di sudore colargli lungo i fianchi.

Aprì la porta lentamente.

La presidenza era uno stanzone spoglio.

Due lunghi neon la illuminavano di un giallo smorto facendola somigliare a un obitorio. A sinistra c'era una scrivania di legno piena di carte e una libreria di metallo con dei classificatori verdi, a destra un divanetto di finta pelle, due poltrone con le fodere logore, un tavolino di vetro, un portacenere di legno e un ficus che pendeva pericolosamente da una parte. Sul muro, tra le finestre, una litografia con tre uomini a cavallo che spingevano avanti una mandria di mucche.

C'erano tutti e tre.

Il preside era seduto su una poltrona. Sull'altra c'era la vicepreside (la donna più cattiva del mondo). La professoressa Palmieri invece era seduta, leggermente più indietro, su una sedia.

«Vieni avanti. Accomodati qua» disse il preside.

Pietro si trascinò attraverso lo stanzone e si sedette sul divano.

Erano le nove e quarantadue minuti.

Caratteriali.

Così venivano chiamati nel gergo dei professori quelli come Moroni.

Ragazzi con problemi di integrazione nel gruppo classe. Ragazzi con difficoltà a instaurare rapporti con i compagni e comunicare con i docenti. Ragazzi aggressivi. Ragazzi introversi. Ragazzi con disturbi del carattere. Ragazzi con gravi problemi familiari alle spalle. Con padri con problemi con la legge. Con padri con problemi con l'alcol. Con madri con problemi mentali. Con fratelli con problemi scolastici.

Caratteriali.

Appena Flora lo vide entrare in presidenza, si rese conto

che Pietro Moroni stava per affrontare un gran brutto momento.

Era bianco come uno straccio ed era...

(*colpevole.*)

... impaurito.

(*più colpevole di Giuda.*)

Trasudava colpevolezza da tutti i pori.

Italo aveva ragione. È entrato nella scuola.

65

Alle nove e cinquantasette Pietro aveva confessato di essere entrato nella scuola e piangeva.

Piangeva seduto composto sul divanetto di finta pelle della presidenza. In silenzio. Ogni tanto tirava su col naso e si asciugava gli occhi con il palmo della mano.

La Gatta era riuscita a farlo parlare.

Ma ora non avrebbe detto più niente, nemmeno se lo uccidevano. Lo avevano incastrato.

Il preside era buono. La Gatta cattiva.

Insieme ti fregavano.

Prima il preside lo aveva messo a suo agio e poi la Gatta gli aveva spiattellato la verità. «Moroni, ieri sera sei stato visto da Italo nella scuola.»

Pietro aveva provato a dire che non era vero ma le sue parole non risultavano convincenti a lui, figuriamoci a loro. La vicepreside gli aveva chiesto: «Dov'eri ieri sera alle nove?». E Pietro aveva detto a casa, ma poi si era incasinato e aveva detto a casa di Gloria Celani e la Gatta aveva sorriso. «Benissimo, ora chiamiamo la signora Celani e chiediamo conferma.» E aveva preso la rubrica con i numeri del telefono e Pietro non voleva che la mamma di Gloria parlasse con la Gatta perché la Gatta avrebbe detto alla mamma di Gloria che lui entrava nelle scuole e che era un vandalo e sarebbe stato terribile e quindi aveva parlato.

«Sì, è vero, sono entrato nella scuola.» Poi si era messo a piangere.

Alla Gatta non fregava nulla se lui piangeva o no. «C'era qualcuno con te?»

(*Se solo provi a dire qualcosa, se fai un nome, ti sgozzo, te lo giuro sulla testa di mia madre.*)

Pietro aveva fatto segno di no con la testa.

«Vuoi dire che hai messo la catena e sei entrato e hai distrutto il televisore e poi hai fatto le scritte e hai colpito Italo tutto da solo? Moroni! Devi dire la verità. Se non dici la verità ti sei giocato l'anno. Lo capisci? Vuoi essere espulso da tutte le scuole d'Italia? Vuoi andare in galera? Chi c'era con te? Italo ha detto che ce n'erano altri. Parla, che qui finisce male!»

66

Basta.

Tutta questa storia stava diventando uno strazio.

Ma cos'era, la Santa Inquisizione? Chi si credeva di essere quella arpia, l'inquisitore Eymerich?

Prima Italo. E ora Moroni.

Flora stava male, sentiva una pena terribile per quel ragazzino.

Quella perfida della Gatta lo stava terrorizzando e ora Pietro piangeva come una fontana.

Finora era rimasta seduta senza dire niente.

Ma ora basta!

Si alzò, si sedette, si alzò di nuovo. Si avvicinò alla Gatta che camminava avanti e indietro per la stanza fumando come una ciminiera.

«Ci posso parlare io?» le chiese Flora a voce bassa.

La vicepreside buttò fuori una nuvola di fumo. «Perché?»

«Perché lo conosco. E so che questo non è il modo migliore per chiedergli le cose.»

«Ah, lei conosce un modo migliore? Mi faccia vedere... Forza, vediamo.»

«Potrei parlargli da sola?»

«Mariuccia, facciamo provare la professoressa Palmieri. Lasciamoli soli. Andiamo al bar...» intervenne il preside conciliante.

La Gatta spense con insofferenza la cicca nel portacenere e uscì insieme al preside sbattendo la porta.

Finalmente erano soli.

Flora si mise in ginocchio davanti a Pietro, che continuava a piangere e si copriva il volto con le mani. Rimase così per qualche secondo poi allungò una mano e gli accarezzò la testa. «Pietro, ti prego. Smettila. Non è successo niente di irreparabile. Stai tranquillo. Ascoltami, devi dire chi c'era con te. La vicepreside lo vuole sapere, non lascerà passare la cosa così. Ti obbligherà a dirlo.» Gli si sedette accanto. «Io credo di sapere perché non vuoi parlare. Non vuoi fare la spia, vero?»

Pietro si tolse le mani dalla faccia. Non piangeva più ma era scosso dai singhiozzi.

«No. Sono stato io...» balbettò asciugandosi il moccio con il polsino del golf.

Flora gli strinse le mani. Erano calde e sudaticce. «È stato Pierini? No?»

«Non posso, non posso...» La stava supplicando.

«Devi dirlo. E sarà tutto più facile.»

«Ha detto che mi sgozza se parlo.» E scoppiò di nuovo a piangere.

«Noo, è uno sbruffone. Non ti farà niente.»

«Non è stata colpa mia... Io non ci volevo entrare...»

Flora lo abbracciò. «Basta, adesso basta. Raccontami come sono andate le cose. Di me ti puoi fidare.»

«Non posso...» Ma poi, tenendo la faccia affondata nel golf della sua professoressa, Pietro raccontò singhiozzando della catena e che Pierini, Bacci e Ronca lo avevano obbligato a entrare nella scuola e a scrivere che a Italo gli puzzano i piedi e che lui si era nascosto tra i materassi della palestra e che Italo gli aveva sparato.

E mentre Pietro parlava Flora pensava a com'era ingiusto il mondo in cui vivevano.

Perché ai mafiosi che si pentono e parlano i giudici offrono una nuova identità, una serie di garanzie, uno sconto sulla pena e a un bambino indifeso nessuno offre niente, se non terrore e minacce?

La situazione che stava vivendo Pietro non era migliore di quella dei pentiti e una minaccia di Pierini non era meno pericolosa di una fatta da un boss di Cosa Nostra.

Quando Pietro finì di raccontare, sollevò la testa e la guardò con due occhi rossi rossi. «Io non ci volevo entrare. Mi hanno obbligato. Ora ho detto la verità. Non voglio essere bocciato. Se mi bocciano, mio padre non mi manderà mai al liceo.»

Flora fu travolta da una vampata di affetto per Pietro che le mozzò il fiato. Lo strinse forte.

Avrebbe voluto prenderselo e portarselo via. Avrebbe voluto adottarlo. Avrebbe pagato qualsiasi cifra perché fosse suo figlio, così avrebbe potuto accudirlo e farlo andare al liceo, in un posto lontano milioni di chilometri da quel paese di bestie e renderlo felice. «Non ti preoccupare. Nessuno ti boccerà. Te lo giuro. Nessuno ti farà del male. Guardami, Pietro.»

E Pietro puntò quegli occhioni stropicciati nei suoi.

«Dirò che sono stata io a suggerirti il nome di Pierini e degli altri due. Tu hai solo detto di sì. Tu non c'entri niente. Il macello non lo hai fatto tu. La Gatta ti darà una sospensione di qualche giorno ed è meglio così. Pierini non penserà che hai fatto la spia. Non ti devi preoccupare. Tu sei bravo, a scuola vai bene e nessuno ti boccerà. Capito? Te lo prometto.»

Pietro fece segno di sì con la testa.

«Ora vai in bagno, lavati la faccia e torna in classe, al resto penso io.»

67

Cinque giorni di sospensione.

A Pierini. A Bacci. A Ronca. E a Moroni.

E obbligo per i genitori di riaccompagnarli a scuola e conferire con preside e insegnanti.

Così stabilì la vicepreside Gatta (e il preside Cosenza).

L'aula di educazione tecnica fu ridipinta in fretta e furia. I resti del televisore e del videoregistratore buttati. Fu richiesto al consiglio d'istituto il permesso di prelevare dei fondi dalla cassa della scuola per comprare la nuova apparecchiatura video didattica.

Moroni aveva confessato. Bacci aveva confessato. Ronca aveva confessato. Pierini aveva confessato.

Uno dopo l'altro erano stati chiamati in presidenza e avevano confessato.

Una mattinata di confessioni.

La Gatta poteva ritenersi soddisfatta.

68

Ora c'era un altro problema.

Dirlo a papà.

Gloria gli aveva dato un consiglio. «Dillo a tua madre. Manda lei a parlare con i professori. E le dici di non dire niente a tuo padre. Questi cinque giorni fai finta di andare a scuola e invece te ne vieni a casa mia. Ti metti in camera mia e ti leggi i fumetti. Se hai fame ti spari un panino e se hai voglia di un film ti spari un video. È facile.»

Questa era la grande differenza tra loro due.

Per Gloria era tutto facile.

Per Pietro nulla.

Se quella storia fosse successa a lei, sarebbe andata dalla mamma e la mamma l'avrebbe coccolata e per consolarla l'avrebbe portata a fare acquisti a Orbano.

Sua madre, invece, non avrebbe fatto niente del genere. Si sarebbe messa a piangere e avrebbe continuato a chiedere perché.

Perché lo hai fatto? Perché combini sempre guai?

E non avrebbe ascoltato le risposte. Non avrebbe voluto sapere se era o non era colpa di Pietro. Si sarebbe preoccupata solo del fatto che doveva andare a parlare con i professori (io non ce la faccio, lo sai che non sto bene, non puoi chiedermi anche questo, Pietro) e che suo figlio era stato sospeso e il resto, le maledette ragioni le sarebbero entrate da un orecchio e uscite dall'altro. Non avrebbe capito un accidente.

E per finire avrebbe piagnucolato. «Lo sai, di queste cose ne devi parlare con tuo padre. Io non ci posso fare niente.»

Il trattore di suo padre era davanti al circolo dell'Arci.

Pietro scese dalla bicicletta, prese una boccata d'aria ed entrò.

Non c'era nessuno.

Bene.

Solo Gabriele, il barista, che armato di cacciavite e martello stava smontando la macchina del caffè.

Suo padre era seduto a un tavolino a leggere il giornale. I capelli neri luccicavano sotto i neon. La brillantina. Gli occhiali sulla punta del naso. Aveva lo sguardo accigliato e con l'indice seguiva le righe del giornale e borbottava tra sé. Le notizie gli facevano girare i coglioni (i coglioni di suo padre che giravano come trottole erano un'immagine che Pietro avrebbe custodito nella memoria per sempre).

Gli si avvicinò in silenzio e quando fu a un metro lo chiamò. «Papà...»

Il signor Moroni si girò. Lo vide. Sorrise. «Pietro! che ci fai qua?»

«Sono venuto...»

«Siediti.»

Pietro ubbidì.

«Vuoi il gelato?»

«No, grazie.»

«Le patatine? Che vuoi?»

«Niente, grazie.»

«Ho quasi finito. Ora ce ne andiamo a casa.» Si rimise a leggere il giornale.

Era di buon umore. Questo era positivo.

Forse...

«Papà, ti devo dare una cosa...» Aprì lo zaino, tirò fuori un biglietto e glielo consegnò.

Il signor Moroni lo lesse. «Che è?» La voce gli si era abbassata di un'ottava.

«Mi hanno sospeso... Devi andare a parlare con la vicepreside.»

«Che hai combinato?»

«Niente. Ieri notte è successo un casino...» E in trenta secondi gli raccontò la storia. Fu abbastanza fedele alla verità. Si risparmiò la parte delle scritte, ma raccontò della tv e del video e di come i tre lo avessero obbligato a entrare.

Quando ebbe finito, guardò suo padre.

Non dava segni di arrabbiatura, ma continuava a fissare il biglietto come fosse un geroglifico egizio.

Pietro stava zitto e intrecciava nervosamente le dita in attesa di una risposta.

Poi finalmente suo padre parlò. «E ora che vuoi da me?»

«Dovresti andare a scuola. È importante. Lo vuole la vice-preside...» Pietro cercò di dirlo come se fosse una formalità, un affare da risolvere in un minuto.

«E che vuole da me la vicepreside?»

«Ma niente... Ti dovrà dire che... non lo so. Che ho sbagliato. Che ho fatto una cosa che non si deve fare. Queste cose qui.»

«E io che c'entro?»

Come che c'entri? «Be'... sei mio padre.»

«Sì, ma non ci sono entrato io nella scuola. Non sono io che mi sono fatto mettere i piedi in testa da una banda di sci-muniti. Io, ieri sera, ho fatto il mio lavoro e me ne sono an-dato a dormire.» Si rimise a leggere.

L'argomento era chiuso.

Pietro ci riprovò. «Quindi non ci vai?»

Il signor Moroni sollevò lo sguardo dal giornale. «No. Cer-to che non ci vado. Io non vado a scusarmi per le stronzate che fai tu. Arrangiati. Sei abbastanza grande. Fai le stronzate e poi vuoi che io ti risolva tutto?»

«Ma papà, non sono io che voglio che vai a parlarci. È la vi-cepreside che ti vuole parlare. Se non ci vai, quella pensa...»

«Che pensa, sentiamo?» si stizzì il signor Moroni.

L'apparente serenità incominciava a incrinarsi.

Che ho un padre che non gliene frega niente di me, ecco cosa penserà. Che è un pazzo, uno che ha i problemi con la legge, un ubriacone. (Quella stronza di Gianna Loria glielo aveva det-to, una volta che avevano litigato per il posto a sedere in au-tobus. Tuo padre è un povero pazzo ubriacone.) *Che non so-no un ragazzo come tutti gli altri che hanno i genitori che vanno a parlare con i professori.*

«Non lo so. Ma se non ci vai mi bocceranno. Quando ti so-spendono, i genitori ci devono andare. È obbligatorio. È così che funziona. Tu devi dirgli che...» *Io sono bravo.*

«Io non devo andare proprio da nessuna parte. Se ti bocciano, è giusto così. Rifarai l'anno. Come quello scemo di tuo fratello. E così la piantiamo con questa storia della scuola e del liceo. Ora basta. Sono stanco di parlare. Vattene. Voglio leggere il giornale.»

«Non ci andrai?» domandò di nuovo Pietro.

«No.»

«Sicuro?»

«Lasciami in pace.»

La catapulta del signor Moroni

Ma perché in paese si diceva che Mario Moroni fosse pazzo, e quali erano questi benedetti problemi con la legge?

Bisogna sapere che il signor Moroni, quando non faticava nei campi o non se ne andava al circolo dell'Arci di Serra a spappolarsi il fegato con il Fernet, aveva un hobby.

Costruiva cose con il legno.

Di solito fabbricava armadietti, cornici, piccole librerie. Una volta aveva addirittura assemblato una specie di carretto con le ruote di una Vespa, da attaccare dietro la moto di Mimmo. Lo usavano per portare il fieno alle pecore. Nel magazzino aveva una piccola falegnameria con tanto di sega circolare, piallatrice, scalpelli e tutto il resto necessario all'attività.

Una sera alla televisione il signor Moroni aveva visto un film sugli antichi romani. C'era una scena grandiosa, con migliaia di comparse. Le legioni assediavano una fortezza con delle macchine da guerra. Arieti, testuggini e catapulte con le quali lanciavano pietroni e palle infuocate contro le mura nemiche.

Mario Moroni ne era rimasto molto impressionato.

Il giorno dopo era andato alla biblioteca comunale di Ischiano e, con l'aiuto della bibliotecaria, aveva trovato sull'enciclopedia illustrata *Conoscere* dei disegni di catapulte.

Se li era fatti fotocopiare e se li era portati a casa. Li aveva studiati con attenzione. Poi aveva chiamato i figli e gli aveva detto che voleva costruire una catapulta.

Nessuno dei due aveva avuto il coraggio di chiedergli perché. Al signor Moroni era meglio non fare domande del genere. Quello che diceva si faceva e basta, senza tanti inutili perché.

Una buona abitudine di casa Moroni.

A Pietro la cosa era subito sembrata molto giusta. Nessuno di quelli che conosceva aveva una catapulta in giardino. Ci avrebbero potuto lanciare delle pietre, sfondare qualche muro. A Mimmo, invece, sembrava una grandissima stronzata. Avrebbero dovuto rompersi la schiena per le prossime domeniche a costruire una cosa che non serviva assolutamente a niente.

La domenica successiva l'opera era cominciata.

E tutti, dopo qualche ora, ci avevano preso gusto. Quel lavoro per costruire una cosa che non serviva a niente aveva in sé qualcosa di grande e nuovo. Nonostante si faticasse e si sudasse lo stesso, non somigliava alla fatica di quando avevano costruito il nuovo recinto per le pecore.

Lavoravano in quattro.

Il signor Moroni, Pietro, Mimmo e Poppi.

Augusto detto Poppi era un vecchio asino, mezzo spelacchiato e ingrigito dall'età, che aveva faticato duramente per tanti anni fino a quando il signor Moroni non aveva comprato il trattore. Adesso era in pensione e passava il resto dei suoi giorni brucando nel prato dietro casa. Aveva un pessimo carattere e si faceva toccare solo dal signor Moroni. Gli altri li mordeva. E quando un asino ti morde fa veramente male, quindi era tenuto alla larga dal resto della famiglia.

La prima cosa che fecero fu abbattere un grosso pino che cresceva ai margini del bosco. Con l'aiuto di Poppi lo trascinarono fino a casa e lì con sega elettrica, accette e pialle lo ridussero a un lungo palo.

Nei fine settimana successivi, intorno a quel palo costruirono la catapulta. Ogni tanto il signor Moroni si arrabbiava con i figli perché arronzavano ed erano pecioni e allora li prendeva a calci in culo, altre volte, quando vedeva che avevano fatto le cose come si deve, gli diceva: «Bravi, bel lavoro». E un sorriso fugace, raro come una giornata di sole a febbraio, si apriva sulle sue labbra.

Poi la signora Moroni arrivava portando panini con il prosciutto e la caciotta e mangiavano seduti vicino alla catapulta discutendo il lavoro da fare.

Mimmo e Pietro erano felici, il buon umore del padre li contagiava.

Dopo un paio di mesi la catapulta troneggiava finita dietro la Casa del Fico. Era una strana macchina, abbastanza brutta a vedersi, assomigliava un po' alle catapulte romane ma nemmeno tanto. In pratica era un'enorme leva. Il fulcro era fissato con un cardine d'acciaio (fatto fare apposta dal fabbro) a due V rovesciate inchiodate su un carrello con quattro ruote. Attaccato alla parte corta del braccio c'era una specie di cestello che conteneva sacchi di sabbia (seicento chili!). La parte lunga terminava con una specie di cucchiaio nel quale sarebbe stato piazzato il pietrone da lanciare.

Quando si caricava, il cestello con la sabbia saliva in alto e il cucchiaio scendeva in basso e veniva bloccato a terra con una grossa corda. Per fare ciò il signor Moroni aveva progettato una serie di carrucole e corde che venivano fatte girare intorno a un argano che a sua volta veniva fatto girare dal povero Poppi. E quando l'asino s'impuntava e cominciava a ragliare, il signor Moroni gli si avvicinava, gli faceva un paio di carezze, gli diceva qualcosa nell'orecchio e quello riprendeva a girare.

Per l'inaugurazione della catapulta fu organizzata addirittura una festa. L'unica festa mai fatta alla Casa del Fico.

La signora Biglia cucinò tre teglie di lasagne al forno. Per l'occasione Pietro venne vestito con la giacca buona. Mimmo invitò Patti. E il signor Moroni si fece la barba.

Arrivò zio Giovanni con la moglie incinta e i figli, arrivarono degli amici del Circolo, fu acceso un fuoco e si grigliarono salsicce e bistecche. Dopo che si furono sfondati di cibo e vino, ci fu il varo. Zio Giovanni spaccò una bottiglia di vino su una ruota della catapulta e il signor Moroni, mezzo ubriaco, arrivò fischiettando una marcetta in sella al trattore e trainando un carrello sul quale c'erano dei massi più o meno sferici trovati sulla via per Gazzina. In quattro ne presero uno e a fatica lo deposero sulla catapulta già caricata.

Pietro era parecchio emozionato e anche Mimmo, che non lo voleva dare a vedere, seguiva l'opera con attenzione.

Tutti si allontanarono e il signor Moroni con un colpo preciso d'accetta tagliò la corda, ci fu uno schiocco secco, il braccio scattò, il cesto con la sabbia andò giù e il masso partì, fece una curva in cielo e finì duecento metri più in là nel bosco. Si sentì un rumore di rami spezzati e si videro stormi di uccelli volare via dalle cime degli alberi.

Dal pubblico si levò un applauso entusiasta.

Il signor Moroni era beato. Andò da Mimmo e gli afferrò il collo. «Hai sentito il rumore che ha fatto? Questo rumore volevo sentire. Gran bel lavoro, Mimmo.» Poi prese Pietro in braccio e lo baciò. «Corri, vai a vedere dov'è finito.»

Pietro e i cugini corsero nel bosco. Trovarono il masso affondato nella terra accanto a una grossa quercia. E dei rami spezzati.

Poi finalmente fu il momento di Poppi. Lo avevano bardato con finimenti nuovi e nastrini colorati. Assomigliava a un ciuccio siciliano. Con estrema fatica l'asino cominciò a girare intorno all'argano. Tutti ridevano e dicevano che la povera bestia ci avrebbe rimesso la pelle.

Ma il signor Moroni non si curava di quei miscredenti,

sapeva che Poppi ce l'avrebbe fatta. Era ostinato e cocciuto come il miglior rappresentante della sua razza. Quando era più giovane, su quella schiena lui ci aveva caricato i mattoni e i sacchi di cemento per costruire il secondo piano della casa.

E ora stava ricaricando la catapulta, senza fermarsi, senza impuntarsi, senza ragliare come al solito. *Lo sa che deve fare bella figura*, si disse commosso il signor Moroni.

Era così fiero del suo animale.

Quando ebbe finito, cominciò a battere le mani e tutti gli altri fecero altrettanto.

Fu lanciato un secondo masso e ci furono di nuovo applausi, ma più moderati. Poi tutti si avventarono sulle pastarelle.

È comprensibile, non è la cosa più divertente del mondo vedere una catapulta lanciare pietre nel bosco.

Lo trovò il signor Moroni.

L'assassino lo aveva freddato con un colpo di arma da fuoco alla tempia.

Poppi era crollato a terra morto.

Se ne stava steso, con le zampe stecchite e le orecchie stecchite e la coda stecchita, accanto al recinto che confinava con la terra di Contarello.

«Contarello, figlio di una gran troia, ti uccido, questa volta ti uccido davvero» gorgogliò il signor Moroni inginocchiato accanto al cadavere di Poppi.

Se non avesse avuto le ghiandole lacrimali più aride del deserto del Kalahari, il signor Moroni si sarebbe messo a piangere.

La guerra con Contarello andava avanti da un'infinità di tempo. Una storia loro, incomprensibile al resto del mondo, incominciata per un paio di metri di pascolo che tutti e due consideravano propri. Ed era proseguita con insulti, minacce di morte, sgarbi e dispetti.

A nessuno dei due era mai venuto in mente di guardare le carte al catasto.

Il signor Moroni cominciò a dare calci al fango, a dare pugni agli alberi.

«Contarello, questo non dovevi farlo... Non dovevi.» E poi lanciò un urlo al cielo. Afferrò le zampe di Poppi e con la forza della rabbia si caricò sulle spalle il cadavere. Il povero Poppi pesava, etto più etto meno, centocinquanta chili, ma quell'omino che ne pesava sessanta e beveva come una spugna cominciò ad avanzare per il prato, a gambe larghe, barcollando a destra e a sinistra. La faccia, per lo sforzo, gli si era trasformata in un mucchio di gobbe e cunette. «Contarello, ora vedrai» disse digrignando i denti.

Arrivò davanti a casa e gettò Poppi a terra. Poi attaccò una corda al trattore e girò la catapulta.

Sapeva esattamente dov'era posizionata la casa di Contarello.

In paese si racconta che Contarello e famiglia stavano in salotto a guardare *Carramba, che sorpresa!* quando arrivò.

La Carrà era riuscita a rimettere insieme due gemelli di Macerata separati alla nascita e quelli ora si abbracciavano e piangevano e anche i Contarello tiravano su col naso commossi. Era una scena strappalacrime.

Ma a un tratto tutto sembrò esplodere sopra le loro teste. Qualcosa si era abbattuto sulla casa e l'aveva scossa fin nelle fondamenta.

Il televisore si spense insieme a tutte le luci.

«Madonna mia, che è successo?» urlava nonna Ottavia abbracciandosi alla figlia.

«Un meteorite!» urlava Contarello. «Un meteorite del cazzo ci ha colpito. *Quark* lo diceva, vaffanculo. Alle volte succede.»

La luce tornò. Si guardarono terrorizzati e poi alzarono la testa. Una trave del soffitto era incrinata ed erano caduti dei pezzi d'intonaco.

La famiglia salì le scale, timorosa.

Di sopra, tutto sembrava normale.

Contarello spalancò la porta della camera da letto e crollò in ginocchio. Mani sulla bocca.

Il tetto non c'era più.

I muri erano rossi. Il pavimento era rosso. La trapunta fatta a mano da nonna Ottavia era rossa. I vetri delle finestre rossi. Tutto era rosso.

Pezzi di Poppi (budella e ossa e merda e peli) erano sparsi per la stanza insieme a calcinacci e tegole.

Per la strada non c'era nessuno quando il signor Moroni lanciò il cadavere con la catapulta, ma se ci fosse stato qualcuno avrebbe visto un asino sfrecciare in cielo, compiere una parabola perfetta, superare il boschetto di sugheri, il fiumiciattolo, la vigna e abbattersi come uno Scud sul tetto di casa Contarello.

Questo scherzo costò salato al signor Moroni.

Fu denunciato, fu incriminato, fu obbligato a ripagare i danni e solo perché era incensurato non finì in galera per tentato omicidio. Si macchiò la fedina penale.

Ah, fu anche obbligato a smontare la catapulta.

69

Non pensare a niente è molto difficile.

Ed è la prima cosa che devi imparare a fare quando cominci a praticare lo yoga.

Ci provi, ti strizzi le meningi e ti metti a pensare che non devi pensare a niente e ti sei già fottuto perché questo è un pensiero.

No, non è facile.

A Graziano Biglia invece gli riusciva naturale.

Si era messo nella posizione del loto, al centro della sua stanza, e aveva fatto il vuoto nella mente per una mezz'oretta. Poi si era fatto un bel bagno caldo, si era vestito e aveva telefonato al Roscio per dirgli che era tutto confermato per Saturnia ma che non ce l'avrebbe fatta ad andare a mangiare con loro. Si sarebbero visti direttamente alle cascate verso le dieci e mezzo, undici.

Complessivamente, la prima giornata da single non era andata tanto male. L'aveva passata rintanato in casa. Aveva guardato il tennis alla tv e mangiato a letto. La depressione gli aveva ronzato intorno come una mosca cavallina, pronta ad affondargli il pungiglione nel petto, ma Graziano era stato tecnico, aveva dormito, mangiato e guardato lo sport in una sorta di apatia bovina inattaccabile dai moti dell'anima.

Ora era pronto per la professoressa.

Si controllò un'ultima volta allo specchio. Aveva deciso di abbandonare il look gentleman di campagna. Non gli donava, e poi la camicia e la giacca erano sporche di vomito. Aveva optato per una cosa casual ed elegante insieme. Spandau Ballet prima maniera, per intenderci.

Camicia di raso nera con colletto a punta. Gilet rosso. Giacca a tre bottoni di velluto nero. Jeans. Stivali di pitone. Sciarpa giallo ocra. Cerchietto per i capelli nero.

Ah, giusto: sotto i jeans, un costume Speedo viola.

Stava mettendosi il cappotto quando sua madre apparve dalla cucina mugugnando. Senza cercare di capire cosa volesse, le rispose. «No, mamma, stasera non mangio a casa. Torno tardi.»

Aprì la porta e uscì.

Il bagno era sempre una cosa complicata.

E Flora Palmieri aveva la sensazione che a sua madre non piacesse per niente. Glielo vedeva negli occhi. (Flora cara, perché il bagno? Non mi va...)

«Lo so, mamma, è una seccatura, ma ogni tanto tocca farlo.»

Era un'operazione delicata.

Se non stava attenta, c'era il rischio che sua madre finisse con la testa sott'acqua e affogasse. E bisognava accendere la stufa almeno un'ora prima, se no magari si prendeva un raffreddore e sarebbe stato un vero guaio. Con il naso tappato non riusciva a respirare.

«Abbiamo quasi finito...» Flora, in ginocchio, terminò d'insaponarla e cominciò a sciacquare con la doccia quel corpicino bianco e rattrappito e accucciato in un angolo della vasca. «Un attimo ancora... e ti rimetto a letto...»

Il neurologo aveva detto che il cervello di sua madre era come un computer in stop. Basta un colpo sulla tastiera e lo schermo s'illumina e l'hard-disc ricomincia a funzionare. Il problema era che sua madre non era collegata con nessuna tastiera e non c'era maniera di riattivarla.

«Non la può sentire. In nessun modo. Sua madre non c'è. Se lo scordi. È elettroencefalicamente piatta» aveva detto il neurologo con la sensibilità che contraddistingue la categoria.

Secondo Flora, il signor neurologo non capiva proprio niente. Sua madre c'era, eccome se c'era. Una barriera la separava dal mondo, ma attraverso questa barriera le sue parole riuscivano a passare. Lo vedeva da tante cose, impossibili da riconoscere per un estraneo o per un dottore che si basava solo su elettroencefalogrammi, Tac, risonanze e altre diavolerie scientifiche, ma chiarissime per lei. Un movimento di un sopracciglio, una strizzatina delle labbra, uno sguardo meno opaco del solito, una vibrazione.

Questo era il suo impercettibile modo di esprimersi.

E Flora era sicura che fossero le sue parole a tenerla in vita.

C'era stato un periodo in cui la salute di sua madre era peggiorata e necessitava di cure continue, giorno e notte. Flora a un certo punto non ce l'aveva fatta più e su consiglio del medico aveva preso un'infermiera che trattava sua madre come fosse stata un manichino. Non le parlava mai, non le faceva una carezza e, invece che migliorare, la salute di sua madre era andata ulteriormente peggiorando. Flora aveva mandato via l'infermiera e aveva ricominciato a occuparsene lei e subito la madre era migliorata.

E un'altra cosa, Flora aveva la chiara percezione che sua madre riuscisse a comunicare con lei mentalmente. Ogni tanto sentiva la sua voce irrompere nei suoi pensieri. Non era pazza o schizofrenica, era solo che, essendo sua figlia, sapeva esattamente cosa sua madre avrebbe detto di questo o di quell'altro, sapeva cosa le piaceva, cosa le dava fastidio, cosa le avrebbe consigliato di fare quando c'era da prendere una decisione.

«Ecco qua, abbiamo finito.» La sollevò dalla vasca e la portò, gocciolante, in camera dove aveva preparato l'asciugamano.

Cominciò a frizionarla vigorosamente e stava cospargendola di talco quando il citofono suonò.

«E ora chi è? Oddio...!»

L'appuntamento!

L'appuntamento che aveva dato quella mattina allo Station Bar al figlio della merciaia.

«Oddio, mammina, me ne sono completamente dimenticata. Ma che testa ho? C'era un tipo che mi ha chiesto di dargli una mano a scrivere un curriculum.»

292

Vide sua madre che strizzava la bocca.

«Non ti preoccupare, me ne sbarazzo in un'oretta. Lo so, è una bella noia. Ma oramai è qua.» La infilò sotto le coperte.

Il citofono suonò di nuovo.

«Eccomi! Arrivo. Un attimo.» Uscì dalla stanza, si levò il grembiule che usava quando lavava sua madre e si diede un'occhiata rapida allo specchio...

Perché ti guardi?

... e rispose.

71

La professoressa lo aspettava sulla porta.

E non si era cambiata.

Questo forse significa che non le importa d'incontrarmi? si domandò Graziano, e poi le porse una bottiglia di whisky. «Le ho portato un pensierino.»

Flora se la rigirò tra le mani. «Grazie, non doveva.»

«Si figuri. Non c'è di che.»

«Entri.»

Lo accompagnò in salotto.

«Mi può aspettare un attimo...? Torno subito. Intanto si accomodi» fece Flora impacciata e scomparve nel corridoio buio.

Graziano rimase solo.

Si specchiò un attimo nella finestra. Si diede una sistemata al colletto della camicia. E con passi lenti e misurati, mani dietro la schiena, si aggirò per la stanza studiandola.

Era una camera quadrata, con due finestre che davano sui campi. Da una s'intravedeva uno spicchio di mare. C'era un caminetto dove si consumava un fuoco pigro. Un piccolo divano foderato di una stoffa blu con dei fiorellini rosa. Una vecchia poltrona di cuoio. Uno sgabello. Una libreria, piccola ma traboccante di libri. Un tappeto persiano. Un tavolo tondo su cui erano messi in ordine carte e libri. Un piccolo televisore appoggiato su un tavolino. Due acquerelli alle pareti. Uno era un mare in tempesta. L'altro, una veduta di una spiaggia con un grande tronco portato dal mare, sembrava la spiaggia di Castrone. Erano semplici e non particolarmente riusciti, ma i colori erano tenui, contenuti e davano un senso di nostalgia. Delle foto schierate in ordine sul caminetto. Foto in bianco e nero. Una donna che assomigliava a Flora seduta su un muretto, alle sue spalle il golfo di Mergellina. E una di una coppia appena sposata all'uscita dalla chiesa. E altri ricordi di famiglia.

Questa è la sua tana. È qua che passa le sue serate solitarie...
Quel salotto possedeva un'atmosfera speciale.
Forse sono le luci basse e calde. Certo è una donna con un gran gusto...

72

La donna con un gran gusto era in camera di sua madre e parlottava.

«Mammina, non sai com'è venuto combinato. Con quella camicia... E quei pantaloni così stretti... Che stupida che sono, non dovevo farlo venire.» Aggiustò le coperte a sua madre. «Va bene. Basta. Ora vado. E mi levo il pensiero.»

Prese dei fogli bianchi dal mobile in corridoio, fece un bel respiro e tornò in salotto. «Scriviamo una brutta copia e dopo ci penserà lei a metterla in bella. Sediamoci qui.» Sbarazzò il tavolo dalle carte e preparò due sedie, una di fronte all'altra.

«Li ha fatti lei?» Graziano indicò gli acquerelli.

«Sì...» mormorò Flora.

«Molto belli. Veramente... Ha una gran mano.»

«Grazie» rispose lei arrossendo.

294

Non era bella.

O almeno, quella mattina gli era sembrata più bella.

Se prendevi ogni parte del volto singolarmente, il naso aquilino, la bocca grande, il mento sfuggente, gli occhi slavati era un disastro, ma poi, se ricomponevi tutto, usciva fuori qualcosa di stranamente magnetico, con una sua disarmonica bellezza.

Sì, la professoressa Palmieri gli piaceva.

«Signor Biglia, mi sta ascoltando?»

«Certo...» Si era distratto.

«Le stavo dicendo che io non ho mai scritto un curriculum in vita mia, ma ne ho visto qualcuno e credo che si debba incominciare dall'inizio, da quando è nato, e poi andare avanti cercando di trovare notizie che possano interessare i proprietari di quel posto dove vuole andare...»

«Bene, allora cominciamo... Sono nato a Ischiano il...»

E partì sparato.

Bluffò subito sulla data di nascita. Si tolse quattro anni.

È stata un'ottima idea quella del curriculum.

Avrebbe potuto raccontarle la vita avventurosa che aveva fatto, affascinarla con i mille incontri interessanti in giro per il mondo, spiegarle la sua passione per la musica e tutto il resto.

74

Flora guardò l'orologio.

Era passata più di mezz'ora da quando il tipo aveva attaccato e ancora non era riuscita a scrivere niente. L'aveva tramortita con una tale quantità di parole che le girava la testa.

Quell'uomo era un pallone gonfiato. Sicuro di certezze basate sul nulla. Così pieno di sé da esplodere, così convinto di quello che aveva fatto, neanche fosse stato il primo uomo a mettere piede sulla Luna, o Reinhold Messner.

E la cosa più insopportabile era che condiva e infarciva le sue imprese come dj in un locale newyorchese, come spalla in un gruppo peruviano in tournée in Argentina, come copilota in un rally in Mauritania, come mozzo su uno yacht con cui aveva attraversato l'Atlantico con mare forza nove, come volontario in un lazzaretto, come ospite in un monastero tibetano con una filosofia posticcia e di seconda mano. Un insieme di New Age, principi di buddismo spicciolo, bassa cultura on the road, echi di Beat Generation, immagini da cartolina e cultura giovanile da discoteca. In definitiva, eliminando le imprese eroiche, a questo uomo interessava stare steso su una spiaggia tropicale e suonare quella benedetta musica spagnola al chiaro di luna.

Tutta roba che non serviva per un curriculum.

Se non lo interrompo, può andare avanti così tutta la notte. Flora voleva finire e mandarlo via.

La presenza di quell'uomo in casa la innervosiva. La guardava con certi occhi che le facevano rimescolare il sangue. Aveva qualcosa di sensuale che l'agitava.

Era stanca. La Gatta le aveva fatto passare una giornata infernale e aveva la sensazione che sua madre di là avesse bisogno di lei.

«Allora, io lascerei perdere il ripopolamento del cervo in Sardegna e cercherei di concentrarmi su qualcosa di più concreto. Parlava di quel tale, Paco de Lucia. Potremmo dire che ha suonato con lui. È un artista importante?»

Graziano fece un salto sulla sedia. «È importante Paco de Lucia? È importantissimo! Paco è un genio. Ha fatto conoscere il flamenco al mondo intero. È come Ravi Shankar per la musica indiana... Non scherziamo.»

«Bene. Allora, signor Biglia, potremmo aggiungerlo...» Provò a scrivere, ma lui le toccò il braccio.

Flora s'irrigidì.

«Professoressa, potrei chiederle un favore?»

«Dica.»

«Non mi chiami signor Biglia. Per lei sono Graziano e basta. E la prego, diamoci del tu.»

Flora lo guardò esasperata. «D'accordo, Graziano. Allora Paco...»

«E tu come ti chiami? Posso saperlo?»

«Flora» sussurrò dopo una breve esitazione.

«Flora...» Graziano chiuse gli occhi con aria ispirata. «Che gran bel nome... Se avessi una figlia, mi piacerebbe chiamarla così.»

Era un vero osso duro.

Graziano Biglia non pensava di aver a che fare con il generale Patton in persona.

Le storie che le aveva raccontato le erano scivolate addosso. Eppure aveva dato il meglio di sé, era stato creativo, fantasioso, avvincente, roba che a Riccione ne sarebbero cadute a mazzi, ai suoi piedi. E quando aveva visto che il solito repertorio non bastava più, aveva cominciato a sparare una tale quantità di stronzate che, se avesse fatto solo la metà delle cose dette, sarebbe stato felice per il resto dei suoi giorni.

Ma niente da fare.

La prof era una fottuta arrampicata di sesto grado.

Guardò l'orologio.

Il tempo passava e la possibilità di portarla a Saturnia gli sembrò improvvisamente remota, irraggiungibile. Non era riuscito a creare l'atmosfera giusta. Flora aveva preso il curriculum troppo sul serio.

Se ora le chiedo di venire a fare il bagno a Saturnia, sai dove mi manda...

Come poteva fare?

Doveva usare la tecnica Zonin-Lenci (due suoi amici di Riccione), ossia zomparle addosso? Così, ignorante, senza tante inutili chiacchiere?

Ti avvicini e, con lo scatto di un cobra, senza che lei neanche se ne renda conto le infili la lingua in bocca. Poteva essere una strada, ma la tecnica Zonin-Lenci aveva una serie di controindicazioni. Per funzionare, la preda deve essere mansueta, già usa insomma ad approcci di una certa portata, se no rischi una denuncia per tentato stupro, e poi questa tecnica è di quelle o la va o la spacca.

E qui la spacca, porcaputtana. L'unica è diventare più espliciti ma senza impaurirla.

«Flora, ti vorrei far provare quel whisky che ho portato. È speciale. Me lo hanno mandato dalla Scozia.» E incominciò un lento, quasi invisibile ma inesorabile spostamento della sedia verso la regione del generale Patton.

76

Ecco qual era il problema di Flora. Non riusciva mai a imporsi. A dire la sua. A farsi valere. Se avesse avuto un po' più di polso, come il resto del genere umano, gli avrebbe detto: "Graziano (e che sofferenza dargli del tu), scusami, è tardi, te ne dovresti andare".

E invece gli stava portando da bere. Tornò dalla cucina con un vassoio con il liquore e due bicchieri.

Graziano, in sua assenza, si era alzato e si era seduto sul divano.

«Ecco qua. Scusami, torno subito. Per me, pochissimo. Non mi piacciono tanto gli alcolici. Ogni tanto bevo il limoncino.» Glielo posò sul tavolino davanti al divano e corse di là a prendersi un break con mammina.

Le otto e tre quarti!

Tempo per approcci delicati non ce n'era più.

A questo punto mi tocca applicare la tecnica Triglia, si disse Graziano scuotendo contrariato la testa. Non gli piaceva, ma non vedeva altre possibilità.

Il Triglia era un altro suo amico, un tossico di Città di Castello che veniva chiamato così per la somiglianza con il pesce baffuto.

Entrambi possedevano gli occhi tondi e rossi come ciliege.

Una volta il Triglia, in un improvviso attacco di loquacità, gli aveva spiegato: «Vedi, è semplice. Immaginati che c'è una che ti vuoi fare a una festa, quella chiaramente sta bevendo il suo gin-tonic o un'altra bibita alcolica, tu ti piazzi vicino e appena quella lascia incustodito il bicchiere o si volta le butti dentro una pasticca che dico io e il gioco è fatto. In mezz'ora è lessa, pronta a essere cuccata».

La tecnica del Triglia era poco sportiva, su questo non c'erano dubbi. Lui l'aveva usata assai raramente e in casi di estrema gravità. Nelle gare era vietatissima e se ti beccavano era squalifica sicura.

Ma, come si dice, a mali estremi, estremi rimedi.

Graziano prese il portafoglio dalla giacca.

Vediamo un po' che abbiamo...

Lo aprì e tirò fuori da una tasca interna tre pasticche blu.

«Spiderman...» mormorò soddisfatto come un vecchio alchimista che si ritrovi tra le mani la pietra filosofale.

Lo Spiderman è una pasticca dall'apparenza banale, con quel suo colore azzurrino e la scanalatura al centro potrebbe essere tranquillamente scambiata per una pillola contro il mal di testa o l'acidità di stomaco, ma non è così. Non è assolutamente così.

Dentro quei sessanta milligrammi ci sono più molecole ad azione psicotropa che in tutta una farmacia. È stata sintetizzata a Goa agli inizi degli anni Novanta da un gruppo di giovani neurobiologi californiani, cacciati dal MIT per comportamento bioeticamente scorretto, in collaborazione con un gruppo di sciamani della penisola dello Yucatán e un team di psichiatri comportamentisti tedeschi.

I topolini su cui hanno testato la droga dopo un quarto d'ora riuscivano a fare la verticale, a rimanere su una zampa sola e avvitarsi in un modo che ricordava i ballerini di breakdance.

La chiamano Spiderman perché uno dei tanti effetti che ti fa è che ti sembra di camminare sui muri, un altro è che, se dopo averla presa ti portano all'anagrafe e ti mettono in una fila che non finisce mai e ti dicono: "Vai a ritirare il certificato di nascita di Carleo" e tu non hai la più squallida idea di chi sia, lo fai, felice come una pasqua, e quando ci ripensi negli anni a venire continui a credere che quella sia stata l'esperienza più divertente della tua vita.

Ecco cosa Graziano Biglia sciolse nel bicchiere di whisky della professoressa Palmieri. E poi, tanto per essere sicuri, ce ne mise pure un'altra. La sua se la cacciò in bocca e se la fece scendere con un sorso di liquore.

«E adesso vediamo se non capitola.» Si slacciò un paio di bottoni della camicia, si diede con la mano una sistemata ai capelli e attese l'arrivo della preda.

78

Flora prese il bicchiere che Graziano le porgeva, chiuse gli occhi e buttò giù. Non si accorse di quello sgradevole sapore amaro di fondo, non beveva mai quella roba, non le piaceva.

«Veramente buono. Grazie ancora.» Strinse i denti e si rimise seduta al tavolo, s'infilò gli occhiali e studiò ciò che aveva scritto.

Passò i successivi dieci minuti a rimettere in ordine tutte quelle chiacchiere, quelle storie senza capo né coda, cercando di tirare fuori le cose essenziali: lingue parlate, studi, uso del computer, esperienze di lavoro, eccetera eccetera.

«Direi che di materiale ce n'è parecchio. Quello che abbiamo buttato giù può bastare. La prend... Ti prenderanno sicuramente.»

Graziano era rimasto seduto sul divano. «Credo di sì. Ci sarebbero un altro paio di cosette che potrebbero impressionare gli organizzatori del villaggio. Sa, loro cercano di far divertire tutti... Di mettere gli ospiti a loro agio... Di creare rapporti tra le persone...»

«In che senso?» chiese Flora levandosi gli occhiali.

«Ecco, io...» Sembrava imbarazzato.

Lo vide agitarsi sul divano come se improvvisamente dal cuscino fossero spuntate delle spine. Graziano si alzò e si sedette al tavolo. «Ecco, io ho vinto una coppa...»

Ora che mi dirà? Che ha vinto il giro d'Italia? Flora ebbe un moto di sconforto.

«A Riccione. La Coppa Trumbador.»

«E in cosa consisterebbe?»

«Diciamo che ho fatto il record di rimorchi estivo. Sono arrivato primo.»

«Come?»

«Rimorchi! Cuccate!» Per Graziano sembrava la cosa più ovvia della terra.

Flora invece non riusciva a capire. Cosa stava cercando di dirle? Rimorchi? Lavorava in un'autofficina, cosa?

«Cuccate?» ripeté smarrita.

«Di donne cuccate» riuscì a dire Graziano con un'aria colpevole e compiaciuta al tempo stesso.

Finalmente Flora capì.

Non è possibile! Quest'uomo è un mostro.

Faceva le gare a chi stava con più donne. Esisteva un posto dove si facevano le gare a chi si portava più donne a letto.

È proprio vero, nella vita non bisogna stupirsi di niente.

«Esiste una gara, come dire un campionato? Tipo quello di calcio?» domandò, e si accorse di avere un tono stranamente leggero.

«Certo, oramai è una cosa ufficiale, ci partecipa gente che viene da tutte le parti del mondo. All'inizio eravamo in pochi. Un gruppetto di amici che si ritrovava allo stabilimento Aurora. Poi con il tempo è diventata importante, ora ci sono i punti, una federazione, i giudici e a fine estate c'è la premiazione in discoteca. È una serata molto bella» spiegò Graziano serio serio.

«E quante... quante se n... te ne sei rimorchiate? Si dice così?» Non poteva crederci. Questo tipo, d'estate, faceva le gare di rimorchio.

«Trecento. Trecentotré per l'esattezza. Ma tre, quei bastardi di giudici non me le hanno convalidate. Per via che erano a Cattolica» rispose Graziano con un sorriso sornione.

«Trecento?» Flora sussultò. «Non è vero! Trecento? Giuralo!»

Graziano fece sì con la testa. «Lo giuro su Dio. A casa ho la coppa.»

Flora cominciò a sghignazzare. E non riusciva più a fermarsi.

Ma che diavolo mi sta prendendo?

Continuava a ridere come una cretina. Un bicchierino di whisky, ed era già ubriaca? Sapeva di non reggere l'alcol, ma ne aveva bevuto due dita. In vita sua si era ubriacata un paio di volte. Una con un barattolo di ciliege sotto spirito che le aveva regalato la madre di un alunno, e un'altra quando era andata a farsi una pizza con la classe e si era bevuta una birra di troppo. Era tornata a casa tutta contenta. Ma ora era ubriaca come non le era mai capitato.

Certo però la storia dei rimorchi era molto divertente. Le venne voglia di fargli una domanda, era un po' volgare, *non bisognerebbe, ma sì chi se ne importa,* si disse, *gliela faccio.* «E come si fa a fare punto?»

Graziano sorrise. «Be', bisogna avere un rapporto sessuale completo.»

«Fare tutto?»

«Esatto.»

«Tutto tutto?»

«Tutto tutto.»

(*Sei impazzita?*)

Una voce le rimbombò in testa.

Flora ebbe la certezza che fosse quella di sua madre.

(*Che c'è da ridere? Non ti vedi, sei completamente ubriaca.*)

No, non mi vedo. Che sto facendo?

(*La puttana. Ecco cosa stai facendo.*)

Zitta, ti prego. Zitta, per favore. Non chiamarmi così. Non mi piace quando mi chiami così e ora, per favore, devo fare un calcolo. Allora... Quest'uomo ha fatto trecento punti, giusto? Ossia ha ficcato il suo organo sessuale maschile in trecento organi sessuali femminili. Se con ognuna lo ha infilato, avanti e indietro, che ne so, una media di, quante saranno? duecento volte per una, più o meno, botta più botta meno ha fatto un su e giù di seicento, non seicento, trecento. Trecento per duecento fa seicento. No, non è così, aspetta. Fa di più.

Non ci capiva più niente.

Un vento d'immagini, di luci, di pensieri smozzicati, di numeri e parole senza senso le infuriava nella testa e nonostante ciò si sentiva stranamente ilare e gioiosa.

«Accidenti al tuo whisky» disse dando un pugno sul tavolo.

Lo squadrò un attimo.

Improvvisamente le venne una voglia assurda.

(Sei impazzita? Non glielo puoi dire! Noo, non puoi...)
Potrei dirglielo, invece.

Desiderò confessargli una cosa, una cosa segreta, segretissima, una cosa che non aveva detto a nessuno e che non aveva intenzione di dire a nessuno nei prossimi diecimila anni. In un attimo Flora sentì tutto il peso di quel segreto di uranio e le venne voglia di disfarsene, di vomitarlo fuori proprio a lui, a quello lì, a quello sconosciuto, a Mister Trecento Punti che per le sue capacità di conquistatore da spiaggia aveva vinto la Coppa Trumbador.

Chissà che faccia fa?

Come l'avrebbe presa? Si sarebbe messo a ridere? Avrebbe detto che non ci credeva?

E invece, fidati, è così. Vuoi sapere una cosa caro il mio Seduttore, vuoi sapere quanti punti ho fatto io nella vita?

Zero!

Zero spaccato!

Neanche un punticino piccino picciò. Ci fu una volta, tanto tempo fa, che mio zio provò a fare punto con me ma non ci riuscì, quel lurido porco.

Tu, quanti punti avrai fatto nella tua vita? Diecimila? E io neanche mezzo, alla tenera età di trentadue anni non ho fatto neanche mezzo punto.

Ti sembra impossibile? È così.

Chi lo sa, se Flora avesse fatto questa rivelazione a Graziano questa storia avrebbe preso un'altra piega. Forse Graziano, nonostante lo Spiderman e quella primitiva determinazione da varano che lo soggiogava e gli rendeva la vita una mera sequenza di obbiettivi da raggiungere, avrebbe desistito e come un gentiluomo si sarebbe alzato, avrebbe preso il suo curriculum e si sarebbe ritirato. Chi può dirlo? Ma Flora, che possedeva un riserbo naturale, irrobustito dagli strazi e dal dolore, resisteva come un fante in trincea al bombardamento di quelle infide molecole capaci di alterarti la psiche e di scioglierti la lingua e farti confessare l'inconfessabile.

Riprese a ridere e invece ammise: «Miseria, come sono ubriaca».

Si accorse che Graziano le si era avvicinato. «Che fai, ti avvicini?» Si tolse gli occhiali e se lo squadrò un attimo ondeggiando sulla sedia. «Ti posso dire una cosa? Se te la dico, però, giuri che non ti offendi?»

«Non mi offendo, giuro che non mi offendo.» Graziano mise una mano sul cuore e poi si baciò gli indici.

«Questi capelli non ti stanno bene. Posso dirtelo? Ti stanno male. Non è che come ce li avevi prima era tanto meglio. Com'erano? Neri? Corti sopra e lunghi ai lati? No, non ti stavano tanto meglio. Io, se fossi in te, sai cosa farei?» Rimase un attimo senza parole, ma poi aggiunse: «Me li farei normali. Staresti bene».

«Normali come?» Graziano era molto interessato. Quando gli parlavano del suo look era sempre interessato.

«Normali. Me li taglierei e non me li tingerei e li lascerei crescere così, normali.»

«Sai qual è il problema, Flora? Incomincio ad avere un po' di capelli bianchi» spiegò Graziano con il tono di chi sta confidando un grande segreto.

Flora allargò le braccia. «E allora? Qual è il problema?»

«Dici che me ne dovrei fregare?»

«Io me ne fregherei.»

«Me li faccio alla George Clooney, paglia e fieno?»

Flora non resse, si piegò sul tavolo e cominciò a sganasciarsi dalle risate.

«Ci starei male, eh?» Graziano fece un sorriso, ma era un po' offeso.

«Non si dice paglia e fieno! Quelle sono le fettuccine! Si dice sale e pepe.» Flora aveva appoggiato la fronte sul tavolo e con le dita si asciugava le lacrime.

«Giusto. Hai ragione. Sale e pepe.»

Come pestava lo Spiderman.

Graziano stava lesso come una patata

Non credeva che la pasticca fosse così potente.

Mannaggia al Triglia, mannaggia.

(*Pensa come sta quella poveretta.*)

Gliene ho date due. Forse ho esagerato.

In effetti la professoressa stava con la testa sul tavolo e continuava a ridere.

Era giunto il momento di schiodare il culo.

Guardò l'orologio.

Le nove e mezza!

«È tardissimo.» Si alzò e fece un bel respiro sperando di schiarirsi le idee.

«Te ne vai?» chiese Flora alzando appena la testa. «Fai bene. Io non mi reggo in piedi. Sono preoccupata perché continuo a ridere. Penso una cosa seria e mi viene da ridere. È meglio che te ne vai. Io, se fossi in te, mi metterei a riscrivere il curriculum e ci aggiungerei pure la storia del ripopolamento del cervo in Sardegna.» E giù a ridere.

Almeno le ha preso bene, rifletté Graziano.

«Flora, perché non andiamo a mangiare qualcosa? Ti porto in un ristorante qui vicino. Che ne pensi?»

Flora scosse la testa. «No, grazie, non posso.»

«Perché?»

«Perché non mi reggo in piedi. E poi non posso.»

«Perché?»

«La sera non esco mai.»

«Dài, che ti riporto presto.»

«Noo, vai tu al ristorante. Io non ho fame, me ne vado a letto che è meglio.» Flora cercava di essere seria, ma scoppiò a ridere.

«Dài, andiamo?» piagnucolò Graziano.

Un pochino la tentava, l'idea di uscire.

Sentiva dentro una strana smania. Una voglia di correre, di ballare.

Sarebbe stato bello uscire. Ma quello era un tipo pericoloso, non dimentichiamoci che aveva vinto il campionato. E come niente avrebbe provato a fare punto pure con lei.

No, non si può.

Ma se andava al ristorante, che poteva succedere? E poi prendere un po' d'aria fresca le avrebbe fatto bene. Le avrebbe schiarito le idee.

Mamma ha fatto il bagno e ha mangiato, è a posto. Domani non devo andare a scuola. Non esco mai, se una sera esco che può succedere? C'è Tarzan che mi invita a cena fuori, io sarei Jane per una sera a bordo di una zucca trainata da cavalli, anzi cervi, cervi sardi e mi perderei le scarpe e così i sette nani dovrebbero mettersi a cercarle.

Si aspettava una risposta negativa da sua madre, ma non venne.

«Torniamo presto?»

«Prestissimo.»

«Giuralo.»

«Lo giuro. Fidati.»

Dài, Flora, un'uscitina piccola. Ti porta al ristorante e sei di nuovo a casa.

«Ma sì, andiamo.» Flora scattò in piedi e per poco non finì a terra.

Graziano l'afferrò per un braccio. «Ce la fai?»

«Insomma...»

«Ti aiuto io.»

«Grazie.»

Era in macchina. La cintura allacciata. E si teneva attaccata al reggimano. C'era un bel getto di aria calda che le scaldava i piedi. E questa musica spagnola non era niente male, doveva riconoscerlo.

Ogni tanto Flora ci provava, a chiudere gli occhi, ma poi doveva riaprirli subito se no le girava tutto e aveva l'impressione di sprofondare nella sedia, tra molle e gommapiuma.

Pioveva forte.

Il rumore della pioggia che batteva sul tetto si amalgamava in maniera magnifica con la musica. I tergicristalli andavano avanti e indietro con una velocità incredibile. Il muso della macchina mangiava insaziabile la strada buia e tutta curve. Gli abbaglianti facevano luccicare l'asfalto frustato dalla pioggia. Gli alberi ai lati, con quei rami lunghi e neri, sembravano volerli afferrare.

Ogni tanto la strada si apriva, attraversavano l'inchiostro e poi gli alberi ricominciavano.

Era assurdo, ma Flora si sentiva sicura.

Niente avrebbe potuto fermarli e se a un tratto una mucca gli fosse apparsa l'avrebbero semplicemente attraversata, lasciandola illesa.

Di solito aveva paura quando guidavano gli altri, ma le sembrava che Graziano guidasse veramente bene.

Non per niente ha fatto un rally in... boh?

Non andava piano, questo no, tirava le marce e il motore strillava ma l'automobile, come per magia, rimaneva perfettamente incollata al centro della strada.

Chissà dove mi sta portando.

Da quanto tempo erano in macchina? Non riusciva a rendersene conto. Potevano essere dieci minuti come un'ora.

«Tutto bene?» le chiese a un tratto Graziano.

Flora si girò verso di lui. «Tutto bene. Quando arriviamo?»

«Tra poco. Ti piace questa musica?»

«Molto.»

«Sono i Gipsy King. È il loro album migliore. Vuoi?» Graziano tirò fuori un pacchetto di Camel.

«No.»

«Ti dà fastidio se fumo?»

«No...» Flora faceva fatica a costruire un dialogo. Non era educato stare zitta, ma chi se ne importava. Se stava zitta, con gli occhi incollati alla strada, si sentiva incredibilmente bene. Sarebbe potuta rimanere così per sempre, in quella scatoletta, mentre fuori gli elementi si scatenavano. Avrebbe dovuto essere in ansia, con uno sconosciuto che la portava chissà dove, e invece niente. E le sembrava che anche l'ubriacatura stesse passando, di essere più lucida.

Guardò Graziano. Con quella sigaretta in bocca, concentrato sulla guida, era bello. Aveva un profilo deciso, greco. Un naso grande ma che si adattava perfettamente al resto del volto. Se solo si fosse tagliato i capelli e si fosse vestito in maniera normale poteva essere interessante, un bell'uomo. Sexy.

Sexy? Che parola... Sexy. Ma per stare con trecento donne in un'estate... Bisogna avere qualcosa, no? Che avrà? Che potrebbe avere? Che farà?

(Piantala, scema.)

A un tratto sentì il *tic tac* della freccia, la macchina rallentò e si fermò in un piazzale sterrato davanti a una casetta in mezzo al nero. Sopra la porta c'era un'insegna verde. Bar Ristorante.

«Siamo arrivati?»

Lui la guardò. Gli occhi gli brillavano come mica. «Hai fame?»

No. Per niente. Al pensiero di mettere qualcosa sotto i denti le veniva la nausea. «No, in verità, non tanta.»

«Neanch'io. Potremmo bere una cosa.»

«Io non ce la faccio a uscire. Vai tu, ti aspetto in macchina.»

Mai abbandonare la scatola magica. All'idea di entrare in quel posto, dove c'era luce, rumore, gente, le veniva un'angoscia terribile.

«Sicura?»

«Sì.» Mentre lui era al bar, si sarebbe fatta una dormitina. E così si sarebbe sentita meglio.

«D'accordo. Ci metto un attimo.» Aprì la portiera e uscì.

Flora lo guardò allontanarsi.

Le piaceva come camminava.

82

Graziano entrò nel bar, tirò fuori il cellulare e provò a chiamare Erica.

Rispose la segreteria.

Chiuse.

Durante il viaggio aveva cominciato a prendergli male, doveva essere colpa dello Spiderman del cazzo. Odiava le droghe sintetiche. Aveva cominciato a pensare a Erica, all'ultima notte insieme, al pompino e niente, la testa aveva cominciato a girarci intorno straziandolo. Gli era venuta una voglia disperata di parlarle, era una cazzata enorme, lo sapeva benissimo, ma non ci poteva fare niente, aveva un disperatissimo bisogno di parlarle.

Di capire.

Gli sarebbe bastato capire perché gli aveva detto che lo voleva sposare, perché cazzo gli aveva detto che lo voleva sposare e poi era andata con Mantovani. Se gli avesse dato una spiegazione razionale, semplice, lui avrebbe capito e si sarebbe messo l'anima in pace.

Solo la maledettissima segreteria.

E c'era pure quella in macchina.

Non è che non gli piacesse o che la situazione non lo stuzzicasse, solo che con quella Troia in testa tutto gli sembrava più squallido e modesto.

E la verità era che aveva dovuto cuocerla con lo Spiderman, per portarsela dietro.

E questo non era da lui.

E pioveva che Dio la mandava.

E faceva un freddo della madonna.

Ordinò un whisky al barista minorenne che guardava la televisione. Questo si alzò controvoglia dal tavolo dove era seduto. Il locale era triste, vuoto e freddo come una cella frigorifera.

«Dammene una intera, vai.» Graziano prese la bottiglia e stava per pagare, ma poi ci ripensò. «Ce l'avete il limoncino?»

Il minorenne, senza dire una parola, prese una sedia, ci salì sopra, guardò nella fila di alcolici sopra il frigorifero e tirò fuori una lunga bottiglia affusolata giallo fosforescente, le diede una pulita alla meno peggio con la mano e gliela consegnò.

Graziano pagò e l'aprì.

«Basta con questi pensieri!» Uscì, prese una sorsata di limoncino e fece una smorfia di disgusto. «Ammazza che schifo!»

Sì, la bottiglia gli sarebbe servita.

83

I koala argentati con i loro tronchesini le stavano tagliando le unghie dei piedi. Solo che non erano molto precisi con quelle zampe che si ritrovavano e quindi s'innervosivano. Flora, seduta sul lettino, cercava di calmarli. «Ragazzi, piano. Fate piano che se no mi f... Stai attento! Guarda che hai fatto!» Un koala le aveva troncato di netto il mignolo. Flora vedeva il sangue rosso zampillare dal moncherino, ma che fenomeno singolare, non faceva mal...

311

«Flora! Flora! Svegliati.»

Spalancò gli occhi.

Il mondo prese a piegarsi a destra e a sinistra. Tutto ballava e Flora si sentiva stonata e il rumore della pioggia sul tetto e faceva freddo e dove stava?

Vide Graziano. Era seduto accanto a lei.

«Mi ero addormentata... Hai bevuto? Torniamo a casa?»

«Guarda che ho comprato.» Graziano le mostrò la bottiglia di limoncino, ci si attaccò e gliela passò. «L'ho preso apposta per te. Hai detto che ti piaceva.»

Flora guardò la bottiglia. Doveva bere? Era già ridotta in quello stato!

«Hai freddo?»

«Un po'.» Tremava.

«Allora bevi, che ti scalda.»

Flora si attaccò alla bottiglia.

Com'è dolce. Troppo dolce.

«Meglio?»

«Sì.» Il limoncino si era sparso sulle pareti dello stomaco restituendole un po' di calore.

«Aspetta.» Graziano mise il riscaldamento al massimo, prese dal sedile posteriore il cappotto e glielo passò.

Flora stava per dire no, che non ne aveva bisogno, quando lui le si avvicinò e cominciò a sistemarglielo come una coperta e lei trattenne il fiato e lui che le si avvicinava di più e lei che si spostava di lato e si appiccicava contro la portiera sperando che si aprisse e lui che allungava una mano e gliela metteva sulla nuca e lei che veniva tirata in avanti e sentiva quell'odore di limoncino, sigaretta, profumo, menta e che chiudeva gli occhi e che a un tratto...

La sua bocca era attaccata a quella di Graziano.

Oddio, mi sta baciando...

La stava baciando. La stava baciando. La stava baciando. La stava...

Aprì gli occhi. E lui era lì con gli occhi chiusi, a tre centimetri, quell'enorme faccione abbronzato.

Provò a staccarselo di dosso. Ma niente, era una piovra avvinghiata alla sua bocca.

Respirò con il naso.

Ti sta baciando! Ti sei fatta fregare.

Chiuse gli occhi. Le labbra di Graziano sulle sue. Le aveva morbide, incredibilmente morbide, e quell'odore buono di limoncino e sigaretta e menta adesso era sapore nella bocca di Graziano e nella sua. La lingua di Graziano tentava di entrarle in bocca e allora Flora la schiuse ancora un poco, quel poco che avrebbe permesso a quella cosa viscida di entrare e poi la sentì toccare la sua ed era un brivido lungo la schiena ed era bello, così bello e allora la spalancò e la lunga lingua cominciò a esplorarle la bocca e a giocare con la sua. Flora prese un bel respiro e lui la tirò violentemente verso di sé e lei si fece stringere e le mani, senza che lei glielo avesse detto, cominciarono a infilarsi nei capelli di Graziano, a scompigliarglieli.

È... così... È... così... È così... che biso... gna fare... È così... che si... vive... la vita... Ba... ciandosi... È la cosa... più facile del... mondo. Perché ba... ciarsi è giusto... Perché ne... lla vita biso... gna baciarsi... E a me... piace baciare... E... non è vero... che non biso... gna farlo... Biso... gna farlo perché è... bello... È la cosa più... bella del mondo... E... bisogna farlo.

A un tratto Flora fu sopraffatta da tutto questo, sentì le gambe sciogliersi e i piedi bollenti e le mani formicolare e il respiro spezzarsi come se qualcuno le avesse dato un pugno in pancia. Si sentì morire e si accasciò dolcemente, come un burattino, finendo con la faccia sul torace di Graziano e nel suo odore.

84

Già a qualche chilometro dalle terme di Saturnia l'atmosfera cambia.

Il viaggiatore che dovesse passare su quella strada ignorando la presenza di una sorgente termale rimarrebbe come minimo sconcertato.

A un tratto la discesa e le curve finiscono, il bosco di querce scompare, la strada si fa piana e si aprono a perdita d'occhio i campi verdi, verdi come il verde d'Irlanda con tutte le sue sfumature e variazioni, forse sono quel benefico calore, l'acqua e il miscuglio di elementi chimici che viene dalle profondità della terra a rendere così rigogliosa l'erba. Ma se al viaggiatore distratto non bastasse tutto ciò per rimanere sorpreso, le nebbie che salgono dai canali d'irrigazione paralleli alla strada dovrebbero certamente risvegliargli la curiosità. Ogni tanto questi gas si sollevano dai canali formando banchi sfilacciati alti appena mezzo metro che attraversano la carreggiata e invadono come un mare di panna i campi rendendoli simili a nuvole viste dall'alto. Nel bianco spunta un albero da frutto, un recinto, mezza pecora. Sembra quasi che qualcuno sia passato con una di quelle macchine che fanno la nebbia sui set cinematografici.

Ma se anche questo non fosse sufficiente ci sarebbe sempre l'odore. E il viaggiatore distratto lo dovrebbe sentire. Per forza. "Cos'è questa puzza terribile?" Storcerebbe il naso. Guarderebbe sua moglie con occhi accusatori. "Te l'avevo detto di non mangiare la minestra di porri che non la digerisci", ma lei guarderebbe lui con occhi altrettanto accusatori e il viaggiatore distratto direbbe: "Guarda che non sono stato io". Allora entrambi si girerebbero verso Zeus, il boxer accucciato sul sedile posteriore. "Zeus, fai schifo! Che hai nello stomaco?" Se Zeus potesse parlare certo si difenderebbe, direbbe che lui non c'entra niente, ma il Padreterno ha deciso nella sua imperscrutabile saggezza che gli animali non debbano possedere questa facoltà (tranne i pappagalli e i merli indiani che ripetono parole a pappagallo, ossia senza capirne il significato) e quindi il povero Zeus non potrebbe far altro che mettersi a scodinzolare, felice di quella inaspettata attenzione dei padroni nei suoi confronti.

Ma a un tratto il nebbione a lato della strada si solleverebbe, s'ispessirebbe e invaderebbe il bosco circostante, come se lì ci fosse la sorgente della nebbia e tra i gas apparirebbe un angolo di un vecchio casolare di pietra.

La moglie allora potrebbe dire: "Ci sarà una fabbrica di concimi o staranno bruciando qualcosa di chimico". E niente. Ma quando finalmente davanti ai loro occhi si stagliasse il cartello su cui è scritto a lettere cubitali, BENVENUTI ALLE TERME DI SATURNIA allora, finalmente, capirebbero e continuerebbero il loro viaggio più sereni.

85

Di notte i vapori sulfurei rendono la zona spettrale e più inquietante della brughiera di Baskerville e se poi, come quella notte, il vento infuria, i lupi ululano, la pioggia si rovescia con violenza sulla campagna e saette si abbattono a destra e a sinistra, sembra proprio di essere arrivati alle soglie dell'inferno.

Graziano rallentò, spense lo stereo e imboccò la stradina di terra battuta che tagliando il bosco porta giù alla valle e alla cascata.

Flora dormiva raggomitolata sul sedile.

Il viottolo si era trasformato in un pantano pieno di pozzanghere e sassi. Graziano avanzava con prudenza. Non esiste niente di peggio per le sospensioni e la coppa dell'olio. Frenava, ma la macchina proseguiva la sua lenta e inesorabile discesa giù nel fango. I fari facevano splendere la nebbia come il gas di un neon. C'era una curva difficile, ma al di là c'erano il parcheggio e la cascata. Graziano scalò marcia e sterzò, ma la vettura continuò ad avanzare (*non voglio pensare a come ce ne andiamo*) e finalmente si fermò, proprio sul ciglio della strada.

Fece un po' di retromarcia e si ritrovò, senza sapere come, con il muso puntato sul piazzale.

La nebbia, laggiù, si tingeva di rosso, verde e blu, e ogni tanto s'intravedevano delle sagome scure che si muovevano nella foschia.

Era come se una discoteca avesse messo radici nel bosco.

È pieno di gente.

Continuò a scendere in prima. Il piazzale, che pendeva a valle, era pieno di macchine posteggiate in disordine una accanto all'altra.

Clacson. Musica. Voci.

A un lato c'erano due grossi pullman turistici.

Che cavolo è successo? C'è una festa?

Graziano, che non ci veniva da un sacco di tempo, non sapeva che oramai quel posto era sempre così affollato, come d'altronde la maggior parte dei posti affascinanti e caratteristici della nostra bella penisola.

Posteggiò alla meno peggio dietro un pullman targato Siena. Si spogliò e rimase in costume.

A questo punto doveva solo svegliare Flora.

La chiamò senza ottenere risultati. Sembrava morta. La scosse e finalmente riuscì a farle borbottare qualche parola.

«Flora, ti ho portato in un bel posto. Una sorpresa. Guarda» fece Graziano con il tono più entusiasta che gli riuscì.

Flora sollevò faticosamente il capo e guardò per un istante quel bagliore colorato e ricadde giù. «Bello... Dove... siamo?»

«A Saturnia. A fare il bagno.»

«No... No... Ho freddo.»

«L'acqua è calda...»

«Non ho il costume. Vai tu. Io resto in macchina.» E poi gli afferrò una mano, e lo tirò e gli diede un bacio un po' maldestro e cadde di nuovo incosciente.

«Dài, forza, ti piacerà, vedrai. Se esci ti senti meglio.»

Niente.

Va be', ho capito.

Accese la lucina e cominciò a spogliarla. Le tolse il cappotto. Le sfilò le scarpe. Sembrava di avere a che fare con un bambino che dorme troppo sodo per poter collaborare quando la mamma gli infila il pigiama. La mise seduta e, dopo un attimo d'esitazione, le sfilò la gonna e i collant. Sotto indossava delle semplici mutande di cotone bianco.

Aveva due gambe lunghe e slanciate. Veramente belle. Gambe perfette per tacchi alti e giarrettiere.

A Graziano la storia incominciava a piacere e il suo respiro incominciò a rompersi.

Le tolse il golf. Sotto aveva una camicetta di seta color perla chiusa fino all'ultimo bottone.

Forza...

Cominciò ad aprirli uno per uno, iniziando dal basso. Flora borbottò qualcosa, evidentemente contrariata, ma poi la testa le ricadde sul collo. La pancia era piatta senza un filo di grasso, bianca come il latte. Quando arrivò al seno, le pulsazioni gli erano salite e sentiva il sangue ronzargli nelle orecchie, fece un respiro e slacciò l'ultimo bottone, aprendole la camicetta.

Rimase folgorato.

Aveva due tettone pazzesche, costrette a malapena nel reggiseno. Due mozzarellone tonde e invitanti. Per un attimo fu tentato di tirargliele fuori per vederle in tutto il loro splendore, per stringerle, per leccarle i capezzoli. Ma se lo proibì. Era strano, ma in lui, nascosto da qualche parte, esisteva un uomo morale (con una sua morale) che ogni tanto riaffiorava.

317

Per finire, le sciolse i capelli che, come aveva sospettato, erano una rossa marea.

La guardò.

Se ne stava lì, in reggiseno e mutande, addormentata, ed era incredibilmente bella.

Forse è perfino più bella di Erica.

Era come un cespuglio di rose canine nato spontaneo fra i sassi di una pietraia e cresciuto senza che nessuno se ne prendesse cura, senza un giardiniere che lo annaffiasse, lo fertilizzasse e lo cospargesse di antiparassitari.

Flora stessa non era consapevole del valore del suo corpo, e se ne era consapevole, lo castigava per colpe mai commesse.

Il corpo di Erica, al contrario, era come se si fosse perfettamente adattato ai parametri estetici che andavano di moda adesso (vita stretta, tette tonde, culo a mandolino), un corpo che, probabilmente, se fosse vissuto agli inizi del secolo, sarebbe stato grassoccio e tornito come voleva il gusto di allora, un corpo che si nutriva di palestra, di creme e massaggi, che veniva costantemente controllato, confrontato con quello delle altre donne e che era una bandiera da sventolare sempre e dovunque.

E invece Flora era bellissima e vera e Graziano era felice.

86

Faceva freddo.

Molto freddo.

Troppo freddo.

E camminare era un tormento. Delle pietre appuntite le si conficcavano sotto i piedi.

E pioveva. La pioggia ghiacciata le colava addosso e Flora tremava e batteva i denti.

E c'era una puzza terribile.

Fortuna che Graziano le teneva la mano.

Questo le dava molta sicurezza.

Dove si stavano dirigendo? All'inferno?

Benissimo. Si va all'inferno. Come si dice? Sì... Ti seguirò anche all'inferno.

Be', se anche fosse stato l'inferno, a questo punto non le importava più niente.

Si rendeva conto di essere nuda (*Non sei nuda, hai il reggiseno e le mutande*). No, non era nuda, ma se lo fosse stata sarebbe andato bene lo stesso.

Avanzava a occhi chiusi e si cercava in bocca il sapore dei baci.

Ci siamo baciati in macchina, questo me lo ricordo.

Socchiuse gli occhi e si guardò intorno.

Dov'era?

In mezzo alla nebbia.

E c'era questa puzza terribile di uova marce, la stessa che si sentiva in classe quando qualche cretino rompeva una fialetta puzzolente. E c'erano pure un sacco di macchine. Alcune buie. Altre illuminate ma con i finestrini appannati e non si vedeva all'interno. E c'era uno stereo che sparava una musica tutta bassi. A un tratto vide dei ragazzi in costume che correvano urlando e spintonandosi tra le automobili.

Graziano la tirava.

Flora faceva di tutto per stargli dietro, ma aveva le gambe irrigidite dal gelo. Le si parò davanti una figura, un uomo in accappatoio, che la guardò passare. A sinistra, sopra una collina di terra, c'era un vecchio casolare abbandonato e con il tetto sfondato. Sui muri, scritte fatte con lo spray. Attraverso le finestre senza vetri intravide il bagliore di un fuoco e delle figure nere intorno. Altra musica. Italiana, questa volta. E un pianto disperato di bambino. E un gruppo di gente che si riparava sotto degli ombrelloni da spiaggia.

Un tuono rimbombò nella notte.

Flora fece un salto.

Graziano le si avvicinò e le cinse la vita. «Siamo quasi arrivati.»

Avrebbe voluto domandargli dove, ma le battevano troppo i denti per parlare.

Avanzarono attraverso tende fradicie, sacchi dell'immondizia e resti di picnic spappolati dalla pioggia.

E a un tratto sentì una cosa bellissima, che le mozzò il respiro. L'acqua! L'acqua sotto i suoi piedi non era più gelata, era tiepida e man mano che andava avanti era più calda e quel calore benefico le risaliva su per le gambe.

«Che bello!» mormorò.

Ora il rumore della cascata era forte e c'era un sacco di gente, alcuni con addosso delle cerate e altri nudi e lei e Graziano dovevano farsi largo tra i corpi. Vedeva che la guardavano ma non le importava, sentiva che le si strusciavano addosso ma lei non se ne curava.

L'unica cosa che contava era rimanere attaccata a Graziano.

Non mi perdo...

Ora l'acqua che le scorreva sotto i piedi era proprio calda, aveva la stessa temperatura di quella del suo bagno. Superarono un'ultima barriera. Tedeschi, da come parlavano.

E si trovarono di fronte una piccola cascata, e sotto una serie di pozze, alcune più grandi, altre più piccole che digradavano come terrazze verso il basso e più giù si allargavano in un lago scuro. Un proiettore potente, attaccato ai muri della casaccia, tingeva di giallo il vapore. All'inizio Flora ebbe l'impressione che nelle pozze non ci fosse nessuno, ma non era così, se guardava attentamente riusciva a distinguere una marea di teste nere spuntare dall'acqua.

«Stai attenta che si scivola.»

La roccia era coperta da una morbida moquette di alghe.

«Ora comincia il bello...» urlava Graziano per sovrastare il rumore della cascata.

Flora infilò il piede nella prima pozza. E poi l'altro. Era troppo bello. Cercò di accoccolarsi in quella specie di vaschetta naturale, ma Graziano la tirò via. «Andiamo avanti. Ce ne sono di più profonde, lontane da questo casino.»

Flora avrebbe voluto dire che quella andava benissimo, ma lo seguì. Entrarono in una più grande, ma era piena di gente che sghignazzava e si cospargeva la faccia e i capelli di fango e di coppie che si stringevano. Sentiva gambe, pance, mani che la strusciavano. Entrarono in un'altra abbastanza profonda da poterci nuotare, ma anche questa era piena di gente (di uomini) e cantavano: «Ce piaciono li polli, l'abbacchio e le galline perché so' senza spine non so' com' er baccalà».

«Qui è pieno di froci...» disse Graziano disgustato.

Ah, ci sono pure i froci...

Nell'aria, oltre allo zolfo e al vapore, c'era una strana euforia, una sensualità impudica e carnale e Flora l'avvertiva e da una parte ne era intimorita, dall'altra quasi eccitata, come una cagnetta da salotto che venga presa e messa in mezzo a una muta di cani da caccia.

In una vasca vide finalmente delle donne bionde, tedesche forse, che si alzavano e si ributtavano nell'acqua nude come mamma le aveva fatte e ogni volta si sollevava un tifo da stadio e scrosci di applausi. Era un gruppo di giovani con il costume infilato in testa a mo' di cappello.

«Vieni, non ti fermare. Di qua.»

Cominciarono una lenta e impegnativa salita a lato della cascata. Massi enormi e viscidi e infidi si susseguivano uno dietro l'altro e Flora era costretta a usare mani e piedi per arrampicarsi. Il rumore dell'acqua era assordante. La testa continuava a girarle e ogni passo che faceva la terrorizzava. Si ritrovò di fronte a una salita liscia sulla quale scorreva l'acqua.

Non ce la poteva fare.

Perché?

Perché Graziano vuole andare là sopra?
(*Lo sai perché.*)

Una parte del suo cervello che finora aveva latitato ma che era lucida, attiva e capace di sciogliere i misteri dell'universo e della sua vita, glielo spiegò.

Perché vuole scoparti.

La storia del curriculum era una scusa.

E lei l'aveva capito senza volerlo capire, subito, quando l'aveva visto arrivare con quella bottiglia di whisky in mano.

Allora si scopa... Le veniva da ridere.

Nemmeno nelle più improbabili fantasie aveva immaginato che sarebbe avvenuto così, in un postaccio come quello e con uno come Graziano.

Aveva sempre saputo che era un passo da fare. Al più presto. Prima che la sua verginità diventasse cronica e la inchiodasse in una zitellaggine paralizzante e amara. Prima che la testa si mettesse a farle brutti scherzi. Prima che incominciasse ad avere paura.

Ma aveva sognato un principe azzurro ben diverso. E una cosa romantica, con un uomo sensibile (tipo Harrison Ford) che l'avrebbe incantata, le avrebbe detto cose bellissime e le avrebbe giurato amore eterno in rime baciate.

E invece guarda un po' cosa le era capitato, il sex symbol da spiaggia, mister Trumbador, con i capelli ossigenati e gli orecchini, l'intrattenitore dei villaggi Valtur.

E sapeva che per Graziano lei non significava niente. Un altro nome da aggiungere alla sua infinita lista. Una vaschetta di cibo da consumare e poi abbandonare vuota per strada.

Ma non importava.

No, non importava.

Gli vorrò sempre bene per quello che ha fatto.

L'aveva messa nella lista. Come tante altre (belle, brutte, cretine, intelligenti) che avevano accettato di passarci la notte, avevano accettato di far entrare il membro di quest'uomo all'interno del loro corpo. Donne che facevano sesso così come mangiavano e si lavavano i denti. Donne che vivevano.

Donne normali.

Perché il sesso è normalità.

(*E non hai paura?*)

Sì. Certo. Tanta. Mi tremano le gambe e non ce la faccio neanche a salire.

Ma era convinta che quel passo l'avrebbe restituita al mondo cambiata.

In cosa?

In qualcos'altro. Sicuramente in qualcosa di diverso da quello che era adesso,

(*Cosa sei adesso?*)

Qualcosa che non va.

qualcosa di uguale alle altre.

E se non c'era romanticismo, non c'era amore, pazienza. Andava bene lo stesso.

Sì, bisogna salire.

Si fece coraggio, piantò un piede su uno spunzone e si sollevò, ma un getto potente di acqua calda la investì in piena faccia e per un attimo perse l'appiglio e stava per scivolare (e se fosse scivolata, che male si sarebbe fatta) quando, come per magia, Graziano l'afferrò per un polso e la tirò su, come una bambola, oltre la cascata.

Si ritrovò in una specie di stagno bollente. Gli alberi formavano una cupola di foglie da cui filtrava a tratti la luce del faro.

Non c'era nessuno.

Era abbastanza profonda e c'era la corrente, ma ai lati affioravano dei massi a cui si aggrappò.

«Lo sapevo che qui stavamo in pace...» disse Graziano soddisfatto, e tenendola per mano la portò in un'insenatura, una spiaggetta di fango dove l'acqua era calma. «Ti piace?»

«Molto.» Le grida dei bagnanti erano scomparse, spente dallo scroscio della cascata.

Flora finalmente poté immergersi tutta nell'acqua e riscaldarsi. Graziano le si avvicinò e le cinse la vita e cominciò a baciarle il collo. Brividi di piacere le si arricciarono sulla nuca. Gli afferrò le braccia e si accorse che un tatuaggio gli fasciava il bicipite destro. Un disegno geometrico. Era muscoloso e forte. E con quei capelli lunghi e bagnati, appiccicati alla testa, e il fango che lo copriva sembrava un selvaggio della Nuova Guinea.

È così bello...

Lo tirò, lo strattonò, lo schiaffeggiò, gli piantò le unghie nella pelle e gli cercò la bocca con avidità e gli affondò i denti nelle labbra, con la lingua gli trovò la lingua, il palato, la ritirò fuori e lo leccò e poi si abbandonò pronta sulla spiaggia.

87

E Graziano?

Pure Graziano era pronto. Figuriamoci.

Aveva cercato il Roscio e gli altri giù alle pozze, ma c'era un tale bordello che non era riuscito a vederli. Forse non erano neanche venuti.

In realtà non me ne frega niente. Anzi, meglio così. Avrebbero rovinato tutto.

Continuava a ripetersi che aveva fatto una cazzata a darle lo Spiderman. Se non glielo avesse dato, sarebbe stato più bello, più vero. Anche senza quella pasticca l'avrebbe portata a Saturnia. Flora l'aveva seguito attraverso le pozze senza parlare, senza opporsi, senza protestare, come un cagnolino che segue il suo padrone.

Se la strinse, le mise la bocca accanto a un orecchio e cominciò a cantare piano. «O minha macona, o minha torcida, o minha flamenga, o minha capoeira, o minha maloka, o minha belezza, o minha vagabunda, o...» Le tolse il reggiseno e le prese i seni tra le mani «... minha galera, o minha capoeira, o minha cashueira, o minha menina».

Cominciò a leccarglieli e a morderle i capezzoli, ci affondò la faccia in mezzo sentendo l'odore del fango pregno di zolfo.

Sì sfilò il costume e la condusse dove l'acqua era più profonda, si accoccolarono su dei massi sommersi.

Le prese la mano e se la mise sul cazzo.

88

Ce lo aveva in mano.

Era duro e grande e con la pelle morbida.

Le piaceva toccarlo. Le sembrava di avere tra le dita un'anguilla. Lo accarezzò e la pelle si abbassò scoprendo la punta.

Che sto facendo...? Ma s'impedì di pensarci.

Gli toccò i testicoli, ci giocò un po' e poi decise che basta, era venuto il momento, ne aveva una voglia da morire, bisognava farlo.

Si sfilò le mutande e le lanciò su un masso. Lo strinse forte sentendo l'erezione premerle sulla pancia e gli sussurrò in un orecchio: «Graziano, ti prego, fai piano. Non l'ho mai fatto».

89

Era ovvio.

Come aveva potuto non capirlo?

Che bestia! Era vergine e lui non l'aveva capito. Lui che si era fatto più donne che pizze margherite, non era riuscito a capirlo. Quei baci appassionati e nello stesso tempo maldestri... Aveva creduto che fosse per via dello Spiderman e invece era perché non aveva mai baciato nessuno.

Si ingrifò come un babbuino.

Le passò un braccio sotto il seno e la tirò sulla spiaggetta.

La fece sdraiare.

Era un'operazione delicata, sverginarla. Andava fatta per bene.

La guardò negli occhi e ci vide dentro un'attesa e una paura che non aveva mai visto nelle strappone che normalmente si sbatteva sulla riviera romagnola.

Questo sì che è scopare... «Tranquilla, stai tran...» gli uscì strozzato, si gettò indietro i capelli e si mise in ginocchio di fronte a lei. «Non ti faccio male.»

Le divaricò le gambe (tremava) e con la destra si prese in mano il cazzo e con la sinistra le trovò la fica, le schiuse le labbra (era viscida) e con mossa rapida e precisa gliene infilò dentro un quarto.

90

Le era scivolato dentro.

Flora tratteneva il fiato.

Affondò le mani nel fango.

Ma il dolore, il terribile, mitico e straziante dolore tanto temuto non arrivò.

No. Non faceva male. Flora in attesa, a bocca aperta, non respirava.

L'intruso dentro di lei continuava ad avanzare.

«Vado avanti... Dimmelo, se ti fa male.»

Flora boccheggiava e il petto le si sollevava e si abbassava come un mantice. Ansimava aspettando il dolore che non arrivava. Si sentiva riempita, questo sì, e quel palo di carne ora le premeva dentro ma senza farle male.

Era così presa a cercare il dolore che il piacere era stato completamente messo da parte.

Lo vide negli occhi di Graziano.

Sembrava posseduto dal diavolo e sospirava e andava avanti e indietro sempre più velocemente e con più forza e l'afferrava per i fianchi e le era sopra e Flora era sotto con quel coso dentro. Chiuse gli occhi. Gli si strinse alla schiena come un cucciolo di scimmia e sollevò le gambe per permettergli di entrare meglio.

Un respiro rotto nell'orecchio.

Lui affondò dentro di lei. Fino in fondo.

Flora sentì. Una fitta di piacere che le serrò la carotide e le fece formicolare la nuca. E poi un'altra. E un'altra ancora. E se si lasciava andare, se si abbandonava, sentiva che ora era costante, come un elemento radioattivo che pulsava piacere nelle sue viscere e nelle gambe e le correva nella colonna vertebrale e le finiva in gola.

«Ti pia... ce...?» Le domandò Graziano infilandole le mani nei capelli, stringendole il collo.

«Sì... Sì...»

«Non fa male?»

«Nohhh...»

Lui rotolò su un fianco e lei con quel palo dentro fu sollevata in alto e si ritrovò seduta su di lui. Toccava a lei muoversi. Ma non sapeva se ne era capace. Era troppo grosso ed era tutto dentro. Se lo sentiva nella pancia. Graziano le mise le mani sulle tette, ma non riuscì a contenerle e gliele strinse con forza.

Un'altra fitta di piacere che la lasciò senza respiro.

Lui voleva che lei rimanesse così, sopra, in quella posizione imbarazzante, ma lei si buttò giù e lo abbracciava e lo baciava sul collo e gli mordeva un orecchio.

Sentiva l'ansimo di Graziano che cresceva e cresceva e cresceva e

e non può... Non può farlo dentro. Io non ho niente.

Doveva dirglielo. Ma non voleva che quella furia scatenata

327

smettesse. Non voleva che glielo togliesse. «Graziano... devi stare attento... Io...»

Lui si rigirò ancora. E quando lui cercava una nuova posizione, Flora provava ad assecondarlo, ma non sapeva bene come muoversi, che fare.

«Gra...»

L'aveva messa in ginocchio. Le mani nel fango. La faccia nel fango. Le tette in bocca. La pioggia sulla schiena.

Come una cagna...

E lui che le affondava le dita di una mano in una natica e con l'altra cercava di afferrarle un seno che gli scappava via e le affondava dentro con l'intento di farglielo arrivare in gola. E...

Non può togliermelo adesso.

Glielo aveva sfilato e forse stava per venire e Flora dalla delusione credette di morire. Sbuffò. Ma una vampata esplosiva di calore le avvolse il collo, proseguì nelle mascelle e si diffuse sulle tempie e le narici e le orecchie.

«Oddiohh.»

La stava toccando lì, in punta alla vagina, capì che tutto quello che aveva provato fino a quel momento era uno scherzo. Un giochetto per bambini. Un niente. Quel dito, in quel punto lì, era capace di non farle capire più nulla e di renderla folle.

Poi lui le allargò le gambe e lei le allargò di più e forse, *speriamo*, voleva rimetterglielo dentro.

91

E qui Graziano sbagliò.

Come aveva sbagliato con Erica quando le aveva chiesto di sposarlo, come aveva sbagliato raccontandolo a tutti i suoi amici, come aveva sbagliato a dare lo Spiderman a Flora, come aveva sbagliato praticamente tutti i giorni da quarantaquattro anni a questa parte, e non è vero quello che dicono che sbagliando s'impara, non è assolutamente vero, esistono persone che sbagliando non imparano proprio niente, anzi, continuano a sbagliare convinte di essere nel giusto (o incoscienti di ciò che fanno) e con la gente così la vita, di solito, è cattiva, ma anche questo d'altronde non significa nulla, perché queste persone sopravvivono ai loro errori e vivono e crescono e amano e mettono al mondo altri esseri umani e invecchiano e continuano a sbagliare.

Questo è il loro dannatissimo destino.

E questo era il destino del nostro triste stallone.

Chissà cosa gli girò nella testa, chissà cosa pensò e come se la organizzò nel cervello, quell'idea sciagurata.

Graziano voleva di più. Voleva chiudere il cerchio, voleva la botte piena e la moglie ubriaca, voleva la luna nel pozzo, voleva colpire e affondare, voleva il manzo preso al laccio e marchiato, chissà cosa cazzo voleva, voleva sverginarla davanti e di dietro.

Voleva il culo di Flora Palmieri.

Le allargò le chiappe, ci sputò sopra e spinse il cazzo in quella stella contratta.

92

Fu come quando ti piomba una tegola in testa.

Senza preavviso.

Il dolore arrivò fulminante come una scossa elettrica e affilato come una scheggia di vetro. E non era lì dove doveva essere, era...

Nooo! Mi sta...!

Si piegò a destra e contemporaneamente allungò la gamba sinistra colpendo con il tallone Graziano Biglia sul pomo d'Adamo.

93

Graziano volava indietro. A braccia aperte. A bocca aperta. Di schiena.

Per un'infinità di tempo.

E poi affondava in quella broda calda. Sbatteva con la testa su una pietra. E tornava a galla.

Paralizzato.

Era avvolto da una cappa nera rischiarata da improvvise scariche di luce colorata.

Perché mi ha colpito?

La corrente lo tirava verso il centro dell'ansa. Scivolava sopra rocce coperte di alghe come una zattera alla deriva. Strusciava i talloni sul fondo melmoso.

Doveva averlo colpito in uno di quei punti speciali, uno di quei punti che riducono un uomo un manichino, uno di quei punti che solo i maestri giapponesi di arti marziali dovrebbero conoscere.

Che strano...

Riusciva a pensare ma non riusciva a muoversi. Per esempio sentiva la pioggia fredda in faccia e si rendeva conto che la corrente tiepida lo trascinava verso la cascata.

94

Flora si era accoccolata accanto a un masso.

Zio Armando galleggiava al centro del fiume. Non poteva essere lui. Zio Armando viveva a Napoli. Quello era Graziano. Ma continuava a vedere la pancia di zio Armando emergere come un'isoletta tra i fumi di zolfo e il suo naso tagliare l'acqua come una pinna di pescecane.

E ora il fiume si sarebbe portato via lo zio Armando o chiunque fosse.

Zio Armando/Graziano sollevò stentatamente un braccio. «Flora... Flora... Aiutami...»

No, che non ti aiuto... No, che non ti aiuto...

(*Flora, quello non è zio Armando.*) Ecco, finalmente, sua madre le parlava di nuovo.

È uno schifoso. Ha provato a...

«Flora, non riesco a muov...»

(*Sta finendo nella cascata...*)

«Aiuto. Aiuto.»

(*Muoviti. Forza. Piantala di fare l'idiota. Vai.*)

A quattro zampe, Flora entrò nell'acqua. Si attaccava alle fronde degli alberi per non farsi trascinare via. Ma un ramo le rimase in mano e lei si ritrovò nell'acqua alta e cominciò ad annaspare e a sputare portata dalla corrente. Cercava di ritornare verso riva, ma era inutile. Si girò e vide il corpo di Graziano che galleggiava a un paio di metri dal bordo della cascata. Si era incagliato su un masso, ma la corrente prima o poi se lo sarebbe ripreso e se lo sarebbe portato con sé, giù, nel baratro.

«Flora? Flora? Dove sei?» Graziano aveva la voce di un cieco che ha perso la via. Preoccupato ma non terrorizzato. «Flora?»

«Sto arrivand...» Ingoiò due litri di quell'acqua schifosa. Tossì e si gettò di nuovo verso il centro, agitando le braccia, e passò tra due guglie e si afferrò a uno scoglio.

Graziano era a un metro. La cascata a tre.

Flora tese il braccio, lo allungò e c'era, miseria, c'era, erano quei maledettissimi dieci centimetri che le impedivano di afferrare l'alluce di Graziano che spuntava dall'acqua.

Non posso perderlo...

«Graziano! Graziano, allunga il piede. Non ce la faccio» strillò cercando di sovrastare il rombo della cascata.

Non rispondeva più (*È morto! Non può essere morto*) ma poi: «Flora?».

«Sì! Sono qua! Come stai?»

«Abbastanza bene. Devo aver preso una botta in testa.»

«Scusami. Mi dispiace. Non volevo colpirti! Mi dispiace tantissimo.»

«No, scusami tu. Ho sbagliato io...»

Quei due erano sul bordo di una cascata, con una corrente che non dava respiro e si facevano le scuse come due vecchie signore che si sono dimenticate di mandarsi gli auguri di Natale.

«Graziano, allunga il piede.»

«Ora ci provo.»

Flora stese il braccio. E Graziano il piede. «Ti ho preso! Ti ho preso! Graziano, te l'ho preso!» urlò Flora, e le veniva da ridere e da strillare di gioia. Gli aveva preso l'alluce e non lo avrebbe mollato. Si puntellò meglio contro il masso e cominciò a tirarlo e lo portò a sé strappandolo alla corrente e, quando finalmente lo ebbe, lo strinse e lui strinse lei.

E ci furono i baci.

11 dicembre

Nelle prime ore dell'11 dicembre la situazione meteorologica migliorò.

La perturbazione siberiana che si era accomodata sul bacino del Mediterraneo gettando freddo, vento e pioggia sulla nostra penisola e su Ischiano Scalo fu spinta via da un fronte di alta pressione proveniente dall'Africa che lasciò il cielo pulito e pronto a ospitare di nuovo il sole, dato oramai per disperso.

Alle otto e un quarto di mattina Italo Miele fu dimesso dall'ospedale.

Con quel naso fasciato e quei due medaglioni viola intorno agli occhi sembrava un vecchio pugile che ne abbia beccate tante prima di cadere al tappeto.

Lo vennero a prendere il figlio e la moglie, lo caricarono nella 131 e se lo riportarono a casa.

Circa alla stessa ora, Alima era seduta in una grande stanza dell'aeroporto di Fiumicino insieme a un altro centinaio di nigeriani. Se ne stava su una panca a braccia incrociate e tentava di prendere sonno.

Non aveva la più pallida idea di quando sarebbe partita. Nessuno si prende la briga di informare i clandestini sull'orario del loro rimpatrio. Comunque era certo che alla fine l'avrebbero imbarcata su un aereo.

Aveva voglia di un latte caldo. Ma c'era una fila lunga un chilometro davanti al distributore automatico.

Sarebbe tornata al villaggio e avrebbe rivisto i suoi tre figli, questa era la magra consolazione.

E poi?

E poi non lo voleva sapere.

Lucia Palmieri era nel suo lettino. Viva e vegeta.

Flora tirò un sospiro di sollievo. «Mammina, come stai?»

Quella notte aveva sognato di nuovo i koala argentati. Portavano a spalle il cadavere di sua madre lungo l'Aurelia completamente deserta. Ai lati c'erano pietre, cactus, coyote e serpenti a sonagli.

Flora si era svegliata con la certezza che la sua mamma fosse morta. Era saltata giù dal letto disperata ed era corsa nella cameretta, aveva acceso la luce e invece...

«Mammina... Scusami. Lo so, è tardi... Hai fame, vero? Ti do subito da mangiare...»

L'aveva abbandonata. Per una notte, sua madre non era stata al centro dei suoi pensieri.

Le preparò il biberon. La imboccò. Le svuotò le sacche. La pettinò. E la baciò.

Dopo si mise sotto la doccia.

La pelle e i capelli le si erano impregnati di zolfo. Dovette sciacquarseli più volte per far scomparire quell'odore sgradevole. Finita la doccia, si asciugò e si osservò allo specchio.

Aveva la faccia sbattuta. E le occhiaie. Ma gli occhi erano lucidi e vivi come non erano mai stati. Non si sentiva stanca nonostante avesse dormito appena un paio d'ore. E l'ubriacatura era passata senza lasciare fastidiosi postumi. Si spalmò la crema idratante sul corpo e scoprì di avere sulle gambe e sulla schiena graffi e lividi che le facevano male. Doveva essere stato quando la corrente l'aveva sballottata tra i massi della cascata. Anche i capezzoli erano arrossati. E i polpastrelli delle mani indolenziti.

Si sedette sullo sgabello.

Aprì le gambe e si controllò. Anche lì era tutto normale, anche se leggermente irritato.

Rimase così, seduta nel bagno saturo di vapore, a guardarsi nello specchio appannato.

La sua mente continuava a proiettare lo stesso film a luci rosse: *Sesso alle terme*.

Le pozze. Il caldo. Graziano. Lo stagno. Il freddo. La gente. La musica. Il sesso. L'odore. Il sesso. Il fiume. Il sesso. Il calcio. La paura. La cascata. Il sesso. Il caldo. I baci.

Un viluppo di ricordi ed emozioni le si intrecciava dentro e quando la mente s'impigliava su certe scene, la pelle delle braccia si accapponava per l'imbarazzo.

Che mi aveva preso?

Il suo corpo aveva reagito bene, però. Non si era sgretolato. Non era andato in pezzi. Non si era trasformato in un bozzolo d'insetto.

Si toccò i seni, le gambe, la pancia. Nonostante lividi e graffi, sembrava più sodo, più pieno e quei dolori ai muscoli dimostravano che era vivo e reagiva bene a certe stimolazioni.

Era un corpo adatto a fare sesso.

Negli ultimi anni si era chiesta un milione di volte se, al momento fatidico, sarebbe stata capace di avere un rapporto sessuale, se non era troppo tardi e se il suo corpo e la sua mente avrebbero saputo accettare quell'intrusione, o se l'avrebbero rifiutata e se le sue mani sarebbero riuscite ad afferrarsi a una schiena e le sue labbra a baciare una bocca estranea.

C'era riuscita.

Era soddisfatta di se stessa.

In un universo parallelo, Flora Palmieri, con quel corpo e con un cervello diverso, avrebbe potuto essere un'altra persona. Avrebbe potuto far l'amore la prima volta a tredici anni, avrebbe potuto amare i piaceri della carne e condurre una vita sessuale promiscua, avrebbe potuto attirare folle di uomini, avrebbe potuto usare il corpo per fare soldi, esibire le tette sulle copertine dei settimanali, essere una pornostar famosa.

Avrebbe pagato qualunque cifra per possedere il video del sesso fatto con Graziano e poterlo rivedere ancora e ancora e ancora. Per guardarsi in quelle posizioni. Per osservare le espressioni della sua faccia...

Basta. Smettila.

Scacciò via le immagini.

Si lavò i denti, si asciugò i capelli e si vestì. Si mise un paio di jeans neri (quelli che usava quando andava a passeggiare sulla spiaggia), le scarpe da ginnastica, una maglietta di cotone bianca e un golf nero. Incominciò a infilarsi delle forcine tra i capelli ma poi ci ripensò. Se le tolse e li lasciò liberi.

Andò in cucina. Sollevò la serranda e una lama di sole entrò nella stanza scaldandole il collo e le spalle. Era una giornata bella e fredda. Il cielo era più azzurro che mai e una brezza leggera agitava le fronde dell'eucalyptus nel cortile. Un gruppo di gabbiani erano appollaiati come galline in mezzo alle zolle rosse del campo arato oltre la strada. I frin- guelli e i passeri cinguettavano sugli alberi.

Preparò il caffè e scaldò il latte ed entrò in punta di piedi nel salotto in penombra. Tra le mani reggeva il vassoio con la colazione.

Graziano dormiva rannicchiato sul divano. La coperta a rombi bianchi e neri lo avvolgeva come un sacco. Sul pavi- mento, gettati in disordine, gli stivali e i vestiti.

Flora si sedette sulla poltrona.

99

Fausto Coppi era il miglior ciclista del mondo. Il più veloce. Ma soprattutto il più resistente. Non si stancava mai. Era un grande. E non mollava. Non si arrendeva.

Mai.

E tu sei Fausto Coppi.

Pietro pedalava, pedalava, pedalava. La bocca spalancata. Il volto guastato dalla fatica. Il cuore che pompava sangue nelle arterie. I moscerini negli occhi. Il fuoco nei polmoni.

Arrivano.

Il ronzio insopportabile della marmitta svuotata.

Guadagnavano terreno?

Sì. Sicuramente sì.

Erano più vicini.

Voleva girarsi a guardare. Ma non poteva. Se lo avesse fat- to avrebbe perso l'equilibrio, e l'equilibrio per un ciclista è tutto, con l'equilibrio e la giusta posizione non ci si stanca mai e invece, se ora si fosse girato, avrebbe perso l'equilibrio e avrebbe rallentato e sarebbe stata la fine. E quindi pedala- va sperando che non lo raggiungessero.

(*Fregatene. Tu devi correre e basta. Tu stai correndo per bat- tere il record umano. Tu non corri con loro. Tu stai correndo*

337

contro il vento. Tu sei il coniglio di legno inseguito dai levrieri. Quei due dietro di te ti servono solo per correre più veloce. Tu sei il ragazzino più veloce del mondo.) Questo gli stava dicendo il grande Coppi.

100

«Ma ti rendi conto che motorino di merda hai? Accelera! Accelera, cazzo!» sbraitava Federico Pierini avvinghiato al Fiamma.

«Sto a palla!» sbraitava il Fiamma, avvinghiato a sua volta al manubrio del Ciao. «Adesso lo becchiamo. Appena rallenta è fottuto.»

Il Fiamma effettivamente aveva ragione, appena il Cazzone mollava, lo avrebbero preso. Dove poteva andare? La strada proseguiva dritta in mezzo ai campi per più di cinque chilometri.

«Se lo sapevo prendevo il Vespino truccato di mio cugino. Allora sì che ci divertivamo, cazzo» si rammaricò il Fiamma.

«E la pistola? La pistola, ce l'hai?»

«No. Non l'ho presa.»

«Sei un coglione. Ora gli potevamo sparare. Te lo immagini che botto?» scoppiò a ridere Pierini.

101

Si facevano più vicini.

E Pietro cominciava a essere stanco.

Tentava di mantenere la respirazione costante, di rimanere concentrato e di spingere sui pedali con ritmo, in modo da trasformarsi in un motore umano, fondersi con la bicicletta ed evolversi in un essere perfetto fatto di carne e cuore e muscoli e tubi e raggi e ruote. Cercava di non pensare a niente. Di fare il vuoto nella testa. Di essere pura coordinazione e volontà ma...

Le maledette gambe cominciavano a irrigidirsi e il cervello a riempirsi di brutte immagini.

Tu sei Fausto Coppi. Non puoi mollare.

Accelerò un po' l'andatura e il rumore del motorino si fece più debole.

Era una corsa senza senso. Su una strada che non finiva mai. In mezzo a campi coltivati. Contro un motorino. Quando alla fine lo avessero raggiunto, non avrebbe nemmeno avuto la forza di reggersi in piedi.

(Tanto vale fermarsi...)

I corridori perdono perché credono che la vittoria ha un senso. La vittoria non ha senso. L'obiettivo non è la vittoria. L'obiettivo è pedalare. Fausto Coppi gli stava parlando. *Pedalare fino a schiattare.*

Il rumore alle spalle cresceva di nuovo.

Si facevano più vicini.

102

Nel viaggio di ritorno da Saturnia aveva guidato Flora.

Graziano non se l'era sentita. Il bernoccolo era grosso e la testa gli faceva male. Le aveva appoggiato una mano su una coscia ed era crollato addormentato.

E Flora, con i capelli umidi e i vestiti umidi, si era messa al volante, si era arrampicata slittando su quella stradina di fango e aveva guidato verso Ischiano Scalo.

In silenzio.

Un viaggio lungo e affollato di pensieri.

Cosa succederà dopo tutto questo?

Era la domanda da mille punti che si dibatteva nella sua

mente mentre cambiava, accelerava, sterzava e frenava scavalcando colline, tagliando pascoli, attraversando boschi e borghi addormentati.

Cosa sarebbe successo dopo tutto questo?

Le risposte erano tante. Ce n'era una lunga serie che sbocciavano spontanee e che erano pericolose e non andavano prese in considerazione (viaggi, isole lontane, case in campagna, chiese, bamb...).

Per rispondere razionalmente a questa domanda, si era detta Flora, doveva valutare chi era Graziano e chi era lei.

Lucidamente.

E Flora, alle tre di notte, dopo quello che le era successo, si sentiva lucida e logica.

Aveva guardato Graziano addormentato contro il finestrino e aveva scosso la testa.

No.

Erano troppo differenti per avere un avvenire insieme. Graziano tra poco sarebbe partito per il villaggio Valtur e poi sarebbe andato in qualche paese esotico e avrebbe avuto altre mille avventure e si sarebbe dimenticato di lei. Lei, invece, avrebbe continuato a fare la vita di sempre e sarebbe andata a scuola e si sarebbe occupata di sua madre e la sera avrebbe guardato la televisione e se ne sarebbe andata a letto presto.

Questa era la situazione e

(*Scordati che quest'uomo cambierà per te...*)

quindi era chiaro che non c'era storia per loro.

È una cosa così... Un'avventura di una notte. Mettila in questo modo che è meglio. Una roba di sesso.

Una roba di sesso. Le venne da sorridere suo malgrado.

Faceva male, ma era così. E quando si era arrampicata su per quelle rocce, nonostante fosse stonata e non ci capisse un accidente, se lo era ripetuto (*sei solo una della lista... e devi esserne felice*), e quindi ora non poteva mettersi a fantasticare come una ragazzina alle prime armi.

Ma io sono alle prime armi.

Era pericoloso abbandonarsi alle fantasie. Flora si era indurita per resistere ai colpi della vita, ma sospettava di essere fragile a certi urti.

Graziano era servito a renderla donna.

E basta.

Devo essere forte. Come sono sempre stata.

(Non lo devi più vedere.)

Lo so, non lo devo più vedere.

(Mai più.)

Eppure quando erano arrivati a Ischiano Scalo e la notte era meno notte, Flora aveva parcheggiato la macchina davanti alla merceria e stava per svegliare Graziano e dirgli che se ne sarebbe tornata a casa a piedi, ma non ce l'aveva proprio fatta.

Era stata un quarto d'ora seduta in macchina e allungava la mano verso Graziano e poi la ritirava e alla fine aveva messo in moto e se lo era portato a casa.

Lo aveva messo a dormire sul divano.

Così, se avesse avuto ancora dolori, lo avrebbe potuto assistere.

È quello che mi riesce meglio.

No, non poteva finire così.

Sarebbe stato bruttissimo. Doveva parlargli un'ultima volta e spiegargli quanto era stata importante per lei quella notte, poi l'avrebbe lasciato andare per sempre.

Come nei film.

103

È una strana cosa la sospensione.

È la punizione più grave di tutte e invece di rinchiuderti nella scuola giorno e notte a pane e acqua ti mettono in vacanza per una settimana.

Certo non si può proprio dire che sia una gran vacanza, soprattutto dopo che tuo padre ti ha detto che non ha alcuna intenzione di andare a parlare con i professori.

Pietro ci si era arrovellato tutta la notte per risolvere il problema. Chiederlo a sua madre era inutile. Faceva prima a parlarne con Zagor. E se alla fine nessuno ci fosse andato?

La vicepreside avrebbe chiamato a casa e se papà rispondeva in una delle giornate in cui gli giravano... meglio non pensarci e se invece rispondeva mamma avrebbe mugugnato dei sì e dei no strascicati, avrebbe giurato sulla testa dei suoi figli che andava il giorno dopo e poi non ci sarebbe andata.

E quei due sarebbero tornati.

A bordo di una Peugeot 205 verde targata Roma.

Gli assistenti sociali (un nome che non significava un tubo, ma che a Pietro faceva molta più paura di spacciatore o strega cattiva).

Quei due.

L'uomo, uno stangone allampanato, con il loden, le Clark e la barbetta grigia e i capelli incollati a ciocche sulla fronte e quelle labbra sottili su cui sembrava che si fosse appena passato il lucidalabbra.

La donna, piccoletta, con le calze ricamate e le scarpe allacciate e con quegli occhiali spessi un dito e i capelli fini come ragnatele e tinti di biondo e così tirati sulle tempie che la pelle della fronte prima o poi si sarebbe aperta come la tappezzeria di una poltrona logora.

Quei due che erano apparsi dopo la storia della catapulta, di Poppi, del tetto di Contarello e del tribunale.

Quei due tutto sorriso che lo avevano chiamato in sala professori mentre i suoi compagni facevano ricreazione e lo avevano messo su una sedia e gli avevano offerto le gomme alla liquirizia che lui odiava e degli stupidi fumetti di Topolino.

Quei due che facevano un mucchio di domande.

Ti trovi bene nella tua classe? Ti piace studiare? Ti diverti?

Hai amici? Che fai dopo la scuola? Giochi con il papà? E con la mamma? La mamma è triste? E con tuo fratello, come va? Tuo padre si arrabbia con te? Discute con la mamma? Le vuole bene? La notte ti dà il bacio prima di andare a letto? Gli piace bere il vino? Ti aiuta a spogliarti? Non fa niente di strano? Tuo fratello dorme in stanza con te? Vi divertite insieme?

Quei due.

Quei due che volevano portarlo via. In istituto.

Pietro lo sapeva. Glielo aveva spiegato Mimmo. «*Attento che ti prendono e ti portano in istituto insieme agli spastici e ai figli dei drogati.*» E Pietro aveva detto che la sua era la famiglia migliore del mondo e che la sera si giocava a carte tutti insieme e si guardavano i film alla tele e la domenica andavano a fare le passeggiate nel bosco e c'era pure Zagor e la mamma era buona e papà era buono e non beveva e suo fratello lo portava a fare i giri sulla motocicletta e che lui era abbastanza grande da spogliarsi e lavarsi da solo (*Ma che razza di domande fanno?*).

Era stato facile rispondere. Mentre parlava, pensava alla casa nella prateria.

Se n'erano andati.

Quei due.

Gloria aveva chiamato alle otto di mattina e aveva detto a Pietro che se a scuola non ci andava lui non ci andava nemmeno lei. Per solidarietà.

I genitori di Gloria erano partiti. Avrebbero passato la mattina insieme e avrebbero trovato un modo per convincere il signor Moroni ad andare a scuola.

Pietro era montato in bicicletta e si era avviato verso la villa dei Celani. Zagor lo aveva scortato per un chilometro e poi era tornato a casa. Pietro aveva imboccato la strada per Ischiano e il sole era lì e l'aria era calda e dopo tutta quella pioggia era un bel piacere pedalare piano con i raggi che ti scaldano la schiena.

Ma, a un tratto, senza annunci e senza avvisi, un Ciao rosso si era materializzato alle sue spalle.

E Pietro aveva cominciato a pedalare.

104

Seduta sulla poltrona del salotto, Flora guardava Graziano che dormiva.

Aveva le labbra socchiuse. Un filo di saliva gli colava da un angolo della bocca. Russava piano. Il cuscino gli aveva stampato sulla fronte delle strisce rosse.

Che cosa strana. In meno di ventiquattro ore il suo atteggiamento nei riguardi di Graziano si era rovesciato. Il giorno prima, quando l'aveva incontrato allo Station Bar e si era avvicinato, lo aveva trovato insignificante e volgare. Ora, più se lo guardava e più era bello, attraente come nessun uomo mai conosciuto.

Graziano aprì gli occhi e le sorrise.

Flora gli sorrise a sua volta. «Come stai?»

«Bene, credo. Non ne sono tanto sicuro.» Graziano si tastò la nuca. «Ho un bernoccolo niente male. Che ci fai lì al buio?»

«Ti ho preparato la colazione. Ma si è raffreddata, oramai.»

Graziano allungò una mano verso di lei. «Vieni qua.»

Flora mise a terra il vassoio e si avvicinò timida.

«Siediti.» Le fece un po' di spazio sul divano. Flora si sedette composta. Lui le prese una mano. «Allora?»

Flora abbozzò un sorriso. (*Diglielo.*)

«Allora?» ripeté Graziano.

«Allora cosa?» mormorò Flora stringendogli la mano.

«Sei contenta?»

«Sì...» (*Diglielo.*)

«Stai bene con i capelli sciolti... Molto meglio. Perché non li tieni sempre così?»

Graziano, ti devo parlare... «Non lo so.»

«Che c'è? Sei strana...»

«Niente...» *Graziano, non possiamo più vederci. Mi dispiace.* «Hai fame?»

«Un po'. Ieri sera alla fine non abbiamo mangiato. Ho un buco...»

Flora si alzò, prese il vassoio e si avviò verso la cucina.

«Dove vai?»

«A scaldarti il caffè.»

«No. Lo bevo così.» Graziano si sollevò e si sedette e si stiracchiò.

Flora gli versò il caffè e il latte e lo guardò mentre beveva e intingeva i biscotti e capì di volergli bene.

Quella notte, a sua insaputa, una diga dentro di lei si era sfondata. E l'affetto compresso per tanto tempo in qualche oscuro punto del suo essere si era riversato fuori e le aveva invaso il cuore, la testa, tutto.

Le mancava il respiro e un nodo le saliva piano ma deciso su per la gola.

Lui finì di mangiare. «Grazie.» Guardò l'orologio. «Oddio, devo scappare. Mia madre starà come una pazza» fece con un tono disperato, e si rivestì in fretta e s'infilò gli stivali.

Flora, sul divano, lo osservava in silenzio.

Graziano si diede una controllata allo specchio e scosse la testa insoddisfatto. «Faccio schifo, devo farmi subito una doccia.» S'infilò il cappotto.

Se ne va.

E tutte le cose che Flora aveva pensato in macchina erano vere allora e non c'era più niente da dire, non c'era più niente da spiegare perché ora lui se ne andava, ed era normale e giusto così, aveva avuto quello che voleva e non c'era niente

345

da discutere e niente da aggiungere e tante grazie e arrivederci ed era orrendo, no, era meglio così, molto meg'io così.

Vattene. Vattene via che è meglio.

105

Filava come una spada, il Cazzone.

Aveva un bel fiato, niente da dire. Ma era fiato buttato.
Perché prima o poi si sarebbe dovuto fermare.

Dove devi andare?

Il Cazzone aveva fatto la spia e doveva essere castigato.
Pierini lo aveva avvertito, ma quello aveva fatto di testa sua,
aveva spifferato e ora doveva subirne le atroci conseguenze.

Semplice.

In realtà Pierini non era tanto sicuro che fosse stato Moroni a fare la spia. Poteva benissimo essere stata quella
stronza della Palmieri. Ma in fondo non importava. Moroni
andava aiutato a regolarsi meglio in futuro. Bisognava fargli
capire che le parole di Federico Pierini andavano prese molto, molto sul serio.

Alla Palmieri avrebbe pensato dopo. Con calma.

Cara prof, come la vedo male la tua bella Y10.

«Sta rallentando... Non ce la fa più. È cotto» strillò eccita-
to il Fiamma.

«Vagli vicino. Così gli mollo un calcio e lo butto giù.»

106

Flora era così fredda. Sembrava un'altra. Per colazione si doveva essere ingoiata un blocco di ghiaccio. Graziano aveva la
netta sensazione che non lo volesse in casa. Che la storia fosse finita.

Ieri notte ho fatto troppe stronzate.

Quindi doveva andarsene.

Ma continuava a girare per il salotto.

Basta, ora glielo chiedo. Al massimo mi dice di no. Tentare non costa nulla.

Si sedette accanto a Flora leggermente discosto, la guardò e le sfiorò la bocca con un bacio. «Io allora me ne vado.»

«D'accordo.»

«Allora ciao.»

«Ciao.»

Ma invece di prendere la porta e sparire si accese nervosamente una sigaretta e prese a girare su e giù come un padre in attesa del parto. A un tratto si fermò, al centro del salotto, si fece coraggio e buttò lì: «E se stasera ci vedessimo?».

107

Non ce la faccio più.

Pietro li vide arrivare con la coda dell'occhio. Erano a dieci metri.

Ora mi fermo, mi giro e riparto.

Era un'idea scema. Ma non gliene venivano di migliori.

Brandelli di cuore continuavano a contrarsi nel torace. L'incendio nei polmoni era dilagato in gola e gli dilaniava la faringe.

Non ce la faccio più, non ce la faccio più.

«Cazzone, accosta!» urlava Pierini.

Eccoli.

A sinistra. A tre metri.

E se tagliassi per i campi?

Altro errore.

Ai lati della strada c'erano due fossi profondi e neanche se avesse avuto la bicicletta di ET sarebbe riuscito a superarli. Ci si sarebbe sfracellato dentro.

347

Pietro vide Fausto Coppi che gli pedalava accanto e scuoteva la testa deluso.

Che c'è?

(*Non va bene. La cosa funziona così: tu sei più veloce di quel Ciao scassato. Loro ti possono raggiungere solo se rallenti. Ma se acceleri, se ti prendi dieci metri e non rallenti più, non ti potranno mai raggiungere.*)

«Cazzone, ti devo solo parlare. Non ti faccio male, giuro su Dio. Ti devo solo spiegare una cosa.»

(*Ma se acceleri, se ti prendi dieci metri e non rallenti più, non ti potranno mai raggiungere.*)

Vide la faccia del Fiamma. Orrenda. Strizzava la bocca in un ghigno che doveva essere un sorriso.

Io freno.

(*Se freni, sei finito.*)

Il Fiamma aveva buttato in fuori una zampa lunga un chilometro e che terminava con un anfibio militare.

Mi vogliono buttare giù dalla bicicletta.

Coppi continuava a scuotere la testa afflitto. (*Stai ragionando da perdente, se io avessi ragionato come te non sarei mai diventato il più grande e probabilmente sarei morto. Quando io avevo la tua età ero il garzone del macellaio e in paese tutti mi prendevano in giro e dicevano che ero gobbo e che facevo ridere su quella bicicletta dove neanche riuscivo a toccare terra, ma un giorno, c'era la guerra e stavo portando delle bistecche ai partigiani affamati che stavano rintanati in un casale in campagna...*)

Pietro fu spinto violentemente a sinistra da un calcio del Fiamma. Si gettò con il peso a destra e riuscì a rimettersi dritto. Riprese a pedalare come un disperato.

(*... e due nazisti con il loro sidecar che è molto più veloce di un Ciao hanno cominciato a inseguirmi e io ho cominciato a pedalare fino a scoppiare e i tedeschi dietro che stavano per prendermi ma a un certo punto ho cominciato a pedalare sem-*

pre più veloce e i tedeschi rimanevano indietro e Fausto Coppi e Fausto Coppi e Fausto Coppi...)

108

Pierini era incredulo. «Se ne sta andando... Guarda, se ne sta andando... Guarda, vaffanculo! Tu e il tuo Ciao di merda.»

Il Cazzone si era fatto tutt'uno con la bicicletta e, come se un fantasma gli avesse infilato un razzo in culo, aveva cominciato ad accelerare.

Pierini prese a mollare pugni sui fianchi del Fiamma e a strillargli in un orecchio. «Frena! Frena, porcalatroia! Fammi scendere.»

Il motorino rallentò sbandando in uno stridio di freni e pneumatici. Quando fu fermo, Pierini saltò giù. «Scendi!»

Il Fiamma lo guardò perplesso.

«Non lo vedi? In due non lo prenderemo mai. Scendi, veloce!»

«Ma che...» provò a obiettare il Fiamma, ma poi vide il volto dell'amico devastato dalla rabbia e capì che era meglio ubbidire.

Pierini salì sul motorino, girò l'acceleratore a manetta e ripartì a testa bassa urlando. «Aspettami qua. Lo stronco e torno.»

109

L'Aurelia era un'unica scia ininterrotta di macchine e camion che sfrecciavano in un senso e nell'altro. Ed era a duecento metri.

Pietro continuò a pedalare e si guardò alle spalle ansando e aspirando l'aria infuocata.

Li aveva distaccati, ma appena un po'. Si dovevano essere fermati.

Ora arrivano.

Era spacciato.

Dunque fa' qualcosa, inventati qualcosa...

Ma cosa? Cosa diavolo poteva fare?

Alla fine ebbe un'idea. Un'idea per certi versi grande ed eroica. Un'idea che non era proprio il massimo del massimo e che sicuramente Gloria e Mimmo e Fausto Coppi (a proposito, dov'era finito Fausto Coppi? Non aveva più consigli da dare?) e chiunque avesse un po' di sale nella zucca gli avrebbero sconsigliato vivamente ma che in quel momento gli sembrò l'unica possibilità di salvezza oppure di...

Non pensarci.

Ecco cosa fece Pietro.

Semplicemente non rallentò, anzi, utilizzando quel poco di forze che gli restavano, pestò ancora di più sui pedali e si gettò come una furia cieca verso l'Aurelia con la sciagurata intenzione di attraversarla.

110

Il Cazzone era completamente pazzo. Aveva deciso di farla finita con la vita.

Giusto. Federico Pierini non aveva nulla da obbiettare.

Moroni aveva preso questa decisione perché doveva aver capito che per uno come lui era l'unica cosa sensata da fare, farla finita.

Pierini frenò e cominciò ad applaudire entusiasta. «Bene! Bravo! Bravo!»

L'avrebbero raccolto con il cucchiaino da caffè.

Un pezzo qua, un pezzo là. La testa? Dov'è finita la testa? E il piede destro?

«Fatti ammazzare! Così mi piaci! Bravo» urlava continuando a battere le mani felice.

È sempre bello vedere qualcuno che si ammazza perché ha paura di te.

111

Pietro non rallentò. Strizzò solo un po' gli occhi e si morse il labbro.

Se fosse morto voleva dire che il suo momento era arrivato e se invece doveva vivere sarebbe passato illeso tra le macchine.

Semplice.

Vita o morte.

Bianco o nero.

O la va o la spacca.

Alla kamikaze.

Pietro non metteva in conto le sfumature di grigio comprese tra i due estremi: la paralisi, il coma, la sofferenza, la sedia a rotelle, il dolore senza fine e i rimpianti (sempre che gli fosse rimasta ancora la possibilità di rimpiangere) per il resto della vita.

Era troppo occupato ad aver paura per pensare alle conseguenze. Neanche quando mancavano oramai pochi decine di metri all'incrocio e c'era quel bel cartello con tanto di luce gialla lampeggiante che diceva RALLENTARE, INCROCIO PERICOLOSO, lo sfiorò la voglia di tirare i freni, di smettere di pedalare, di guardare a destra e a sinistra. Semplicemente attraversò l'Aurelia come se non esistesse.

E Fabio Pasquali, detto in codice Rambo 26, il povero camionista che se lo vide materializzarsi davanti come un incubo, si attaccò al clacson e pestò sul freno e in un lampo comprese che la sua vita da quel momento sarebbe cambiata in peggio e che per gli anni a venire avrebbe dovuto combat-

tere contro i sensi di colpa (il contachilometri segnava cento-
dieci e su quel tratto la velocità massima era novanta), contro la legge e gli avvocati e contro sua moglie che gli ripeteva
da secoli di piantarla con quel lavoro massacrante e rim-
pianse il posto in pasticceria che gli aveva offerto suo genero
e tirò un sospiro quando quel ragazzino sulla bicicletta
scomparve così com'era apparso, senza rumori d'ossa e di
ferraglia, e capì di essere stato graziato e di non averlo ammazzato e cominciò a urlare di gioia e di rabbia insieme.

Pietro, superato il Tir, si ritrovò sulla mezzeria e nell'altro
senso c'era una Rover rossa che avanzava strombazzando.
Se avesse frenato, le sarebbe finito sotto, e se invece avesse
accelerato, le sarebbe finito sotto, ma la Rover sterzò brusca-
mente a sinistra e gli passò dietro, a due centimetri, e lo spostamento d'aria lo spinse prima a destra e poi a sinistra e,
quando arrivò dall'altra parte, sullo svincolo per Ischiano
Scalo, era completamente sbilanciato, frenò sul ghiaietto ma
la ruota anteriore perse aderenza e Pietro scivolò grattugian-
dosi una gamba e una mano.

Era vivo.

112

Graziano Biglia uscì dalla palazzina di Flora Palmieri, fece
qualche passo nel cortile e poi si fermò incantato dalla bellezza di quella giornata.

Il cielo era di un azzurro chiarissimo e l'aria così tersa che
oltre i cipressi che cingevano la strada e le colline si scorge-
vano addirittura le cime dentate degli Appennini.

Chiuse gli occhi e come un vecchio iguana girò la faccia
verso il sole caldo. Fece un respiro a pieni polmoni e i suoi
terminali olfattivi furono investiti dall'odore degli escrementi di cavallo che riempivano la strada.

«Questo sì che è profumo» mormorò soddisfatto. Un aroma che lo riportava indietro nel tempo. Quando, a sedici anni, un'estate aveva lavorato nel maneggio del Persichetti.

«Ecco cosa devo fare...»

Perché non ci aveva pensato prima?

Si doveva comprare un cavallo. Un bel cavallo baio. Così, quando si fosse definitivamente stabilito a Ischiano (*presto, molto presto*), nei giorni di bel tempo come questo avrebbe potuto cavalcare. Fare delle lunghe passeggiate nel bosco d'Acquasparta. Con il suo cavallo sarebbe potuto andare a caccia di cinghiali. Ma non con il fucile. Non gli piacevano le armi da fuoco, erano poco sportive. Con una balestra. Una balestra in fibra di carbonio e lega di titanio, una di quelle usate in Canada per la caccia al grizzly. Quanto poteva costare un'arma del genere? Parecchio, ma era una spesa necessaria.

Fece tre piegamenti sulle ginocchia e un paio di torsioni del collo per sgranchirsi le ossa. L'involontario rafting nelle rapide, la zuccata contro le rocce e la dormita sul divano l'avevano spaccato in due. Aveva la sensazione che qualcuno gli avesse tolto le vertebre a una a una, gliele avesse mescolate in una scatola e rimesse dentro a caso.

Ma se il fisico era a pezzi, non si poteva dire altrettanto del suo umore. Il suo umore era raggiante come quel sole.

E tutto questo grazie a Flora Palmieri. A questa donna magnifica che aveva incontrato e che gli aveva cancellato dal cuore Erica.

Flora gli aveva salvato la vita. Sì, perché se non ci fosse stata lei sarebbe sicuramente precipitato giù dalla cascata e si sarebbe sfracellato sulle rocce e amen.

Doveva esserle grato per il resto dei suoi giorni. E come dicono i monaci cinesi, se qualcuno ti salva la vita si dovrà occupare di te per il resto dei suoi giorni. Oramai erano legati per sempre.

Era vero, aveva fatto una stronzata colossale tentando di

incularsela. Che cavolo gli era preso? Cos'era quella ingordigia sessuale?

(*Certo con un culo così ti viene spontaneo...*)

Piantala. Una ti dice che è vergine, ti dice di fare piano e tu dopo nemmeno cinque minuti tenti di sbatterglielo al culo, vergognati.

Sentì i sensi di colpa paralizzargli il diaframma.

113

Pierini stava aspettando che la strada fosse libera quando fu raggiunto dal Fiamma. «Dove vai?» gli domandò l'amico con il fiatone per la lunga corsa.

«Monta, dài. È dall'altra parte. È caduto.»

Il Fiamma non se lo fece ripetere due volte e saltò sul sellino.

Pierini aspettò che non passassero macchine e attraversò l'incrocio.

Il Cazzone era accucciato sul ciglio della strada e si massaggiava una coscia. La bicicletta aveva la forcella storta.

Pierini gli si avvicinò e appoggiò i gomiti sul manubrio del Ciao. «Per poco non ci hai lasciato la pelle e non provocavi un incidente mortale. E ora sei qua con la bicicletta rotta e ti ci prendi pure un sacco di botte. Oggi, mio caro, ti dice proprio male.»

114

Graziano, a bordo della Uno turbo, procedeva sull'Aurelia strizzandosi le meningi.

Doveva assolutamente scusarsi con Flora. Dimostrarle che non era un maniaco sessuale ma solo un uomo disinibito e che era pazzo di lei.

«L'unica è farle un regalo. Un bel regalo che la lasci a bocca aperta.» In macchina parlava spesso da solo. «Ma cosa? Un anello? Naa. Troppo presto. Un libro di Hermann Hesse? Naa. Troppo poco. E se... se le regalassi un cavallo? Perché no...?»

Era un'ottima idea. Un regalo originale, per niente scontato e importante nello stesso tempo. Così le avrebbe fatto capire che quella notte non era stata una cosa così, tanto per fare, ma che lui faceva sul serio.

«Sì. Un bel puledro purosangue» concluse assestando un pugno sul cruscotto.

Sento di amarla.

Era prematuro dirlo. Ma se uno le cose le sente, che può farci?

Flora aveva tutto. Era bella, intelligente, raffinata. Con un bagaglio culturale notevole. Dipingeva. Leggeva. Una donna adulta, capace di apprezzare una passeggiata a cavallo, un flamenco gitano o una serata tranquilla davanti a un caminetto acceso leggendo un buon libro.

Altro che quella analfabeta ottusa di Erica Trettel. Se Erica era una ragazzetta egocentrica, capricciosa, egoista e vanitosa, Flora era una donna sensibile, generosa e discreta.

Non c'erano dubbi, tirando le somme la professoressa Palmieri era la compagna ideale per il nuovo Graziano Biglia.

Forse sa anche cucinare...

Con una donna così al suo fianco avrebbe potuto realizzare tutti i suoi progetti. Aprire la jeanseria e anche una libreria e trovare un casale vicino al bosco da trasformare in un ranch con tanto di scuderia e lei si sarebbe occupata di lui con il sorriso sulle labbra e avrebbero...

(Perché no?)

... fatto dei figli.

Si sentiva pronto per i marmocchi. Una femmina (*Pensa quanto può venire bella!*) e poi un maschio. Una famiglia perfetta.

Come diavolo aveva potuto pensare che una come Erica Trettel, una puttana isterica e viziata, l'ultima delle vallette, avrebbe potuto accompagnarlo negli anni della vecchiaia? Flora Palmieri era l'anima gemella di cui aveva bisogno.

L'unica cosa che non riusciva a capire era perché una donna così bella fosse rimasta vergine tanto a lungo. Cos'era che l'aveva tenuta lontana dai maschi? Indubbiamente doveva avere dei problemi con il sesso. Avrebbe dovuto scoprire che razza di problemi erano, indagare con discrezione. Ma in definitiva anche questa era una cosa che non gli dispiaceva per niente. Le avrebbe fatto da maestro insegnandole quello che c'è da sapere. Era portata. L'avrebbe resa la migliore delle amanti.

Sentì che i suoi sette chakra si erano finalmente bilanciati riequilibrandogli l'aura e mettendolo in pace con l'anima universale. Le ansie e le paure si erano volatilizzate e si sentiva leggero come un palloncino e con la voglia di fare un mucchio di cose.

Cosa non può produrre questo strano sentimento chiamato amore su un animo sensibile!

Devo vedere subito mia madre.

Doveva farle sapere che con Erica era finita e poi parlarle della sua nuova fiamma. Così almeno l'avrebbe piantata con quella farsa del voto, anche se un po' gli dispiaceva. Non era male nella versione muta.

E poi sarebbe andato a cercare un allevamento di cavalli e, già che ci si trovava, poteva passare da un negozio di caccia e pesca e scoprire quanto costava una balestra.

«E stasera cenetta romantica dalla prof» concluse tutto felice, e accese lo stereo.

Ottmart Liebert e i Luna Negra attaccarono una versione gitana di *Gloria* di Umberto Tozzi.

Graziano mise la freccia e imboccò lo svincolo per Ischiano. «Ma che cazz...?»

Accanto alla strada c'erano due ragazzini, uno sui quattordici e l'altro più grande e grosso e con la faccia da ritardato, che stavano picchiando uno piccoletto. E non scherzavano. Il piccoletto era a terra, appallottolato come un riccio e i due lo pigliavano a calci.

Probabilmente, in un'altra occasione, Graziano Biglia se ne sarebbe fregato, avrebbe semplicemente girato la testa e avrebbe tirato dritto attenendosi alla legge: fatti sempre i cazzi tuoi. Ma quella mattina, come abbiamo già detto, si sentiva leggero come un palloncino e con la voglia di fare un mucchio di cose tra cui anche difendere i deboli dai più forti e quindi frenò, accostò la macchina, abbassò il finestrino e urlò: «Ehi! Voi due! Voi due!».

I due si girarono e lo osservarono perplessi.

E ora che voleva questo scassacazzi?

«Lasciatelo stare!»

Il più grosso guardò il suo compagno e poi rispose: «Vaffanculo!».

Graziano rimase un istante a bocca aperta e poi reagì stizzito: «Come, vaffanculo?».

Come si permetteva quel deficiente ignorante di insultarlo? «Tu vaffanculo non me lo dici, sacco di merda, hai capito?» latrò cacciando una mano a ventaglio fuori dal finestrino.

L'altro, un moretto secco e grifagno con una frezza bianca nella frangetta, tirò fuori un sorrisetto sprezzante e, senza scomporsi di una virgola, ribatté: «Allora se non te lo può dire lui, te lo dico io: Va-ffa-ncu-lo!».

Graziano scrollò la testa dispiaciuto.

Non avevano capito.

Non avevano capito nulla della vita.

Non avevano capito con chi avevano a che fare.

Non avevano capito che Graziano Biglia era stato per tre anni il migliore amico di Tony Snake Ceccherini, campione italiano di capoiera, l'arte marziale brasiliana. E Snake gli aveva insegnato un paio di mosse mortali.

E se non avessero immediatamente smesso d'infierire su quel poveretto e non avessero chiesto umilmente perdono, avrebbe sperimentato quelle mosse sui loro fragili corpicini. «Chiedete scusa, subito!»

«Ma levati» lo liquidò lo smilzo, si girò e, tanto per essere più chiaro, diede un altro calcio al ragazzino che continuava a rimanere accoccolato a terra.

«Ora lo vediamo.» Spalancò la portiera e uscì fuori.

La guerra era stata dichiarata e Graziano Biglia non poté che esserne felice, perché il momento in cui non fosse riuscito a mettere al loro posto due pezzentelli come quelli, voleva dire che era l'ora di farsi ricoverare in un ospizio.

«Adesso vediamo un pochettino.»

Li raggiunse con la sua migliore andatura da orango e diede uno spintone a Pierini che finì culo a terra. Poi si riaggiustò i capelli. «Chiedi scusa, stronzetto!»

Pierini si rialzò invelenito e gli lanciò uno sguardo così carico di fiele e disprezzo che Graziano rimase un attimo sconcertato.

«Siete dei leoni. Vi ci mettete in du...» Il nostro paladino non riuscì a finire la frase perché sentì un «Aaaaahhhh!» alle sue spalle, non ebbe il tempo di girarsi che il ritardato lo abbrancò alla gola con l'intenzione di strozzarlo. Stringeva peggio di un boa constrictor. Graziano tentò di strapparsi quell'alien di dosso, ma non ci riuscì. Era forte. Lo smilzo gli si piazzò davanti e senza guardare in faccia nessuno gli appioppò un cazzotto in pieno stomaco.

Graziano buttò fuori tutta l'aria che aveva nei polmoni e cominciò a tossire e a sputare. Un'esplosione di colori gli offuscò la vista e dovette fare forza sulle gambe per non finire a terra come un burattino a cui hanno tagliato i fili.

Ma che cazzo stava succedendo?

Bambini

Una volta, più o meno sette anni prima di questa storia, Graziano si trovava a Rio de Janeiro per una tournée insieme ai Radio Bengala, un gruppo world con cui aveva suonato per qualche mese. Stavano tutti e cinque su un furgone carico di strumenti, amplificatori e altoparlanti. Erano le nove di sera e dovevano suonare alle dieci in un locale di jazz a nord della città, ma si erano persi.

Quella maledetta metropoli era più grande di Los Angeles e più lercia di Calcutta.

Combattevano con la cartina senza raccapezzarsi. Dove diavolo erano finiti?

Erano usciti dalla tangenziale ed erano entrati in una favela apparentemente disabitata. Baracche di lamiera. Fiumiciattoli putridi e puzzolenti che scorrevano in mezzo alla strada dissestata. Mucchi di spazzatura carbonizzati.

Il classico posto di merda.

Boliwar Ram, il flautista indiano, stava litigando con Hassan Chemirani, il percussionista iraniano, quando dalle catapecchie erano usciti una ventina di bambini. Il più piccolo poteva avere nove anni e il più grande tredici. Erano seminudi e scalzi. Graziano aveva abbassato il finestrino per chiedergli come uscire da quel posto, ma lo aveva subito tirato su.

Sembravano un branco di zombie.

Gli occhi senza espressione, persi chissà dove, il viso scavato, le guance rinsecchite, le labbra livide e screpolate come se avessero avuto ottant'anni. Impugnavano dei coltelli arrugginiti in una mano, nell'altra delle arance tagliate a metà e impregnate di qualche solvente. Se le mettevano continuamente sotto il naso e sniffavano. E tutti, nello stesso modo, chiudevano gli occhi, sembravano sul punto di stramazzare a terra, ma poi si ripigliavano e riprendevano ad avanzare lentamente.

«Andiamocene via. Subito. Quelli non mi piacciono per niente» aveva detto Yvan Ledoux, il tastierista francese che stava al volante. E aveva cominciato una difficile manovra per fare inversione con il pulmino.

Intanto i ragazzini avanzavano senza fretta.

«Veloce! Veloce!» insisteva Graziano nel panico.

«Non posso, cazzo!» urlava il tastierista. Tre si erano piazzati davanti al pulmino e si aggrappavano ai tergicristallo e alla griglia del radiatore. «Non vedi? Se vado avanti li metto sotto.»

«Vai indietro, allora.»

Yvan controllò nello specchietto retrovisore. «Si sono messi pure di dietro. Non so che fare.»

Roselyne Gasparian, la cantante armena, una ragazzetta piccolina e con la testa piena di treccine colorate, urlava aggrappandosi a Graziano.

I bambini di fuori battevano ritmicamente con le mani contro la lamiera e i finestrini e dentro sembrava di essere finiti in un tamburo.

I Radio Bengala urlavano in preda al terrore.

Il finestrino dalla parte del guidatore esplose. Un enorme masso e milioni di cubetti trasparenti schizzarono addosso al francese ferendogli il volto e una decina di piccole braccia s'infilarono dentro afferrandolo. Yvan strillava impazzito, cercando di liberarsi. Graziano provava a colpire quei tentacoli con l'asta di un microfono, ma appena uno si ritirava un altro ne spuntava e uno, più lungo degli altri, prese le chiavi.

Il motore si spense.

E scomparvero.

Non c'erano più. Né davanti, né ai lati. Da nessuna parte.

I musicisti si stringevano uno all'altro in attesa di qualcosa.

La famosa fusion multietnica che avevano tanto cercato durante i concerti senza mai riuscire a ottenerla completamente adesso era più presente che mai.

Poi ci fu un rumore metallico.

La maniglia del portellone laterale si abbassò. Il portellone cominciò lentamente a scivolare sul suo binario. E man mano che lo spazio s'allargava si vedevano corpicini magri di bambini dipinti di bianco dalla luna piena e occhi scuri e determinati a ottenere quello che volevano. Quando il portellone fu completamente spalancato, davanti a loro c'era un capannello di bambini con i coltelli in mano che li osservavano in silenzio. Uno dei più piccoli, nove, dieci anni al massimo, con un'orbita cava e nera, gli fece segno di scendere. Quella robaccia che si tirava su per il naso lo aveva seccato peggio di una mummia egizia.

I musicisti uscirono a mani alzate. Graziano aiutò Yvan che con un lembo della maglietta si tamponava un sopracciglio.

Il guercio gli indicò la strada.

E i Radio Bengala ci s'incamminarono, nella notte brasiliana, senza voltarsi indietro.

La polizia, il giorno dopo, disse che erano stati fortunati.

115

Ma Graziano ora non si trovava a Rio de Janeiro.

Sono a Ischiano Scalo, cazzo.

Un paese di gente per bene e timorata di Dio. Dove i ragazzini vanno a scuola, giocano a pallone in piazza XXV aprile. Almeno ne era stato convinto fino a quel momento.

Vedendo gli occhi cattivi di quel ragazzetto che stava tornando alla carica con l'intenzione di colpirlo di nuovo, non ne fu più tanto sicuro.

«Ora basta, però.» Tirò su una gamba e lo colpì con il tacco dello stivale proprio sotto lo sterno. Il teppistello fu sollevato in aria e rigido come un Big Jim fu scagliato di schiena nel prato bagnato. Rimase un attimo a bocca aperta paralizzato, ma poi si girò di scatto, si mise in ginocchio, mani sul ventre, e rigettò roba rossa.

Cazzo! Sangue! Emorragia! Rifletté Graziano, preoccupato e nello stesso tempo estasiato della sua forza d'urto micidiale. *Chi sono? Chi sono? L'ho appena toccato con un calcio centrale piazzato.*

Grazie a Dio quello che il secco stava vomitando non era sangue ma pomodoro. E c'erano pure pezzi di pizza semidigeriti. Il giovanotto prima di mettersi a fare il duro aveva mangiato pizza rossa.

«Ti uccidaaaa! Ti uccidaaaa!» gli sbraitava intanto nel timpano destro il ritardato mentale. Gli stava avvinghiato alle spalle e tentava, nello stesso tempo, di soffocarlo e di metterlo a terra.

Aveva un alito disgustoso. Di cipolle e pesce.

Questo invece si deve essere fatto un bel trancio di pizza con cipolle e acciughe.

Fu quello zefiro asfissiante a dargli la forza necessaria per scrollarselo di dosso. Graziano si piegò, lo afferrò per i capelli e se lo gettò davanti come fosse stato uno zaino pesantissimo. Il bestione fece una capriola in aria e si ritrovò steso a terra. Graziano non gli diede il tempo di muoversi. Lo colpì nel costato con un calcio. «Tieni. Senti un po' se fa male.» Il bestione cominciò a urlare. «Non fa bene, vero? Sparite.»

I due, come il gatto e la volpe dopo aver beccato le bastonate da Mangiafuoco, si alzarono e, coda tra le gambe, zoppicarono fino al Ciao.

Il ritardato avviò il motore e il secco gli si sedette di dietro ma prima di ripartire minacciò Graziano. «Tu, sta' attento. Non ti credere. Non sei nessuno.» Poi si rivolse al piccoletto che si era rimesso in piedi. «E con te non è ancora finita. Questa volta ti è andata di culo, la prossima no.»

Era apparso dal nulla.

Come il buono di un western o l'uomo che venne dall'Est o, ancora meglio, come Mad Max.

Lo sportello della macchina nera si era spalancato e il giustiziere era sceso vestito di nero e con gli occhiali da sole e con le falde del cappotto mosse dal vento e la camicia di seta rossa e a quelli gli aveva rotto il culo.

Un paio di mosse di karate e Pierini e il Fiamma erano sistemati.

Pietro sapeva chi era. *Il Biglia.* Quello che si era fidanzato con l'attrice famosa ed era andato anche al *Maurizio Costanzo Show.*

Probabilmente tornava dal Maurizio Costanzo, si è fermato e mi ha salvato.

Si avvicinò zoppicando al suo eroe che stava in mezzo al prato e cercava di ripulirsi con la mano gli stivali infangati.

«Grazie, signore.» Pietro gli tese la mano.

«Non è niente. Mi sono solo sporcato gli stivali» fece il Biglia stringendogliela. «Ti hanno fatto male?»

«Un po'. Ma già mi ero fatto male quando sono caduto dalla bicicletta.»

In realtà il fianco dove lo avevano preso a calci gli doleva molto e aveva la sensazione che nelle prossime ore sarebbe peggiorato.

«Perché ti stavano menando?»

Pietro strinse la bocca e cercò di trovare una risposta che avrebbe potuto impressionare positivamente il suo salvatore. Ma non gliene venne neanche una e fu costretto ad ammettere: «Ho fatto la spia».

«Come, hai fatto la spia?»

«Sì... A scuola. Ma mi ha obbligato la vicepreside, sennò mi bocciava. Ho fatto un casino, ma io non volevo.»

«Ho capito.» Biglia controllò se il cappotto si era sporcato.

In realtà non sembrava aver capito granché né che gl'interessasse molto saperne di più. Pietro ne fu sollevato. Era una storia lunga e brutta.

Graziano si piegò sulle ginocchia mettendosi al suo livello. «Ascoltami. I tipi come quelli è meglio perderli che trovarli. Se un giorno ti capiterà di viaggiare un po' per il mondo, come ho fatto io, vedrai che ne incontrerai altri così, molto più cattivi di quei pezzenti. Stanne alla larga perché o ti vogliono fare del male o ti vogliono far diventare come loro. E tu vali mille volte più di loro, questo ti devi sempre dire. E soprattutto, se qualcuno ti picchia, non ti devi buttare a terra come un sacco di patate, perché così finisce male. E non è da uomo. Tu devi rimanere in piedi e affrontarli faccia a faccia.» Gli mise le mani sulle spalle. «Li devi guardare negli occhi. E anche se hai una paura che te la fai sotto, non devi pensare che loro non ce l'hanno, sono solo più bravi di te a non mostrarla. Se sei sicuro di te stesso, non possono farti niente. E poi, scusa, sei troppo magrolino, non mangi abbastanza?»

Pietro fece di no con la testa.

«Imprimiti nella testa la prima legge e rispettala: tratta il corpo come un tempio. Capito?»

Pietro annuì con la testa.

«Ti è chiaro?»

«Sì, signore.»

«Ce la fai a tornare a casa?»

«Sì.»

«Non vuoi che ti accompagni io? La bicicletta è rotta.»

«Non si preoccupi... Grazie. Ce la posso fare. Grazie ancora...»

Gli diede una pacca affettuosa sulla spalla. «Allora vai, forza.»

Pietro si avvicinò alla bicicletta. Se la caricò sulla spalla e si avviò.

Era stato salvato dal Biglia. Non aveva capito esattamente la storia del corpo e del tempio, ma non importava perché da grande avrebbe voluto essere proprio come lui. Uno che non sbaglia mai, che guarda i cattivi negli occhi e li riempie di botte. E se fosse diventato come il Biglia, avrebbe anche lui aiutato i ragazzini più deboli.

Perché questo è il compito degli eroi.

Graziano rimase a guardare il ragazzino allontanarsi con la bicicletta sulle spalle. *Non gli ho chiesto neanche come si chiama.*

La folata di buon umore che gli aveva gonfiato l'anima come una vela si era spenta, lasciandolo triste e scoglionato. Si sentì terribilmente depresso.

Erano stati gli occhi di quel bambino a cambiargli l'umore. Rassegnazione, ecco cosa ci aveva visto dentro. E se c'era una cosa che Graziano Biglia detestava con tutte le sue forze era la rassegnazione.

Sembrava un vecchio. Un vecchio che ha capito che non c'è più niente da fare, che la guerra ormai è persa, e i suoi sforzi non cambieranno niente. Ma che modo di fare è? Hai tutta la vita davanti.

Guglielmo Tell o qualcun altro aveva detto che ognuno è artefice del proprio destino.

E per Graziano Biglia anche questa era una verità.

Io, quando è arrivato il momento, l'ho fatto... Ho piantato una vita da sfigato, ho detto a mamma di farla finita con i rognoncini e ho alzato i tacchi, e ho girato il mondo e ho conosciuto gente assurda, i monaci tibetani, i surfisti australiani e i rasta giamaicani. Ho mangiato zuppa di yak e burro, arrosto di opossum e uova di ornitorinco sode e ti devo dire, mammi-

na cara, che sono mille volte meglio dei tuoi rognoncini trifola-
ti. Non te lo dico solo perché poi ci rimani male. E sono a
Ischiano perché lo voglio. Perché devo rinsaldare il legame con
la mia terra. Nessuno mi ha costretto. E se quel ragazzino fos-
se stato figlio mio, non si sarebbe mai fatto mettere sotto da
quei due, perché gli avrei insegnato a difendersi, lo avrei aiuta-
to a crescere, gli avrei... Gli avrei... Gli...

Dagli abissi insondabili della sua coscienza affiorò un'entità oscura, un atavico senso di colpa legato alla nostra vita
gregaria, che si annidava apparentemente placido ma pronto, nelle condizioni favorevoli (situazioni economiche precarie, difficoltà nei rapporti di coppia, poca sicurezza nei propri mezzi e così via), a sollevare il capo e a mandare all'aria
di colpo verità new age, assiomi tibetani, fede nel potere ri-
generante del flamenco, Guglielmo Tell, balestre e puledri,
ponendo una semplice domanda.

Ma tu, in concreto, cos'hai combinato nella vita?

E risposte positive, è doloroso dirlo, non ce n'erano.

Graziano si avviò verso la macchina lentamente, a capo
chino, portandosi un'incudine sulle spalle.

Era indiscutibile, aveva fatto un sacco di cose nella sua vita. Ma le aveva fatte perché quando era nato era stato pizzica-
to dalla tarantola, perché era venuto al mondo con il ballo di
San Vito, con una smania che non passava e lo obbligava a
muoversi alla ricerca di una felicità oscura e irraggiungibile.

Non c'era un progetto.

Non c'era un fine ultimo.

Entrò in macchina. Si sedette. Spense lo stereo ammuto-
lendo le schitarrate dei Gipsy King.

La verità era che per quarantaquattro anni si era imbotti-
to il cervello di stronzate. Di bei film. Di pubblicità da amaro
Taverna. Teatrini dove lui era il tuareg ed Erica Trettel la puledra spagnola da domare in un'oasi tunisina.

Io tranquillo, responsabile, con una brava moglie, i cavalli,

*la jeanseria, i bambini. Ma quando mai? Ora devo giocare alla
famiglia. Io sono capace di farmi trecento donne in un'estate
ma non sono capace di costruire un rapporto d'amore con nessuna, io sono fatto male.*

Io sono solo come un cane.

Un dolore diffuso lo afferrò allo stomaco e gli fece spalancare la bocca e tirare un sospiro faticoso. Si sentì debole e
moscio e abbattuto e senza una lira e con le mani bucate. In
poche parole, un fallito.

(*Flora che se ne fa di uno come te?*)

Un bel niente.

Fortunatamente, queste considerazioni pessimistico-esi-
stenziali lo attraversavano come neutrini, le entità elementari senza peso e senza energia che attraversano il creato alla
velocità della luce lasciandolo immutato.

Graziano Biglia, già l'abbiamo detto, era tendenzialmente
immune alla depressione. E questi momenti di lucida visione erano sporadici e passeggeri e quindi, tornato cieco come
una talpa, era capace di tentare ancora e ancora e ancora.
Perché, lui lo sapeva, la fottuta pace prima o poi sarebbe arrivata anche per lui.

Si voltò e prese dal sedile posteriore la chitarra e cominciò
a strimpellare una melodia tenue, e finalmente attaccò a
cantare. «Vedrai, vedrai, vedrai che cambierà, forse non sarà
domani, ma un bel giorno cambierà. Vedrai, vedrai, non sono finito sai, sai. Non so dirti come e quando, ma vedrai che
cambierà.»

118

Gloria Celani era a letto.

E guardava il video del *Silenzio degli innocenti*, il suo film
preferito, nel piccolo televisore. Appoggiato da una parte c'e-

ra il vassoio con la colazione. Un cornetto mangiucchiato. Un tovagliolo inzuppato di caffellatte rovesciato.

I suoi erano andati al salone della nautica di Pescara e sarebbero tornati il giorno dopo. Quindi era sola in casa, se si escludeva Francesco, il vecchio giardiniere.

Quando Pietro entrò, la trovò rintanata in un angolo con le coperte tirate su fino agli occhi.

«Oddioddioddio, che paura! Non ce la faccio a vederlo. Vieni, mettiti qua» diede un colpo sul materasso. «Quanto ci hai messo a venire. Pensavo che non arrivassi più...»

Quante volte lo ha visto? si domandò sconsolato Pietro. *Almeno cento e continua ad avere la stessa paura della prima volta.*

Si levò la giacca a vento e la appoggiò su una poltroncina coperta di un'allegra stoffa a strisce gialle e blu, che rivestiva anche tutte le pareti della stanza.

La camera era stata concepita da una nota arredatrice romana (come d'altronde tutto il resto dell'arredamento e, gioia delle gioie, la villa era finita su «AD» e alla signora Celani per poco non era venuto un coccolone) e somigliava a una piccola e pacchiana bomboniera con quei mobili rosa confetto con i pomelli verdi, le tende con le mucche disegnate e quella moquette carta da zucchero.

Gloria la detestava. Se fosse stato per lei, le avrebbe dato fuoco. Pietro, come al solito più tollerante, non la trovava così male. Certo quelle tende non erano il massimo, ma la moquette morbida e folta come il pelo di un procione non gli dispiaceva affatto.

Si sedette sul letto facendo attenzione a non premere sulla ferita.

Gloria, nonostante fosse infilata con la testa nella tv, con la coda dell'occhio lo vide storcere la bocca. «Che hai?»

«Niente. Sono caduto.»

«Come?»

«In bicicletta.»

Doveva raccontarglielo? Sì, certo che doveva raccontarglielo. Se non si parla delle proprie disavventure con la migliore amica, con chi se ne parla?

Le disse dell'inseguimento con il Ciao, dell'Aurelia, del volo, delle botte e dell'intervento provvidenziale del Biglia.

«Biglia? Quello che era fidanzato con l'attrice...? Come si chiama?» Gloria era tutta eccitata. «E ha picchiato quei due stronzi?»

«Non li ha picchiati, li ha massacrati. Gli sono saltati addosso, ma lui li ha buttati giù come fossero moscerini. Con un paio di colpi di kung-fu. Beccati questa e questa. E quei due se ne sono andati via.» Pietro si era esaltato.

«Io amo Graziano Biglia. Grande! Quando lo vedo, non lo conosco, non m'importa, gli do un bacio, giuro. Quanto avrei pagato per esserci anch'io.» Gloria si mise in piedi sul letto e cominciò a dimenarsi facendo mosse di karate e lanciando urla cinesi.

Addosso aveva solo un microscopico top di cotone viola che le lasciava scoperta pancia e ombelico e se guardavi da sotto... e un paio di mutandine bianche con i bordi ricamati. Quelle gambe lunghe, quel popò all'infuori, quel collo lungo, quei piccoli seni che spingevano contro la stoffa del top. E quei capelli biondi, corti e arruffati.

Da diventare scemi.

Gloria era la cosa più bella che Pietro avesse mai visto in vita sua. Ne era sicuro. Fu costretto ad abbassare lo sguardo perché aveva paura che gli leggesse nella testa quello che stava pensando.

Gloria si mise, a gambe incrociate, accanto a lui e improvvisamente preoccupata gli domandò: «Ti sei fatto male?».

«Un po'. Non tanto» mentì Pietro cercando di fare la faccia impassibile dell'eroe.

«Non è vero. Ti conosco. Fa' vedere.» Gloria gli afferrò la cinta dei pantaloni.

Pietro si tirò indietro. «Dài, mi sono solo graffiato. Non è niente.»

«Quanto sei scemo, ti vergogni... E allora al mare?»

Certo che si vergognava, qui era tutta un'altra cosa. Stavano soli, su un letto, e lei... Be', era un'altra cosa e basta. Ma invece disse: «No che non mi vergogno...».

«Allora fa' vedere.» Gli acchiappò la fibbia.

Non c'era niente da fare, quando Gloria decideva una cosa, quella era. Suo malgrado, Pietro fu costretto ad abbassarsi i pantaloni.

«Guarda un po' che ti sei fatto... Bisognerà disinfettarla. Levati i pantaloni.» Lo disse con un tono serio, da mamma, che Pietro non le aveva mai sentito.

In effetti un po' d'acqua ossigenata ci voleva. La parte esterna della gamba destra era tutta grattugiata e coperta di sangue e perline di siero. Gli pulsava leggermente. Si era scorticato anche il polpaccio, la mano, e gli faceva male il fianco dove lo avevano preso a calci.

Come sono ridotto... Ma nonostante tutto era contento, senza sapere esattamente perché. Forse perché Gloria ora si stava occupando di lui, forse perché quei due bastardi le avevano prese di santa ragione, forse solo perché stava in quella stanzetta di bambola, su un letto con le lenzuola profumate di buono.

Gloria andò in cucina a prendere disinfettante e cotone. Come le piaceva fare l'infermiera! Lo medicò mentre Pietro si lamentava che era una sadica, che gli versava molto più disinfettante del necessario. Lo fasciò alla meno peggio, gli diede un vecchio pigiama e lo mise a letto, poi chiuse gli scuri e s'infilò a letto anche lei e fece ripartire il video. «Adesso ci vediamo la fine del film, poi ti fai un pisolino e più tardi si pappa. Ti piacciono i tortellini con la panna?»

«Sì» disse Pietro, sperando che il paradiso fosse proprio così.

Niente di diverso.

Un letto caldo. Un video. La gamba della ragazza più bella del mondo da sfiorare. E i tortellini con la panna.

Si accoccolò sotto il piumino e dopo nemmeno cinque minuti dormiva.

119

A vedere Mimmo Moroni da lontano, sopra la collina verde, seduto sotto una quercia dalle lunghe braccia e con il gregge che gli pascolava accanto e quel tramonto rosa e celeste che dorava le foglie del bosco, sembrava di essere finiti in un quadro di Juan Ortega da Fuente. Ma se ci si avvicinava si scopriva che il pastorello era vestito come il cantante dei Metallica e che piangeva sgranocchiando le Tenerezze del Mulino Bianco.

Pietro lo trovò così.

«Che hai?» gli chiese già sospettando la risposta.

«Niente... Sto male.»

«Hai litigato con Patti?»

«No, mi... ha... lasciato...» pigolò Mimmo e si cacciò in bocca un altro frollino dal cuore morbido e ricco racchiuso nella pastafrolla più friabile.

Pietro sbuffò. «Di nuovo?»

«Sì. Ma questa volta fa sul serio.»

Patrizia lo lasciava, in media, un paio di volte al mese.

«E perché?»

«È questo il problema, non lo so! Non ne ho la minima idea. Stamattina mi ha chiamato e mi ha lasciato senza una spiegazione. Probabilmente non mi ama più o forse ha trovato un altro. Non lo so...» Tirò su con il naso e addentò un altro frollino.

Una ragione c'era. E non era che Patrizia non lo amava né

371

tanto meno era arrivato un nuovo competitore che aveva rubato lo scettro a Mimmo.

Chissà perché, ma quando il partner ci pianta in asso, queste sono le prime spiegazioni che ci vengono in mente. Non mi vuole più. Ha trovato uno meglio di me.

Se il nostro Mimmo avesse analizzato con più attenzione l'incontro del giorno prima con la sua ragazza, forse, e dico forse, una ragione l'avrebbe trovata.

120

Mimmo era uscito di casa verso le cinque di pomeriggio, era montato sulla moto ed era andato a prendere Patti.

La doveva accompagnare a Orbano a fare spese, ossia comprarsi dei collant della Perla e una crema contro gli inestetismi della pelle.

Quando Patrizia lo aveva visto sulla moto aveva cominciato a imprecare.

Com'era possibile che di tutte le sue amiche lei era l'unica che avesse il fidanzato senza la macchina? Anzi, la macchina ce l'aveva, ma quell'infame del padre non gliela dava.

E pioveva pure!

Ma Mimmo era tranquillo, quella mattina era stato al mercato di Ischiano e aveva comprato delle cerate militari, le aveva assicurato che con quelle addosso non avrebbero preso nemmeno una goccia di pioggia. Patrizia si era infilata di malumore il casco ed era salita su quel trabiccolo alto come un cavallo, puzzolente come una raffineria, pericoloso come una roulette russa e rumoroso come un... cosa c'è di rumoroso come una moto da cross con la marmitta bucata? Nulla.

E sarebbero potuti arrivare a Orbano asciutti, perché le cerate in fondo facevano il loro sporco mestiere, ma Mimmo non poteva fare a meno di lanciarsi come un invasato in tutte le pozzanghere che gli si paravano davanti.

Erano scesi dalla moto zuppi come pulcini. L'umore di Patrizia peggiorava. Si erano incamminati per il corso ma Mimmo, fatti cento metri, si era inchiodato davanti al negozio di caccia e pesca. In vetrina c'era una balestra in titanio e fibra di carbonio da perdere la testa. Era entrato, nonostante le proteste della fidanzata, a chiedere informazioni e caratteristiche tecniche. Costava un occhio della testa. Ma tra archi, fucili e canne da pesca aveva scovato qualcosa da comprare. Non sarebbe uscito da lì a mani vuote. Era una questione di principio.

Una pistola ad aria compressa in offerta speciale.

Mezz'ora a guardarla, mezz'ora per decidere se comprarla o no e intanto i negozi chiudevano.

L'umore di Patrizia oramai era nero come la pece.

Visto che non erano riusciti a fare shopping (Mimmo però la pistola alla fine se l'era comprata), avevano deciso di mangiarsi una bella pizza e poi andare al cinema a vedere *Il coraggio di chiamarsi Melissa*, il dramma di una donna scandinava costretta a vivere un anno in un villaggio pigmeo.

Si erano seduti in pizzeria e Mimmo aveva tirato su le gambe e si era guardato gli anfibi. Era molto soddisfatto dell'acquisto fatto quella mattina al mercato insieme alle cerate. Aveva cominciato a spiegare a Patti che quegli anfibi erano il massimo del tecnologico, erano identici a quelli usati dagli americani nell'operazione *Desert Storm*, e che erano così pesanti perché, teoricamente, erano in grado di resistere anche alle mine antiuomo. E mentre la fidanzata sfogliava annoiata il menu, per dimostrare che non diceva stronzate Mimmo aveva tirato fuori dalla scatola la pistola, ci aveva infilato dentro un piombino e si era sparato a un piede.

Aveva cacciato un urlo agghiacciante.

Il piombino aveva trapassato la tomaia, il calzino e gli si

era conficcato nel collo del piede, dimostrandogli che spesso esiste una discrepanza tra teoria e pratica.

Erano dovuti correre (zoppicare) fino al pronto soccorso dove un medico glielo aveva estratto e gli aveva dato due punti di sutura.

Anche la pizza era andata a farsi fottere

Erano arrivati al cinema all'ultimo momento e si erano dovuti accontentare di due posti in prima fila, a due centimetri dallo schermo.

Patti non parlava più.

Il film era iniziato e Mimmo aveva provato un approccio distensivo stringendole una mano, ma lei lo aveva respinto come se avesse la rogna. Aveva provato a seguire il film, ma era di una noia mortale. Aveva fame. Si era mangiato i popcorn facendo un rumore bestiale. Patrizia glieli aveva sequestrati e allora lui aveva tirato fuori l'asso dalla manica: un pacchetto fresco fresco di big-bubble alla fragola, se n'era infilato tre in bocca e aveva cominciato a fare palloncini. Un'occhiata carica di odio di Patti gli aveva fatto aprire la bocca e sputare a terra quella palla enorme e appiccicosa di gomma americana.

Finito il film, erano montati in moto (sotto il diluvio) e se n'erano tornati a casa. Patti era scesa ed era entrata nel portone senza nemmeno dargli il bacio della buona notte.

La mattina dopo lo aveva chiamato e, senza troppi giri di parole, gli aveva comunicato che poteva considerarsi single e aveva chiuso la conversazione.

Forse per molte fidanzate tutto ciò è già sufficiente per chiudere una storia, ma per Patti no, non lo era. Amava Mimmo incondizionatamente e la notte le avrebbe fatto sbollire la rabbia, ma quello che l'aveva spinta a quel gesto estremo era che Mimmo, quando al cinema aveva buttato la gomma americana, aveva centrato il casco di lei. Quando la povera se l'era infilato, la gomma si era fusa per sempre con

374

la lunga e fluente chioma trattata con ristrutturanti ed estratti di placenta suina.

Il parrucchiere era stato costretto a farle un taglio che lui definì eufemisticamente sportivo.

Gorilla nella nebbia

Ma anche questa volta Patti, come sempre, avrebbe lasciato passare una settimana e alla fine avrebbe perdonato il povero Mimmo.

Patrizia Ciarnò, in questo senso, era una sicurezza. Quando ti sceglieva, non ti mollava più. E questo perché a quindici anni aveva avuto una brutta esperienza sentimentale da cui ancora non si era ripresa completamente.

A quell'età Patrizia era già sviluppata. Le sue gonadi e i caratteri sessuali secondari avevano subito un bombardamento ormonale massiccio e la povera Patrizia era tutta tette, cosce, culo, maniglie dell'amore, acne e punti neri. Ed era fidanzata con Bruno Miele, il poliziotto, che all'epoca ne aveva ventidue. Allora Bruno non voleva fare il poliziotto, voleva entrare nel battaglione San Marco e diventare una testa di cuoio "cazzuta e con le palle che gli fumano".

Patrizia lo amava moltissimo, le piacevano i ragazzi decisi, ma c'era un problema. Bruno l'andava a prendere con la sua A112, la portava nel bosco d'Acquasparta e lì se la trombava e appena finivano la riportava a casa e arrivederci e grazie.

Un giorno Patrizia non ce l'aveva fatta più ed era sbottata. «Ma come? I fidanzati delle mie amiche le portano ogni sabato pomeriggio a Roma a vedere le vetrine e tu invece mi porti solo nella foresta. Così non mi piace, sai.»

Il Miele, che già a quel tempo dimostrava una sensibilità fuori della norma, le aveva proposto uno scambio. «Va bene. Facciamo così: io sabato ti porto a Civitavecchia però tu, quando facciamo l'amore, t'infili questa.» Aveva aperto il cassettino del cruscotto e aveva tirato fuori una maschera da gorilla. Quelle di lattice e peluche che si mettono a Carnevale.

Patrizia se l'era rigirata tra le mani e poi, nel più completo smarrimento, gli aveva chiesto il perché.

E come glielo spiegava quel povero cristo del Miele che se vedeva il corpo da pornodiva di Patrizia, quei capelli lunghi e lisci e quelle bocce di marmo, gli diventava duro come una zampa di un tavolo, ma se per disgrazia un occhio gli finiva sul viso devastato dall'acne in un istante gli diventava moscio come un lombrico.

«Perchééé... perchééé...» E poi si era buttato. «Mi eccita. Ecco, non te l'ho mai detto, ma io sono un sadomasochista.»

«Chi è un sadomasochista?»

«Be', è uno che gli piace fare le porcherie pesanti. Che, per esempio, si fa frustare...»

«Vuoi che ti frusto?»

«No! Che c'entra? Mi eccita se ti metti la maschera» aveva, in qualche modo, cercato di spiegarle Bruno.

«Ti eccita farlo con le scimmie?» Patrizia era sconsolata.

«No! Sì! No! Tu mettiti 'sta maschera e non fare tante domande!» Bruno aveva perso la pazienza.

Patrizia ci aveva riflettuto sopra. In linea generale le stramberie sessuali non le piacevano. Poi però aveva ricordato quello che le aveva raccontato sua cugina Pamela: il suo ragazzo, Emanuele Zampacosta, detto Manu, un cassiere della COOP di Giovignano, per eccitarsi si faceva pisciare addosso e nonostante ciò avevano un ottimo rapporto e si sarebbero sposati a marzo e aveva concluso che in fondo la perversione di Bruno era abbastanza innocente. E il gioco valeva la candela. L'avrebbe portata a Civitavecchia e poi lo amava tantissimo e per amore si fa tutto.

Aveva accettato. E quindi, quando andavano nel bosco di Acquasparta, Patrizia s'infilava la maschera e facevano sesso (una volta che c'era un gran nebbione, era passato dì lì Rossano Quaranta, sessantotto anni, pensionato e cacciatore di frodo, e aveva trovato una macchina nascosta tra le querce ed essendo anche un po' guardone si era avvicinato a passi felpati e aveva visto una cosa incredibile. Dentro la macchina c'erano un giovane e uno scimmione. Aveva sollevato la carabina pronto a intervenire, ma l'aveva abbassata quando si era reso conto che quel maiale si stava scopando il gorilla. Se n'era andato via scuotendo la testa e concludendo che oramai non c'era limite allo schifo a cui poteva arrivare certa gente).

Bruno Miele però non era stato ai patti.

Erano andati una volta sola a Civitavecchia, poi aveva cominciato a trovare scuse e alla fine l'aveva portata a vederlo giocare a calcetto. E lì faceva pure finta di non conoscerla.

Patrizia, disperata, aveva scritto una lunga e sofferta lettera alla dottoressa Ilaria Rossi-Barenghi, la psicologa del settimanale «Confidenze amorose», raccontandole come andavano male le cose tra lei e Bruno (aveva tralasciato la storia della maschera) e dicendo che nonostante tutto questo amava il suo ragazzo da morire, ma che si sentiva trattata come una donna di malaffare.

Con infinita sorpresa di Patrizia, la dottoressa Rossi-Barenghi le aveva risposto.

Cara Patti,
ancora una volta ci troviamo ad affrontare problemi che furono già delle nostre madri. Però oggi, avendo acquisito maggiore consapevolezza e un briciolo di conoscenza in più dell'animo umano, possiamo sperare di cambiare. L'amore è una cosa meravigliosa ed è bello poterlo condividere in un rapporto di coppia franco e paritario. Noi donne abbiamo certamente maggiore sensibilità e probabilmente il tuo ragazzo non sa ancora esprimere liberamente i propri sentimenti. Questo non deve però impedirti di esigere da lui ciò che è giusto. Non far-

ti schiacciare dal suo egoismo, fatti valere. Sei molto giovane, ma proprio per questo sii capace di non dargliela sempre vinta e, se lui veramente ti ama, imparerà col tempo a rispettarti. Il tuo ragazzo sa oggi di poterti facilmente controllare, ma in fondo sei proprio tu a farglielo credere. In amore vince chi fugge, cara Patti! Tieni strette le tue virtù e vedrai che il tuo Bruno che, a quanto mi scrivi, nasconde un animo sensibile, finirà per portarti in palmo di mano. Auguri!

Patrizia aveva applicato alla lettera i consigli della dottoressa. La volta dopo aveva spiegato a Bruno che si cambiava registro. Aveva preteso rose rosse e che la portasse a cena al pub il Barilotto del Nonno e poi al cinema di Orbano a vedere *Voglia di tenerezza 2* insieme alle sue amiche. E non si sarebbe mai più messa la maschera da scimmione per fare l'amore.

Bruno le aveva aperto la portiera, l'aveva fatta scendere dalla macchina e le aveva detto: «Ma levati, brutta cozza che non sei altro. Io a vedere *Voglia di tenerezza 2*? Ma che, mi hai preso per frocio?». E se n'era andato via offesissimo.

Ora Patrizia, forte di questa brutta esperienza e dei consigli della dottoressa Rossi-Barenghi, aveva impostato la relazione sentimentale con Mimmo in modo da non ritrovarsi abbandonata come una cretina e con il cuore spezzato.

121

Pietro era in cerca di suo fratello per una ragione ben precisa, ossia chiedergli se andava a parlare con la vicepreside. La cosa l'aveva studiata insieme a Gloria. E funzionava.

All'inizio lei aveva cercato di convincerlo che ci poteva andare sua madre. La signora Celani adorava Pietro e diceva che era il ragazzino migliore del mondo. Lo avrebbe fatto volentieri. Ma Pietro non era convinto. Se ci fosse andata la mamma di Gloria, avrebbe dimostrato ancora di più che ai suoi genitori non importava niente di lui, che la sua era una famiglia di pazzi.

No, non era una buona idea.

Alla fine erano arrivati alla conclusione che l'unica era mandarci Mimmo. Era abbastanza grande e avrebbe detto che i suoi genitori erano troppo occupati a lavorare e quindi era venuto lui.

Ma ora, vedendolo lì che piangeva come un moccioso sotto un albero, si chiese se fosse l'idea giusta. Doveva tentare comunque, non aveva altre possibilità.

Gli disse che lo avevano sospeso per cinque giorni e che volevano parlare con qualcuno della famiglia. Ma papà si rifiutava di andare e aveva detto che non erano affari suoi.

«Quindi ci rimani solo tu, devi andare e dirgli che sono bravo e che non lo farò mai più, che mi dispiace tanto, le solite cose, insomma. È facile.»

«Mandaci mamma» fece Mimmo tirando lontano un sasso.

«Mamma...?» ripeté Pietro con un'espressione che significava: mi stai prendendo per il culo?

Mimmo raccolse un altro sasso. «E se non ci va nessuno, che succede?»

«Niente. Che mi bocciano.»

«E allora?» Prese la rincorsa e lanciò il sasso.

«E allora non voglio essere bocciato.»

«A me mi hanno bocciato tre volte...»

«E allora?»

«E allora che te ne importa? Un anno in più, un anno in meno...»

Pietro sbuffò. Suo fratello stava facendo lo stronzo. Come al solito. «Ci vai o non ci vai?»

«Non lo so... Io odio la scuola... Non posso entrarci là dentro. Mi fa troppo schifo...»

379

«Quindi non ci vai?» costò fatica a Pietro chiederglielo un'altra volta, ma se Mimmo credeva che lo avrebbe implorato, be', si sbagliava di grosso.

«Non lo so. Adesso ho un problema più serio. La mia ragazza mi ha lasciato.»

Pietro si voltò e con voce piatta disse: «Vaffanculo!». E si avviò giù per la collina.

«Dài, Pietro, non t'incazzare, ora vediamo. Se domani mi gira, ci vado. Ti giuro che se faccio pace con Patti ci vado» urlava Mimmo con quel suo tono da stronzo.

«Vaffanculo! Ti dico solo questo.»

122

Flora Palmieri aveva passato il pomeriggio a pensare cosa preparare per cena. Aveva sfogliato libri di ricette e riviste di cucina senza approdare a nulla.

Cosa poteva piacere a Graziano?

Non ne aveva la più pallida idea. Ma era sicura che gli spaghetti non gli avrebbero fatto orrore. Linguine con zucchine e basilico? Un piatto fresco, per tutte le stagioni. Oppure delle trenette al pesto. Certo c'era l'aglio... Oppure niente spaghetti e invece barchette di melanzane al forno. Oppure...

Un guaio, l'indecisione.

Alla fine, esasperata, aveva deciso di fargli pollo con il curry, le uvette, l'uovo sodo e il riso. Flora se l'era cucinato un paio di volte seguendo una ricetta di «Annabella» e lo trovava veramente delizioso. Era un piatto diverso, esotico, che avrebbe sicuramente stimolato l'appetito di un giramondo come Graziano.

Ora stava spingendo un carrello tra gli espositori della Cooperativa alla ricerca del curry. A casa non ne aveva più.

Ma, sfortuna delle sfortune, anche alla Cooperativa era finito e ormai era troppo tardi per fare un salto a Orbano e il pollo lo aveva già comprato.

Basta, gli faccio il pollo arrosto con le patate novelle e un'insalatina. Un classico intramontabile.

Passò davanti al reparto vini e prese una bottiglia di chianti e una di prosecco.

L'idea di quella cenetta la eccitava e la impauriva nello stesso tempo. Aveva pulito casa e tirato fuori la tovaglia buona e il servizio di piatti di Vietri.

Indaffarata in tutti questi preparativi, aveva cercato di zittire una vocina petulante che le ripeteva che stava sbagliando tutto, che da quella storia non avrebbe ricavato nulla di buono, che si sarebbe riempita di speranze per poi vederle morire, che, tornando da Saturnia, aveva deciso una cosa e ora ne stava facendo un'altra, che mamma ne avrebbe sofferto...

Ma la parte sana di Flora era emersa prepotente e aveva chiuso in cantina almeno per un po' la vocina petulante.

Non ho mai invitato un uomo a casa mia, ora voglio farlo. Mi va di farlo. Ci mangeremo il pollo, chiacchiereremo, guarderemo la tv, berremo il vino, è così che faremo. Non faremo porcherie, non ci rotoleremo come maiali sul tappeto del salotto, non commetteremo atti impuri. E se sarà l'ultima volta che lo vedo, pazienza. Vorrà dire che soffrirò. Tanto, un po' di sofferenza in più... Io so che è giusto e mamma, se potesse, mi direbbe di andare avanti.

Per rassicurarsi pensava a Michela Giovannini. Michela Giovannini aveva insegnato educazione fisica alla Buonarroti per quasi un anno. Aveva la stessa età di Flora ed era una ragazza minuta, mora e scura di carnagione.

A Flora era piaciuta subito.

Durante i consigli di classe, la sua spontaneità si faceva notare e lasciava le vecchie cariatidi senza parole. Michela si schierava sempre dalla parte dei ragazzi. Una volta si era scontrata come una leonessa con la vicepreside Gatta per una questione di orari e, anche se alla fine non aveva ottenuto niente, almeno le aveva detto chiaro e tondo in faccia quello che pensava dei suoi metodi fascisti.

Cosa che Flora non era mai riuscita a fare.

Erano diventate amiche così, per caso. Come spesso accade. Flora aveva chiesto a Michela un consiglio su dove andare a comprare delle scarpe da ginnastica per passeggiare sulla spiaggia. Il giorno dopo Michela era arrivata con un paio di bellissime Adidas. «Sono troppo grandi per me, me le hanno portate dalla Francia ma hanno sbagliato il numero. Provatele, a te dovrebbero andare bene» aveva detto mettendogliele in mano. Flora aveva esitato. «No, grazie, scusami, non posso accettare» ma Michela aveva insistito. «Che ci devo fare io, le devo lasciare invecchiare in fondo all'armadio?» Alla fine le aveva provate. Erano fatte per il suo piede.

Flora l'aveva invitata a passeggiare con lei e Michela aveva accettato subito, entusiasta, e così la domenica mattina attraversavano i campi dietro la ferrovia e andavano sulla spiaggia a camminare. Passeggiate di un paio d'ore e ogni tanto Michela cercava di trascinare Flora a farsi una corsetta e un paio di volte c'era pure riuscita. Chiacchieravano del più e del meno.

Della scuola. Della famiglia. Flora le aveva raccontato di sua madre e della malattia. E Michela del suo fidanzato. Fulvio, un ragazzo che lavorava a mezza giornata come manovale a Orbano. Stavano insieme da qualche anno. Lui ne aveva appena ventidue. Tre meno di Michela. Avevano affittato un appartamentino in un condominio vicino agli impianti d'acquacultura dei fratelli Franceschini. Diceva di essere innamorata di Fulvio (aveva dimostrato una buona dose di sensibilità non chiedendo mai a Flora di raccontarle le sue storie sentimentali).

Una mattina Michela era arrivata sulla spiaggia e aveva

afferrato le mani dell'amica, si era guardata intorno e aveva detto: «Flora, ho deciso, me lo sposo».

«E ce la farete, senza una lira?»

«In qualche modo ci arrangeremo... Ci amiamo, ed è quello che conta, no?»

Flora aveva tirato fuori il sorriso d'occasione. «Giusto.» Poi aveva abbracciato forte Michela ed era felice per lei, ma nello stesso tempo aveva sentito un morsa premerle contro lo sterno.

E a me? Perché a me niente?

Non era riuscita a trattenere le lacrime e Michela aveva creduto che fossero lacrime di felicità, ma erano d'invidia. Terribile invidia. Dopo, a casa, Flora si era odiata per essere stata così egoista.

Michela aveva cominciato a tempestarla di telefonate. Voleva farle conoscere Fulvio e farle vedere la sua casetta. E Flora, ogni volta, trovava delle scuse sempre più assurde per non andare. Sentiva che non le avrebbe fatto bene. Le avrebbe fatto girare in testa idee che facevano male. Ma alla fine, vista l'insistenza, era stata costretta ad accettare un invito a cena.

La casa era un buco. E Fulvio un ragazzino. Ma si stava bene, c'era il caminetto che scoppiettava allegro e Fulvio aveva cucinato una cernia che aveva pescato con le bombole agli Scogli della Tartaruga. Era stata una cena buonissima, Fulvio aveva mille attenzioni per la futura sposa (baci e mano nella mano) e dopo si erano seduti a vedere *Lawrence d'Arabia* e a mangiare cantuccini intinti nel vinsanto. Flora era tornata a casa a mezzanotte contenta. No, contenta non è giusto, rappacificata.

Ecco cosa voleva per stasera. Una cosa del genere.

Avrebbe voluto che la cena con Graziano assomigliasse un po' a quella da Michela. Solo che questa volta ci sarebbe stato un uomo tutto per lei.

Passò accanto al lungo congelatore e prese una vaschetta

di gelato e si stava avviando verso la cassa quando vide apparirle davanti Pietro Moroni. Zoppicava leggermente e appena la vide le sorrise.

«Pietro, che succede?»

123

«Volevo parlarle, professoressa...» Pietro tirò un sospiro di sollievo.

Alla fine l'aveva trovata. Era passato sotto casa della Palmieri ma non aveva visto la macchina parcheggiata e allora era andato in paese (un incubo, oramai, doveva muoversi come una spia per non incappare in Pierini e la sua banda) ma niente, non l'aveva trovata da nessuna parte e poi, quando stava già per tornarsene a casa, aveva visto la Y10 davanti alla Cooperativa. Era entrato ed eccola là.

«Perché zoppichi, ti sei fatto male?» gli chiese lei preoccupata.

«Sono caduto dalla bicicletta, ma non è niente di grave» minimizzò Pietro.

«Che succede?»

Era necessario che glielo dicesse bene, così lei avrebbe trovato una soluzione. Si fidava della Palmieri. La guardò e, nonostante fosse preso da quello che doveva dirle, si rese conto che la prof era cambiata. Non tanto, ma sicuramente aveva qualcosa di diverso. Innanzitutto aveva i capelli sciolti e quanti erano! Una criniera. Poi aveva i jeans e anche questa era una novità. L'aveva sempre vista con quelle lunghe gonne nere. E poi... non sapeva come definirlo, ma c'era qualcosa di strano nella sua faccia... Qualcosa di... boh, non riusciva a capirlo. Semplicemente di diverso.

«Allora, cosa mi devi dire?»

Si era distratto a guardarla. *Forza, diglielo.* «I miei genitori non verranno a scuola a parlare con la vicepreside e nemmeno mio fratello, credo.»

«Ah, e perché?»

Come glielo dico? «Mia madre è malata e non può uscire di casa, mio padre... mio padre...» *Diglielo. Dille la verità.* «Mio padre ha detto che sono affari miei, che il casino l'ho fatto io, non lui, e quindi non ci viene. Mio fratello... be', mio fratello è un cretino.» Le si avvicinò e le domandò con il cuore in mano: «Professoressa, mi bocceranno?».

«No, che non ti bocceranno.» Flora si abbassò all'altezza di Pietro. «Certo che non ti bocceranno. Tu sei bravo, te l'ho già detto. Perché dovrebbero?»

«Ma... se i miei genitori non vengono, la vicepreside...?»

«Stai tranquillo. Ci parlo io con la vicepreside.»

«Sicuro?»

«Sicuro.» Flora si baciò gli indici. «Te lo giuro.»

«E non verranno i... cosi?»

«I cosi?»

«I cosi sociali.»

«Gli assistenti sociali?» Flora fece di no con la testa. «Ci puoi giurare, che non verranno.»

«Grazie» sbuffò Pietro liberandosi di un peso più grande di lui.

«Vieni qua.»

Si avvicinò e Flora lo abbracciò forte. Pietro le mise le braccia intorno al collo e il cuore della professoressa si colmò di una tenerezza e di una pena che la fece vacillare un istante. *Questo bambino doveva essere figlio mio.* La gola le si strozzò. *Dio mio..*

Si doveva alzare, sennò si metteva a piangere. Si rimise in piedi e poi prese un gelato dal frigorifero. «Lo vuoi, Pietro?»

Pietro scosse la testa. «No, grazie. Devo andare a casa, è tardi.»

«Anch'io. È tardissimo. Ci vediamo a scuola lunedì, allora.»

«D'accordo» Pietro si girò.

Ma Flora, prima che potesse andarsene, gli domandò: «Dimmi una cosa, chi ti ha fatto così educato?»

«I miei genitori» rispose Pietro e scomparve oltre l'espositore della pasta.

SEI MESI DOPO..

18 giugno

124

Gloria ci provava a tirarlo su. Ma Pietro non collaborava.

Se ne stava in ginocchio, in mezzo all'atrio della scuola con le mani sulla faccia. «Mi hanno bocciato» ripeteva. «Mi hanno bocciato. Me lo aveva giurato. Me lo aveva giurato. Perché? Perché?»

«Pietro, dài, tirati su. Usciamo.»

«Tu lasciami stare» l'allontanò con un gesto brusco, ma poi si mise in piedi e si asciugò le lacrime con le mani.

Tutti i compagni lo osservavano in silenzio. In quegli occhi bassi e in quei sorrisi a labbra strette Pietro trovò una modesta dose di solidarietà e una più grande d'imbarazzo.

Ci fu uno, più coraggioso degli altri, che gli andò vicino e gli mollò una pacca sulla spalla. Questo diede il la a tutto il gregge che cominciò a toccarlo e a belare. «Non t'incazzare. Che ti frega...?» «Sono i soliti bastardi.» «Mi dispiace.» «È un'ingiustizia.»

Pietro faceva di sì con la testa e si stropicciava il naso.

Poi ebbe una visione. Un uomo che da come era vestito poteva essere suo padre entrava nel pollaio e invece di scegliere l'animale più grasso (che se lo meritava di più), ne afferrava uno a caso, nel mucchio, e soddisfatto diceva "Ora ci pappiamo questo" e tutti, galli e galline, erano tristi per la sorte del loro compagno, ma solo perché sapevano che prima o poi avrebbero fatto la stessa fine.

La bomba caduta dal cielo aveva centrato solo Moroni Pietro, facendolo esplodere in mille pezzi.

Oggi è toccato a me. Ma prima o poi toccherà a voi. Potete giurarci

«Andiamo?» lo implorò Gloria.

Pietro si avviò verso l'uscita. «Sì, voglio andare via. Fa troppo caldo qua dentro.»

Accanto alla porta c'era Italo. Indossava una camicia azzurra troppo corta e troppo stretta. Il pancione tirava sui bottoni mettendo a dura prova le asole. Due macchie tonde gli scurivano le ascelle. Dondolava quella sua testa tonda e lucida di sudore. «Ti ha detto male. Se hanno respinto te dovevano respingere pure Pierini, Ronca e Bacci. È una gran porcata» lo disse con un tono da commemorazione funebre.

Pietro non lo degnò di uno sguardo e uscì seguito da Gloria che ricacciava indietro gli scocciatori con lo zelo di un guardaspalle. Era lei l'unica che si poteva occupare del caso umano.

Il sole, intanto, distante milioni di chilometri dalle tragedie infantili, arrostiva il cortile, la strada, i tavolini del bar e tutto il resto.

Pietro scese le scale, uscì dal cancello e, senza guardare in faccia nessuno, montò sulla bicicletta e se ne andò.

125

«Dove cavolo è finito?» Gloria era andata a prendere lo zaino e quando si era girata Pietro non c'era più. Montò sulla bicicletta e cercò di raggiungerlo, ma sulla strada non lo vide.

Allora pedalò fino alla Casa del Fico ma non c'era neanche lì. Mimmo, a torso nudo sotto il capannone, trafficava con la testata della moto. Gloria gli domandò se avesse visto il fratello, ma Mimmo disse di no e riprese a svitare bulloni.

Dove può essere finito?

Gloria andò alla villa sperando che fosse là. Niente. Allora tornò in paese.

Non c'era un alito di vento e dal caldo non si respirava. Non c'era un'anima. Solo grazie al cinguettio allegro dei passeri e al frinire delle cicale, Ischiano non sembrava una città fantasma del deserto texano. I motorini e le moto erano appoggiati contro i muri. I cavalletti sarebbero affondati nell'asfalto molle come burro. Le saracinesche dei negozi erano semichiuse. Le persiane serrate. E dentro le macchine lunghi cartoni bianchi erano stati messi contro i parabrezza. La gente era tappata in casa. Chi possedeva l'aria condizionata se ne fotteva, chi non ce l'aveva no.

Gloria scese davanti allo Station Bar. Tra le biciclette infilate nella rastrelliera non c'era quella di Pietro.

Figurati se sta qua.

Era stanca morta, tutta accaldata e aveva una sete terribile. Entrò nel bar. Il condizionatore al massimo le gelò addosso il sudore. Comprò una lattina di cocacola e se l'andò a bere sotto l'ombrellone fuori della porta.

Era preoccupata. Molto preoccupata. Era la prima volta che Pietro non l'aspettava. Doveva stare veramente male per fare una cosa del genere. E in quello stato poteva fare cose molto brutte.

Tipo impiccarsi.

Perché no?

L'aveva letto sul giornale. Un ragazzo a Milano era stato bocciato e per la disperazione si era buttato dal quinto piano e, siccome non era morto, si era trascinato fino all'ascensore lasciandosi dietro una scia di sangue ed era salito fino al sesto e si era buttato di sotto e questa volta, fortunatamente, era morto.

Pietro era capace di suicidarsi?

Sì.

Ma perché per lui era così maledettamente importante essere promosso? Se avessero bocciato lei, ci sarebbe stata male, certo, ma non ne avrebbe fatto un dramma. E invece per Pietro la scuola era sempre stata così importante. Ci credeva troppo. E una delusione come quella poteva farlo impazzire.

Dove potrebbe essere? Certo... Che cretina a non averci pensato prima.

Si finì in un sorso la lattina di cocacola e rimontò in sella.

La bicicletta di Pietro era nascosta tra i cespugli, contro la rete che separava la laguna dalla litoranea.

«Ti ho trovato!» esultò Gloria e nascose la bici accanto a quella di Pietro, s'infilò dietro una grossa quercia e sollevò il bordo inferiore della rete creando un varco stretto ma sufficiente a farla sgusciare dentro pancia a terra. Quando fu dall'altra parte, la rimise a posto. Era rigorosamente vietato entrare là dentro.

E se ti beccano le guardie del WWF sono dolori.

Un'ultima controllata e scomparve nella fitta vegetazione.

I primi duecento metri dello stretto viottolo che si inoltrava fra giunchi e canne alte più di due metri erano calpestabili ma, via via che penetrava nella palude, diventava più difficile procedere e le scarpe affondavano in quella melma verde e densa fino a quando l'acquitrino non prendeva il sopravvento e lo sommergeva completamente.

Nell'aria ferma c'era un odore amaro e insieme dolciastro che stordiva. Erano le piante acquatiche che si decomponevano in quella broda calda e stagnante.

Nugoli di zanzare e moscerini e pappataci sciamavano intorno a Gloria e si nutrivano del suo dolce sangue. E poi c'erano un sacco di rumori poco gradevoli. Il gracidare monotono delle rane in amore. Il ronzare ossessivo dei calabroni e delle vespe. E quei fruscii, quegli strofinii, quei frullii rapidi e sospetti tra le canne. I tuffi nell'acqua. I richiami lugubri degli aironi.

Un luogo infernale.

Perché Pietro lo amava tanto?

Perché è pazzo.

Oramai l'acqua le arrivava sopra le ginocchia. E faceva fatica ad avanzare. Le piante le si attorcigliavano intorno alle caviglie come lunghe e viscide tagliatelle. I rami e le foglie coriacee le graffiavano le braccia nude. Ed era pieno di pesciolini trasparenti che la scortavano in quella marcia da marines nel Sud-Est asiatico.

E non era ancora finita. Per arrivare al nascondiglio avrebbe dovuto attraversare a nuoto un tratto di laguna, visto che la barca (barca... pezzi di legname fradicio tenuti insieme da quattro chiodi arrugginiti) l'aveva presa sicuramente Pietro.

E infatti era così. Giunta al margine delle canne coperta di graffi, pizzichi e schizzi di fango, trovò solo il grosso palo che spuntava dall'acqua senza la barca attaccata.

Maledetto! Maledetto! Non potrai mai dire che io non sono la tua migliore amica.

Si fece coraggio e lentamente, come una damigella che non si voglia sporcare le vesti, s'immerse nell'acqua tiepida. Da lì la laguna si allargava fino a diventare un vero e proprio lago dove volavano a bassa quota le libellule metallizzate e navigavano in formazione strolaghe e oche.

Nuotando a rana, piano, per non agitare niente e con la testa tirata su perché se un po' di quell'acqua fosse venuta a contatto con la sua bocca avrebbe anche potuto morire, Gloria si avviò verso l'altra sponda. Le scarpe da ginnastica la tiravano giù come zavorra. Non doveva assolutamente pensare al mondo sommerso che viveva là sotto. Salamandre. Pesci. Animali schifosi. Larve. Insetti. Topi subacquei. Serpenti. Bisce. Granchi. Coccodrilli... no. Coccodrilli, no.

Mancavano cento metri ancora. Sull'altra sponda, tra le canne, spuntava la poppa bassa della barca.

Forza, sei quasi arrivata.

Oramai c'erano solo poche decine di metri e cominciava già a vedersi sopra la deliziosa terraferma quando sentì, o credette di sentire, un essere, qualcosa di animato, sfiorarle le gambe. Cacciò un urlo e come un'indemoniata si lanciò scoordinatamente verso riva. Affondò con la testa e bevve quella zuppa rivoltante, riemerse, sputò e in quattro bracciate raggiunse la barca e ci saltò su come una foca ammaestrata. Cominciò a boccheggiare, a levarsi di dosso alghe e foglie e a ripetere: «Che schifo! Oddio che schifo! Che schifo! Merda, che schifo!». Aspettò che il fiatone le passasse, poi saltò su una striscia di terra che emergeva dalla laguna. Si guardò intorno.

Si trovava su una microscopica isoletta circondata per metà dalle canne e per metà dalle acque marroni della laguna. Sopra non c'era nulla, se si escludevano un grosso albero torto che con le sue fronde ne ombreggiava gran parte e un piccolo capanno dove, prima che quella diventasse area protetta, venivano i cacciatori a sparare agli uccelli.

Questo era "il posto". Così lo chiamava Pietro.

Il posto di Pietro.

Appena cominciava la stagione buona, e qualche volta anche in quella cattiva, Pietro veniva lì e ci passava più tempo che a casa. Si era organizzato bene. Appesa a un ramo basso dondolava un'amaca. Nel capanno aveva sistemato una borsa termica dove teneva i panini e una bottiglia d'acqua. C'erano anche dei fumetti, un vecchio binocolo, una lampada a gas e una radiolina (che bisognava sentire molto molto bassa).

Solo che ora Pietro non c'era.

Gloria fece il giro dell'isoletta senza trovarne traccia ma poi, dentro il capanno, vide appesa a un chiodo la maglietta. La stessa che Pietro indossava quella mattina.

E mentre usciva di nuovo fuori, lo vide emergere dall'acqua in costume. In faccia aveva una maschera e sembrava il mostro della laguna silenziosa con quelle alghe addosso e in mano...

«Che schifo! Butta quella vipera!» strillò Gloria come una vera femminuccia.

«Non fa schifo per niente. Non è una vipera. È una biscia. Così lunghe non ne avevo mai catturate» disse serio Pietro. La serpe gli si era avvinghiata al braccio cercando disperatamente di fuggire, ma la presa di Pietro era sicura.

«Che ci devi fare?»

«Niente. La studio un po' e poi la lascio libera.» Corse al capanno, prese un retino da pescatore e ce la infilò dentro. «E tu che ci fai qui?» le domandò, e poi le indicò la maglietta sorridendo.

Gloria si guardò. La maglietta bagnata le aderiva al seno e praticamente era nuda. Se la tirò in avanti. «Pietro Moroni, sei un porco... Dammi subito la tua.»

Pietro le allungò la maglietta e Gloria si cambiò dietro l'albero e mise la sua ad asciugare.

Lui si era inginocchiato accanto alla sua biscia e guardava il rettile senza espressione.

«Allora?» gli domandò Gloria sedendosi sull'amaca.

«Allora cosa?»

«Che hai?»

«Niente.»

«Perché non mi hai aspettata a scuola?»

«Non mi andava. Volevo stare da solo.»

«Vuoi che me ne vada? Ti do fastidio?» fece Gloria in tono sarcastico.

Pietro rimase un attimo in silenzio, sempre contemplando il rettile, ma poi disse serio: «No. Puoi rimanere...».

«Grazie. Come siamo gentili, oggi.»

«Non c'è di che.»

«Non te ne importa più che ti hanno bocciato?»

Pietro scosse la testa. «No. Non me ne frega più niente. Pace.» Prese un rametto e cominciò a stuzzicare la biscia.

«E come mai, visto che due ore fa piangevi disperato?»

«Perché doveva essere così. Lo sapevo. Doveva essere così e basta. E se ci sto male non succede niente, solo che sto male.»

«Perché doveva essere così?»

La guardò solo un secondo. «Perché così sono tutti più felici. Mio padre, così, come dice lui, faccio la persona seria e mi metto a lavorare. Mia madre, anzi mia madre no, non si ricorda neanche che classe faccio. Mimmo, così tutti e due siamo stati bocciati e non è l'unico cretino. La vicepreside. Il preside. Pierini. La...» rimase un attimo in silenzio e poi aggiunse: «La Palmieri. Il mondo intero. E pure io».

Gloria cominciò a dondolarsi e la corda legata al ramo cominciò a lamentarsi. «Ma io non capisco una cosa, la Palmieri non ti aveva promesso che non ti avrebbero bocciato?»

«Sì.» La voce di Pietro si incrinò, rompendo la fragile indifferenza.

«E allora perché ti hanno bocciato?»

Pietro sbuffò. «Non lo so e non me ne frega niente. Basta.»

«Non è giusto. La Palmieri è una stronza. Una grande stronza. Non ha mantenuto la promessa.»

«No, non l'ha mantenuta. È come tutti gli altri. È una stronza, mi ha preso in giro.» Pietro lo disse a fatica e poi si mise una mano in faccia per impedirsi di piangere.

«Non sarà neanche andata agli scrutini.»

«Non lo so. Non ne voglio parlare.»

Nell'ultimo mese e mezzo la Palmieri non era più venuta a scuola. Era arrivata una supplente dicendo che la loro professoressa d'italiano era ammalata e che avrebbero finito l'anno con lei.

«No, non ci è andata sicuramente. Se ne è fregata. E quello che ha detto la supplente non è vero. Non è ammalata. Sta benissimo. Io l'ho vista un sacco di volte girare in paese. L'ultima volta qualche giorno fa» Gloria s'infervorò. «E tu l'hai mai vista?»

«Una volta sola.»

«E...?»

Perché Gloria lo stava torturando? Tanto oramai era fatta. «E sono andato da lei. Volevo chiederle come stava, se tornava a scuola. Quasi non mi ha salutato. Ho pensato che avesse i cazzi suoi.»

Gloria saltò a terra. «È la più grande stronza che ho mai conosciuto in tutta la mia vita. Nessuno è peggio di lei. Ti ha fatto bocciare. Non è giusto. Deve pagarla.» Si mise in ginocchio accanto a Pietro. «Dobbiamo fargliela pagare. Dobbiamo fargliela pagare cara.»

Pietro non rispondeva e guardava i cormorani infilarsi come fusi neri nelle acque argentate della laguna.

«Che dici? Gliela facciamo pagare?» ripeté lei.

«Non mi frega niente, oramai...» fece Pietro scoraggiato, tirando su con il naso.

«Sei il solito... Non puoi accettare sempre tutto. Bisogna che reagisci. Bisogna farlo, Pietro.» Gloria ora era inferocita. Avrebbe voluto dirgli anche che era per questo che lo avevano bocciato, perché non aveva le palle, se avesse avuto le palle non sarebbe entrato nella scuola insieme a quella banda d'idioti, ma si trattenne.

Pietro la guardò. «E come gliela faresti pagare, sentiamo? Che le fai?»

«Non lo so.» Gloria cominciò a girare per l'isoletta cercando di farsi venire un'idea. «Ecco, dovremmo farle prendere paura, farla cacare sotto... Che potremmo fare?» A un tratto s'inchiodò e alzò gli occhi al cielo come se fosse stata posseduta dalla verità. «Sono un genio! Sono un grande genio.» Afferrò con due dita il retino con la biscia e lo sollevò in aria. «Le infiliamo questo simpatico animaletto nel lettino. Così, quando se ne va a nanna, le piglia un bell'infarto. Che ne dici, non sono un genio?»

Pietro scosse la testa dispiaciuto. «Poveretta.»

«Come poveretta? È una stronza. Ti ha bocciato...?»

«No, dico poveretta la biscia. Morirà.»

«Morirà? E chi se ne frega! Questa schifosa palude è pìena di schifosi serpenti. Se ne muore uno non succede proprio niente, sai quanti ne muoiono sulla strada sotto le macchine? E tra l'altro non è detto che debba morire. Non succede proprio un cavolo.»

E tanto fece e tanto disse che Pietro, alla fine, tirò fuori un sì.

126

Il piano era semplice. Lo avevano studiato attentamente sull'isola. E si articolava in pochi punti.

1) Se la macchina della Palmieri non c'era, voleva dire che la Palmieri non era in casa. E quindi si doveva saltare al punto tre.

2) Se la macchina della Palmieri c'era, voleva dire che la Palmieri era in casa. E quindi non era cosa, avrebbero tentato un'altra volta.

3) Se la Palmieri non c'era, si sarebbero arrampicati sul terrazzino e da lì si sarebbero introdotti in casa, avrebbero infilato la sorpresina nel letto e se la sarebbero filata via, più veloci del vento.

Questo era quanto.

La macchina della Palmieri non c'era.

Il sole aveva cominciato la sua lenta e inevitabile discesa, aveva sparato le sue frecce migliori e ora il caldo era torrido ma meno torrido di qualche ora prima, non c'era più l'infame canicola che rende la gente pazza e capace di compiere atti terribili e fa sì che la cronaca nera, d'estate, sia particolarmente cruenta e varia.

Un venticello, un desiderio di vento, forse, smuoveva un poco l'aria arroventata. Si annunciava una notte di sonni difficili. Afosa. Stellata.

I nostri due giovani eroi, in sella ai loro mezzi, si erano nascosti dietro la siepe di alloro che cingeva la casa della professoressa Palmieri.

«Perché non lasciamo perdere?» ripeté per l'ennesima volta Pietro.

Gloria cercò di strappargli il sacchetto di plastica con dentro la biscia, legato con uno spago alla vita di Pietro. «Ho capito, te la fai sotto! Ci vado io, tu aspettami qua...»

Perché, alla fine, buoni e cattivi, amici e nemici, lo accusavano di farsela sotto? Perché nella vita è così importante non cagarsi sotto? Perché, per essere considerato un uomo, devi sempre fare l'ultima cosa che ti va di fare al mondo? Perché?

«D'accordo, andiamo...» Pietro s'infilò nella siepe e Gloria lo seguì.

La costruzione era a lato di una stretta strada secondaria che partiva da Ischiano, tagliava per i campi, attraversava un passaggio a livello e si allacciava alla litoranea. Era poco frequentata. A cinquecento metri, nella direzione di Ischiano, c'erano un paio di serre e un'autofficina. La palazzina era un brutto cubo intonacato di grigio con il tetto piatto, le serrande di plastica verde e due terrazzini pieni di piante. Al piano terra le finestre erano chiuse. La professoressa viveva al primo piano.

Per salire scelsero il lato rivolto verso i campi. Così, se qualcuno fosse passato sulla strada, non avrebbe potuto vederli. Ma chi doveva passare? Il passaggio a livello, in quel periodo dell'anno, era chiuso.

La grondaia si trovava al centro della facciata. E correva a un metro dal terrazzino. Non era molto alto. E l'unica difficoltà sarebbe stata allungare la mano fino alla ringhiera.

«Chi va per primo?» domandò a bassa voce Gloria. Erano spalmati come due gechi contro il muro.

Pietro scosse il tubo saggiandone la resistenza. Sembrava abbastanza solido. «Vado io. È meglio. Così poi ti aiuto a montare sul terrazzino.»

Aveva un brutto presentimento, ma cercò di non pensarci.

«D'accordo» Gloria si fece di lato.

Pietro, con la biscia che si agitava nel sacchetto attaccato in vita, si afferrò al tubo con tutte e due le mani e appoggiò i piedi contro il muro. I sandali di plastica non erano il massimo per fare cose del genere, ma si issò ugualmente cercando di metterli sulle staffe che tenevano la grondaia fissata al muro.

Ancora una volta entrava dove non doveva entrare. Ma questa volta, secondo Gloria, con la ragione dalla sua parte.

(*E tu, che ne pensi?*)

Penso che non ci devo andare ma penso anche che la Palmieri è una puttana e si merita questo scherzo.

L'arrampicata procedeva senza difficoltà, il bordo del terrazzino era oramai a un metro, quando la grondaia, senza preavvisi e senza rumori, si staccò. Chissà, forse la staffa era stata cementata male o si era arrugginita. Fatto sta che si staccò dal muro.

Il peso di Pietro la tirò verso il vuoto e se lui, con un colpo di reni degno di un gibbone, non l'avesse mollata appena in tempo, sarebbe precipitato di schiena e... Va be', lasciamo perdere.

Si ritrovò attaccato penzoloni al bordo del terrazzino.

«Porcalamiseria...» mormorò disperato, e cominciò a scalciare cercando di puntellarsi con i piedi contro la grondaia, ma riuscì solo a piegarla di più.

Stai calmo. Non ti agitare. Quante volte ti sei appeso a un ramo di un albero? Puoi resistere anche mezz'ora così.

Non era vero.

Lo spigolo di marmo del terrazzino gli stava segando le dita. Avrebbe retto cinque, dieci minuti al massimo. Guardò in basso. Poteva lasciarsi cadere. Non era altissimo. Ce l'avrebbe anche potuta fare senza grossi danni. L'unico problema era che sarebbe caduto proprio sul vialetto di mattonelle. E le mattonelle, lo sanno tutti, sono famose per essere dure.

Ma se cado bene non mi faccio niente.

(*Le frasi che cominciano con il ma sono sbagliate in partenza.*) Sentì la voce di suo padre.

Gloria stava là sotto e lo guardava con le mani nei capelli.

«Che faccio?» le domandò urlando a bassa voce.

«Buttati. Ti prendo io.»

Ecco, questa era una vera stronzata.

Così ci facciamo male in due.

«Scansati!»

Chiuse gli occhi e stava per mollare, quando si vide a terra con una gamba rotta e l'estate con il gesso. «Col cavolo che mi buttò!» Fece uno sforzo e con una mano s'afferrò a una sbarra della ringhiera, allungò faticosamente una gamba e appoggiò il tallone sul margine del terrazzino, poi s'attaccò anche con l'altra mano, si mise in piedi e scavalcò la ringhiera.

E ora?

La porta-finestra era chiusa. Provò a spingerla. Bloccata.

Questo non era stato previsto dal piano. Ma chi andava a pensare che con quel caldo fetente ci fosse qualcuno che teneva le finestre chiuse come a gennaio?

Mise le mani a coppa contro il vetro e guardò dentro.

Un salotto. Non c'era nessuno.

Poteva provare a forzare la serratura o sfondare il vetro con un vaso. E poi prendere la porta e scappare. Il piano sarebbe fallito (*E chi se ne frega!*), oppure poteva appendersi di nuovo e lasciarsi cadere.

«Entra!» Gloria lo stava chiamando e gesticolava.

401

«È chiusa! La porta è chiusa.»

«Fai presto, potrebbe tornare da un momento all'altro.»

Facile dirlo da là sotto.

Pensa che figura di merda! La Palmieri che mi trova blocca-
to sul suo terrazzino.

Guardò dall'altro lato. A meno di un metro c'era una piccola finestra. Aperta. La serranda era abbassata ma non tanto da impedirgli d'infilarsi dentro.

Ecco la via di fuga.

127

Faceva molto caldo.

Ma l'acqua incominciava a raffreddarsi. Non sentiva più le
gambe e il sedere.

Da quanto tempo stava là dentro? Non poteva dirlo con certezza, visto che si era addormentata. Mezz'ora? Un'ora? Due?
Che importava?

Tra un po' si sarebbe tirata fuori. Ma non ora. Con calma.
Ora doveva sentire la sua canzone. La sua canzone preferita.

Rew. Srrrrrrr. Stoc. Play. Fffff.

«Che strano uomo avevo io, con gli occhi dolci quanto basta, per farmi dire sempre, sono ancora tua e mi mancava il
terreno quando si addormentava sul mio seno... e ripensavo
ai primi tempi quando ero innocente, a quando avevo nei capelli la luce rossa dei coralli, quando ambiziosa come nessuna mi specchiavo nella luna e l'obbligavo a dirmi sempre sei
bellissimaaaa! Sei bellissimaaaa! Ahhh! Ahhh!»

STOP.

Questa canzone era la verità.

In questa canzone c'era più verità che in tutti i libri e in
tutte le stupide poesie che parlano d'amore. E pensare che la
cassetta l'aveva trovata in un giornale. I grandi successi della

musica italiana. Non sapeva neanche come si chiamava la cantante. Non era un'esperta.

Ma diceva delle grandi verità.

Questa canzone avrebbe dovuto insegnarla agli studenti.

«A memoria» mormorò Flora Palmieri facendosi scivolare una mano sulla faccia.

PLAY.

«Sei bellissimaaaa! Sei bellissimaaaa! Ahh!»

«Ti diceva sei bellissima... Ahhh!» prese a cantare anche lei, ma era come avere le pile scariche.

128

«*Sei bellissima.*»

Apre gli occhi. Labbra la stanno baciando.

Piccoli baci sul collo. Piccoli baci sul padiglione dell'orecchio. Piccoli baci sulle spalle.

Gli infila una mano tra i capelli. Capelli che lui si è tagliato per lei (Che ne dici, ti piaccio di più così? Certo che mi piaci di più.)

«*Cos'hai detto?*» *gli chiede stropicciandosi gli occhi e stiracchiandosi. Un raggio di sole macchia il tappeto scuro e fa danzare il pulviscolo nell'aria.*

«*Ho detto che sei bellissima.*»

Piccoli baci sulla gola. Piccoli baci sul seno destro.

«*Ridillo.*»

Piccoli baci sul seno destro.

«*Sei bellissima.*»

Piccoli baci sul capezzolo destro.

«*Di nuovo. Dillo di nuovo.*»

Piccoli baci sul capezzolo sinistro.

«*Sei bellissima.*»

Piccoli baci sulla pancia.

«*Giuralo.*»

Piccoli baci sull'ombelico.

«*Lo giuro. Sei la cosa più bella che conosco. E ora, per favore, mi fai continuare?*»

E i baci riprendono.

129

Pietro scivolò dentro di testa come un pesce in un barile.

Mise le mani avanti e le appoggiò sulle mattonelle e avanzò puntellandosi con i polsi.

A terra era bagnato e si inzuppò la maglietta.

Finì steso accanto al bidet.

In un bagno.

Musica.

«... ma io uscivo a cercarti, nelle strade, tra la gente, mi sembrava di voltarmi, all'improvviso e vederti nuovamente e mi sembra di sentire ancora: Sei bellissimaaa!»

Loredana Berté.

La conosceva quella canzone, perché Mimmo aveva il disco.

Si mise in piedi.

Era buio.

E faceva molto caldo.

Cominciò a grondare sudore.

E c'era un odore... cattivo.

Per venti secondi fu praticamente cieco. Era in un bagno, su questo non c'erano dubbi. C'era una luce ma era coperta da un panno e non illuminava. Il resto era in penombra. Le pupille gli si restrinsero e poté finalmente vedere.

La professoressa Palmieri era stesa nella vasca.

Tra le mani stringeva un vecchio mangiacassette, quelli con l'astuccio di plastica nera, che strillava: sei bellissima. Un filo elettrico attraversava tutto il bagno e finiva in una presa accanto alla porta. C'era molto disordine. Vestiti ammucchiati sul pavimento. Panni bagnati nel lavandino. Lo specchio imbrattato di segnacci rossi.

La Palmieri spense il registratore e lo guardò. Non pareva sorpresa. Come se fosse la cosa più normale del mondo che qualcuno le entrasse in casa dalla finestra.

Ma lei non era normale.

Per niente.

Intanto la faccia era diversa, molto dimagrita (quei volti degli ebrei nei campi...), e poi nell'acqua della vasca galleggiavano pezzi di pane spappolato, bucce di banana e un «TV, Sorrisi & Canzoni».

La professoressa gli domandò con una leggerissima vena di stupore: «Che ci fai tu qui?».

Pietro abbassò lo sguardo.

«Non ti preoccupare. Non mi vergogno più. Puoi guardarmi. Che vuoi?»

Pietro alzò gli occhi e li riabbassò.

«Che c'è, ti faccio schifo?»

«Noo n...» balbettò imbarazzato.

«Allora guardami.»

Pietro si costrinse a guardarla.

Era bianca come un cadavere. O meglio, come le statue di cera. Giallognola. E le tette sembravano due grosse scamorze adagiate nell'acqua. Aveva le costole di fuori. La pancia tonda e gonfia. E i peli rossi. E le braccia lunghe. E le gambe lunghe.

Faceva paura.

Flora sollevò la testa, guardò il soffitto e urlò: «Mamma! Abbiamo ospiti! È venuto a trovarci Pietro». Girò la testa, come se qualcuno le stesse parlando, ma nessuno parlava. La casa era una tomba. «No, non ti preoccupare, non è quello di prima.»

È impazzita, si disse **Pietro**.

405

«*Stiamo bene, vero?*»

Flora sorride.

«*Che fai, non mi rispondi? Allora stiamo o non stiamo bene insieme?*» *insiste lui.*

«*Sì. Stiamo bene.*»

Sono abbracciati su una duna di sabbia a trenta metri dalla riva. In un cesto ci sono panini incartati nella stagnola e una bottiglia di vino rosso. Il mare è triste, così grigio, increspato dal vento. Dello stesso colore del cielo. E l'aria è così pulita che le ciminiere a strisce della centrale di Civitavecchia sembrano lì.

Lui prende la chitarra e comincia a suonare. Un passaggio gli risulta difficile. Lo prova un paio di volte. «*È una milonga. L'ho composta io.*» *Smette di suonare e ha un'espressione di fastidio.* «*Cos'è che mi fa male?*» *S'infila una mano nella tasca dei pantaloni e tira fuori una scatoletta di velluto blu.* «*Ecco cos'era. Guarda te, alle volte, cosa ti finisce nelle tasche.*»

«*Cos'è?*» *Flora scuote la testa.*

Ha capito.

Lui le mette la scatoletta in mano.

«*Sei impazzito?*»

«*Tu aprila.*»

«*Perché?*»

«*Se non la apri, vorrà dire che dovrò lanciarla ai pesci. E la prossima estate ci sarà un subacqueo fortunato.*»

Flora la apre.

Un anello. D'oro bianco e ametista.

Flora lo infila al dito. Perfetto. «*Cos'è?*»

«*Una formale richiesta di matrimonio.*»

«*Sei impazzito?*»

«*Completamente. Se non ti piace, dillo, il gioielliere è un amico mio, possiamo cambiarlo. Non ci sono problemi.*»

«*No, è bellissimo, mi piace.*»

«Allora, che sei venuto a fare?»

«Ecco...» *Per farle uno scherzo, ma visto come sta non credo che...* Pietro non sapeva cosa dire.

«Allora è vero che ti infili come un ladro nelle case degli altri? Volevi sfondarmi il televisore? Se lo vuoi fare, non c'è problema. Accomodati in salotto. Non lo guardo più da un pezzo. Questa volta, però, non mi sembra che nessuno ti abbia costretto a entrare, o mi sbaglio?»

Giù c'è una persona che...

La porta era là. Poteva scappare.

«Non ci pensare neanche. Ora sei qua e te ne vai quando lo dico io. Negli ultimi tempi non abbiamo avuto molti ospiti con cui conversare.» Poi, rivolta al soffitto: «Vero, Mamma?». Con un dito indicò il sacchetto appeso alla vita di Pietro. «Che hai là dentro? Si muove qualcosa...»

«Niente» Pietro minimizzò. «Niente.»

«Fammi vedere.»

Si avvicinò. Sudava come una fontana. Pure dietro le ginocchia. Staccò il sacchetto e lo tenne in mano. «C'è un serpente.»

«Mi volevi far mordere?» domandò la professoressa interessata.

«No, è una biscia, non morde» cercò di giustificarsi Pietro, ma senza essere troppo convincente. Era colpa della professoressa, lo faceva stare male.

Sentiva la follia di quella donna avvolgerlo come una nube tossica capace di fare impazzire anche lui. Non aveva più niente della professoressa Palmieri, la buona professoressa Palmieri con cui aveva parlato quella sera d'inverno alla Cooperativa. Era un'altra persona e per di più matta come una mucca pazza.

Voglio andarmene.

La professoressa mise il registratore sul bordo della vasca e prese il sacchetto. Lo aprì e stava per guardarci dentro quando la testa appuntita del serpente, seguito dal resto del corpo sinuoso, schizzò fuori finendo nella vasca e cominciò a nuotarle tra le gambe. La Palmieri rimase immobile e non si capiva se avesse paura, se le piacesse, o cosa.

Poi il rettile superò il bordo e sguscò fuori della porta del bagno.

La professoressa cominciò a ridere. E la risata era forzata e innaturale come quella di un'attrice scadente. «Ora è libero di scorrazzare per casa. Non ho mai avuto animali. È quello adatto a me.»

«Me ne posso andare, adesso?» implorò Pietro.

«Ancora no.» Flora allungò un piede avvizzito fuori della vasca. «Di cosa possiamo parlare? Be', ti posso dire che a me negli ultimi mesi non è andata proprio nel migliore dei modi...»

132

Ha finito di cucinare. È tutto pronto. L'arrosto è nel forno. Le tagliatelle sono condite e si raffreddano sul tavolo. Dov'è finito? Di solito è così puntuale. Forse ha fatto tardi con l'arredatore milanese. Arriverà. Flora ha comprato dal giornalaio il video di Via col vento. *Lui le ha regalato un videoregistratore.*

E finalmente arriva.

Ma va di fretta. È sfuggente. È strano. La bacia appena. Le dice che ha un po' di problemi con la jeanseria (che brutto nome). Che stasera non ce la fa a rimanere a cena. Quali problemi? Non glielo domanda. Lui dice che la chiama domani mattina. E domani sera si vedranno il film. La bacia sulla (e non nella) bocca ed esce.

Flora si mangia le tagliatelle fredde e guarda Via col vento.

«Da quella sera di *Via col vento* non l'ho mai più visto» ridacchiò la professoressa. «Mai più. E neanche sentito.»

Quale sera? E chi? Di cosa stava parlando? Pietro non capiva, ma non aveva certo voglia di approfondire.

(*Lasciala parlare.*)

«C'è da ridere, ora. Ma non sai sulle prime come... lasciamo perdere. Il giorno dopo neanche una telefonata. La sera niente, non finiva mai quella giornata. E io lo sapevo. Già sapevo tutto. Ho provato a chiamarlo sul cellulare ma rispondeva sempre la segreteria. Gli ho lasciato dei messaggi. Ho aspettato tre giorni e poi l'ho chiamato a casa. E la madre mi dice che non c'è. E che non ha messaggi per me. E poi si fa scappare che suo figlio è partito, non sa dirmi di più. Come partito? Dov'è andato? Non sa dirmi di più, capisci? Non mi ha lasciato neanche un messaggio.» La professoressa ruppe in un pianto silenzioso, poi si gettò dell'acqua in faccia e sorrise. «Basta, piangere. Ho pianto troppo. E piangere non serve a niente. Giusto?»

Pietro fece segno di sì con la testa.

Perché sono venuto qua? Mannaggia a me... Mannaggia... Dovrebbe vederla Gloria, dovrebbe vedere come sta. Ma di chi si è innamorata?

«Era partito. Se n'era andato. Senza dirmi niente, senza salutarmi. Io lo sapevo che quell'uomo non valeva niente. Era un buffone, mia madre me lo aveva detto subito. Lo sapevo benissimo. È questo che mi fa male. Ma mi aveva stregata con le sue parole, la sua musica, i bei progetti, quell'anello. Non mi lasciava in pace. Mi torturava. Mi ci faceva credere. E adesso ti dico una cosa, una cosa spassosa. Sei il primo a cui lo racconto, signorino. Devi esserne onorato. Il nostro amico mi ha lasciato il ricordino» si afferrò al bordo e tirò su la schiena.

«Pietro, sono incinta. Aspetto un bambino.»
E ricominciò a ridere.

134

Flora infila la mano nella tasca del cappotto e stringe la strisciolina di plastica che le ha raccontato la verità su quelle nausee, su quel ritardo, su quella debolezza che lei imputava al cuore spaccato. Sale in macchina e va alla merceria Biglia. Spegne il motore. Lo riaccende. Lo spegne di nuovo. Esce dalla macchina ed entra nel negozio.

Gina Biglia è dietro il bancone e parla con due clienti. Quando vede Flora, spalanca la bocca e fa segni con gli occhi. Le due si mettono in un angolo, guardano nel cassetto dei bottoni ma non se ne vanno. Figurarsi! Orecchie puntate come lupi.

«Dov'è andato?» ansima Flora con la voce rotta. «Lo devo sapere. Non me ne vado finché non me lo dice.»

«Non lo so.» Gina Biglia si agita. «Mi dispiace, non lo so.»

Flora si siede sullo sgabello, si copre la faccia con le mani e comincia a tremare, scossa dai singhiozzi.

«Scusatemi» la signora Biglia spinge le clienti fuori dal negozio, poi chiude a chiave la porta. Si avvicina a Flora. «Non faccia così, la prego. Non pianga, per l'amor di Dio. Non pianga!»

«Dov'è andato?» Flora le prende una mano e gliela tiene stretta.

«D'accordo, glielo dico. Le dico tutto quello che so. Basta che non faccia così, che smetta di piangere, che si calmi. È andato in Giamaica.»

«In Giamaica? Perché?»

Gina Biglia abbassa lo sguardo. «Per sposarsi.»

«Lo sapevo, lo sapevo, lo sapevo, lo sape...» ripete Flora, poi prende dalla tasca il test di gravidanza e glielo porge.

«Ora vattene. Non ti voglio più vedere. Sono stanca.» Flora raccolse un pezzo di pane che galleggiava e cominciò a ridurlo in poltiglia.

Pietro si girò e se ne stava andando quando, senza volerlo, senza desiderarlo, gli uscì fuori: «Perché mi hanno bocciato?».

«Ecco perché sei venuto, adesso capisco, finalmente.» Prese una spazzola con l'intenzione di pettinarsi, ma poi la lasciò cadere in acqua. «Lo vuoi sapere davvero? Sei sicuro di volerlo sapere?»

Lo voleva sapere? No, non lo voleva sapere, ma si girò lo stesso e domandò di nuovo: «Perché?».

«Non poteva andare che così. Tu non capisci niente. Sei stupido.»

(*Non ascoltarla. È cattiva. È pazza. Vai via. Non ascoltarla.*)

«Ma lei aveva detto che ero bravo. Mi aveva promesso...»

«Vedi che sei stupido? Non lo sai, forse, che le promesse sono fatte per non essere mantenute?»

Era una strega. Con quegli occhi grigi infossati nelle orbite violacee, quel naso affilato, quei capelli da pazza...

Sei la strega malvagia.

«Non è vero.»

«È vero. È vero» fece Flora lanciando svogliatamente una buccia di banana sul pavimento.

Pietro cominciò a scuotere la testa. «Dice queste cose perché sta male. Perché è stata lasciata, solo per questo dice queste cose. Non le pensa veramente, io lo so.»

Flora è stesa sul letto. Non ce l'ha più con lui. Se torna lo perdonerà. Perché così non ce la fa proprio più. La madre di Gra-

ziano ha detto quelle cose per farle male, perché è una donna cattiva. Non sono vere. Non è vero che Graziano si è sposato. Lui tornerà. Presto. Lei lo sa. E se lo riprenderà. Perché senza di lui non riesce a fare nulla e nulla ha più senso. Svegliarsi la mattina. Lavorare. Occuparsi di mamma. Dormire. Vivere. Nulla ha più senso senza di lui. Lei lo chiama tutte le notti. Lo può far tornare. Sa di poterlo fare. Con la mente. Se riesce a parlare con sua madre che è confinata in un altro mondo, con lui, che è solo dall'altra parte dell'oceano, sarà facile. Gli dice di tornare subito. Graziano, torna da me.

137

Flora spalancò la bocca sulla chiostra di denti gialli e schiumò: «Stai zitto! Lo sai perché hanno promosso Pierini? Perché prima se lo levano di torno e meglio è. Non lo vogliono vedere mai più. Non potevano bocciarlo, quello è capace di smontargliela, la loro maledetta scuola. E farebbe bene. Hanno paura. Lo sai che ha fatto a me? Mi ha dato fuoco alla macchina. Un regalino perché ho fatto la spia. Ora tu vuoi sapere perché ti hanno bocciato. Te lo spiego. Perché sei immaturo e infantile. Aspetta... Come ha detto la vicepreside? Un ragazzo con seri problemi caratteriali e con una famiglia problematica e difficoltà d'inserimento nel gruppo scolastico. In altre parole, perché non reagisci. Sei timido. Non ti integri. Non sai essere come gli altri. Perché tuo padre è un alcolizzato violento e tua madre una malata di nervi imbottita di medicine e tuo fratello un povero idiota bocciato tre volte. Diventerai come loro. E ti dico una cosa, togliti dalla testa il liceo, togliti dalla testa l'università. Prima capisci chi sei, prima starai meglio. Non hai spina dorsale. Ti hanno bocciato perché permetti agli altri di farti fare cose che non vuoi fare.

(*E a venire qua dentro mi ci ha obbligato Gloria...*)

«Tu non ci volevi entrare nella scuola, quante volte hai ripetuto questa frase in presidenza? E ogni volta ti davi sempre di più la zappa sui piedi, dimostrando quanto eri debole e immaturo.» Prese un attimo di respiro, lo guardò con disprezzo e aggiunse: «Tu sei come me. Tu non vali niente. Io non ti posso salvare. Non ti voglio salvare. A me non mi ha salvato nessuno. A te ti fregheranno perché non reagi...».

Un attimo.

Un maledetto attimo.

Il maledetto attimo in cui lo sbruffone decide d'incamminarsi sul parapetto.

Il maledetto attimo in cui lanci la pietra dal ponte.

Il maledetto attimo in cui ti pieghi a raccogliere le sigarette, ti tiri su e davanti a te, oltre il parabrezza, c'è una sagoma a bocca aperta inchiodata sulle strisce bianche.

Il maledetto attimo che non torna più.

Il maledetto attimo capace di cambiarti la vita.

Il maledetto attimo in cui Pietro reagì e posò il piede sul filo elettrico e tirò e il registratore cadde nell'acqua con un semplice...

Plof.

138

L'interruttore dell'elettricità, accanto al contatore, scattò con un rumore secco.

Nel bagno calò il buio.

Flora si sollevò urlando, forse convinta di rimanere folgorata, forse solo per istinto, fatto sta che si sollevò, rimase un secondo in bilico su un piede, ancora uno e un altro in cui si rese conto che sarebbe scivolata e scivolò indietro e, allargando le braccia, ricadde nel buio.

Toc.

Sentì un colpo terribile alla base della nuca. Un colpo secco che le fece vibrare la mascella e il resto del cranio.

Lo spigolo.

Se avesse incollato sul fondo della vasca quei fiori di plastica che aveva visto a Orbano e che costavano dodicimila lire l'uno (troppo per una cosa così brutta), forse non sarebbe morta, ma probabilmente neanche questo l'avrebbe salvata. Dopo tre ore, immobili nell'acqua, le gambe sono pezzi di legno.

Era di nuovo stesa nella vasca.

Con una mano si tastò la nuca. Non riusciva a capire. Sentiva una roba viscida che le impiastricciava i capelli. E sentiva i bordi della ferita gonfiarsi. E se ci infilava un dito sentiva che era profonda. Il colpo era stato violento.

Non riusciva a capire. Non faceva male. Per niente. Ma si disse che le cose brutte all'inizio non fanno male.

Provò a tirarsi su. Ci riprovò.

Come mai stava bene e non riusciva ad alzarsi? In realtà, sentiva di sprofondare lentamente nell'acqua. Ecco cos'era, le gambe e le braccia non ubbidivano.

Forse mamma provava qualcosa del genere no questo è morbido non è rigido come mamma mi sto sciogliendo lentamente e l'acqua sa di salato e metallo sa di sangue.

L'acqua le arrivò alla bocca.

Non posso morire semplicemente non posso è vietato non lo posso fare mamma mamma chi si occuperà di mamma se non c'è la figlioletta tua la tua Flo e sennò a quest'ora mi ero uccisa già da un pezzo mamma.

Mamma! Mamma! Sto Morendo! Mamma.

414

Un urlo agghiacciante, l'acqua che schizzava e un colpo sordo contro la vasca.

Pietro si coprì gli occhi, si riempì d'aria e non urlò ma si lanciò fuori dal bagno alla ricerca della porta d'ingresso e ci passò davanti senza vederla. Era tutto in ombra. Finì in cucina. Una porta. L'aprì. Un tanfo caldo di escrementi lo colpì come un pugno. Fece due passi e c'era una staccionata, una barriera, qualcosa di ferro, qualcosa che lui superò di testa e finì a bocca aperta su un corpo duro, un corpicino che rantolava e ansimava, cominciò a scalciare e ad agitarsi e a strillare come un epilettico e scavalcò quello che era e corse indietro sbattendo contro gli spigoli e rovinando sul mobiletto del telefono e finalmente vide la porta d'ingresso, girò la maniglia e si lanciò giù per le scale.

Respirava con il naso.

Il resto della testa era sott'acqua.

Aveva gli occhi aperti. L'acqua era calda. Aveva un sapore amaro. Spirali rosse le roteavano davanti. Cerchi sempre più larghi, più larghi, un vortice e un rumore, un rumore cupo nelle orecchie, il rombo di un aereo in volo dalla Giamaica e c'era Graziano seduto che tornava *perché io l'ho chiamato e c'è una collina che gira e c'è mamma e papà e Pietro e Pietro e perché io Flora Palmieri nata a Napoli e un piccolo bambino con i capelli rossi e Graziano suona e arrivano i koala i grandi koala argentati ed è così facile la cosa più facile del mondo seguirli oltre la collina.*

Quello che vide le diede un ultimo spasmo, sorrise e, quando finalmente si lasciò andare, smise di essere presa dal vortice.

19 giugno

La bocca socchiusa, le mani intrecciate dietro la nuca, Pietro guardava le stelle.

Non le sapeva riconoscere. Ma sapeva che ce n'era una, la stella polare, quella dei marinai, più luminosa delle altre, anche se quella notte erano tutte ugualmente luminose.

Il cuore si era assopito, lo stomaco non borbottava più, la testa si era placata e Pietro se ne stava rilassato a sonnecchiare sulla spiaggia. Gloria gli stava accanto. Da un po' non si muoveva più. Dormiva, probabilmente.

Erano più di sei ore che erano lì e dopo tutto quel tempo passato a disperarsi, a ripeterle per cento volte come erano andate le cose, a farsi le stesse domande, a decidere cosa fare, la stanchezza aveva avuto il sopravvento e ora Pietro si sentiva solo stanco da morire, sfinito nel corpo e senza voglia di pensare.

Gli sarebbe piaciuto rimanere così, a guardare il cielo, sdraiato su quella sabbia calda, per il resto della vita. Ma non era facile, perché il piccolo psicologo che era in lui, improvvisamente, si risvegliò e domandò: *Allora, come ci si sente dopo aver ucciso la propria professoressa d'italiano?*

Non sapeva rispondere, però poteva dire che dopo aver

ucciso un altro essere umano non si muore e il corpo continua a funzionare e anche il cervello, ma non è più come prima. Sì, perché da quel momento fino all'ultimo dei suoi giorni ci sarebbero stati un prima e un dopo. Come per la nascita di Gesù. Solo che nel suo caso era prima e dopo la morte della professoressa Palmieri. Guardò l'orologio. Erano le due e venti del 19 giugno, primo giorno d.F.P.

L'aveva fulminata.

Senza una ragione. E se c'era, Pietro non la capiva, non la voleva capire, era chiusa da qualche parte dentro di lui e ne poteva avvertire solo la sconvolgente potenza, una potenza capace di trasformarlo in un pazzo, in un assassino, in un mostro.

No, non sapeva perché l'aveva ammazzata.

(*Ti ha detto quelle cose orribili su di te e la tua famiglia.*)

Sì, ma non era per quello.

Ecco, era una specie di sfogo. Dentro di lui c'erano tonnellate di tritolo pronte a esplodere e lui non lo sapeva. La professoressa aveva toccato il bottone giusto che attivava il detonatore.

Come quei tori della corrida che se ne stanno lì in mezzo allo stadio e soffrono come bestie ferme e c'è il torero di merda che li massacra e loro niente ma un certo punto gliene infila uno di troppo dei suoi spiedi e il toro esplode e quello può fare tutte le danze che vuole ma si ritrova un corno tra le budella e il toro che lo solleva e lo fa volare in aria con le interiora di fuori e il sangue che gli esce dalla bocca e tu sei felice perché quel gioco spagnolo d'infilarti gli spiedi nella schiena dove fa più male fino a quando non ne puoi più è il gioco più cattivo della terra.

Questa poteva essere una ragione, ma non era abbastanza per giustificare ciò che aveva fatto.

Sono un assassino. «Un assassino. Un assassino. Pietro Moroni è un assassino.» Suonava bene.

Lo avrebbero scoperto e lo avrebbero sbattuto in carcere per il resto dei suoi giorni. Sperava di avere una stanzetta (una celletta) tutta per sé. Avrebbe potuto leggere dei libri (nelle prigioni ci sono le biblioteche). Avrebbe guardato la televisione (Gloria gli avrebbe potuto regalare la sua) e sarebbe stato lì dentro. Avrebbe dormito e mangiato. Era tutto quello di cui aveva bisogno.

Tranquillo per sempre.

Devo andare dalla polizia a confessare.

Allungò un braccio e scosse Gloria. «Dormi?»

«No.» Gloria si girò verso di lui. Gli occhi le luccicavano di stelle. «Stavo pensando.»

«A cosa?»

«Al fidanzato della Palmieri. Chi potrebbe essere?»

«Non lo so. Non me lo ha detto.»

«Lo amava così tanto che è impazzita...»

«Stava molto male. Come se fosse ammalata, non come Mimmo quando Patrizia lo lascia.»

Strano. Non aveva mai pensato a cosa facesse la Palmieri dopo la scuola, se le piaceva guardare i film o andare a fare le passeggiate, se le piaceva andare a funghi, se preferiva i gatti o i cani. Forse gli animali non le piacevano, forse aveva paura dei ragni. Non aveva mai nemmeno immaginato come poteva essere la sua casa. Rivide il balconcino pieno di gerani rossi, il bagno in penombra tutto sporco, il corridoio con quel poster con i girasoli e la stanzetta buia con quella cosa viva dentro. Era come se, per la prima volta, avesse scoperto che la sua professoressa era anche una persona, una donna che viveva sola e che aveva una sua vita, non una figura di cartone senza niente dietro.

Ma ora tutto questo non aveva più importanza. Era morta.

Pietro si mise seduto a gambe incrociate. «Senti Gloria, io ci ho pensato, devo andare alla polizia. Devo andarglielo a

418

dire. Se confesso, è meglio. Lo dicono sempre nei film. Ti trattano meglio, dopo.»

Gloria neanche si mosse, ma sbuffò. «Basta, che palle! La devi smettere. Ne abbiamo parlato per due ore. Nessuno ti ha visto. Nessuno sa che ci sei stato. Noi due non ci siamo mai andati là, capito? Eravamo alla laguna. La Palmieri è impazzita. Ha fatto cadere il registratore nell'acqua ed è morta fulminata. Fine della storia. Quando la troveranno, crederanno che è stato un incidente. È così. Adesso basta. Lo avevi detto pure tu, che fai ora, cambi idea?».

«Lo so, ma continuo a pensarci. Non riesco a non pensarci. Non ce la faccio» disse Pietro infilando le mani nella sabbia.

Gloria si sollevò e gli mise un braccio intorno al collo. «Quanto vuoi scommettere che non ti ci faccio più pensare?»

Pietro accennò un sorriso. «E come?»

Lei gli prese una mano. «Facciamoci un bagno, ti va?»

«Un bagno?! No, non mi va. Non ne ho voglia per niente.»

«Forza. L'acqua sarà caldissima.» Lo prese per un braccio. Alla fine Pietro si mise in piedi e si fece trascinare sul bagnasciuga.

Anche se c'era solo una mezza luna, la notte era luminosa. Le stelle arrivavano fin dentro il mare piatto come una tavola. Non c'erano rumori se si escludeva lo sciabordio dell'acqua che smuoveva la sabbia. Tra le dune alle loro spalle la vegetazione formava un groviglio nero punteggiato dalle luci intermittenti delle lucciole.

«Io mi butto, se non lo fai pure tu sei uno stronzo.» Gloria si tolse la maglietta di fronte a Pietro. Aveva i seni piccoli e così pallidi rispetto al resto del corpo abbronzato. Gli lanciò un sorriso malizioso e poi si voltò, si sfilò pantaloncini e mutande e urlando si gettò in acqua.

Si è spogliata davanti a me.

«È bellissima! È caldissima. Forza, vieni! Ti devo pregare in ginocchio?» Gloria si mise in ginocchio e congiunse le

419

mani. «Pietruccio, Pietruccio, ti prego, fai il bagnetto con me?» E lo diceva con una voce...

Sei scemo? Vai, forza, che aspetti?

Pietro si tolse la maglietta, si sfilò i pantaloncini e, in mutande, si gettò nell'acqua.

Il mare era caldo, ma non tanto da non dargli una sferzata che gli ripulì la stanchezza che aveva addosso. Prese un respiro grande e s'immerse nell'acqua bassa e cominciò a nuotare vigorosamente a rana a dieci centimetri dal fondo sabbioso.

Ora doveva solo nuotare. Spingere sempre di più, seguire il fondale fino al largo, come una manta o una razza, fino a quando non avesse avuto più aria a sufficienza, fino a quando i polmoni gli fossero scoppiati come palloncini. Aprì gli occhi. E c'erano le tenebre fredde, ma continuò a spingere a occhi aperti e cominciava a sentire il bisogno di respirare, *fregatene, vai avanti,* che gli azzannava il torace, la trachea, la gola, ancora cinque bracciate e, quando le ebbe fatte, si disse che ne poteva fare altre cinque, come minimo sette sennò era una merda, e stava per sentirsi male ma ne doveva fare ancora dieci, come minimo dieci e ne fece una, due, tre, quattro, cinque e a quel punto si sentì veramente come se dentro gli esplodesse una bomba nucleare e riemerse boccheggiando. Era lontano dalla riva.

Ma non così tanto come si era immaginato.

Vide la testa bionda di Gloria che girava a destra e a sinistra cercandolo. «Gl...» ma poi tacque.

Saltava preoccupata. «Pietro? Dove sei? Non fare il cretino, per favore. Dove sei?»

Gli ritornò in mente la canzone che la professoressa stava ascoltando quando era entrato nel bagno.

Sei bellissima! Ti diceva sei bellissima.

Gloria, sei bellissima. Gli sarebbe piaciuto dirglielo. Non ne aveva mai avuto il coraggio. Queste cose non si dicono.

S'immerse e fece qualche metro. Quando riemerse, le era più vicino.

«Pietro! Pietro, mi stai mettendo paura! Dove sei?» Era nel panico.

S'immerse di nuovo e le fu alle spalle.

«Pietro! Pietro!»

La afferrò alla vita. Lei fece un salto, si girò. «Stronzo! Vaffanculo! Mi hai fatto morire di paura! Ho pensato...»

«Cosa?»

«Niente. Che sei un cretino.» Prese a schizzargli addosso l'acqua, poi gli saltò addosso. Cominciarono a lottare. Ed era una cosa terribilmente piacevole. I seni contro la schiena. Il sedere. Le cosce. Lei lo spinse sotto e gli si avvinghiò con le gambe contro il bacino.

«Chiedi pietà, maledetto!»

«Pietà!» rise Pietro. «Uno scherzetto.»

«Bello scherzetto! Usciamo, che mi sto congelando.»

Corsero sulla spiaggia e si gettarono, uno vicino all'altra, dove la sabbia era ancora calda. Gloria cominciò a strofinarlo per asciugarlo, ma poi gli avvicinò la bocca all'orecchio e sospirò: «Mi dici una cosa?».

«Cosa?»

«Ma tu mi vuoi bene?»

«... Sì» rispose Pietro. Il cuore aveva cominciato a marciargli sotto lo sterno.

«Come mi vuoi bene?»

«Tanto.»

«No, voglio dire, tu...» Prese un respiro imbarazzata. «Mi ami?»

Pausa.

«Sì.»

Pausa.

«Veramente?»

«Credo di sì.»

«Come la Palmieri? Ti uccideresti per me?»

«Se fossi in pericolo di vita...»

«Allora facciamolo...»

«Cosa?»

«L'amore. Facciamo l'amore.»

«Quando?»

«Dopodomani. Quanto sei scemo! Ora, adesso. Io non l'ho mai fatto, tu... Tu non l'hai mai fatto...» fece una smorfia. «Non mi dire che l'hai fatto. Non è che, senza dirlo a nessuno, lo hai fatto con quel mostro della Marrese?»

«L'avrai fatto tu con la Marrese...» protestò Pietro.

«Sì, sono lesbica e non te l'ho mai detto. Amo la Marrese.» Cambiò tono, divenne seria. «Dobbiamo farlo adesso. Non sarà difficile?»

«Non lo so. Ma come...?»

Pausa.

«Come cosa?»

«Come incominciamo?»

Gloria alzò gli occhi alla notte e poi, impacciata. «Be', per esempio potresti baciarmi. Sono già tutta nuda.»

Fu una piccola tragedia di cui è meglio non raccontare i particolari. Fu brevissimo, complicato e incompleto e li lasciò pieni di domande e timori, scombussolati, incapaci di parlarne e avvinghiati come gemelli siamesi.

Ma poi lei disse: «Mi devi giurare una cosa, Pietro. Me lo devi giurare sul nostro amore. Giura che non racconterai mai a nessuno della Palmieri. Mai. Giuramelo».

Pietro rimase in silenzio.

«Giuramelo.»

«Te lo giuro. Te lo giuro.»

«Te lo giuro anch'io. Non lo dirò a nessuno. Nemmeno tra dieci anni. Mai.»

«Tu pure devi giurarmi una cosa, che rimarremo sempre

amici, che non ci lasceremo mai, anche se io sarò in seconda e tu in terza.»

«Te lo giuro.»

142

Zagor abbaiava.

Ossessivamente, come se qualcuno avesse scavalcato il cancello e fosse nel cortile. L'abbaio soffocato dalla catena. Rauco e bolso.

Pietro si alzò dal letto. S'infilò le pantofole. Scostò una tendina della finestra e guardò nell'oscurità. Non c'era nessuno. Solo un cagnaccio scemo che si strangolava e sollevava le livide labbra sulle fauci schiumose.

Mimmo dormiva. Pietro uscì dalla stanza e aprì la porta della camera dei genitori. Dormivano anche loro. Le teste nere spuntavano appena dalle coperte.

Come fanno a non svegliarsi con tutto questo casino? pensò, e nel momento in cui lo pensò Zagor tacque.

Silenzio. Il fruscio del vento nel bosco. Lo scricchiolio delle travi del soffitto. Il ticchettio della sveglia. Il motore del frigorifero giù in cucina.

Pietro tratteneva il respiro e rimaneva in attesa. Poi finalmente li sentì. Dietro la porta di casa. Così attutiti da essere appena percettibili.

Tump. Tump. Tump.

Passi.

Passi sulle scale.

Silenzio.

E cominciò a bussare sulla porta.

Pietro spalancò gli occhi.

Era in un bagno di sudore e respirava affannosamente.

E se è viva?

Se era viva, lo avrebbe scoperto.

Mollò la bicicletta dietro la siepe d'alloro e si avvicinò cauto alla palazzina.

Niente sembrava cambiato dal giorno prima. La strada era deserta. Era ancora presto e le parti più basse del cielo scuro si tingevano di un azzurro chiaro. L'aria era fresca.

Guardò in su. La finestra del bagno era aperta. Quella del terrazzino chiusa. E la grondaia se ne stava piegata da un lato. La porta a vetri d'ingresso della palazzina era chiusa. Tutto uguale.

Adesso come entrava? Poteva forzare la porta d'ingresso?

No.

Se ne sarebbero accorti.

La grondaia?

No.

Sarebbe caduto di sotto.

Un'idea: ti arrampichi fino a dove puoi, poi ti lasci cadere, ti fai male (ti rompi una gamba), poi vai dalla polizia e dici che la professoressa ti ha chiamato che non stava bene e tu hai suonato al citofono ma non rispondeva e allora hai tentato di arrampicarti sulla grondaia e sei caduto. E gli dici di andare a controllare.

No, non va bene.

Uno, la professoressa non ti ha chiamato. Se interrogano papà e mamma lo scoprono subito.

Due, se non è morta, dirà alla polizia che sono stato io a tentare di ucciderla.

Doveva trovare un altro modo per entrare. Girò intorno alla palazzina, alla ricerca di un lucernario, di un buco dove infilarsi. Dietro i tubi anneriti della caldaia vide una scala di alluminio coperta di foglie e ragnatele. La tirò fuori.

Quello che stava facendo era molto pericoloso. Una scala contro una finestra l'avrebbe vista chiunque fosse passato di là. Ma doveva rischiare. Con quel macigno sulla coscienza non ci poteva stare un minuto di più. Doveva salire e scoprire se era viva.

(*E se è viva?*)

Le chiedo perdono e chiamo l'ambulanza.

Portò la scala sul davanti, e con fatica riuscì a posizionarla contro il muro. Salì veloce, prese una boccata d'aria ed entrò di nuovo nella casa della professoressa Palmieri.

143

Il jumbo della British Airways, partito da Kingston (Giamaica) con scalo a Londra, beccheggiando come un enorme tacchino si posò sulla pista dell'aeroporto Leonardo Da Vinci di Roma, rallentò, si fermò e spense i motori.

Gli assistenti di bordo aprirono il portello e i passeggeri cominciarono ad accalcarsi giù per la scaletta. Tra i primi a uscire, vestito con una camicia sahariana, un paio di bermuda di tela blu, scarpe da roccia, un cappellino con visiera e un enorme borsone nero a tracolla, c'era Graziano Biglia. In mano stringeva il cellulare e quando, dopo un paio di *bip*, apparve sul piccolo schermo digitale del suo Nokia la scritta TIM e vide le cinque tacche della ricezione perfetta, sorrise.

Questo significa essere a casa.

Richiamò dalla rubrica il numero memorizzato di Flora e premette invio.

Occupato.

Fece cinque tentativi, mentre veniva stipato insieme agli altri passeggeri nel pullman, ma senza successo.

Non importa, le farò una sorpresa.

Sbrigò le formalità doganali, prese dal tapis roulant la sua valigia e un'enorme scultura in legno di una ballerina nera.

Bestemmiò.

Nonostante l'imballaggio, durante il volo la ballerina ave-

425

va perso la testa. Il regalo per Flora. Gli era costato una cifra. Dovevano ripagarglielo. Ma non ora. Ora aveva fretta.

Uscì nell'atrio dell'aeroporto e andò diretto al bancone della Hertz dove affittò una macchina. Voleva arrivare a Ischiano Scalo il più presto possibile, e di prendere il treno non se ne parlava. Nel parcheggio gli consegnarono una Ford viola senza l'impianto stereo.

La solita macchina del cazzo, ma per la prima volta in vita sua Graziano non questionò per averne una di suo gradimento, ora doveva solo correre a Ischiano a fare la cosa più importante della sua vita.

144

Era morta.

Morta.

Mortissima.

Stramorta.

La cosa dentro la vasca era morta. Sì, perché quella non era più la professoressa Palmieri, ma una cosa gonfia e livida e galleggiava dentro la vasca come una camera d'aria. La bocca blu spalancata. I capelli appiccicati al viso come lunghe alghe marine. Gli occhi, due sfere opache. L'acqua era limpida, ma sul fondo si era depositato un tappeto cremisi su cui sembrava levitare il cadavere della professoressa. Uno spigolo nero del registratore emergeva come la prua del *Titanic* dal fondo rosso.

Era stato lui. Era stato lui a fare quello. Con un solo movimento della gamba. Un semplicissimo movimento della gamba.

Arretrò e finì spalle al muro

L'aveva uccisa davvero. Finora non ci aveva creduto completamente. Come poteva avere ucciso un essere umano? E invece c'era riuscito. Era morta. E non c'era più niente da fare.

Sono stato io. Sono stato io.

Si gettò sul water e vomitò. Poi rimase abbracciato alla tazza boccheggiando.

Me ne devo andare subito. Via. Via. Via.

Tirò lo sciacquone e uscì dal bagno.

La casa era buia. Nel corridoio rimise in piedi il tavolino che aveva fatto cadere quando era scappato, appoggiò la cornetta sul telefono. Controllò che in cucina fosse tutto a pos...

E l'essere là dentro?

Pietro indugiò davanti alla porta e poi, spinto da una cosa che era insieme curiosità e necessità, entrò nella stanza buia.

La puzza di feci era più penetrante e ora sotto ce n'era un'altra, se possibile ancora più sgradevole e nauseante.

Fece scivolare una mano sul muro, accanto allo stipite della porta, alla ricerca dell'interruttore. Un lungo neon crepitò, si accese, si spense, si accese e rischiarò la stanzetta. C'era un letto con delle spalliere di alluminio e sopra un essere senza sesso morto. Una mummia.

Pietro voleva uscire ma non poteva staccarle gli occhi di dosso.

Cosa le era successo? Non era solo vecchia, era tutta storta e senza un filo di carne addosso. Cosa l'aveva ridotta così?

Poi si ricordò della scala là fuori, spense la luce, si chiuse la porta d'ingresso alle spalle e scese le scale.

Le bianche scogliere di Edward Beach

«Di là c'è una persona per te» aveva detto Gina Biglia con un sorriso che si allargava addirittura oltre le orecchie.

«Chi è?» aveva chiesto Graziano, ed era entrato in soggiorno.

Erica. Seduta sul divano, sorseggiava un caffè.

«Allora è questa la famosa Erica?» aveva chiesto Gina.

427

Graziano aveva fatto lentamente segno di sì con la testa.

«Che fai? Non le dai nemmeno un bacio? Quanto sei antipatico...»

«Grazi, non mi dai nemmeno un bacio?» aveva ripetuto Erica spalancando le braccia e tirando fuori un risolino giulivo.

Se in quel salotto, nascosto da qualche parte, ci fosse stato un sessuologo, avrebbe potuto spiegarci che Erica Trettel, in quel momento, stava mettendo in atto la strategia più efficace per riguadagnare le attenzioni di un ex partner ferito, ossia mostrarsi come la femmina più sexy e scopabile del pianeta.

E ci era riuscita perfettamente.

Indossava una minigonna verde pisello così stretta e corta che si sarebbe potuto appallottolarla e ingoiarla come una polpetta, una giacchina di lana dello stesso colore, con un unico bottone che le strizzava il vitino da vespa ma le lasciava scoperto il generoso décolleté, una camicia di seta anch'essa verde, però di una tonalità più tenue, che, sbadatamente, era aperta fino al terzo bottone e da cui spuntavano, per la gioia dell'universo maschile e l'invidia di quello femminile, conturbanti visioni di un wonderbra di pizzo nero che le modellava le ghiandole mammarie a forma di sodi mappamondi. Un collant nero le disegnava con motivi geometrici le lunghe gambe. Le scarpe nere, all'apparenza sobrie, nascondevano tacchi di dodici centimetri.

Questo per quanto riguardava l'abbigliamento.

Per quanto riguardava invece l'acconciatura, i capelli erano lunghi e biondo platino. Formavano morbide onde che le cadevano con ricercata naturalezza sulle spalle e sulla schiena come nella pubblicità di Loreal.

Per quanto riguarda il make-up, le labbra (oggettivamente più turgide di qualche mese prima) erano coperte di un rossetto scuro e lucido. Le sopracciglia erano due sottili archi

428

che coronavano gli occhi verdi sottolineati da una leggera linea di kajal. Una spolverata di cipria chiarissima coronava il tutto.

Nel complesso l'impressione che trasmetteva era quella di una giovane professionista, certa di piacere a chi avesse gli ormoni a posto, integrata nella società e pronta a mangiarsi il mondo in un boccone, con la sensualità patinata di un paginone di «Playboy».

Ci si potrebbe chiedere che diavolo ci facesse Erica a Ischiano Scalo. Nel soggiorno della casa di quell'uomo a cui aveva detto: «Io ti disprezzo, per tutto quello che rappresenti. Per come ti vesti. Per le stronzate che spari con quel tono da sapientone che hai. Tu non hai mai capito un cazzo. Sei solo un vecchio spacciatore fallito. Sparisci dalla mia vita. Se provi a richiamarmi, se provi a farti vedere, lo giuro su Dio, pago qualcuno per farti spaccare la faccia».

E ora cercheremo di spiegarlo.

Tutta colpa della televisione. Tutta colpa della maledetta audience.

Il varietà del martedì sera di Raiuno *Chi la fa l'aspetti*, dove Erica aveva debuttato come valletta, era stato un flop clamoroso che aveva minato le basi dell'intera rete nazionale (nei corridoi della Rai le malelingue sostenevano sghignazzando che nella seconda puntata, a mezz'ora dall'inizio, l'Auditel per circa venti secondi aveva segnato zero. Ossia per circa venti secondi nessuno in Italia aveva guardato Raiuno. Impossibile!). Tre puntate in tutto e poi la trasmissione era saltata e con essa capistruttura, vicedirettori, registi, autori e solo il direttore della rete aveva retto più o meno al colpo, ma il suo destino era ormai segnato per sempre.

Mantovani, il presentatore, era finito a fare le telepromozioni dei fanghi rassodanti del Mar Morto a Rete 39 ed era stata fatta l'apartheid contro tutto lo staff del varietà: comici, orchestra, centraliniste, ballerine e vallette, Erica Trettel compresa. Dopo essere stata buttata fuori dalla Rai, Erica era rimasta due mesi a casa di Mantovani sperando di ricevere proposte dalla concorrenza. Neanche una telefonata.

La storia d'amore con Mantovani faceva acqua da tutte le parti. Il presentatore tornava a casa la sera e si metteva in mutande e pantofole, s'imbottiva di Edronax e si aggirava ripetendo: «Perché? Perché proprio a me?». Poi una sera Erica l'aveva beccato in bagno, seduto sul bidet, che tentava di suicidarsi ingollandosi un flacone da 500 cc di fanghi del Mar Morto e aveva capito di avere puntato, ancora una volta, sul cavallo perdente.

Si era messa i vestiti più sexy che aveva, si era truccata come Pamela Anderson, aveva fatto le valigie, era andata alla stazione ed era salita, con la coda fra le gambe, sul primo treno che portava a Ischiano Scalo.

Ecco spiegato perché era lì.

Due giorni dopo, Erica si era ripresa Graziano ed erano partiti per la Giamaica.

Si erano sposati subito, in una bella notte di luna piena, sulle scogliere di Edward Beach e avevano cominciato a fare la vita a modo del Biglia.

Albatros portati da correnti positive.

Spiaggia mattina e sera. Grandi cannoni d'erba. Bagni. Surf. Pesca d'altura. Avevano anche organizzato uno spettacolino per tirare su qualche soldo. Due sere alla settimana, in un locale per turisti americani, Graziano suonava la chitarra ed Erica ballava in bikini per la felicità di entrambi i sessi.

Eppure il nostro pennuto non era felice.

Non era questo che aveva sempre desiderato?

Erica era tornata da lui, dicendogli che lo amava, che aveva sbagliato tutto, che la televisione era una pattumiera, se

l'era sposata e riuscivano a tirare avanti senza grandi difficoltà e c'era l'intenzione, in un futuro non ben definito, di
tornare a Ischiano e aprire la jeanseria.

Che cavolo voleva, ancora?

Il problema era che Graziano non riusciva più a dormire.
Nel bungalow, sotto il ventilatore, mentre Erica era nel mondo dei sogni, passava la notte a fumare.

Perché? si domandava. Perché ora che il suo sogno si era
avverato sentiva che quello non era il suo sogno e che Erica,
adesso che era sua moglie, non era la moglie che voleva?

Dentro, da qualche parte nel basso ventre, covava una roba che lo faceva stare di merda. Una di quelle robe che ti
consumano piano piano, che ti ammalano come un morbo
dalla lenta incubazione, e di cui non puoi parlare a nessuno
perché se per caso sputi il rospo ti crolla in testa tutto il tea-
trino del cazzo.

Aveva mollato Flora senza dirle niente. Come il più laido e
schifoso dei ladri. Le aveva scippato il cuore e se n'era scappato con un'altra. L'aveva lasciata e grazie tante. E tutte le
stronzate, le dichiarazioni che le aveva fatto gli rodevano la
coscienza peggio che le tre Erinni greche.

*... Le ho chiesto di sposarmi, capito? Ho avuto il coraggio di
chiederle di sposarmi, sono una merda, una merda di uomo.*

Una notte aveva pure provato a scriverle una lettera. E poi
aveva strappato il foglio dopo due frasi. Ma che doveva dirle?

*Cara Flora, mi dispiace tanto. Sai, io sono uno zingaro, so-
no fatto così, sono uno...*

(*stronzo. È arrivata Erica e io, e io, lasciamo perdere...*)

E quando finalmente si addormentava faceva sempre lo
stesso sogno. Sognava che Flora lo chiamava. *Graziano, torna da me. Graziano.* E lui era a pochi metri, e le urlava che
era lì, davanti a lei, ma lei era sorda e cieca. L'afferrava, ma
lei era un manichino freddo e sintetico.

Seduto sulla spiaggia, si perdeva nei ricordi. Le loro cenette e i video. Il week-end a Siena dove avevano fatto l'amore per un giorno intero. I progetti per la jeanseria. Le loro passeggiate sulla spiaggia di Castrone. Continuava a ricordare quando le aveva dato l'anello e lei era diventata tutta rossa. Flora gli mancava da morire.

Pezzo di merda. Ti sei fatto fottere. Ti sei perso l'unica donna che sei mai riuscito ad amare.

Ma un giorno Erica era arrivata sulla spiaggia eccitatissima. «Ho parlato con un produttore americano. Mi vuole portare a Los Angeles. Per un film. Dice che io sono esattamente la tipa di cui ha bisogno. Ci paga il biglietto, ci dà una casa a Malibu. È fatta. Stavolta è fatta davvero.»

In fondo, Erica era stata brava, aveva retto parecchio, aveva tenuto salda la sua decisione di non avere mai più a che fare con il mondo dello spettacolo per due mesi buoni.

«Davvero?» aveva detto Graziano sollevando la testa dal lettino.

«Davvero. Stasera te lo presento. Gli ho parlato anche di te. Dice che conosce un sacco di gente nel mondo della musica. È un pezzo grosso.»

Graziano aveva chiuso gli occhi e, come in una palla di vetro, aveva visto il futuro prossimo.

Los Angeles, in uno di quegli appartamenti di merda con le pareti di cartone accanto a una freeway, senza una lira, senza il permesso di lavoro, a guardare la televisione senza un cazzo fra le mani, anzi, con una bella pipetta di crack.

Tutto uguale. Tutto lo stesso. Come a Roma, solo peggio.

Eccola, l'occasione! L'occasione per chiudere l'ignobile farsa.

«No, grazie. Vai tu, io non vengo. Io torno a casa. È il tuo momento magico, sono sicuro. Sfonderai» aveva detto sentendo esplodergli una felicità che non credeva di poter mai più provare. Santo, santissimo produttore americano, che

432

Dio benedica lui e tutta la sua famiglia! «Non ti preoccupare per il matrimonio, non vale un cazzo se non lo facciamo riconoscere in Italia. Considerati libera, free.»

Lei aveva sgranato gli occhi e aveva chiesto perplessa: «Graziano, sei arrabbiato?».

E lui si era messo una mano sul cuore. «Ti assicuro. Te lo giuro sulla testa di mia madre. Sono felicissimo. Non sono arrabbiato per niente. Devi andare a Los Angeles, se non vai fai una stronzata che rimpiangerai per sempre. Ti auguro tutta la fortuna del mondo. Io, però, scusa, ora devo partire.» L'aveva baciata e si era fiondato in un'agenzia di viaggi.

E quando era in volo a diecimila metri sopra l'oceano Atlantico, a un certo punto si era assopito e aveva sognato Flora.

Stavano su una collina con altra gente e degli orsacchiotti argentati e si baciavano e c'era un piccolo Biglia che camminava a quattro zampe. Un piccolo Biglia con i capelli rossi.

145

Pietro entrò trafelato in camera di Gloria.

«Ciao!» disse Gloria, che stava in piedi sul tavolo e cercava di prendere un libro nell'ultimo scaffale della libreria. «Che ci fai qui a quest'ora?»

Sulle prime Pietro non si accorse della grossa valigia spalancata sul letto e piena di vestiti, ma poi la vide. «Dove vai?»

Lei si girò e rimase un istante incerta, come se non avesse capito la domanda, ma poi spiegò: «Stamattina i miei mi hanno fatto una sorpresa. Per la prom... Devo partire domani mattina per l'Inghilterra. Vado a fare un corso di cavallo in un paese vicino a Liverpool. Tre settimane soltanto, fortunatamente».

«Ah...» Pietro si lasciò cadere sulla poltrona.

«Torno a metà agosto. Così ci facciamo il resto delle vacanze insieme. Non sono tante, tre settimane, in fondo.»

«No.»

Gloria afferrò il libro e saltò giù dal tavolo. «Io non ci volevo andare... Ho pure litigato con mio padre. Ma hanno detto che ci devo andare per forza. Hanno già pagato tutto. Ma torno presto, dài.»

«Sì.» Pietro prese dal tavolo uno yo-yo.

Gloria si sedette sul bracciolo della poltrona. «Tu mi aspetti, vero?»

«Certo.» Pietro cominciò a farlo andare su e giù.

«Non ti dispiace, vero?»

«No.»

«Veramente?»

«No, non ti preoccupare. Tanto torni presto e io ho un sacco di cose da fare al Posto, con tutti i pesci che ho messo nella rete... Anzi, sai, ci vado subito, ieri sera quando ce ne siamo andati mi sono dimenticato di dargli da mangiare, e se non mangiano...»

«Vuoi che ti accompagni? La valigia la posso finire oggi pomeriggio...»

Pietro cacciò fuori un sorriso stiracchiato. «No, è meglio di no. Ieri abbiamo fatto un bel casino e le guardie potrebbero insospettirsi. È meglio che vada da solo, veramente. È meglio. Senti, divertiti in Inghilterra e non andare troppo a cavallo che ti vengono le gambe storte.»

«Contaci. Ma... non ci vediamo neanche oggi pomeriggio?» fece Gloria delusa.

«Oggi pomeriggio non posso. Devo aiutare mio padre a rimettere a posto la casetta di Zagor. Quest'inverno è marcita.»

«Ah, ho capito. Quindi questa è l'ultima volta che ci vediamo?»

«Tanto tre settimane passano veloci, lo hai detto pure tu.»

Gloria fece segno di sì con la testa. «Va bene. Allora ciao.»

Pietro si mise in piedi. «Ciao.»

«Non me lo dai un bacio d'addio?»

Pietro appoggiò veloce le labbra su quelle di Gloria.

Erano secche.

146

Graziano attraversò il corso di Ischiano e imboccò la strada che portava alla palazzina di Flora.

Non aveva più saliva in bocca e sotto le ascelle gli grondavano due cascate.

L'emozione e il caldo.

Avrebbe implorato pietà in ginocchio. E se lei non avesse voluto vederlo, si sarebbe messo sotto casa sua giorno e notte, non importa quanto, senza mangiare e senza bere finché lei non lo avesse perdonato. C'era voluta la Giamaica per capire che Flora era la donna della sua vita e ora non se la sarebbe più lasciata scappare.

Mancavano duecento metri oramai quando vide, dietro i cipressi, bagliori blu nel cortile davanti alla palazzina.

E ora che è successo?

Un'autoambulanza.

Oddio, la madre di Flora... Speriamo niente di grave. Be', comunque ci sono io. Flora non sarà sola. L'aiuterò io e se la vecchia dovesse essere morta, in fondo è meglio, almeno Flora si leva un peso e la vecchia trova pace.

C'era anche una volante della polizia.

Graziano lasciò la macchina sul ciglio della strada e si avviò nel cortile.

L'autoambulanza era parcheggiata con le portiere spalancate accanto alla porta d'ingresso. La volante, a una decina di metri, aveva anch'essa uno sportello aperto. C'era pure una Regata blu. La Y10 di Flora, invece, non c'era.

435

Ma che..

Bruno Miele in divisa da poliziotto sbucò fuori dalla palazzina, si girò e tenne la porta aperta.

Apparve un infermiere che reggeva una barella.

Sulla barella c'era un corpo. Coperto da un lenzuolo bianco.

È morta la vecchi...

Ma poi vide un particolare.

Un particolare che gli pietrificò il sangue nel cuore.

Una ciocca. Una ciocca rossa. Una ciocca rossa spuntava. Una ciocca rossa spuntava da sotto il lenzuolo. Una ciocca rossa spuntava da sotto il lenzuolo e pendeva dalla barella come una macabra stella filante.

Graziano si sentì come se la terra sotto i suoi piedi gli risucchiasse tutte le forze. Sotto di lui c'era un magnete che lo aveva scaricato di ogni fluido vitale e lo aveva ridotto come un mucchio di ossa senza più energia.

Spalancò la bocca.

Contrasse le dita.

E credette di svenire ma non svenne. Le gambe rigide come trampoli, passo dopo passo, lo portarono da Bruno Miele. Meccanicamente gli domandò: «Ma che è successo?».

Miele, che era tutto indaffarato a coordinare l'operazione di caricare la salma nell'ambulanza, si girò seccato. Ma vedendo Graziano spuntare così, come uno spettro, rimase un attimo perplesso e poi esclamò: «Graziano! Che ci fai qui? Non eri in tournée con Paco de Lucia?».

«Che è successo?»

Miele scosse la testa e con il tono di chi ne ha viste più di Carlo in Francia fece: «È morta la Palmieri. Quella che insegnava alle medie. È morta fulminata nella vasca da bagno... Non si sa se è stato un incidente. Il medico legale dice che può essere pure suicidio. Ma io lo sapevo, tutti lo dicevano che era mezza pazza. Stava fuori di testa. Pensa che strano, nella stessa notte è morta pure la madre. Una strage. Senti, a proposito, oggi pomeriggio ho organizzato una festicciola alla buona. Sai, sono stato promosso di grado...».

Graziano si girò su se stesso e si avviò lentamente verso la macchina.

Bruno Miele rimase sconcertato, ma poi domandò agli infermieri: «Come fate, ora? Tutt'e due non c'entrano qua dentro».

Le correnti positive erano improvvisamente sparite e l'albatros, con le magnifiche ali rattrappite dal dolore, precipitava in un mare grigio e un gorgo nero senza fondo si apriva pronto ad accoglierlo.

147

A Pierini buttava bene.

Durante l'anno i professori l'avevano menata tanto ma alla fine lo avevano promosso. Suo padre era felice.

Ma di questo non gliene sbatteva niente.

L'anno prossimo, col cazzo che mi vedono.

Pure il Fiamma non aveva finito la scuola e aveva detto che se proprio non te l'inculi, quelli alla fine ti lasciano in pace.

La novità era che aveva fatto amicizie importanti a Orbano. Mauro Colabazzi, detto il Ganascia, e il suo gruppo. Una banda di sedicenni parcheggiati giorno e notte davanti allo Yogobar, una gelateria specializzata in gelati allo yogurt.

Il Ganascia, che la sapeva lunga, gli aveva insegnato un paio di trucchetti semplici semplici per arricchirsi. Sfondi un vetro, attacchi due fili colorati insieme e voilà, la macchina è tua.

Una vera stronzata.

E per ogni macchina che gli portava erano tre fischioni (trecentomila lire). Se il lavoretto lo faceva con il Fiamma, un fischione e mezzo, ma chi se ne frega, la compagnia è una bella cosa.

E Ischiano Scalo, per certi versi, poteva essere considerato un grande parcheggio di macchine pronte per essere zottate, e se poi si aggiunge che i poliziotti di quelle parti erano una manica d'imbecilli, il tutto non poteva che fargli venire il buon umore.

Quella notte, per esempio, aveva intenzione di fregarsi la Golf nuova di Bruno Miele. Era sicuro che quel testa di cazzo nemmeno la chiudeva, convinto com'era che nessuno avrebbe avuto il coraggio di fregare una macchina a un poliziotto. Quanto si sbagliava!

E domani sarebbe andato a Genova con il Ganascia, dove dicevano che ci si divertiva.

Ecco perché gli buttava bene.

L'unica cosa che un po' gli dispiaceva era che aveva saputo che la Palmieri era morta. Affogata dentro la vasca da bagno. Una delle sue fantasie masturbatorie preferite veniva a mancare, perché spararsi le seghe sui morti non è bello e qualcuno gli aveva detto che porta pure sfiga.

Dopo che le aveva dato fuoco alla macchina, si era affezionato alla prof, l'ira gli era sbollita, aveva incominciato a volerle quasi bene, ma poi l'aveva beccata con quel pezzo di merda del Biglia, quello con cui si era preso a botte il giorno che stava menando Moroni.

Queste erano le cose che lo facevano impazzire.

Come si fa a scopare con un coglione come quello?

La prof si meritava qualcosa di meglio che un povero stronzo che si crede Bruce Lee. Doveva avercelo grosso, questa era l'unica spiegazione.

E adesso era morta.

Ma, in fondo, chi se ne sbatte. Afferrò il frisbee e lo lanciò a Ronca che stava dall'altra parte. Il disco tagliò la piazza e arrivò teso e preciso come un proiettile e schizzò tra le mani di Ronca e finì accanto alla fontanella.

«Che hai la merda al posto delle mani?» urlò Bacci che stava vicino alla palma.

Stavano giocando da una mezz'oretta, ma il caldo cominciava a farsi sentire e tra poco la piazza si sarebbe arroventata come una griglia. Non aveva più voglia di giocare con quei due imbranati. Avrebbe cercato il Fiamma e se ne sarebbe andato a Orbano a sentire che si diceva allo Yogobar.

In quel momento apparve, sulla sua bicicletta, Moroni.

Qualcosa doveva essere cambiato, perché non gli venne voglia di menarlo. Da quando frequentava il Ganascia, questo tipo d'intrattenimenti gli erano venuti a noia. Si era stancato di fare il gallo sul mondezzaio, pochi chilometri più in là sentiva che c'erano cose infinitamente più eccitanti e prendersela con un poveretto come Moroni era da imbecilli.

Povero sfigato, avevano bocciato solo lui. E si era messo a piangere davanti ai tabelloni. Se avesse potuto, gli avrebbe regalato la sua promozione, per quello che gliene importava. E se pure era fidanzato con quella troietta di Gloria ce-l'ho-solo-io, gliene importava pure di meno, Pierini stava lesso come una patata di una ragazzetta conosciuta allo Yogobar, una certa Loredana detta Lory.

Lo lascio in pace.

Ma Ronca non fu dello stesso avviso.

Quando Moroni gli fu a portata di tiro, gli sputò addosso e poi disse: «Cazzone! A te ti hanno bocciato e a noi no!».

148

Lo sputo lo colpì su una guancia.

«Cazzone! A te ti hanno bocciato e a noi no!» abbaiò Ronca.

Pietro frenò, mise i piedi a terra e si pulì con una mano.

Mi ha sputato in faccia!

Sentì le viscere intrecciarsi e poi esplodergli dentro una rabbia cieca, un furore nero che questa volta non avrebbe soffocato. Gliene erano successe troppe nelle ultime venti-

439

quattro ore, e ora gli sputavano pure addosso. No, non lo poteva accettare.

«Te lo rifai tutto quanto, l'annetto, Cazzoncino che non sei altro» continuò quell'odiosa pulce zompettandogli intorno.

Pietro saltò giù dalla bicicletta, fece tre passi e gli mollò un ceffone con tutta la forza che aveva.

La testa di Ronca si piegò a sinistra come un punching ball e poi lentamente, come una molla allentata, si piegò dall'altra parte e finalmente ritornò diritta.

Ronca sgranò gli occhi al rallentatore, si passò una mano sulla guancia offesa e, nello sconcerto più completo, balbettò: «Chi è stato?».

Lo schiaffo era arrivato così veloce che Ronca non si era nemmeno accorto di essere stato colpito. Pietro vide Bacci e Pierini arrivare in soccorso del loro amichetto. A questo punto non gliene importava più niente. «Venite avanti, stronzi!» ringhiò sollevando i pugni.

Bacci allungò le mani, ma Pierini lo afferrò per una spalla. «Aspetta. Aspetta, vediamo un po' se Ronca riesce a menarlo.» Poi si rivolse a Ronca. «Guarda che lo schiaffo te lo ha dato Moroni. Forza, rompigli il muso, che aspetti? Scommetto che non ne sei capace. Scommetto che Moroni ti suona come un tamburo.»

Per la prima volta da quando Pietro lo conosceva, Ronca aveva perso quel ghigno odioso sulla faccia. Si massaggiava la guancia smarrito. Guardò Pierini, guardò Bacci e disperato capì che questa volta non ci sarebbe stato nessuno a sostenerlo. Era solo.

Allora fece come i draghi del deserto, innocue lucertole senza veleno, che per mettere paura ai loro avversari si fanno cattive, sollevano la cresta, si gonfiano, soffiano e diventano tutte rosse. Molto spesso questa tecnica funziona. Ma per Stefano Ronca non funzionò.

Anche lui digrignò i denti, cercò di farsi una bestia, cominciò a saltellare e a investirlo di: «Ora ti faccio male. Molto, molto male. Soffrirai tantissimo» e poi si avventò contro Pietro cacciando un: «Ti spacco il culooo!».

Rotolarono a terra. In mezzo alla piazza. Ronca sembrava epilettico, ma Pietro lo afferrò per i polsi e lo mise giù al tappeto, poi gli piazzò gli stinchi sulle braccia e lo tempestò di pugni in faccia, sul collo, sulle spalle, emettendo degli strani versi rauchi. E se non ci fosse stato Pierini che lo fermava per la collottola, chissà che gli avrebbe fatto. «Basta! Basta, lo hai picchiato! Adesso basta!» Mentre lo tirava via, Pietro continuava a menare cazzotti in aria. «Hai vinto.»

Pietro si ripulì dalla polvere respirando affannosamente. Le nocche gli facevano male e le orecchie gli ronzavano.

Ronca si era alzato e piangeva. Un rivolo di sangue gli colava dal naso. Se ne andò zoppicando alla fontanella. Bacci intanto rideva e batteva le mani felice.

Pietro prese la bicicletta da terra.

«Non è giusto» disse Pierini accendendosi una sigaretta.

Pietro montò in sella. «Cosa?»

«Che ti hanno bocciato.»

«Non me ne importa niente.»

«Fai bene.»

Pietro appoggiò un piede sul pedale. «Io devo andare, ciao.»

Ma prima che si muovesse, Pierini gli domandò: «Lo sai che è morta la professoressa Palmieri?».

Pietro lo guardò negli occhi. E lo disse: «Lo so. L'ho ammazzata io».

Pierini buttò fuori una nuvola di fumo. «Non sparare cazzate! È affogata nella vasca.»

«Che stronzate spari?» fece coro Bacci.

«Sono stato io ad ammazzarla» continuò Pietro serio. «Non sto dicendo cazzate.»

«E sentiamo, perché l'avresti ammazzata?»

441

Pietro scrollò le spalle. «Perché mi ha bocciato.»

Pierini fece segno di sì con la testa. «Dimostramelo.»

Pietro cominciò a pedalare lentamente. «Dentro la casa, da qualche parte, c'è una biscia, ce l'ho portata io. Vai a vedere, se non ci credi.»

149

Può essere pure vero, si disse Pierini buttando la cicca. *Moroni non è il tipo che spara cazzate*.

150

A casa Miele si festeggiava. E c'erano delle buone ragioni per farlo.

Primo, Bruno era stato promosso e a settembre sarebbe entrato in una squadra speciale di agenti in borghese che avrebbero dovuto indagare sui rapporti tra la criminalità locale e quella organizzata. Il suo sogno finalmente si avverava. Si era comprato pure una Golf nuova da pagare in cinquantasei comode rate.

Secondo, il vecchio Italo se ne andava in pensione. E con l'invalidità permanente avrebbe avuto una discreta sommetta a fine mese. Da settembre, quindi, non avrebbe più dormito nella casetta accanto alla scuola, ma come un cristiano, nella sua cascina insieme alla moglie, e si sarebbe occupato dell'orto e avrebbe guardato la televisione.

Quindi, nonostante quel caldo africano, padre e figlio avevano organizzato una festa nel prato dietro casa.

Un lungo tappeto di brace era circondato da pietre e sopra c'era la rete di un letto e si arrostivano viscere di manzo, braciole di maiale, salsicce, scamorze e tonnetti.

Italo, in canottiera e sandali, controllava, con un lungo stecco appuntito, che la cottura della carne fosse a puntino. Ogni tanto si passava uno straccio bagnato sulla zucca pelata per non prendersi un'insolazione e poi urlava che le salsicce erano pronte.

Avevano invitato un po' tutti quelli che conoscevano e c'erano almeno tre generazioni insieme. Ragazzini che si inseguivano nella vigna e si schizzavano con la pompa. Mamme con le pance. Mamme con le carrozzine. Padri che si abbuffavano di tagliatelle e vino rosso. Padri che giocavano a bocce con i figli. Vecchi con le mogli che si riparavano sotto l'ombrellone e il pergolato da quel sole impietoso e si sventolavano. Un radioregistratore in un angolo suonava l'ultimo disco di Zucchero.

Nugoli di mosche eccitate ronzavano tra il fumo, gli odori buoni di cibo e si posavano sui vassoi di paste, supplì e pizzette. I tafani venivano cacciati a giornalate. In casa c'era un gruppo di uomini assiepato davanti alla partita di calcio e uno di donne che spettegolavano in cucina tagliando pane e salame.

Tutto da copione.

«Buona 'sta carbonara. Chi l'ha fatta? L'ha fatta zia?» chiese con il boccone in bocca Bruno Miele a Lorena Santini, la sua fidanzata.

«E che ne so io chi l'ha fatta!» sbuffò Lorena che aveva altri problemi in quel momento e che, essendosi ustionata sulla spiaggia, era color aragosta.

«Be', perché non vai a scoprirlo? Perché è così che si fa la carbonara. Non quella zozzeria che fai tu che praticamente è una frittata di spaghetti. Tu le cuoci, le uova. Questa deve averla fatta zia, ci scommetto.»

«Non mi va di alzarmi» protestò Lorena.

«E tu vuoi che ti sposo? Lasciamo perdere, va'.»

Antonio Bacci, seduto tra Lorena e sua moglie Antonella, smise di mangiare e intervenne. «Per essere buona è buona. Ma per essere veramente speciale ci andava pure la cipolla. È così la ricetta originale romana.»

Bruno Miele alzò gli occhi al cielo. Gli veniva voglia di strangolarlo. Meno male che dall'inverno prossimo avrebbe smesso di vederlo perché poteva finire veramente male. «Ma tu ti rendi conto delle stronzate che dici? È assurdo che parli. Tu di cucina non capisci niente, mi ricordo che una volta hai detto che la morte della spigola è la brace, tu non lo sai come si mangia... La carbonara con le cipolle, ma levati!» Si era così innervosito che mentre parlava gli partirono dalla bocca dei pezzetti di pasta.

«Ha ragione Bruno. Tu di cucina non capisci niente. Le cipolle vanno nell'amatriciana» fece eco Antonella, che appena poteva dava addosso al marito.

Antonio Bacci alzò le mani arrendendosi. «Va be', tranquilli. Mica vi ho insultato. E se dicevo che ci voleva la panna, mi ammazzavate? Occhei, non ci vuole... Che ci avete?»

«È che tu parli senza sapere. È questo che fa incazzare» ribatté Bruno, non ancora soddisfatto.

«A me se ci stavano pure le cipolle mi piaceva di più» mugugnò Andrea Bacci, che stava già al terzo piatto. Il ragazzino era seduto accanto alla madre e aveva faccia e mani nel piatto.

«E certo, così era ancora più grassa.» Bruno guardò il collega contrariato. «Tu a 'sto ragazzino lo devi portare dal medico. Quanto peserà? Un'ottantina di chili. Questo quando ti fa lo sviluppo diventa una balena. Stai attento, non si scherza con queste cose.» E rivolto ad Andrea: «Ma come mai ci hai tanta fame?».

Andrea si strinse nelle spalle e cominciò a fare la scarpetta nel piatto.

Bruno stese le braccia e si stiracchiò. «Ci vorrebbe proprio un caffè, ora. Ma non è venuto Graziano?»

«Perché, c'è Graziano? È tornato?» chiese Antonio Bacci.

«Sì, l'ho visto davanti a casa della Palmieri. Mi ha chiesto che era successo, io gliel'ho detto e se n'è andato senza salutare. Boh!»

«Lo sai che ha detto Moroni?» Andrea Bacci cominciò a sgomitare il padre.

Bacci senior lo ignorò completamente. «Ma non doveva essere in tournée?»

«Che ne so, sarà finita. Gliel'ho detto della festa. Forse viene.»

«Papà! Papà! Lo sai che ha detto Moroni?» insistette ancora Andrea.

«Basta, perché non te ne vai a giocare con quelli della tua età e ci lasci in pace?»

Bruno era scettico. «E con tutto quello che è riuscito a mangiarsi, questo mica si alza. Devi chiamare il carrattrezzi per tirarlo su.»

«Ma io volevo dire una cosa importante» piagnucolò il ragazzino. «Che Pietro Moroni ha detto che ha ammazzato lui la professoressa...»

«Ora l'hai detto, vai a giocare» fece il padre spingendolo via.

«Aspetta un attimo...» Bruno drizzò le antenne. Le antenne grazie alle quali ora apparteneva a un reparto speciale e non sarebbe rimasto un semplice agente come quel coglione di Bacci. «E perché l'avrebbe ammazzata?»

«Perché l'ha bocciato. Ha detto che è la verità. E ha detto pure che dentro casa della Palmieri c'è una biscia. Ce l'ha buttata lui. Ha detto di andare a vedere.»

151

Pietro stava insieme a suo padre e a Mimmo nel cortile a inchiodare assi sul tetto della casetta di Zagor quando arrivarono le macchine. Quei due, sulla loro Peugeot 205 verde targata Roma, insieme a una volante della polizia.

Mario Moroni sollevò la testa. «E ora questi che cazzo vogliono?»

«Sono venuti per me» disse Pietro appoggiando il martello a terra.

SEI ANNI DOPO...

Cara Gloria, come stai?

Prima di tutto Buon Natale e Buon Anno Nuovo.

Qualche giorno fa ho parlato con mia madre che mi ha detto che alla fine andrai all'università a Bologna. Glielo ha detto tua madre. Studierai qualcosa che c'entra con il cinema, vero? Quindi niente più economia e commercio. Hai fatto bene a insistere con tuo padre. Era quello che volevi fare. Uno deve fare le cose che vuole. Quest'università sul cinema sarà sicuramente molto interessante e Bologna è una bella città e piena di vita. Almeno così dicono. Quando uscirò dall'istituto voglio fare un giro in treno per tutta l'Europa e ti verrò a trovare così me la farai conoscere.

Manca poco, sai, tra due mesi e due settimane compio diciotto anni e me ne vado via. Ti rendi conto? Mi sembra impossibile, finalmente potrò uscire da questo posto e fare quello che voglio. Ancora non lo so bene quello che voglio. Ma mi hanno detto che esistono delle università serali e forse potrei frequentarne una. Mi hanno anche proposto un lavoro qui, aiutare quelli che entrano in istituto a integrarsi e cose del genere. Mi pagherebbero. Gli insegnanti dicono che ci so fare con i ragazzini piccoli. Non lo so, ci dovrò pensare, quello che voglio ora è fare il viaggio. Roma, Parigi, Londra, la Spagna. Quando tornerò deciderò del futuro, c'è tempo per questo.

Devo dirti che ero indeciso se scriverti, è da molto che non ci scriviamo. Nell'ultima lettera ti avevo detto che non volevo che mi venissi a trovare. Spero che tu non ci sia rimasta male ma non ce la faccio a vederti così, dopo tutto questo tempo e in questo posto, per un paio d'ore e basta. Non saremmo riusciti a dirci niente, avremmo parlato delle solite cose che si dicono in questi casi e poi tu te ne saresti andata e io ci sarei stato male, lo so. Avevo deciso che appena uscito ti avrei telefonato e ci saremmo potuti incontrare in un bel posto, lontano da qui.

Alla fine ti ho scritto perché avevo bisogno di parlarti di una cosa a cui ho pensato tante volte in tutti questi anni e forse c'entri pure tu, in qualche modo, ossia a perché quel giorno in piazza ho raccontato a Pierini della professoressa Palmieri. Se non gli avessi detto niente, forse nessuno l'avrebbe scoperto e non sarei finito in istituto. Per tanto tempo ho risposto agli psicologi che lo avevo detto perché volevo dimostrare a Pierini e agli altri che anch'io ero forte e non mi facevo mettere i piedi in testa e che dopo la bocciatura ero fuori di me. Però non era così, era una balla che raccontavo.

Poi qualche settimana fa è successa una cosa nuova. È arrivato un ragazzino calabrese che ha ucciso il padre. Ha quattordici anni. Quando parla e parla pochissimo non si capisce niente. Ogni sera il padre tornava a casa e riempiva di botte la moglie e la sorella. Una sera Antonio (ma qui tutti lo chiamano Calabria) ha preso il coltello del pane dalla tavola e glielo ha piantato nel petto. Io gli ho chiesto perché lo aveva fatto, perché non era andato dalla polizia a denunciarlo, perché non ne aveva parlato con qualcuno. Lui non mi rispondeva. Come se io non esistessi neanche. Se ne stava seduto davanti a una finestra e fumava. Allora gli ho raccontato che anch'io avevo ucciso una persona, più o meno alla sua età. E che so come ci si sente dopo. E lui a quel punto mi ha chiesto come ci si sente e io ho detto, di merda, malissimo, con una roba dentro che non se ne va più. E lui ha scosso la testa e mi ha guardato e ha det-

*to che non è vero, che dopo ci si sente come un re e poi mi ha
chiesto se lo volevo sapere veramente perché aveva ucciso il
padre. Ho detto di sì. E lui ha detto: perché non volevo diventare come quell'infame bastardo, meglio morti che come lui. Ci
ho ripensato molto a quello che mi ha detto Calabria. Lui lo ha
capito prima di me. Ha capito subito perché lo aveva fatto. Per
combattere una cosa maligna che ci abbiamo dentro e che cresce e ci trasforma in bestie. Si è tagliato in due la vita per libe-
rarsene. È così. Io credo che ho detto a Pierini di aver ammazzato la Palmieri per liberarmi della mia famiglia e d'Ischiano.
Non l'ho fatto pensandoci, nessuno lo farebbe se ci pensasse, è
stata una cosa che allora non sapevo. Io non credo molto al-
l'inconscio e alla psicologia, credo che ognuno è quello che fa.
Ma in quel caso penso che c'era una parte di me nascosta, che
ha preso quella decisione.*

*Per questo ti scrivo, per dirti che quella notte sulla spiaggia
(quante volte ci ho ripensato a quella notte) ti avevo promesso
che non l'avrei mai detto a nessuno e ci credevo sul serio, ma
poi forse il fatto che partivi per l'Inghilterra (non ti devi assolutamente sentire in colpa per questo) e rivedere il cadavere della
Palmieri ha rotto qualcosa dentro di me e ho dovuto dirlo, but-
tarlo fuori. E credo veramente di aver cambiato il mio destino.
Ora lo posso dire visto che ho passato sei anni in questo posto
che chiamano istituto ma che per tanti aspetti è uguale a una
galera e sono cresciuto, ho fatto il liceo e forse andrò anch'io
all'università.*

*Io non volevo finire come Mimmo che sta ancora là a com-
battere con mio padre (mi ha detto mia madre che ha cominciato a bere anche lui). Io non ci volevo più stare a Ischiano
Scalo. No, io non volevo diventare come loro e tra poco avrò
diciotto anni e sarò un uomo, pronto ad affrontare il mondo
(si spera!) nel migliore dei modi.*

*Lo sai cosa mi disse la professoressa Palmieri nel bagno?
Che le promesse sono fatte per non essere mantenute. Io credo*

che sia un po' vero. Rimarrò sempre un assassino, anche se avevo dodici anni non importa, non c'è modo per pagare una cosa così terribile, nemmeno la pena di morte. Ma col tempo s'impara a vivere lo stesso.

Questo ti volevo dire. Ho rotto il nostro patto ma forse è stato meglio così. Ora basta però, non ti voglio rattristare. Mia madre mi ha detto anche che sei bellissima e io lo sapevo. Quando eravamo piccoli ero sicuro che saresti diventata Miss Italia.

Ti bacio,

Pietro

P.S. Preparati, perché quando passo da Bologna ti prendo e ti porto via.

FINE

Ringrazio Hugh e Drusilla Fraser che mi hanno regalato la serenità per finire il libro. E ringrazio Orsola De Castro per aver sostenuto me e Graziano Biglia. E ringrazio la grandissima Roberta Melli ed Esa de Simone e Luisa Brancaccio e Carlo Guglielmi e Jaime D'Alessandro e Aldo Nove ed Emanuele e Martina Trevi, Alessandra Orsi e Maurizio e Rossella Antonini e Paolo Repetti e Severino Cesari. Ringrazio Renata Colorni e Antonio Franchini e tutto il gruppo dell'Editoria Letteraria Mondadori per la convivenza (Daniela, Elisabetta, Helena, Lucia, Luigi, Silvana, Mara, Cesare, Geremia, Joy). E per finire ringrazio tutta la mia famiglia (anche la Banda del Grancereale) per essere una gran bella sicurezza. Grazie ancora.

«Ti prendo e ti porto via»
di Niccolò Ammaniti
Piccola Biblioteca Oscar
Arnoldo Mondadori Editore

Questo volume è stato stampato
presso Mondadori Printing S.p.A.
Stabilimento NSM - Cles (TN)
Stampato in Italia - Printed in Italy